W0326038

Dertig dagen duisternis

Meld je aan voor onze nieuwsbrief om op de hoogte te blijven van de nieuwste boeken van Ambo|Anthos *uitgevers* via www.amboanthos.nl/nieuwsbrief.

Jenny Lund Madsen

Dertig dagen duisternis

Vertaald uit het Deens
door Kor de Vries

Ambo|Anthos
Amsterdam

Het citaat op pagina 213 is afkomstig uit *Bonjour tristesse* van Françoise Sagan, vertaald door Marianne Gossije, Meulenhoff Boekerij bv, 2009

FSC www.fsc.org
MIX
Papier van verantwoorde herkomst
FSC® C004472

Eerste druk januari 2022
Tweede druk maart 2022

ISBN 978 90 263 5607 0
© 2020 Jenny Lund Madsen
Published by agreement with Copenhagen Literary Agency ApS, Copenhagen
© 2022 Nederlandse vertaling Ambo|Anthos *uitgevers*, Amsterdam en Kor de Vries
Oorspronkelijke titel *Tredive dages mørke*
Oorspronkelijke uitgever Grønningen 1, Kopenhagen
Omslagontwerp Riesenkind
Omslagillustratie © Benjamin Suter / Pexels.com
Foto auteur © Lærke Posselt

Verspreiding voor België:
Veen Bosch & Keuning uitgevers nv, Antwerpen

Voor Trin

Proloog

Zijn hart bonkte in zijn keel. Waarom moest het op deze manier eindigen? Hij had zin om te gillen, zijn haren uit zijn kop te trekken, iemand in elkaar te rossen. Ze tegen hun hoofd te schoppen tot het leven uit hen wegebde. Het maakte niet uit of *hij* het was, als het maar iemand was die het had verdiend. Op dit moment voelde het alsof de hele wereld het verdiende om dood te gaan.

Hij voerde zijn wandeltempo op. Het weiland was nat en drassig als altijd, hij haatte deze plek. Het was er donker, koud en klam. De hele fucking tijd. Zonder te weten waarom koerste hij verder in de richting van het water. Hij hoorde de golven al. Hoe dichterbij hij kwam, hoe meer zin hij kreeg om in zee te springen en alles te vergeten. Hij wilde hier weg, hij haatte het dorp en iedereen die er woonde. Hij had het koud. Hij was weggegaan zonder zijn jas, zo woest was hij geweest. Een moment overwoog hij om terug te gaan, maar dat zou gezichtsverlies betekenen. En verliezen was het laatste dat hij wilde. Hij wilde winnen van hen allemaal, weggaan en het leven veroveren, terugkeren en hun laten zien wat hij was geworden. Er waren nog zoveel dingen te doen, hij kon niet wachten om te beginnen. Fuck hen. Hij was nu bijna bij de zee, hij kon de golven op zijn lippen proeven. Hij likte rond zijn mond, voelde dat hij tot alles in staat was. Hij kon zelfmoord plegen, iemand ombrengen, het maakte niet uit. Hij deed ertoe, híj had de macht, hij kon doen wat hij wilde. Hij bleef staan, trok zijn trui uit, stond met ontbloot bovenlijf en voelde de koele novemberlucht in zijn huid snijden. Het deed pijn en zou al snel levensgevaarlijk worden. Opnieuw overwoog hij in de golven te springen, om aan alles een einde te maken. Maar toen zakte hij met een luid gebrul ineen, stortte in, zijn adem stokte, hij begon te huilen en te schreeuwen. Het kon hem niet schelen dat hij in het natte, gore gras zat, want hoewel het voor de tijd van het jaar mild was, trok de kou door zijn hele lijf tot diep in zijn hart. Het was zo onrechtvaardig! Dat alle anderen in hun warme huiskamers konden zitten, zonder problemen, zonder een leven dat zojuist was verwoest, terwijl hij hier als een dier midden in het niets zat. Hij huilde, liet zich gaan, voelde hoe zijn zelfmedelijden zich om hem sloot. Op dit moment was er maar één ding dat hij wilde: worden vastgehouden. Hij wist wie altijd klaarstond om hem vast te houden – ook al had hij haar zojuist afgewezen. De gedachte zelf bood hem enige troost, zijn huilen nam af. De kou liet zijn hele wezen schudden; hij wilde alleen maar naar haar toe, voor een omhelzing en een kop thee.

Maar opeens zag hij iets, de lichten van een auto in de verte. De auto kwam dichterbij en hij dacht het speciale licht te kunnen herkennen, zelfs op deze grote afstand. Niemand in het dorp had zulke witte, verblindende koplampen. Shit. Dat was het laatste wat hij op dit moment nodig had. Hij had absoluut geen zin om met die halvegare te praten. Hij ging staan, trok zijn trui aan. Hij kon maar beter naar huis gaan, wilde leven, niet doodgaan. Maar op hetzelfde moment hoorde hij een stem achter zich, iemand zei zijn naam. Kon dat kloppen? Hij wilde zich net omdraaien, maar voor hij dat kon doen, voelde hij hem. De klap. Het voelde alsof de hemel op zijn hoofd belandde. Hij viel op de grond, wist nog net het natte gras te voelen en het bloed dat tussen zijn haren wegvloeide. Hij voelde dat iemand aan zijn benen trok, hem naar het water sleepte, hij probeerde te bewegen, maar kon het niet. Toen raakte hij helemaal buiten bewustzijn. Voelde niet dat iemand hem sleepte naar waar hij zojuist van had gedroomd. De ijskoude, donkere, dodelijke zee.

1

Een hand wordt over de gemeenschappelijke armleuning in een andere gevlochten, ze leunen synchroon achterover. Hij draait zijn hoofd een milliseconde vóór haar, hij is bang om te vliegen maar probeert dat te verbergen, zij is niet bang, maar doet alsof. Ze vrijen met hun ogen en oefenen hun verliefdheid op elkaar, terwijl ze van de grond opstijgen.

Zij: 'Ik heb op een berg gekampeerd.'

Hij: 'Ik heb geskied.'

Zij: 'Ik benam je de adem.'

Hij: 'Ik heb in Brussel gedanst.'

Het vliegtuig is in de lucht, zijn licht zwetende hand...

Aargh! Wat nu? Hoe bedenk je een relatie aan de hand van de eerste verliefdheid? Hoe schets je de gevoelens tussen twee mensen zonder te klinken als een slechte kopie van Goethe of nog erger: een veel te goede kopie van Barbara Cartland? Hoe het ook zij: veel te banaal! Met een harde druk op 'delete' wist ze het hele stuk, spoelt het gevoel van ontoereikendheid weg met een groot glas rode wijn en daarna nog een – omdat het meer dan een glas vergt om dat gevoel van middelmatigheid kwijt te raken. Hannah Krause-Bendix heeft nog nooit een slechte recensie gehad, geen enkel negatief geladen woord over ook maar een van haar vier romans hebben de recensenten haar gegeven. Ze is een literaire superster, is twee keer genomineerd voor de literatuurprijs van de Noordse Raad, niet gewonnen, maar dat was maar goed ook: ze gelooft er niet in dat literatuur met prijzen kan worden gewaardeerd. Ze heeft de vele prijzen die haar in de loop der jaren wél zijn toegekend ook nooit in ontvangst genomen. Hannah ziet zichzelf als een wandelende bonk integriteit van vijfenveertig jaar en ze zal te allen tijde blijven volhouden dat het beneden haar waardigheid is om commercieel succes na te streven. Misschien weet alleen haar redacteur dat dit een leugen is. Dialoog, vanaf het begin:

Hij: 'Er zijn straten in Kopenhagen die alleen in mijn dromen bestaan.'
Zij: 'Maar maakt dat ze minder werkelijk?'

Opnieuw delete. Ze heeft in haar boeken nog niet eerder de strijd aangebonden met verliefdheid en tot dusver ziet het ernaar uit dat het een onenightstand zonder nakomelingen wordt. Hannah staat rusteloos op van haar bureau, Duits design, mahonie, zwaar genoeg om haar normaal zo geniale woorden te dragen. Maar nu valt er niet veel te dragen, ze komen niet, de woorden. Ook vandaag niet. Hannah past haar appartement op de bovenste verdieping af, 67 vierkante meter, dat is snel uitgevoerd. Ze gaat bij het raam staan, doet het open, blaast rook uit over de daken van de stad. Het is een mooie dag, Kopenhagen ziet er goed uit in het herfstzonnetje en met mensen die in halflange mouwen blijven volharden, ook al is het november geworden. Alsof hun naakte huid de zomer langer vasthoudt. Af en toe benijdt ze hen, de mensen die hun nakomelingen in kinderwagens rondrijden, terwijl ze elkaar met onbezorgde gezichten begroeten en soja latte uit wegwerpbekers drinken. Kopenhagenaars zijn er keien in om er op zondag gelukkig uit te zien. Een moment overweegt ze er toch heen te gaan. Bastian zal haar maandenlang in de watten leggen als ze het doet. Dat is wel een verleidelijke gedachte: een paar maanden lang een dankbare, welwillende redacteur. Heel verlokkelijk. Maar dan drukt ze haar sigaret uit en pept ze zichzelf op. Zij gaat niet op zo'n vreselijke boekenbeurs staan om haar romans te signeren voor een plebs dat het verschil tussen boeken en literatuur niet kent. Bovendien zal haar afwezigheid waarschijnlijk niet echt busladingen vol joelende fans teleurstellen. Hannahs lezersschaar is net zo klein als hij elitair is – ondanks literaire erkenning is ze nog steeds schrijver bij de genade van de kunstsubsidie. Ze schrijft het soort boeken waarin een oude man een slok koffie neemt en veertig bladzijden lang nadenkt voordat hij een volgende slok neemt. En dan is niet alleen de koffie koud geworden. De meeste lezers zijn dat dan ook.

Hannah loopt naar de keuken en beeldt zich in dat die handeling een doel dient. Maar dat is er niet. Ze verzint een honger die niet bestaat, omdat ze nog maar een uur geleden heeft ontbeten. Een uur geleden nog maar, echt waar? De tijd schijnt haar digitaal toe vanaf de oven, geeft haar een schuldgevoel: het is nog niet eens elf uur en ze zit al aan haar derde glas wijn en haar vijfde sigaret. Dat moet stoppen. Vanaf nu geen alcohol meer voor twaalf uur. Een belofte aan zichzelf die ze maar al te vaak heeft gedaan en ze weet dat ze die ook deze keer niet zal nakomen. Wat een allemachtig schrijverscliché is ze toch ook. Ze opent een paar kastjes, doet ze weer dicht. Hetzelfde ritueel met de koelkast: open, dicht. Maar de honger laat zich niet tevoorschijn lokken, ze heeft nergens zin in. Waarom laat de inspiratie het de laatste tijd afweten?

Correctie: het is niet de inspiratie die het laat afweten. Indrukken zijn er genoeg. Het is meer de verwerking ervan; in schriftelijke vorm, welteverstaan. Een gevoel, een scherpe overpeinzing of een veelbetekenend woord vormt niet langer het uitgangspunt van een goed verhaal, want de rest komt niet. Of dat wil zeggen, dat wat er komt is te slecht, variërend van het clichématige en het pretentieuze tot het nietszeggende. Ze raakt niet langer de zenuw die haar schrijverschap anders zo laat zinderen. Persoonsbeschrijvingen zijn Hannahs kracht. Ze heeft een intuïtief gevoel om karakters te beschrijven, zodat de lezers niet alleen voelen dat ze de persoon kennen, maar dat ze die persoon zijn. Hannah is een observator. Als mensen bij etentjes om het woord strijden, observeert zij – zij is niet degene die via luide stemvoering of wilde gebaren de aandacht trekt, maar iemand die er stil bij zit en slechts vluchtig glimlacht om de wat bizarre momenten tijdens het gesprek. Hannah ziet de persoon wiens blik dwaalt, wiens holle woorden blijk geven van zijn of haar aanwezigheid, maar een afstandelijkheid onthullen en een wanhopige poging om niet te worden betrapt. Maar betrapt waarop? Op geestelijke onbalans, op verveling, op het beschermen van iets wat voor de buitenwereld te goed en te verfijnd is? Hannah filosofeert over zulke signalen, die bedenkt ze voor ongelooflijke lotgevallen om haar lezers wijzer te maken over het leven. Maar Hannah is gaan twijfelen of ze met haar geschrijf überhaupt iemand wijzer maakt. Zichzelf nog het minst van iedereen. Het zijn slechts eindeloze rijen gedachten op papier. Dat is de reden dat ze het nu probeert met de liefde, om op het juiste spoor terug te komen. Of misschien om een nieuw spoor te construeren. Maar het is moeilijk om liefde te plotten als je zelf nog nooit een relatie voorbij het eerste keerpunt hebt ervaren – en misschien bijzonder lastig als je niet in een plot gelooft. Ze werpt een blik uit het keukenraam, op de binnenplaats waar een aantal kinderen aan het spelen is. Als het uit een ton halen van regenwater om bloemen water te geven tenminste een spel is. Af te leiden uit het gelach en het gejoel van de kinderen is het in elk geval een vreugdevolle bezigheid. Hannah zucht, stel je eens voor zo'n licht, onbezorgd leven te hebben. Ze schudt de gedachte van zich af, wil hier niet vanwege zichzelf sentimenteel zitten worden. Als ze heel eerlijk is, is een deel van haar problemen zelfgecreëerd, in het bijzonder wat de liefde betreft. Het is niet zo dat Hannah niet van iemand kan houden. Dat heeft ze best vaak gedaan, maar altijd kortstondig. Ze heeft in het algemeen niet bijzonder veel geduld met andere mensen en in liefdesrelaties raakt ze altijd teleurgesteld voor die zich goed en wel hebben ontwikkeld. Of teleurgesteld is misschien niet het goede woord. Verveeld is waarschijnlijk correcter. Misschien komt het doordat ze al haar tijd doorbrengt met rondscharrelen in de hoofden van haar personages, dat ze altijd voelt dat ze alle anderen tien stappen voor is. Ze mist het om verrast te worden, om iemand te ontmoeten die ze niet kan ontcijferen. Maar ze is gaan twijfelen of dat ooit zal gebeuren.

Bastian twijfelt niet aan haar, dat heeft hij nog nooit gedaan. Maar hij heeft zo'n ongelooflijk slecht oordeelsvermogen. Als hij niet haar beste (o, eerlijkheid, enige!) vriend, grootste fan en superloyale redacteur was, zou ze vele jaren geleden afstand van hem hebben genomen vanwege zijn commerciële geflikflooi. Het is eigenlijk wonderlijk, denkt ze vaak. Waarom wil hij haar? Hannah is Bastians enige echte auteur, de andere 'auteurs' voor wie hij redacteur is schrijven kookboeken, misdaadromans, sensatieromannetjes – alle rotzooi die mensen kopen omdat het licht verteerbaar en ongevaarlijk is. Je vindt er antwoorden, goede mensen en slechte mensen, problemen die kunnen worden opgelost. In de romans van Hannah zijn geen antwoorden, er zijn niet eens vragen. Ze vereisen dat je zelf nadenkt. Dat je je concentreert. Voelt. Langzamerhand kunnen nog maar weinig mensen dat. Hannah zucht tot in haar vingertoppen. Maar ze weet best dat zij niet degene is die moet overwegen om Bastian te lozen; hij had haar al jaren geleden moeten dumpen. Ze is lastig, verkoopt niets. Dat Bastian er al voor het veertiende jaar op staat haar bij de uitgeverij te houden, kan maar door drie dingen komen: prestige, filantropie en slecht oordeelsvermogen. Telkens wanneer ze erover nadenkt, komt ze uit bij het laatste als het meest waarschijnlijk. Ze zou hem iets terug moeten geven, denkt ze tijdens een ultrakorte aanval van rationaliteit. In die split second belt ze Bastian op en deelt hem mee dat ze naar de boekenbeurs komt. Er komt toch niets anders dan drek uit haar pen. Bastian is gelukkig.

2

Buiten voor congreshal Bella Center steekt Hannah een sigaret op en heeft spijt van haar actie. Terwijl ze haar longen vult met moed om de bezoekers van de beurs tegemoet te treden, bestudeert ze de vettige glazen deuren die, met een draaimechanisme en de duwkracht van handen, grijsharigen, Jutlanders en kinderen de wereld van de boeken in en uit sluizen. O God, dood mij langzaam.

'Sorry, maar kun je met die sigaret misschien een beetje verder van de ingang af gaan staan?'

Hannah draait zich om en staart recht in het haar van een vrouw die in andere tijden een uitstekend melkmeisje zou zijn geweest. Tegenwoordig is ze pedagoog en haar muisgrijze haar is sinds de laatste blondering vier centimeter gegroeid. De juf slaat gekweld haar blik neer naar de onrustige groep kinderen die achter haar staat.

'De rookvrije zone loopt helemaal tot aan daar.'

De vrouw wijst nu naar een schuurtje dat zo ver weg ligt dat Hannah het haast niet kan zien. Hannah glimlacht demonstratief.

'Oké, dus ik moet zo'n beetje naar Zweden toe om een sigaret te roken?'

'Het is toch voor de kinderen. Zij kunnen in de verleiding komen om zelf te beginnen als ze iemand het zien doen. En ze kunnen kanker krijgen.'

'Van dat ze mij zien roken?'

'Van dat jij ze in hun gezicht rookt.'

Hannah kijkt vermoeid naar de melkmeisje-achtige juf, daarna naar de kinderen die naar haar omhoogkijken alsof ze Darth Vader is. Dan bukt ze naar het voorste kind, een snotterig jongetje met rode wangen. Ze reikt hem haar rokende sigaret aan.

'Zou jij deze voor mij willen oproken?'

Het jongetje kijkt bang en schudt zijn hoofd. Hannah komt overeind en kijkt de juf recht aan.

'Zie je wel? Ik inspireer niemand tot iets.'

Hannah drukt haar sigaret uit, draait zich om en stapt de hel van de boekenbeurs binnen – geen acht slaand op het geroep van de vrouw dat ze de sigarettenpeuk moet oppakken en in de afvalbak moet gooien.

Kramen met boekhandelaars vormen de wanden van het labyrint waarin van alles ronddwaalt, van studiegroepjes met grijze, witte wijn drinkende vrouwen tot jonge stellen met vastgegespte kinderen. Sommigen op jacht naar de volgende grote leesbeleving, anderen in de hoop een glimp op te vangen van hun favoriete auteur – de meesten waarschijnlijk slechts op de vlucht voor de saaiheid van thuis. Met een sjaal om haar hoofd lukt het Hannah, terwijl ze zich door de menigte worstelt, om confrontaties met collega's, lezers en journalisten te vermijden. Ze voelt de agorafobie tijdens een aanval van koud zweet en moeite om te ademen haar hoogtepunt bereiken, precies op het moment dat ze een stand binnenstapt waar haar boeken op een speciale tafel zijn uitgestald. Dit is de plek waar ze haar naam in de boeken moet zetten. Bastian is er niet, hoewel hij had beloofd dat hij er zou zijn. Geërgerd stelt ze vast dat de voorraad van haar boeken onaangeroerd lijkt en dat het er niet naar uitziet dat dit zal veranderen: behalve een moe uitziende stagiaire van de uitgeverij achter de balie is zij de enige. Hannah doet haar sjaal af, de stagiaire kijkt zonder blijk van herkenning naar haar.

'Voor die boeken geldt een speciale boekenbeursprijs; twee voor de prijs van een. Het zijn boeken die we moeilijk kwijtraken, maar ze zijn echt goed. De auteur heeft twee keer de Literatuurprijs van de Noordse Raad gewonnen.'

Hannah voelt hoe de vermoeidheid in haar merg bezinkt.

'Die auteur heeft de Literatuurprijs van de Noordse Raad nooit gewonnen.'

'Jawel hoor, Hannah Krause-Bendix. Zij is echt een van de beste schrijfsters van Denemarken, er zijn gewoon niet zoveel mensen die haar kennen. Ze is zelfs mijn lievelingsauteur.'

Hannah krijgt zin om de revolver te trekken die ze gelukkig niet in haar tas heeft zitten. Sarcasme en vernedering zijn haar enige wapens.

'Oké, ze is jouw lievelingsauteur? Welke van haar romans zou jij dan aanbevelen?'

De stagiaire aarzelt beangstigend weinig in haar leugen.

'*Ik kom in stilte* is echt episch.'

'Episch?'

'Ja, je weet wel, een beetje eigenaardig, maar zo is haar stijl. Het is echt diep.'

'Diep?'

'Ja, dat is wat moeilijk uit te leggen, omdat...'

'Omdat je het nooit hebt gelezen?' interrumpeert Hannah.

De stagiaire knippert een onzeker moment, maar het lukt haar niet om een weerwoord te formuleren. Hannah is het snelst.

'Je moet natuurlijk op een boekenbeurs geen werken staan verkopen waarvan je ook nog beweert dat je ze hebt gelezen, als je overduidelijk minder van literatuur weet dan de eerste de beste analfabetische...'

'Analfabetische wat?'

Achter Hannah verschijnt Bastian in zijn volle twee meter lengte. Hij kijkt Hannah vragend aan, van haar dwaalt zijn blik in een net zo vragende lijn naar de op huilen staande stagiaire, die achter de balie ineenkrimpt.

'Analfabetische malloot.'

Hannah ergert zich eraan dat ze niet met een geraffineerdere belediging weet te komen en constateert tegelijkertijd geïrriteerd dat de stagiaire onvoldoende angst of schaamte in haar lijf heeft om een totale inzinking te krijgen. In plaats daarvan recht het jonge meisje haar rug, waarschijnlijk in de overtuiging dat haar baas, de lange, knappe Bastian, de onbekende aanvaller in een stevige armklem het gebouw uit zal begeleiden. Hannah weet dat hij dat niet zal doen.

'Claudia hier is nieuw, ze studeert literatuurwetenschappen.'

Ongetwijfeld nog steeds met de armklem in gedachten steekt Claudia haar borstbeen wat naar voren door de presentatie van Bastian. Ze wendt zich tot hem.

'Ik probeerde deze klant hier alleen maar te vertellen over Hannah Krause-Bendix en toen begon ze tegen me tekeer te gaan.'

Een vrouw die zich een slachtofferrol aanmeet. Hoe banaal.

Stagiaire Claudia kijkt opzij naar Bastian: waar blijft die armklem?

Hannah begint van het conflict te genieten. Als ze geluk heeft, ontslaat Bastian deze Claudia. Wat Hannah betreft mag het lijden nog wel wat langer duren. Mensen die anderen de les willen lezen over iets wat ze zelf niet kennen, verdienen een lange, pijnlijke dood te sterven. Aan de andere kant wil ze ook graag aan de slag met haar klus en deze discussie leidt niet tot veel gesigneerde boeken.

'Ik weet niet of je het meest belezen bent in statusupdates of modeblogs, maar in elk geval niet in romans. Want dan zou jij weten dat ik Hannah Krause-Bendix ben en dat ik de boeken heb geschreven die jij daar in de uitverkoop hebt alsof het augurken in de aanbieding zijn.'

Claudia hapt naar adem.

'Hannah, ze is nieuw.'

Bastian probeert de ergste vernedering af te wenden.

'Ik kon toch niet weten dat jij het was, als je er op de omslagfoto zo anders uitziet... Je ziet er echt heel veel ouder uit.'

Claudia rommelt met Hannahs boeken en probeert ze te ordenen. Alsof dat iets zou helpen. Hannah slikt een vinnige repliek in en trekt in plaats daarvan haar jas uit, gooit hem achter de balie.

'Kun jij niet gewoon even weggaan en een warme, ecologische soja latte halen, terwijl ik hier het komende uur mijn epische romans sta te signeren?'

Claudia kijkt Bastian aan. Als een middelbare scholier die toestemming heeft gevraagd om naar de wc te mogen.

'Neem maar een korte pauze.'

Claudia sluipt weg. Weg is ook haar rechte rug en vooruitgestoken borst.

'Blij je te zien in al je personeel-angst-inboezemende optreden.' Bastian trommelt met zijn wijsvinger op de toonbank.

'Was het echt zó moeilijk om een beurshulpje te vinden dat ten minste een van mijn boeken heeft gelezen?'

Bastian aarzelt. Hannah zucht, natuurlijk. Als ze niet snel een nieuw lezerspubliek weet aan te boren, is de volgende stap waarschijnlijk om haar onverkochte boeken direct naar de stort te brengen.

'Je moet weten dat ik dit hier slechts vanuit een goed hart doe. Alleen maar.'

'Wil je op zijn minst naar de mensen glimlachen?'

'Duivels of sexy?'

'Gewoon vriendelijk. Ik weet dat je het kunt.'

Bastian glimlacht, slaat zijn in een pak gestoken armen uit – waarom moet een redacteur eruitzien als een zakenman? Hannah herinnert zich de tijd dat zacht corduroy en wol deel uitmaakten van Bastians uniform, maar dat was voor de economische hausse in de jaren nul van deze eeuw. En voordat hij redacteur werd. Sinds hij bij de uitgeverij is gaan werken, draagt hij pakken in verschillende snit en kleur. Hannah is er vrij zeker van dat het een bewuste aanwijzing was van de overgang van literatuurminnende student naar letterkundige met een vaste baan. Van zich bezighouden met boeken vanwege de boeken tot het zich bezighouden met boeken voor het geld. Een verandering die Hannah zelf nooit heeft ondergaan. Maar stilletjes is ze blij dat het bij Bastian wel is gebeurd. Ze kijkt naar de tafel met haar eigen werken, voelt een steek van dankbaarheid vanwege Bastians commerciële transformatie – als hij er niet geweest was, zouden haar boeken helemaal niet op de boekenbeurs te vinden zijn. Hoewel ze nog steeds de in wol geklede corduroyman mist die ze voor de eerste keer ontmoette bij een voordracht van *Vlindervallei, een Requiem* van Inger Christensen eind jaren negentig.

'Ben ik te horen?'

Hannah kijkt op. Een microfoon piept. De microfoon die zojuist een iele vrouwenstem versterkte. De stem hoort bij een lichaam dat zo mogelijk nog ieler is: Natasja Sommer. Op een podium. Op het podium staan ook twee stoelen, op een kleine tafel voor de stoelen twee glazen water. De cultuurjournalist zonder opleiding klopt zachtjes op de microfoon, tik, tik, piep. Ja, ze is te horen. Achter haar wordt een poster opgehangen. Hannahs hart slaat een keer over: op de poster is een afbeelding te zien van Jørn Jensen, de verschrikkelijkste thrillerschrijver ter wereld. Hannahs voornaamste haatobject. Het lijkt erop dat hij door Natasja Sommer zal worden geïnterviewd. Op dit moment. Op het podium. Hannah haalt diep adem. Ze wist dat die boekenbeurs een verkeerd besluit was.

3

Glimlach, glimlach, succes, succes. Hannah bladert door de beurscatalogus en ziet de portretten van haar collega's en afgebeelde boekomslagen tevoorschijn komen als kleine, irritante herinneringen aan hoelang geleden het is dat ze zelf iets heeft uitgegeven. Ze slaat het boekje dicht, kijkt uit over haar stand die uitgestorven is, terwijl de ruimte voor het podium vol is. Vanuit haar eenzaamheid kijkt ze met een schuin oog naar het verwachtingsvolle publiek – ze krijgt een acute drang om terug te kruipen in een piepklein celletje van haar eigen lichaam, het kleinste dat er bestaat. Waarom haat ze Jørn eigenlijk zo? Niet omdat hij zo goed verkoopt. Of wordt gelezen. Of geliefd is. Zo primitief is ze niet; ze gunt anderen hun succes. Ze kijkt naar haar nagels, buigt haar vingers, bekijkt ze alsof ze een onbekend mysterie bevatten. Maar dat is in zekere zin ook zo. Ze transformeren haar gedachten tot woorden, brengen de ziel in de wereld, materialiseren die. Dat is het. Jørns boeken ontbreekt het aan ziel. Ze bevatten niet de meest voortreffelijke, originele gedachten die een individu kan voortbrengen, ze zijn een herdruk, een aftreksel van gedachten van anderen, gereproduceerd op een mechanische, fabrieksmatige manier. Zijn boeken zijn misschien spannend, bezitten misschien een moraal. Maar die kwaliteiten zijn goedkoop, omdat ze volgens een formule zijn gemaakt. Waar is de originaliteit, het hart, dat wat de auteur onderscheidt van ieder ander individu met een tekstverwerkingsprogramma en een zeker gevoel voor spanningsdramaturgie? En de taal. Waarom doet hij niet een beetje zijn best wat het taalgebruik betreft?

Er klinkt applaus uit de menigte op het moment dat Jørn het podium betreedt. Hij kust Natasja Sommer op de wang en glimlacht breeduit naar zijn fans. Hij probeert bescheiden te lijken, maar slaagt daar niet in – het is lastig om zelfliefde te verbergen. Iemand fluit alsof Jørn een rockster is. O Denemarken, jij cultureel ontwikkelingsland; aanbid de talentlozen nog wat meer, alsjeblieft! Hannah staart stijf naar Jørn, als de uil voordat deze zijn klauw uitslaat en de muis vangt. Maar haar klauwen blijven op de toonbank liggen, ze trekken zich zelfs nog wat terug – Jørn is onaantastbaar. Natasja Sommer begint het interview op flirtende toon, Jørn begint te spreken, zelfverzekerd, ingestudeerd, zijn woorden zijn als benzine op Hannahs brandende huid.

'Ik wil graag in achttien minuten een boek kunnen schrijven en dan weer doorgaan.'

Vonken!

'Schrijven is een ambacht, een vak als alle andere. Daarom is een strenge arbeidsdiscipline ook belangrijk; een bepaalde tijd gaan zitten schrijven en niet stoppen voordat je het aantal bladzijden hebt gedaan dat je jezelf ten doel had gesteld. Het is daarnaast belangrijk om gezond te eten en in beweging te blijven, om je mentale scherpte te behouden.'

Vlammen!

'Ik zie het als een plicht om de lezer nooit te vervelen, om er altijd op te mikken zoveel mogelijk lezers te krijgen. Er zit ook een enorme industrie om zo'n boek heen, je kunt eigenlijk wel zeggen dat ik mezelf een beetje zie als een ondernemer die banen voor anderen creëert: bij de uitgeverij, bij de drukker, in de winkels.'

Vuurzee!

Hannah verdraagt niet nog meer uitspraken over literatuur als een markteconomische functie, ze zoekt wanhopig naar haar mobieltje, belt Bastian en komt direct in zijn voicemail terecht, shit! Ze overweegt ertussenuit te knijpen, maar op hetzelfde moment verdwalen twee tienermeisjes in de stand. Ze volgt hen met haar blik, ze kijken willekeurig wat in boeken. Ze probeert zich voor Jørn af te sluiten, maar dat lukt niet.

'Hoe zou jij de relatie beschrijven tussen, hoe zal ik het zeggen, het wat zwaardere literaire genre en de populaire boekcultuur, waartoe je zelf behoort?'

Hannah spitst haar oren bij de vraag van Natasja Sommer. Jørn knikt rustig, misschien om aan te geven dat hij de vraag heeft begrepen, misschien om te onderstrepen dat het antwoord complex is. Hij straalt autoriteit uit, door mediatraining aangeleerde autoriteit.

'Ik zie het zo: het is goed dat er bestsellerauteurs zijn zoals ik, die het voor andere auteurs mogelijk maken dingen uit te geven. Op die manier zijn populaire boeken noodzakelijk, zodat schrijvers die niet zoveel verkopen, kunnen worden blijven uitgegeven.'

Verbrand me levend, zeg!

Mijn bestaansbasis ben jij dus eigenlijk, denkt ze. Omdat jij je stompzinnige boeken schrijft, kan ik die van mij uitgeven? Omdat jij wat taal betreft niet ambitieus bent, is het voor mij mogelijk om dat wel te zijn? Haar klauwen vouwen zich langzaam uit. De twee tienermeisjes komen naar Hannah toe, de een gooit een boek voor haar neer.

'Wil je die voor me inpakken?'

Hannahs blik glijdt van het boek naar het meisje, dat haar haar veel te zwart heeft geverfd; het zorgt ervoor dat haar bleke huid nog meer glanst van overgang van kind naar volwassene. Ze heeft geen wenkbrauwen. Hannah moet niets hebben van mensen zonder wenkbrauwen; ze ziet het als een teken van een ontbrekende persoonlijkheid. Zou ze er niet in elk geval een paar kunnen tekenen? Maar het komt niet door haar uiterlijk dat Hannah van aversie jegens het meisje ineenkrimpt: het boek dat ze voor Hannah heeft neergelegd, is *De vrouw die fluisterde om hulp*. Geschreven door Jørn Jensen. Hannah pakt het boek op alsof het de verloren onderbroek van een dakloze man is, draait het om. Achterop staat een foto van Jørn in een ruige buitenomgeving, waarin hij met gekruiste armen tegen een boom leunt en recht in de camera kijkt, alsof hij van plan is de lens aan psychoanalyse te onderwerpen. Boven de foto zijn louter lovende woorden van recensenten en een complete sterrenregen afgedrukt. Vooral van obscure blogsites waar Hannah nog nooit van heeft gehoord. Hannah kijkt van de foto naar de man van de foto.

'Ik verwacht niet dat ik de rest van mijn leven succesvol kan schrijven, je moet wel het juiste moment pakken. En op het juiste moment stoppen.'

Jørn kijkt recht naar Hannah op het moment dat hij de zin afsluit. Kort, maar lang genoeg dat het geen toeval kan zijn. Ze denkt een lichte, spottende glimlach te zien, misschien als dank voor al die keren dat ze hem bij verscheiden recepties de rug heeft toegekeerd. Jaren van verbeten irritatie verzamelt zich in Hannahs hand, ze brengt hem omhoog en bijna voor ze zelf begrijpt wat ze doet heeft ze *De vrouw die fluisterde om hulp* recht op Jørn af gegooid. Waarschijnlijk komt het door zijn jaren in het Deense leger die zijn zintuigen voor vliegende boeken hebben gescherpt, want op haast miraculeuze wijze wijkt zijn hoofd vliegensvlug opzij en weet hij met een marge van een paar millimeter te voorkomen dat hij zijn eigen bestseller tegen het voorhoofd krijgt. In plaats daarvan raakt het boek een stander met een poster van de boekomslag, de stander valt achterover, van het podium, met veel kabaal.

Het boekenbeurspubliek draait zich om naar Hannah. Het meisje zonder wenkbrauwen wijst naar haar.

'Zij gooide hem!'

Natasja Sommer slaat geschokt haar hand voor haar mond, duidelijk niet in staat om te gaan met iets wat niet op haar chique interviewkaartjes staat. Jørn daarentegen bewaart zijn rust, hij gaat staan om over de menigte heen te kunnen kijken, loopt naar de rand van het podium. Hij ziet Hannah, ze doet niets om zijn blik te ontwijken.

'Nou zeg! Er is blijkbaar iemand niet zo enthousiast over mijn nieuwe boek.' De menigte lacht. Hannah kookt vanbinnen.

'Ik heb het niet gelezen, maar het is waarschijnlijk gewoon een kopie van een van je eerdere boeken, met een nieuwe titel. Of een bijna nieuwe titel – als ik het me goed herinner heette je vorige uitgave *De vrouw die naar seks zuchtte*. Dat boek heb ik in een dag gelezen.'

'Dus je hebt mijn werk gelezen! Ik voel me zeer vereerd.' Jørn glimlacht zelfgenoegzaam naar de menigte, die reageert met hier en daar gelach en gegniffel. De eerste schok van het publiek is gaan liggen, mensen hebben zich razendsnel aangepast aan de nieuwe entertainmentsituatie – hier zijn twee scherpe fronten getrokken, duidelijke aversie tussen twee gerespecteerde schrijvers, een literaire vete. Veel beter dan een enkele man tegenover een microfoonvasthoudster op een podium.

Natasja Sommer heeft haar zelfbeheersing terug, houdt haar adem in. Persfotografen schieten plaatjes. Hannah knippert, ziet zichzelf kortstondig van buitenaf, op dit moment gebeurt het, ze wordt getroffen door een fictieve injectie met evenveel paniek als vechtlust. Ze verdringt het eerste, de adrenaline geeft haar moed.

'Je hoeft je echt niet vereerd te voelen, het was een buitengewoon slechte leesbeleving. Ik heb schrijfcursussen gegeven aan kinderen die nog maar in groep 8 zaten, maar die zich beter wisten uit te drukken.'

Hannah wint een slag in kwaadaardigheid. Er verschijnt een trekje bij Jørns mondhoek, aanvallen op iemands vaardigheden zijn de ergste. Zelfs voor een man die miljoenen boeken heeft verkocht en nu ook de filmrechten aan een Engelstalig land.

'We kunnen ook niet allemaal intellectuele romans voor de elite schrijven.'

Hannah is voorbereid op juist dát argument. Ze heeft het eerder gehoord.

'In principe kunnen we dat best. Maar het is geen óf-óf-discussie. Het een sluit het ander niet uit en dit is niet omdat ik een hekel heb aan misdaadromans. Ik heb alleen een hekel aan slechte misdaadromans waarvan mensen denken dat ze goed zijn – bijvoorbeeld de misdaadromans die jij schrijft.'

De joviale Jørn is verdwenen. Het is nu pure zelfverdediging.

'Je mag mijn misdaadromans best slecht noemen, maar ik denk dat velen het met je oneens zijn. Bijvoorbeeld mijn vele miljoenen lezers.'

Er wordt geklapt, Hannah laat niets merken, het zijn tenslotte ook grotendeels de fans van Jørn die aanwezig zijn. Ze vindt rust in de wetenschap dat zij in zowel nationale als internationale literaire kringen de koningin van het hoogculturele kapitaal is. Ook al zijn die kringen wellicht ietwat klein.

'De smaak van de meerderheid is zelden een teken van kwaliteit.'

Hannah hoort zichzelf praten, haar woorden zijn meer persoonlijk kwaadaardig dan haar bedoeling was. Eigenlijk is ook niet Jørn het probleem, het is alles waar hij voor staat. Plus natuurlijk het feit dat hij op deze manier over de literatuur staat te preken. Nee! Hij heeft het verdiend. Hij is tóch het probleem.

Een televisiecamera heeft zijn weg gevonden – wie had gedacht dat schrijvers buiten hun boeken zoveel drama weten te creëren! Hannah ziet hen, waar is ze eigenlijk in hemelsnaam mee bezig? Maar ze kan niet meer keren of afremmen; als een auto over een met ijs bedekt stuk weg is de enige manier om een ramp te voorkomen in dezelfde richting blijven doorrijden zonder vaart te minderen – en dan maar hopen dat je je einddoel levend bereikt. Jørn volgt dezelfde strategie.

'Ik vind het eerlijk gezegd een klein beetje arrogant om te beweren dat jij een betere smaak hebt dan iedereen die mijn boeken leest.'

Nee! Hij mag niet de kans krijgen om dit terug te brengen tot een vraag over moraal.

'Goede of slechte smaak, daar gaat het hier niet om.'

Hannah doet een greep naar een veel te hoge stapel van Jørns boeken, houdt een exemplaar omhoog.

'Dit hier is middelmatigheid met paginanummers erop. Slechte smaak kan goed genoeg zijn, maar middelmatigheid die weet dat zij middelmatig is en niet haar best wil doen om beter of slechts een beetje anders te worden, is wat onze maatschappij echt bedreigt. Dit hier zijn al diegenen die niet een klein beetje hun best willen doen, degenen die alleen maar van de clichéplank grijpen. En eraan verdienen. Iedere sukkel kan in een maand zo'n misdaadroman schrijven!'

Jørn last een pauze in. De boekenbeurs houdt met hem de adem in.

'Oké. Maar als iedere sukkel het kan, dan kun jij het zeker ook?'

Hannah wacht. Ze voelt waar hij naartoe wil. Dit is een wending die ze niet heeft voorzien.

'Natuurlijk kan ze dat!'

Hannah draait haar hoofd, Bastian komt vanaf de zijkant aanstappen – was hij de hele tijd in de buurt? Wat is het ook voor een bewering waar hij deze discussie mee verstoort?

'Nou, maar dat vind ik een uitstekende uitdaging! Om in een maand tijd een misdaadroman te schrijven! Ik denk dat velen van ons zich zeer op dat boek verheugen.'

Jørn herovert het gesprek met een glimlach, vlak onder de oppervlakte gloeit de opgewektheid.

Er wordt geknikt en geklapt. Geflitst en gepraat. Is dit een mediastunt of een onvervalst conflict dat in een soort rivaliteit is geëindigd? De entertainmentwaarde schiet omhoog, hier en nu, het is misschien zelfs historisch.

Blikken wenden zich tot Hannah, die daarentegen van Jørn naar Bastian kijkt, in de ruimte tussen de twee mannen ziet ze de controle uit haar handen glippen. Er is maar één manier om die terug te veroveren.

'Over een maand heb ik een misdaadroman geschreven die beter is dan wat jij ooit hebt gepubliceerd.'

Hannah verrast de menigte, zichzelf inbegrepen. Ze draait zich om, beent weg van Jørn, de mensen, de media. Bastian weet bliksemsnel het veld van achtervolgers aan te voeren. De belofte hangt in de lucht.

4

Hannah heeft nog net een van haar Kings-sigaretten weten aan te steken als Bastian haar in een achterkamertje inhaalt. Naar de stilte te oordelen heeft hij zijn achtervolgers weten af te schudden.

'Dat is de beste marketingtruc waarvan ik ooit getuige ben geweest! Van dat boek zijn al honderdduizend exemplaren verkocht voor het überhaupt is verschenen!'

Hannah kijkt Bastian aan.

'Shit!'

Ze drukt haar sigaret uit zonder een tweede trek te hebben genomen.

Bastian haalt diep adem. Hij kent haar.

'Ben je niet van plan het te schrijven?'

'Dat kan ik toch niet. Een misdaadroman. Ik schrijf introvert proza. Ik kan niet eens een simpele liefdesgeschiedenis plotten.'

'Maar stel je eens voor dat je het kon!'

'Ja, en dan? Dan zou er nog een slechte misdaadroman op de wereld zijn.'

'Niet een slechte. Dat kun jij niet.'

'Jouw gevlei komt voort uit de hoop om winst te maken.'

Bastian legt een hand op Hannahs schouder.

'Jij schrijft een goede, andersoortige misdaadroman. In een maand. Die verkoopt goed, jij hebt je punt gemaakt tegenover Jørn en de rest van de boekenwereld, je hebt een discussie aangezwengeld. Dan keer je terug naar je romans, die dan opeens een brede, algemene interesse wekken. Alles waar je mee komt, wordt besproken, gelezen. Mensen beginnen je eerdere publicaties te lezen, *Ik kom in stilte* moet worden herdrukt. Jij drukt je stempel op de Deense literatuurgeschiedenis.'

Hannah kijkt voor zich uit. Ziet zichzelf langzaam in een nieuw licht.

'Misschien zou ik een goede misdaadroman kunnen schrijven, maar niet in een maand. Dat is toch de essentie van alles – die slechte misdaadromans zijn slecht omdat ze met grote haast worden geproduceerd en wat taal en inhoud betreft oppervlakkig zijn. Dat kan ik misschien in een maand voor elkaar krijgen.'

'De kwaliteit is minder belangrijk, zolang je het verwezenlijkt. Het is niet de inhoud die de waarheid is in de uitspraak: iedere sukkel kan in een maand een misdaadroman schrijven. Het plaatst het genre in perspectief.'

'Maar moet je papier verspillen om een slechte tekst te drukken? Het is het niet waard om daar regenwoud voor op te offeren.'

'Over honderd jaar zijn jouw romans verplichte leesstof op alle middelbare scholen.'

Hannah denkt na.

'Ik heb een writer's block.'

Bastian kijkt haar onderzoekend aan.

'Je hebt nieuwe inspiratie nodig, een nieuwe omgeving om in te schrijven.'

'Ik ben net in Berlijn geweest. Daar heb ik in veertien dagen tijd vier bladzijden geschreven.'

'Je hebt iets heel anders nodig, natuur, stilte. Je moet naar IJsland gaan.'

Hannah kijkt hem aan.

'Waarom juist IJsland?'

'Ik ken daar iemand, een vriend van de familie. Een vrouw bij wie je kunt logeren, ze heeft een groot huis in een klein dorp. Je verdwijnt helemaal, je zondert je af, hebt tijd en rust om te schrijven. Over een maand kom je terug met je misdaadroman.'

'En wat als dat niet zo is?'

'Dan heb je een eerlijke poging gewaagd.'

Bastian zoekt iets op in zijn mobiele telefoon, Hannah overweegt de situatie. Ze heeft het gevoel dat ze op een beslissend moment in haar leven staat. Waarom moeten besluiten altijd van tevoren worden genomen? Dit kan een enorme mogelijkheid zijn. Of de vergissing van haar leven. Bastian kijkt op van zijn telefoon.

'Ga naar huis en pak je koffer, morgenvroeg zit jij in een vliegtuig naar Reykjavik.'

5

De bagageband haalt adem en begint te draaien met een mechanisch geluid dat een snelle hereniging tussen koffers en wachtende eigenaren belooft. Mensen klonteren samen rond de mond die in een onregelmatige stroom bagage uitspuugt. Hannah wacht verder weg van het epicentrum in eenzame majesteit – waarom hebben mensen niet begrepen dat de band je koffer helemaal rond voert en dat het daarom een voordeel kan zijn om je langs de bagageband te verspreiden? Dat is toch verdorie waar het ontwerp voor is bedoeld. Met gekruiste armen slaat ze haar medepassagiers gade; waar moeten ze zo snel naartoe, waar zijn ze bang voor? Dat anderen er met hun vrijwel identieke koffers vol wasgoed vandoor gaan?

Ze zijn samen door de ochtend gereisd – in het donker een uur terug in de tijd gevlogen. In zekere zin een bijna poëtische gemeenschappelijke beleving, een van die zeldzame omstandigheden die Hannah het gevoel geeft dat ze deel uitmaakt van een groep: hier hangen we ver boven de aarde en als we naar beneden vallen, sterven we samen. Hannah vindt de gedachte aan een gemeenschappelijke dood verzoenend. Maar nu staan ze hier, haar medepassagiers, springlevend en in veiligheid, als hyena's rond een dood dier. Het gevoel van verbondenheid verdampt in het gevecht om de bagage.

Ze trekt haar zwarte koffer achter zich aan, het ene wieltje is kapot, het maakt lawaai en trekt naar rechts. De koffer had al vele reizen geleden vervangen moeten worden. Hannah kijkt om zich heen, probeert zich een indruk te vormen van IJsland – in vliegveldperspectief onderscheidt het zich niet zoveel van Denemarken. Of van andere vliegvelden op andere plekken op de wereld eigenlijk: steen, metaal, glas. Netjes ingericht. Misschien is dat de gedachte achter het gelijkschakelen van de aankomsten; zodat je niet precies weet in welk land je bent. Misschien is het een soort glijdende overgang: een paar uur geleden was je in een ander land ver weg; nu ben je hier, maar het lijkt erop. Een soort sluis, omdat de menselijke hersenen anders de verandering niet kunnen bijhouden. Of misschien omdat de meeste reizigers in werkelijkheid bang zijn voor onbekende plekken. Hannah constateert dat die neutraliteit hier op de nationale luchthaven Keflavik wordt tenietgedaan met ultranationalistische symbolen: taxfreewinkels met vlaggen, souvenirs, chocolade in de vorm van gebouwen en ansichtkaarten met turfhutten of watervallen. IJslandse wodka, IJslandse snoep. Wie heeft er nou oprecht en hartgrondig behoefte aan een pet met hoorns en een IJslandse vlag erop? Hannah kijkt opzij als ze erlangs loopt: Amerikaanse toeristen. Ze voelt een ijskoude druppel van haar oksel langs haar zij lopen. Angstzweet. Ze weet niet hoe snel ze uit de Keflavikse luchthavensluis moet komen; met een harde ruk dwingt ze haar koffer de juiste koers op en ze hoopt dat haar gastvrouw, Ella, daar buiten op haar wacht. Dat heeft Bastian beloofd.

Voor de aankomsthal heeft Hannah voor de derde maal spijt van haar project. Ze heeft drie rondjes over de parkeerplaats gelopen met haar halfdode koffer op sleeptouw, heeft twee langzame sigaretten gerookt voor de ingang. Hun ontmoetingsplek. Maar Ella is er niet. Hannah staat te rillen onder het afdak, kijkt naar de lucht. Die is grijs in meerdere nuances, het is gaan regenen. Ze vindt het vliegveld lang niet zo fris als haar was beloofd. Waar blijft Ella?

Hannah krijgt opeens een zenuwslopende gedachte. Misschien bestaat Ella helemaal niet? Misschien is er hier helemaal geen schrijfplek voor haar, misschien is dit wel Bastians manier om haar te lozen? Nee, dat zou hij nooit doen. Ella is onderweg vast gewoon doodgegaan aan een hartstilstand, ze is immers een wat oudere vrouw. Wat een klotezooi als haar gastvrouw levenloos ergens in een greppel ligt! Bevroren vingers knoeien met de aansteker, Hannah zuigt de rook diep in haar longen, houdt die even vast voordat ze uitademt. Ze kijkt naar een merkwaardige sculptuur van staal en verschillende kleuren glas. Het werk schommelt en is bovenaan wonderlijk onvoltooid, alsof het zich naar de hemel wilde uitstrekken, maar zich heeft bedacht. Het is nog niet te laat om om te keren. Icelandair vliegt in pendeldienst, misschien kan ze op hetzelfde vliegtuig stappen als waarmee ze is gekomen? Misschien kan ze zelfs dezelfde stoel krijgen.

Opeens ziet Hannah een zoekende Jeep die de parkeerplaats lijkt uit te kammen op zoek naar vertwijfelde Deense auteurs. Door de vieze autoramen denkt Hannah de vrouw te herkennen van wie Bastian haar vluchtig een foto heeft laten zien. Hannah steekt haar arm omhoog, zwaait om aandacht te trekken, het duurt even voor ze die krijgt. Maar dan heeft ze het idee dat ze een glimlach op het gezicht van de vrouw ziet, de Jeep wordt in haar richting gestuurd, stopt. Ella stapt uit, behendig, ze is verrassend complex in haar fysieke verschijning: geverfd rood haar, gouden sieraden, lippenstift, maar gekleed in een grijze fleecetrui en op klompen. Onder haar arm draagt ze een oud stuk karton. VELKOMIN HANNAH staat er met rode viltstift. Het bord wordt met gestrekte arm omhooggehouden, de vrouw glimlacht met al haar zestig plus nog wat jaar en wijst naar zichzelf.

'Ella.'

Hannah steekt haar hand uit. Ze weet wel dat Deens half verplicht is op de IJslandse scholen, maar ze weet ook dat het een mythe is dat alle IJslanders Deens spreken en verstaan. Ze wil niet overkomen als een onnozele imperialist, dus is ze van plan zich de komende maand in het Engels te redden.

'Hello, I'm Hannah. Thank you for letting me stay at your house.'

Ella zegt snel een heleboel in het IJslands, zwaait met haar armen, begint aan Hannahs koffer te trekken die bijna net zo groot is als zijzelf. Hannah interpreteert de situatie vlug: Ella spreekt Deens noch Engels! In gedachten schudt ze Bastian hard door elkaar dat hij die informatie niet heeft doorgegeven. Met opzet, dat weet ze zeker. Als Hannah dat had geweten, was ze nooit vertrokken. Maar nu is ze hier. Hannah grijpt haar koffer, die de strijd met de kleine vrouw bijna heeft weten te winnen.

'Ik neem hem wel.'

De auto is een Jeep Cherokee, en vanwege de versleten stoelen en de radio met cassettespeler constateert Hannah dat hij al jaren niet nieuw meer is. Tikkeditak, vroem, tikkeditak, vroem. De motor speelt zijn eigen melodie en het klinkt als een afscheidslied. Hannah kijkt zorgelijk naar Ella, die het abnormale geluid van de motor tijdens het rijden helemaal niet lijkt te registreren. Of misschien is ze er gewoon aan gewend? Hannah zucht, als hun een dodelijk verkeersongeluk wacht is het waarschijnlijk eerder de chauffeur dan de auto die daarvoor verantwoordelijk is. Haar blik springt van het geborduurde kussen waar Ella op zit en dat haar precies naar kijkhoogte optilt, naar de bril met jampotglazen die op Ella's neus balanceert. De neus zelf bevindt zich zo dicht op de voorruit dat de adem van Ella op het glas danst – neerslaat en weer verdwijnt. Hannah vraagt zich af of een gezondheidstest vóór het vernieuwen van een rijbewijs wel de normale gang van zaken is in IJsland. Maar zo oud is Ella natuurlijk ook weer niet. Als ze een Mercedes inhaalt en op het nippertje een tegemoetkomende bus weet te ontwijken, begint ze eraan te twijfelen of Ella überhaupt een rijbewijs heeft. Honderdtien kilometer per uur. Op een provinciale weg. Misschien is het ook wel prima om dood te gaan, dan hoeft ze die misdaadroman niet te schrijven. De motor klinkt nu echt alsof hij op het punt van instorten staat. Hannah wijst met haar hele lichaam naar de motorkap van de auto, in de hoop dat ze daarmee 'motor' signaleert. Dan houdt ze haar handen voor haar oren. Ella knikt op een ja-ik-weet-het-manier. Zegt iets in het IJslands.

Ella zet de radio aan. Draait het volume harder van 'Another Day in Paradise' van Phil Collins. Ze rockt vrolijk mee, haar handen gaan van links naar rechts, het stuur en de auto volgen. De auto zigzagt vooruit. Het wangeluid wordt dus gefikst met een harder geluid. Geweldig. Als er een persoon is aan wie ze een nog grotere hekel heeft dan Jørn Jensen is het wel Phil Collins. Hij mag niet de soundtrack van haar dood worden. Ze haalt haar mobieltje tevoorschijn, belt, Bastian neemt meteen op. 'Hallo' is overbodig.

'Ik wil dat je een retourticket voor me boekt.'

'Was Ella er niet?'

'Zij heeft ons in de sloot gereden, we zitten allebei klem in een brandende auto. Ik voel mijn benen niet.'

'Ik hoor wel dat IJsland je plotconstructie al op gang heeft gebracht. Ella is sympathiek, vind je niet?'

'Waarom heb je niet gezegd dat ze geen Engels spreekt? En dat ze autorijdt als een krankzinnige en van Phil Collins houdt?'

'Phil Collins is toch hartstikke goed?'

'Hou eens op, zeg. Dit is helemaal verkeerd, ik weet niet wat voor hersenbloeding ik heb gehad. Maar ik weet dat er morgenvroeg een vliegtuig is dat naar Kopenhagen terugvliegt. Met dat vliegtuig wil ik mee.'

'Maar hoe moet het dan met je boek?'

'Misdaadroman.'

'Moet die zichzelf schrijven?'

'Hopelijk. Het spijt me echt, maar ik kan het niet overzien. Ik wil naar huis.'

Hannah hoort Bastian ergens in Denemarken zuchten.

'Ik zal zien wat ik kan doen.'

'Dank je.'

Hannah verbreekt de verbinding, leunt achterover. Mismoedig. Voor zich uit mompelend.

'Godverdeschijtbaggerkutzooi.'

Ella remt hard, zet de radio uit. Ze staan aan de kant van de weg stil.

'Wat?'

Hannah gaat rechtop zitten, kijkt om zich heen, weet niet waarnaar. Ze voelt een verandering van stemming.

Ella kijkt voor zich uit. Lange tijd. Leunt dan over Hannah heen, opent het handschoenenkastje, haalt er een verfrommeld stukje papier en een pen uit. Dan begint ze geconcentreerd te schrijven. Een minuutje. Alsof de woorden ergens heel diep vanbinnen moeten worden opgediept. Ze houdt het papiertje voor Hannah omhoog, ze leest – iets wat een mix van Deens en Noors lijkt te zijn.

JIJ GEBRUIKT VEEL VLOEKWOORDEN EN KRACHTTERMEN.

Hannah leest het opnieuw. Alsof ze haar eigen moedertaal niet herkent. Dan kijkt ze Ella aan. Met een duidelijk voelbare samentrekking in haar buik.

'Spreek jij Deens?'

Ella schrijft opnieuw. De woorden komen dit keer wat makkelijker.

IK VERSTA HET. EN SCHRIJF HET EEN BEETJE.

De samentrekking in haar buik wordt strakker. Ze zwijgt langer dan een kunstmatige pauze.

'Ik beschik ook wel over mooiere woorden, hoor.'

Ella schrijft.

GEBRUIK DIE DAN.

Hannah kijkt haar aan. Voor de eerste keer ziet ze Ella's ogen. Ze zijn stralend groen. Hoe heeft ze zulke stralende ogen niet kunnen opmerken? Hannah knikt.

Ella zet de auto in de versnelling, rijdt verder. Hannah kijkt naar de natuur buiten, ze heeft daar tot nu toe helemaal geen notitie van genomen. De auto verorbert het landschap, ze reizen in stilte. Tikkeditak, vroem, tikkeditak, vroem. Bijna in stilte.

Hannah heeft gelezen dat het zes uur kost om naar het vissersdorpje Húsafjörður te rijden dat de komende maand haar thuis zal zijn. Ze had het hele eind kunnen vliegen; een lokaal vliegveld faciliteert binnenlandse vluchten heen en terug, maar Ella stond erop haar van de luchthaven Keflavik op te halen. Hannah vraagt zich af of Ella wel voldoende rust heeft genomen voor haar rit, maar ze heeft geen energie meer om het te vragen. Ze kijkt met een schuin oog naar haar, Ella ziet er helemaal niet moe uit. Hannah gaat achterover zitten, bereidt zich voor op de vele uren op deze semiharde autostoel, weg uit de stad, het onontgonnen land in. Ze hebben het vlakke, door lava geschapen maanlandschap in het westen achter zich gelaten en bewegen in zuidoostelijke richting naar vruchtbaardere natuurindrukken – hoewel bruingele kleuren van verval de vlakten domineren zijn er overal nog steeds sporen van groen: Hannah is verbaasd over hoe groen IJsland is, zelfs nu, nu het richting de winter gaat. Maar de bergen herinneren haar aan het jaargetijde: met gemak tillen ze de sneeuw op naar de hemel en Hannah bekijkt ze zo gefascineerd als alleen iemand uit een land zonder hoogtes dat kan. Als schrijfster zou ze in een soort symbiose met de natuur moeten zijn, die zou haar tot hoogdravende woorden moeten inspireren. Maar het wezen van de natuur maakt haar bang, ook puur taalkundig, daarom heeft ze zich in haar schrijven altijd naar binnen gekeerd. Niet omdat mensen makkelijker te beschrijven zijn dan de natuur, maar het voelt authentieker.

Hoewel ze nog maar een paar uur geleden geland is, is de schemering al bezig rondom hen in te vallen. Hannah herinnert zich iets te hebben gelezen over het spaarzame daglicht in deze tijd van het jaar, maar ze voelt zich niet helemaal voorbereid op dertig dagen duisternis. Ze ademt in en neemt de aanblik van het landschap tussen smerige autoramen met zich mee in haar lichaam. Ze heeft het gevoel dat het hier in de schemering extra mooi is.

Ze spreken niet met elkaar. Ella concentreert zich op het rijden en luistert naar de radio, waar op dit moment de stem van een IJslandssprekende man wordt uitgezonden. Hannah vangt fragmenten van woorden op, maar geeft het op de samenhang te doorgronden. Ze neemt niet het initiatief om met Ella te praten, het is haar nooit gelukt voldoende oppervlakkige beleefdheidsfrasen te verzamelen om met onbekenden gesprekken zonder pijnlijke pauzes te kunnen voeren. Smalltalk. Hoe doen mensen dat? Zij denkt in plaats daarvan aan wat ze heeft gelezen. Over IJsland. Over Húsafjörður. Er zouden ongeveer twaalfhonderd inwoners moeten zijn, tegenover circa 360.000 in heel IJsland. Geothermische energie staat zo goed als voor alle verwarming en een groot deel van de elektriciteitsproductie – met andere woorden een zeer duurzaam land. Ooit leefde Húsafjörður primair van de visserij, maar het toerisme is als inkomstenbron goed ingelopen.

IJsland lijkt voor Hannah altijd bewoond te worden door mensen met een lichte grootheidswaanzin; of dat komt door de vulkanen, de watervallen of de saga's van het land weet ze niet. Ze was een keer uitgenodigd bij een vernissage van een IJslandse kunstenaar die litho's in miniatuurformaat maakte en zij bleek de enige Deen te zijn. De hele avond zat ze in een gezelschap waar IJslands de enige gesproken taal was, hoewel ze allemaal ook Engels en de meesten zelfs Deens beheersten. Het gezelschap was niet onvriendelijk, er waren glimlachen en knikjes die haar aanwezigheid goedkeurden, en in haar zwijgzaamheid had Hannah zich zeldzaam sociaal gevoeld. Als zij haar zwijgende ik die avond van buitenaf gezien had, zou ze waarschijnlijk een spannend verhaal hebben verzonnen over wie ze was. Want ze zat daar aan de rode wijn nippend te luisteren, en zonder de woorden te verstaan had ze de trots bespeurd. Niet de Deense-lilliputterland-complex-ik-moet-me-latengelden-trots. Maar een zelfverzekerdheid die leek aangeboren. Dat die zelfverzekerdheid vervolgens in de jaren nul had geleid tot een overmoedige financiële politiek en investeringen die hadden gedreigd het vulkaaneiland in armoede te verdrinken, was natuurlijk een onbalans.

Húsafjörður, staat er op een verkeersbord, ze zijn er bijna. In het donker is het lastig het dorp te onderscheiden, maar Hannah merkt hoe de verspreide huizen de vlakte scheiden van de zee en ze constateert dat het dorp tijdens de economische bloei van de jaren zestig is gebouwd, met alles wat dat aan weinig charmante betonarchitectuur met zich mee heeft gebracht. Niet direct de schrijfidylle die ze zich had voorgesteld, zonder eigenlijk te weten wat haar idee was. Een lemen hut met mos op het dak zoals op de ansichtkaarten op het vliegveld? Ze rijden langs een fietsende tiener zonder licht en een gesloten tankstation. Alles ademt platteland. Haar telefoon gaat, het is Bastian.

'En?'

'Morgenvroeg is er geen plek meer, maar morgenavond om acht uur kun je met een vlucht van SAS, met een tussenlanding in Oslo. Het was niet eenvoudig om een plekje te vinden en je moet weten dat je bliksembezoekje van je meeropbrengst zal worden afgetrokken.'

'Welke meeropbrengst?'

'Hou eens op, zeg. Wil je mee of niet?'

Hannah aarzelt.

De auto rijdt naar een huis dat afgezonderd ligt, een hele vlakte voor zichzelf heeft. Ella zet de motor uit, Hannah bekijkt het huis, dat nu door duisternis en stilte is omgeven. Het is gebouwd van hout, overtreft de eigenaar in leeftijd, en Hannah schat in dat het met zijn twee woonlagen veel te groot is voor een persoon. Achter het huis hangt de maan in zijn halve verschijningsvorm en Hannah kan complete sterrenbeelden onderscheiden – ze realiseert zich dat het al jaren geleden is dat ze echt sterren heeft gezien. In de stad vergeet je dat ze bestaan.

Aan de lijn iemand die zijn keel schraapt.

'Ik zit met een creditcard en vingers klaar, moet ik op "bevestig reservering" klikken?' De stem van Bastian is ongeduldig van toon geworden. Hannah kijkt naar het huis, voelt mogelijkheden die ze nog niet precies kent. Het duurt even. Ze ademt, rustiger dan in lange tijd.

'Bevestig maar niet, over een maand heb jij je misdaadroman.' Ze opent het autoportier en stapt uit.

6

Ella doet de deur open zonder sleutel. Eerst denkt Hannah dat het niet afgesloten huis door de vergeetachtigheid van de oude vrouw moet komen – maar dan, door de ongedwongenheid waarmee ze wordt uitgenodigd om binnen te komen, realiseert ze zich dat het niet afgesloten huis met opzet is: Húsafjörður is een dorp waar niemand zijn deuren op slot hoeft te doen. Ella is achteloos met haar jas, die op een ladekast wordt gegooid in wat Hannah zou bestempelen als een glijdende overgang van de smalle hal naar wat de woonkamer moet zijn. Hannah zelf sleept haar koffer mee naar binnen en doet haar schoenen en haar jas uit, zet de eerste op de grond en hangt de tweede aan een haakje, alsof ze altijd al daar hun plekje hadden. Ze stapt naar binnen, op de met dikke vloerbedekking bedekte vloeren, de koffer laat wielsporen achter.

'Þetta er mitt heimili.'

Ella maakt een armgebaar. Hannah kijkt om zich heen: de constructie van het huis is zichtbaar in de vorm van dragende houten pilaren van de vloer tot aan het plafond die overeind worden gehouden door dwarsbalken. De plankenmuur is blauw geschilderd, de plafonds wit. Hannah vermoedt dat er een mooie houten vloer ligt onder het dikke, kamerbrede tapijt waar Ella blijkbaar veel van houdt – Hannah vraagt zich af of dat esthetische redenen heeft of gewoon vanwege koude voeten. Ze boort haar tenen diep in de lange, goudbruine wol en gokt op het laatste. Het vertrek, een gecombineerde keuken-, kamer- en naaimachinecentrale, is ruim en in het daglicht ongetwijfeld vrij licht, aangezien er aan de lange zijden vier grote ruitjesramen zijn geplaatst. Niet echt energiezuinig en ze zullen toch ook niet in staat zijn om de novemberkou helemaal buiten te houden. Hannah rilt, ziet een radiator die helemaal is opengedraaid. Herinnert zich dat de overvloed aan thermische warmte het bijna gratis maakt om IJslandse woonkamers te verwarmen. Toch steekt Ella een kleine open haard aan, rommelt met een vuurtang die vonken maakt waar ze zich niet om bekommert. Langzaam verspreidt de warmte van het vuur zich en Hannahs lichaam ontspant een beetje. Ze ziet de details: een schommelstoel die noch uit deze noch uit de vorige eeuw lijkt te stammen, antiek gereedschap uit hout en metaal hangt als versiering aan de muren. En verder iets wat op een tentoongestelde schatkamer van een verzamelaar lijkt: een vitrinekast vol olifantenbeeldjes in verschillende varianten, uitgevoerd in porselein, glas en hout. Hannah loopt naar de kast toe waarvan de inhoud een heel leven lang lijkt te zijn verzameld. Met name een beeldje uit de verzameling, van abstracte tot natuurgetrouwe en karikaturale olifanten, trekt haar aandacht, namelijk een bijzonder realistische mannetjesolifant, prachtig gesneden uit een houtsoort die ze niet kent. Zijn slurf hangt helemaal tot op de grond, zijn rechterachterpoot is gebogen, alsof hij rust. Hannah vindt dat hij iets treurigs heeft.

'*Minn uppáhalds.*'

Hannah schrikt, ze draait zich om en ziet Ella vlak achter haar staan. Hannah kijkt haar gastvrouw niet-begrijpend aan. Ella pakt een krant van tafel en een balpen. Ze schrijft.

MIJN FAVORIET. DIE HEB IK IN INDIA GEKOCHT.

Hannah kijkt haar verrast aan.

'Ben jij in India geweest?'

Ella schrijft weer.

IK BEN IN VEEL LANDEN GEWEEST. IK HOU VAN OLIFANTEN.

ZE KUNNEN EEN HEEL GEZIN DRAGEN.

Hannah kijkt om zich heen, er schiet haar iets te binnen. De afwezigheid van foto's.

'Heb jij geen kinderen?'

Ella schudt haar hoofd, schrijft.

HELAAS.

Ella kijkt nou niet heel treurig, in plaats daarvan gebaart ze dat Hannah even moet wachten, ze verdwijnt een kort ogenblik, keert dan terug met het portret van een jonge tiener. Hannah neemt het in haar hand, kijkt met oprechte nieuwsgierigheid – normaal gesproken heeft ze een hekel aan het kijken naar foto's van andere mensen met iemand erop van wie ze houden, maar deze jongen heeft iets onverklaarbaar fascinerends. Het is niet zijn uiterlijk, want met zijn blonde haar, de donkere wenkbrauwen en de kenmerkende hoge IJslandse jukbeenderen is hij wel knap, maar zonder uitzonderlijk te zijn. Wat hem speciaal maakt is zijn houding, die niet koket poserend is, maar vol aanlokkelijk zelfvertrouwen. En dan zijn blik. Hij heeft dezelfde groene ogen als Ella, doordringend, wilskrachtig. Ella wijst naar hem.

'*Frændi.*'

'Een vriend?'

Weer een hoofdschudden, dan denkt Ella na, alsof het Deense woord wat ver weggezakt is. Weer pakt ze de krant, schrijft in de kantlijn.

NEEF. THOR.

Hannah knikt begrijpend.

'Woont hij hier in het dorp?'

Nog een knik gevolgd door geschrijf.

MIJN HELE FAMILIE WOONT HIER.

'Dat klinkt gezellig.'

Ella haalt haar schouders op op een manier die Hannah moeilijk kan verklaren. Maar eigenlijk begrijpt ze haar goed: als zij met haar hele familie in een klein dorp moest wonen, had ze zichzelf allang van de Rundetårn in Kopenhagen naar beneden gestort. Haar ouders kon je prima hebben, op afstand, maar haar zus wenste ze graag nog een stuk verder weg dan Ringsted. Ze onderhouden alleen het verplichte feestdagen- en omstandighedencontact, al het andere is met gemeenschappelijke, zwijgende instemming jaren geleden gestopt. Er is geen speciale reden, slechts een verschillendheid die niet kan worden overwonnen met nauwe verwantschap, en Hannah weet dat het een verboden gedachte is, maar ze heeft er vaak over gefantaseerd dat zowel haar zus, de man van haar zus en hun twee kinderen als haar ouders niet bestonden. Dan zou ze volstrekt vrij zijn om zichzelf te zijn zonder eraan te hoeven denken hoe zij in hun vrijstaande-huizenhel Hannahs handelingen zitten te verklaren. Ze weet dat ze haar als verloren betitelen. Haar nichtje briefde die formulering aan haar door zonder zelf de betekenis ervan te kennen. Ze weet ook dat niemand van hen ooit door een van haar boeken heen heeft kunnen komen. Verder heeft haar zus lelijke kinderen. Dat zijn van die dingen die je niet mag zeggen, maar ze heeft er meerdere malen een toespeling op gemaakt. Een keer zelfs zonder dronken te zijn.

'Is mijn kamer boven?'

Hannah wijst naar een trap. Ella ziet er teleurgesteld uit, tovert bliksemsnel een doos chocolade en een pak koffie uit een lade en een kast en houdt die demonstratief omhoog. Hannah schudt 'nee, dank je' met haar hoofd. Ze is moe en hoewel Ella best sympathiek overkomt, kan ze vandaag niet meer aan. Zou een gezellige kop koffie en een stukje chocola niet een aanbod zijn dat de dag hierna ook nog geldt? Ze wordt ook niet verder in de verleiding gebracht door het vooruitzicht op een lang gesprek met Ella, die al haar uitspraken in verfrommelde kantlijnen van kranten moet opschrijven. Het is al lastig genoeg om te communiceren als je een taal hebt; een nieuwe persoon leren kennen zonder woorden lijkt Hannah nagenoeg onmogelijk. Bovendien heeft ze een paar flessen rode wijn in haar koffer en in gedachten heeft ze eentje al meerdere keren geopend sinds ze is gearriveerd.

Ella kijkt haar vragend aan met koffie en chocolade in haar handen.

'Nee, dank je – ik ben ongelooflijk moe, en het zou fijn zijn om mijn koffer te kunnen uitpakken. Dan ben ik klaar om morgen een heleboel te schrijven.'

Hannah is verbaasd over de toevoeging van de laatste zin, ze is Ella geen verklaring verschuldigd, en ook geen valse verwijzing naar haar werkdiscipline. Toch heeft ze het gevoel dat ze Ella iets verschuldigd is. Ella haalt haar schouders op, legt de koffie en de chocola neer en leidt Hannah de trap op. Net als al het andere in huis is hij solide gebouwd van hout en ruikt hij lichtjes naar een oud schip.

Boven het bed in de kleine zolderkamer hangt een kruisbeeld. Hannah vindt dat de doorboorde Jezusfiguur er uitzonderlijk lijdend uitziet. Rechts van hem poseert de maagd Maria, kuis en biddend, op een schilderijtje dat een souvenir uit een katholiek land lijkt te zijn. Hannah knikt naar haar opgehangen kamergenoten.

'Ben jij religieus?'

Ella barst uit in een lach die zo kort en verrassend ijzig is dat Hannah zich moet inspannen niet in elkaar te duiken. Ella pakt het aantekenboekje dat Hannah net op het nachtkastje heeft gelegd; Hannah wil een greep doen, maar is te laat – Ella heeft al omgebladerd naar een lege bladzijde en schrijft een zin op. Ze houdt hem omhoog.

MISSCHIEN WORD IK RELIGIEUS ALS ER EEN GODSDIENST KOMT DIE VROUWEN ERKENT. MAAR DOORBOORDE, NAAKTE MANNEN ZORGEN ERVOOR DAT IK 'S NACHTS RUSTIGER KAN SLAPEN.

Hannah lacht en wijst naar het schilderij. Misschien heeft ze meer gemeenschappelijk met Ella dan ze eerst dacht.

'En de maagd Maria?'

Ella glimlacht, alsof ze het zelf wat idioot vindt, noteert weer.

THOR HEEFT DIE VOOR MIJ MEE UIT SPANJE MEEGENOMEN. HIJ DENKT DAT IK HEEL CHRISTELIJK BEN.

'Maar jij durft niet tegen hem te zeggen dat je dat niet bent?'

Ella knikt. Dan draait ze zich abrupt om, alsof haar iets te binnen schiet, ze opent een oude boerderijkast, haalt twee handdoeken tevoorschijn en legt ze op het opgemaakte bed.

'Dank je.'

Hannah verplaatst haar gewicht naar haar andere voet, denkt aan de ongeopende rode wijn. Nu mag Ella wel weggaan.

'Goed, maar ik begin nu echt moe te worden. Bedankt voor je hulp vandaag.'

Ella opent de lade van het nachtkastje, Hannah wordt echt ongeduldig, wat nu weer? Ella haalt een boek tevoorschijn, een hardcover, legt die in Hannahs hand.

'*Hrafnkels saga Freysgoða.*'

Hannah kijkt verbaasd naar het boek. Het is zeeblauw, de Deense titel in goud, eronder een middeleeuwse afbeelding van een man op een steigerend paard. De saga van Hrafnkel Freysgoða. Ze draait het, voelt. Ella schrijft in het notitieboekje.

JIJ SCHRIJFT EEN BOEK OVER MOORD. IJSLANDSE SAGA'S GAAN OVER MOORD, WRAAK, EER. DE BESTE VERHALEN VAN DE WERELD. GEBRUIK ZE.

Hannah kijkt naar Ella's tekst in het aantekenboekje, raakt dan opeens lichtelijk geïrriteerd. Typisch! Een oudere vrouw dringt haar verhalen op, de IJslandse saga's nota bene. Alsof Hannah zelf niets kan bedenken; alsof Ella het beter weet dan zij. Wat verbeeldt Ella zich eigenlijk wel om in haar aantekenboekje te staan schrijven? Hannahs heiligste schatkamer, haar vertrouweling, haar vriend! Hannah grist het boekje uit de rimpelige handen, houdt demonstratief de zeeblauwe saga omhoog. Tovert haar barmhartige glimlach tevoorschijn.

'Heel veel dank voor de inspiratie, daar zal ik wat in lezen voor het slapengaan.'

Ella begrijpt de hint, begeeft zich achterwaarts naar de deur. Ze kijkt schuin naar het aantekenboekje, begrijpt dat haar middel om te communiceren is verdwenen. In plaats daarvan glimlacht ze de universele je-moet-het-gewoon-zeggen-als-je-iets-nodig-hebt-glimlach. Tijdens Ella's terugtrekking glimlacht Hannah opnieuw, ze heeft niets nodig. En al helemaal geen tips voor de handeling van een boek – in een heel volwassen leven als auteur heeft ze geleerd dat iedereen een goed idee heeft voor een boek, en velen hebben geprobeerd om precies hun idee via haar over te brengen. Maar zij is geen typiste die de ideeën van anderen opschrijft. Zij vindt haar eigen inspiratie. Hannah sluit de deur achter Ella, laat zich op het bed vallen, is opeens vermoeider dan rode wijn behoevend.

Slapeloos en met een onrustig gevoel in haar lijf staart ze vanuit een hinderlijk zacht bed in het donker, ze voelt de rugproblemen al aankomen. Hannah heeft het kruisbeeld in het nachtkastje gelegd, om onverklaarbare redenen heeft ze het schilderij van Maria laten hangen. Misschien omdat het prettig is om te worden bekeken? Ze draait zich om, verplaatst de kuil in het matras. Waar moet haar misdaadroman over gaan? Ze is zonder het geringste idee naar IJsland vertrokken, had wellicht gedacht dat het naar háár toe zou komen zodra ze er was. Maar nu is ze aangekomen en geïnstalleerd en ze heeft nog steeds geen vonkje inspiratie gevoeld. Iets met een moord. En iemand die hem opheldert. Zo eenvoudig. Ze draait zich nogmaals om. Aargh! Ze ligt in het allerzachtste zachte bed en probeert iets te verzinnen. Maar dat is lastig als het enige waaraan ze kan denken de ongeopende fles wijn is die ze graag van zijn kurk wil bevrijden en de pijn in haar lendenen die in haar rug steekt en haar eraan herinnert dat de dood ook in een pijnlijke variant bestaat. Ze luistert: een beangstigend niets. De stilte knabbelt aan haar lichaam.

Om 02.34 uur geeft ze het op, stapt uit bed, flipt de koffer open, pakt de fles, de meegebrachte kurkentrekker, opent de fles. Ze neemt een slok zo uit de fles, gaat aan het bureau zitten. Van daaraf scant ze de kamer: de schuine wanden leunen over het bed heen, naast het bed het nachtkastje en dan het bureau dat bij het raam staat. Daarbij nog een kast, een extra stoel en een ladekast. Verder niets. De kamer bevalt Hannah, het idee van zichzelf in deze kamer bevalt haar. Bezig met schrijven. Ze laat haar hand over het bureau glijden, kijkt uit het raam. Hier moet ze haar misdaadroman schrijven. Hier, waar de nacht donkerblauw is.

7

Hannah wordt wakker bij het geluid van bacon die wordt gebakken en met de geur van een nieuwe dag. Ze rekt zich met tegenzin uit, voelt het bloed uit haar hoofd verdwijnen als ze iets te snel haar benen over de rand van het bed zwaait en ze voor haar eerste IJslandse ochtend op de vloer zet. Ze houdt een kort ogenblik het hoofdeinde vast, terwijl de mist optrekt en haar evenwicht terugkeert. Als ze weer helder ziet, valt haar blik op de wijnfles die op het bureau staat, leeg. Ze neemt de fles, wikkelt die in een handdoek en legt hem in de koffer, helemaal onderin. Ze camoufleert de bult met een stapeltje kleren. Ze verbaast zich over haar eigen handeling – ze verstopt de bewijzen van haar alcoholisme gewoonlijk nooit. Ze hoort Ella fluiten.

'Goedemorgen.'

De trapt kraakt onder Hannahs net gewassen lichaam, dat een ochtendfrisheid moet voorwenden waarvan ze vreest dat die al verdwenen zal zijn voor ze beneden in de keuken is. Bij de aanblik van Ella's gastvrije opgetogenheid en de royaal gedekte ontbijttafel haalt haar schuldgevoel de scherpste randjes van haar innerlijke cynicus. Had ze gisteravond vriendelijker tegenover haar gastvrouw moeten zijn?

'Het ruikt heerlijk, wat ben je aan het maken?'

De vraag gaat vergezeld van een nieuwsgierige blik op het eten. Dat biedt zich op zoveel schalen aan dat het de complete keukentafel bedekt. Hannah stelt vast dat er genoeg moet zijn voor het hele dorp en vraagt zich af of er misschien een welkomstcomité onderweg is. Een rodewijnhoofdpijn wint bij die gedachte acuut terrein. Ella keert een gebakken ei om met een bakspaan, met de andere hand schuift ze een papiertje naar Hannah toe. Het menu. Hannah kijkt erop.

'*Allt það besta*,' zegt Ella erbij.

Mocht Ella de avond ervoor al bedroefd zijn geweest door Hannahs afwijzing, dan is dat nu vergeten. Of goed verborgen. Ze sprankelt; misschien omdat slecht gezelschap beter is dan geen gezelschap.

'Komen er gasten? Want hier is genoeg eten om een middelgroot vluchtelingenkamp te voeden.'

Ella schudt haar hoofd, krabbelt iets op het menupapiertje.

JIJ BENT DE ENIGE VLUCHTELING HIER.

En de enige die zich door visballetjes, skyr en broodjes kaas heen moet worstelen, denkt Hannah, terwijl ze de gerechten op het papiertje langsloopt en overweegt of het vreselijk ongepast is om te zeggen dat ze 's ochtends geen honger heeft. Waarschijnlijk wel.

'Kan ik wat doen?'

Ella gebaart dat Hannah plaats moet nemen aan tafel, Hannah gehoorzaamt het stille bevel. Vers gezette koffie wordt in een mok geschonken, een ei wordt op het bord gezwaaid, een mand met platbrood wordt bijgeschoven. Hannah pakt, ze heeft fatsoen genoeg om alles te proeven – maar na drie hapjes verslikt ze zich in een visballetje. Ze krijgt een braakgevoel in haar keel als bij de debuutroman van Jørn Jensen; ze slikt en probeert te glimlachen. Kijkt om zich heen op zoek naar hulp waarvan ze weet dat die er niet is. Het licht knalt door de ramen naar binnen.

'*Bragðast þetta vel?*'

Hannah heeft voldoende taalgevoel om te begrijpen dat Ella's vraag over het eten moet gaan, ze knikt glimlachend. Het lukt haar om te slikken.

'Het smaakt heerlijk.'

Maar het visballetje ontwikkelt zich in haar maag tot een levende vis, alles in haar keert zich om. Hannah slikt, probeert het sidderende gevoel onder controle te houden, maar tevergeefs: precies op het moment dat ze opstaat om naar het toilet te stormen, kotst ze over de tafel. Het lijkt alsof iemand een fles rode wijn met stukjes heeft laten vallen. Ella leunt onwillekeurig een stukje naar achteren, maar lijkt eerder gefascineerd dan geschokt. Alsof het eigenlijk een behoorlijk goede prestatie is om skyr en platbrood tegelijk te treffen. Dan barst ze in een luide lach uit, Hannah probeert mee te glimlachen, maar kan het niet. Met een spierwit hoofd pakt ze een servet met kerstmotief.

'Sorry, het spijt me echt vreselijk.'

Het is moeilijk haar zelfbeheersing terug te krijgen. Het voelt nog steeds alsof ze een school half gekauwde vis in haar lijf heeft die naar de dichtstbijzijnde uitgang zwemt. Haar maag keert zich om, maar is leeg. Ze moet de rand van de tafel met beide handen vasthouden. O, gênant!

'Het spijt me echt vreselijk.'

Wanneer is ze begonnen zichzelf te herhalen?

Ella geeft haar een glas water aan, beweegt haar armen op een het-geeft-helemaal-niks-manier. Het gebaar helpt niet tegen Hannahs schaamte. Ella begint onbewogen de tafel af te ruimen, alsof het overgeeftafereel een deel van het plan was en het nu tijd is geworden voor het volgende punt op de agenda. Eten met rodewijnbraaksel wordt in de afvalbak geschraapt. Hannah gaat staan, pakt de borden om te helpen. Ella houdt haar met een kordate hand tegen. Ze schudt haar hoofd. Trekt dan bliksemsnel een kastdeur open, haalt er een zak havermout uit. Geeft die aan Hannah, die hem dankbaar aanpakt.

'Heb je ook melk?'

Hannah verlaat het huis zonder een bepaald doel, louter met een abstract plan om het dorp nader te bekijken – en met een sprankje hoop op inspiratie. Ze probeert de blunder van het overgeven van zich af te wandelen; volgt de weg in de richting van de dichter bebouwde gedeelten, stapt flink door, de wind duwt steeds tegen haar aan, ze doet haar sjaal goed, dicht een opening naar haar borst. De wolken kruipen naderbij vanaf zee, er zou maar zo regen kunnen komen. Ze voert het tempo wat op. In het daglicht kan ze de bergen in het noorden beter zien, het lijkt alsof ze elkaar bij de hand houden – alsof ze een beschermende keten rond het dorp vormen. Of een hek dat je niet kunt forceren. Na een kleine kilometer is ze aangekomen in wat het dorpscentrum moet zijn, waar een gesloten buurtsuper en dito kledingzaak de winkelstraat vormen. Ze draait een keer in het rond: geen menselijke activiteit te ontdekken, zelfs geen geluiden. Een zwerm meeuwen observeert het gebied vanuit de lucht, is ze in een spookstad beland?

'*Kysstu mig!*'

Een sjofele man met een volle baard trekt haar aan haar mouw, Hannah krimpt geschrokken ineen. Maar dan kijkt ze de man aan en identificeert hem automatisch als de dorpsgek, die op een plek als deze onvermijdelijk aanwezig is. De greep aan haar mouw is niet stijf, ze rukt zich los. Probeert het in het Engels.

'Het spijt me, maar ik versta het niet.'

'*Kysstu mig!* Geef me een kus!'

De lippen achter de volle baard worden getuit, de ogen kijken haar verwachtingsvol aan. Hannah heeft bijna zin om hem te kussen, ze kan niet uitleggen waarom, misschien om hem te verrassen. En zichzelf. Maar de man stinkt als een bedorven haringvangst, zelfs rebelsheid kent haar grenzen.

'Misschien een andere keer.'

'Heb jij wat geld?'

Ja natuurlijk, na de liefde komt uiteraard het geld. Hannah trekt een bankbiljet uit haar zak, geeft die aan een vuil bruine, uitgestoken hand. Ze laat het briefje vallen met een vraag.

'Is hier een café in het dorp?'

De volle baard lacht.

'Je vraagt het precies de juiste persoon. Ik weet alles van het dorp, ik zie alles wat er gebeurt. Maar ik zie niet veel vlotte cafés, jij wel?'

Hannah glimlacht, moet zich wel overgeven – een dorpsgek met een sarcasme dat net zo onberispelijk is als zijn Engels. Misschien is hij toch nog niet zo gestoord.

'Oké, geen café. Maar waar ontmoeten mensen elkaar dan?'

'Thuis. Aan zee. Of bij Bragginn.'

'Bragginn?'

'De enige kroeg van het dorp.'

'Is het ver?'

'Ik kan er met je naartoe lopen. Ik moet deze toch ook spenderen.'

Hannahs zojuist gedoneerde bankbiljet wordt door de smerige hand in de lucht gestoken, prima, ze had er ook geen hoge ambities mee. Dat ze in een kroeg worden besteed is even goed als wat ook, de ene alcoholist veroordeelt de andere niet. De lompen bewegen in een richting, Hannah volgt. Zou zij ooit zo eenzaam worden dat ze ook bij onbekenden op straat om zoenen moet bedelen?

8

De bekende, bedompte kroeglucht sijpelt al naar buiten voor ze de deur van Bragginn openen. Hannah volgt haar nieuwe vriend de donkere kroeg in en kijkt wat teleurgesteld om zich heen – alles in bruine tinten, behalve een bar zijn er twee tafels met versleten wasdoek en vazen met kunstbloemen, asbakken. Rond de tafel witte plastic stoelen. Aan de ene zitten een paar lokale, verweerde mannen die misschien ooit vissers waren, maar er nu vooral uitzien als mensen die de moed hebben opgegeven. Bij een gokapparaat staat een dikkere variant van hetzelfde potentiële voormalig-visser-nu-levensmoe-type. Een vrouw van rond de vijftig staat aan de bar met een hond aan haar voeten; ze praat geanimeerd met de barman, naar de toon te oordelen gaat het om een voor haar emotioneel onderwerp. De barman luistert vermoeid, alsof hij hetzelfde verhaal al honderden keren eerder heeft gehoord, en dat is ook vast en zeker zo. Slechts één persoon in het vertrek lijkt geen stukje uit een typische kroegpuzzel: aan de bar zit een donkerharige man, zo te zien even oud als Hannah, hij is wat veel mensen knap zouden noemen, of in elk geval te gesoigneerd en te goed functionerend om op woensdagmorgen op een plek als deze rond te hangen. Hij leest een boek en Hannah ziet dat er een cola voor hem staat. De dorpsgek begroet de barman, wisselt Hannahs bankbiljet plus een paar extra in voor een bier. Hij is Hannah al compleet vergeten en gaat bij het levensmoeë gezelschap aan het wasdoek zitten. Hannah worstelt zich op een van de hoge barkrukken naast de lezende coladrinker. Hij kijkt op uit het boek, richt zich tot haar in het Engels.

'Toerist?'

Hannah knikt.

'Deens?'

'Ja. Is dat zo duidelijk?'

'Gewoon een gelukkige gok. Eigenlijk denk ik dat je best voor een IJslandse door zou kunnen gaan.'

'Waarom?'

'Lastig te zeggen... Misschien is het je haar. Of de hardheid in je blik.'

Hannah kijkt hem aan, vast met wat extra van die vermeende hardheid in haar blik – ze heeft er een hekel aan om te worden geanalyseerd door mannen die ze nog maar net heeft ontmoet. *Jij bent er zo eentje die zus of zo is.* Alsof ze echt iemand kunnen doorgronden. Maar er is iets aan de coladrinkende lezer dat anders overkomt, niet-irritant. Hij wenkt de barman, die heel blij is een excuus te hebben om bij de pratende hondenbezitter weg te kunnen komen. Hannah kijkt met een schuin oog naar de cola van haar gesprekspartner, onderdrukt haar ochtendlijke wijnzucht.

'Mineraalwater, alsjeblieft.'

Hannah krijgt een flesje koolzuurhoudend water, ze betaalt en vult haar glas. De man kijkt haar nieuwsgierig aan.

'Van alle plekken op de hele wereld, waarom nou juist hier op vakantie? Wij krijgen in dit jaargetijde zelden veel toeristen.'

Hannah aarzelt, heeft geen zin om haar project te onthullen, ze heeft niet nog meer plaatselijke bewoners nodig die zich aanbieden met goede ideeën. Of misschien juist wel? Er is eigenlijk geen reden om te liegen.

'Ik ben hier om een boek te schrijven.'

'Oké? Dus je bent schrijfster.'

Hannah voelt oprecht enthousiasme, recht haar rug een beetje. Ze knikt.

'Wat voor boek?'

De coladrinker slaat zijn eigen boek dicht, richt zijn aandacht volledig op Hannah. Ze neemt een slok van het bruisende water, voelt zich niet paraat om als misdaadauteur uit de kast te komen. Maar aan de andere kant heeft ze ook geen zin in de hele verklaring over de verandering van naar binnen gericht proza naar misdaad. Ze kiest de kortst mogelijke versie.

'Ik schrijf eigenlijk kort proza, maar experimenteer wat met misdaad.'

'Je experimenteert wat met misdaad? Maar dan zou ik je eigenlijk moeten arresteren.'

Hannah kijkt hem vragend aan.

'Ik ben de plaatselijke politieagent. Viktor.'

Viktor steekt de sterke hand der wet uit, Hannah pakt die aan.

'Hannah.'

Ze knikt vragend naar zijn spijkerbroek en katoenen overhemd.

'Ben je undercover?'

Viktor lacht tijdens een slok cola.

'Het is moeilijk undercover te zijn in een dorp waar iedereen je kent. Ik ben gewoon nog niet aan het werk.'

Viktor kijkt op zijn horloge. Geen rituele handeling, hij ziet eruit als iemand die daadwerkelijk de tijd is vergeten.

'Als je een misdrijf wilt plegen en ermee weg wilt komen, doe dat dan binnen de komende tweeëndertig minuten.'

'Ben jij de enige politieagent in het dorp?'

Viktor knikt. Hannah weet niet precies of het een knik is verzwaard door zijn zware taak of een knik van trots: misschien iets van beide.

'Onderzoek jij niet de misdrijven die buiten je werktijden worden gepleegd?'

Hannah ziet een mogelijkheid voor criminologische inspiratie. Viktor glimlacht vriendelijk.

'Ik probeer natuurlijk te volgen wat er allemaal gebeurt en om eerlijk te zijn is dat niet heel veel. Gisteren waren er een paar jongeren die een kratje bier uit een garage hadden gejat en af en toe verschalk ik een auto met een kapotte koplamp. Dat is het eigenlijk wel zo'n beetje.'

Goed. Dus het plaatselijke milieu levert geen stof voor een misdaadroman. Hannah wrijft in haar handen en kijkt reikhalzend naar de plank met sterkedrank. Voelt dat Viktor haar bekijkt, draait zich naar hem om, wijst naar het boek.

'Wat ben je aan het lezen?'

Viktor draait de cover naar Hannah toe. Ze leest, doet een poging met IJslandse uitspraak.

'*Ljóð 1980-1995*. Einar Már Guðmundsson.'

'Hij heeft in 1995 de Literatuurprijs van de Noordse Raad gekregen.'

Hannah onderdrukt een kinderlijke drang om een zin te construeren met haar eigen naam en de Literatuurprijs van de Noordse Raad.

'Ik ken hem. Toen ik begon te schrijven, was ik zeer geïnspireerd door *Frankensteins coup*.'

Viktor draait het boek verbaasd in zijn hand.

'Oké? Dat ken ik niet. Misschien heet dat in het IJslands iets totaal anders?'

'Vast. Ik krijg het idee dat alles in het IJslands iets totaal anders heet.'

Viktor glimlacht, neemt een slok cola.

'Hoe dan ook moet je zelf een geweldige auteur zijn, als je door die man bent geïnspireerd. Ik zou best eens een keer een van je boeken willen lezen.'

Hannah heeft moeite te bepalen of de uitspraak een poging is om haar een compliment te geven of dat het nóg een eerbetoon aan Einar Már is. In haar hoofd verdeelt ze het fiftyfifty. Ze probeert zich te herinneren wanneer ze voor het laatst vijftig procent loftuiting van een man heeft gekregen. Dat lukt haar niet.

'Ik weet niet of je het zou bevallen. Het is kort proza, sommigen zouden het wellicht lyriek noemen.'

'Interessant.'

Hannah kijkt hem onderzoekend aan.

'Vertel eens: wat voor soort politieagent leest lyriek?'

'Wat voor soort dichter beraamt misdrijven?'

Viktor fixeert haar blik. Zij fixeert zijn blik.

'Ik denk dat een politieagent die lyriek leest voor zijn dienst begint naar iets anders verlangt.'

Viktors blik schiet niet opzij.

'Waar verlangt hij dan naar, denk jij?'

Hannah haalt haar schouders op.

'Ik weet het niet. Dat er iets nieuws gebeurt.'

Viktor glimlacht, schudt zijn hoofd. Hij kijkt snel hoe laat het is, bergt zijn boek op.

'Waar ik in werkelijkheid naar verlang, is meer stilte en rust.'

Hannahs hoop op Viktor als sleutel voor een goede misdaadplot wordt opnieuw gewekt.

'Jouw werk is misschien eigenlijk toch niet zo rustigjes...?'

Viktor glimlacht.

'Wat ik nodig heb, is een beetje rust van twee kleine kinderen thuis. Mijn echtgenote past op hen en op twee anderen – ik moet een poosje het huis uit kunnen, anders krijg ik zin om alle vier de kinderen te arresteren. En er is tenslotte iets verkeerds aan kinderen in de gevangenis.'

Viktor springt van zijn kruk, elegant. Hij geeft haar een hand. Formeel.

'Ik vond het echt gezellig je te ontmoeten. Als je een moord of iets dergelijks tegenkomt, weet je wie je moet bellen.'

Viktor glimlacht. Hannah heeft moeite hem een wat ernstiger misdrijf te zien afhandelen dan de diefstal van een vissersboot. Ze knikt.

'En ik meen het: ik wil heel graag je boeken lezen.'

'Leuk je te ontmoeten.'

Hannah ziet Viktor de deur uit gaan, vergewist zich ervan dat hij helemaal weg is voordat ze zich naar de barman omdraait en de verlossende woorden uitspreekt.

'Een whisky-cola.'

De lucht is nog meer dichtgetrokken, het donker ligt op de loer boven de bergen en Hannah is licht aangeschoten als ze weer buiten staat, in de krachtige wind die door de straten van het dorp giert. Ze loopt naar huis, minder geïnspireerd voor een misdaadroman dan toen ze vertrok. Ze heeft geprobeerd verhalen te trekken uit de bierdrinkende bargasten, die inderdaad levensmoeë ex-vissers bleken te zijn, maar die helaas niet goed genoeg Engels spraken om een gesprek op een veel hoger niveau te voeren dan '*cheers*'. Hannah kijkt naar de bergen, voelt een koppig optimisme. Het moet toch ook niet van buitenaf komen, het moet uit haarzelf komen! En ze heeft het in zich, dat weet ze. Naar huis, een fles wijn openmaken, achter de laptop gaan zitten. Iéts schrijven. Ze gaat sneller lopen, beent de donkere weg af.

Fysiek halverwege, geestelijk al thuis aangekomen, ziet ze een groepje voetballende jongens, of misschien eerder jonge mannen. Een jaar of zeventien, achttien. Ze hebben rode wangen en met veel te weinig kleren aan voor de ijskoude novemberwind rennen ze rond op wat nog het meest een stuk bouwland lijkt. Het veld is alleen gecivиliseerd door twee tegenover elkaar geplaatste doelen en een gigantische, schijnwerperachtige lamp die het hun mogelijk maakt de bal in de beginnende schemering te zien. Hannah herinnert zich het voetbalveld niet van de heenweg. Omgeven door vlakten, bergen en de oneindige, donkergrijze lucht zien de jongens er beduidend kleiner uit dan ze zijn. Ze blijft staan en bekijkt gefascineerd hoe ze in het stadion van de natuur spelen, ze zijn geconcentreerd, luidruchtig, aandachtig. Helemaal opgeslokt door de strijd.

Dan wordt de bal met een scheve trap langs het doel geschoten, hij landt dicht bij Hannah op de grond, een van de jongens komt aanspurten om hem te halen. De anderen kijken, een persoon roept iets in het IJslands. De wind verzwelgt de woorden, maar Hannah voelt dat het over haar gaat – ze lijken niet gewend te zijn aan toeschouwers. Twee van hen grinniken. De jongen die achter de bal aan is gerend komt dichterbij. Hannah maakt een paar snelle stappen naar de bal, ze is er eerder bij dan hij, schiet hem met een lichte trap in zijn richting. Hij blijft staan. Kijkt haar aan, glimlacht.

'*Takk.*'

Ze staan een ogenblik naar elkaar te kijken, alsof ze beiden graag nog iets willen zeggen maar niet weten wat. Dan glimlacht de jongen opnieuw, neemt de bal mee en brengt hem al dribbelend terug naar zijn kameraden en de wedstrijd. Hannah realiseert zich dat ze de indringende, vastberaden ogen heeft herkend. Het is Ella's tantezegger, Thor. Ze draait zich om, verlaat de voetbalwedstrijd met een gevoel dat er in Húsafjörður misschien toch wel dingen gebeuren. Op hetzelfde moment begint het te stortregenen, Hannah probeert tussen de druppels door naar huis te sluipen, maar geeft het op. Ze legt het laatste stuk van de donkere weg glijdend en glibberend af. Als ze bij het huis aankomt, staat Ella in de deuropening met een handdoek in haar hand en met de koffie klaar.

9

Hannah heeft de hele nacht zitten schrijven, daar is een halve bladzijde aanzet tot een misdaadplot uitgekomen. Er staan een heleboel woorden, maar nog zonder een moord. Ze heeft een halfuur geslapen, tevergeefs drie keer naar Bastian gebeld, anderhalve fles wijn gedronken, heeft vele malen op het punt gestaan om het op te geven en is toch steeds weer naar het toetsenbord teruggekeerd. Ze heeft veel te lang in dezelfde houding gezeten, stilzwijgend de zon zien opkomen en gevoeld hoe het geloof in succes uit haar lichaam wegsijpelde naarmate de minuten verstreken. Als ze zichzelf de volgende morgen de trap af sleept, is dat met een ingepakte koffer en het bittere besef dat ze niet in staat is een misdaadroman te schrijven. In gedachten formuleert ze een capitulatietoespraak; Jørns gezichtsuitdrukking als hij die hoort bezorgt haar zweterige handen. Maar het kan niet anders; na hybris komt nemesis. Misschien kan ze in plaats van naar Denemarken heel ergens anders naartoe reizen, verdwijnen, een nieuw leven beginnen op een plek op aarde waar gestrande projecten je niet mee omlaagtrekken. In de keuken vindt ze Ella zittend aan de keukentafel, in elkaar gedoken, huilend. Verbaasd blijft ze staan.

Hannah nadert Ella als een boot die zachtjes tegen de kade glijdt; voorzichtig gaat ze naast de gebroken vrouw zitten, onzeker van de situatie. Ze is nooit het hand-op-schouder-wat-is-er-aan-de-hand-type geweest.

'Is er iets gebeurd?'

Ella huilt harder. Hannah probeert het toch maar met haar hand op Ella's schouder.

'Wat is er gebeurd?'

Ella's lichaam schokt, haar rimpelige handen verbergen haar huilende gezicht. Hannah dacht dat oudere mensen niet zo expressief konden zijn – bereikte je niet een bepaald punt in je leven waarop inzinkingen tot het verleden behoorden? Misschien niet. Hannah heeft het gevoel dat er iets helemaal mis is en besluit de aankondiging van haar terugreis uit te stellen. Ella ziet er ook niet uit als iemand die haar een lift naar het vliegveld kan geven. Ze vraagt het voor de derde keer.

'Waar ben je zo verdrietig over?'

Deze keer kijkt Ella op.

'*Thor er dáinn.*'

Hannah kijkt Ella vragend aan, die een stukje papier van tafel pakt, het ziet eruit als een officiële brief, maar het lijkt haar niet te kunnen schelen wat erin staat, ze keert hem om en krast wat op het lege vel.

THOR IS DOOD.

De verrassing katapulteert Hannah tien centimeter naar achteren op de stoel. Thor? Minder dan twintig uur geleden keek ze in zijn jonge, levendige ogen. Nu ademt hij niet langer, zijn hart klopt niet meer, de bal is voor de laatste keer tussen zijn benen door gerold. Dit kan niet waar zijn. Ella moet een bericht hebben ontvangen dat ze verkeerd heeft begrepen.

'Van wie heb je dat bericht gekregen?'

'Vigdis,' klinkt het snotterend uit Ella's mond. Hannah begrijpt het niet.

'Wie is Vigdis?'

Ella antwoordt niet, in plaats daarvan komt een nieuwe golf verdriet, alsof ze dit vreselijke nieuws zojuist voor de eerste keer hoort. Of dringt op dit moment soms het besef door wat de dode jongen voor haar betekent? Als hij dus echt dood is. Hannah twijfelt nog steeds. Waar zou hij aan overleden moeten zijn? Kun je de ene dag zo levend en de volgende dag zo dood zijn? Ze probeert het te begrijpen.

'Ella, het spijt me vreselijk dit te moeten horen. Hoe is hij overleden, wat weet je?' Ze voelt haar eigen hand op Ella's rug een wrijvende beweging maken. Zorg, of is het overhalen tot mededeelzaamheid? Ella slikt, een pauze in het huilen, onder haar handpalm merkt Hannah dat ze moed probeert te verzamelen. Een zakdoek, van het ouderwetse soort uit textiel, wordt uit Ella's mouw tevoorschijn getoverd, ze snuit haar neus. Pakt de pen weer op.

MIJN ZUS VIGDIS BELDE ZELF, ZE VERTELDE DAT THOR VANNACHT IS OVERLEDEN. EEN ONGELUK.

De tranen lopen over Ella's wangen.

'Ég skil þetta ekki! Ég skil þetta bara ekki!'

Hannah is nog steeds in de war.

'Dus Vigdis is je zus, en Thors moeder?'

Ella knikt.

'En je weet zeker dat je het niet verkeerd hebt begrepen? Dat hij misschien een ongeluk heeft gehad en in het ziekenhuis ligt of zo?'

Ella kijkt haar aan. Lang. Ernstig. Dan schrijft ze:

DE DOOD IS NIET IETS WAT JE VERKEERD BEGRIJPT. BOVENDIEN WEET IK DAT HET WAAR IS, OOK AL HEB IK HEM NIET GEZIEN. IK VOEL HET.

'Je voelt het?'

Ella schrijft.

STERK ZESDE ZINTUIG.

Hannah haalt diep adem. Ze was bijna overtuigd van Thors dood, maar is het nu alleen maar iets wat Ella voelt? Is het telefoontje een droom die de hele ochtend voortleeft? Hannah heeft nooit zoveel geloof gehecht aan zesde, zevende of achtste zintuigen, nu moeten de feiten op tafel komen. Ze gaat staan, loopt naar Ella's vaste telefoon.

'Wat is het nummer van Vigdis?'

Ella kijkt haar aan, het huilen is gestopt, maar heeft haar gezicht achtergelaten als een rivieroever na het tij. Ella schudt haar hoofd, komt verbazingwekkend snel in de benen, staat een tel later met de telefoon in de hand, Hannah registreert haar vlugge beweging amper. Ella, nu bijna boos, krast heel snel iets achter in een adresboek.

JE GELOOFT MIJ NIET, MAAR HET IS WAAR. THOR IS DOOD. EEN ONGELUK BIJ DE HAVEN. DE WERELD IS SLECHT.

Iets aan Ella's handschrift overtuigt Hannah. Misschien de grote letters. Hannah slikt. Als we medeleven moeten uitdrukken, is het moeilijk om verder te komen dan clichés.

'Het spijt me heel, heel erg. Kan ik iets doen?'

Ella schudt haar hoofd, verandert in dezelfde beweging naar een knik. Opnieuw gebruikt ze het adresboekje als medium, dit keer schrijft ze bijna door de naam en het nummer heen van iemand die Bjargey heet.

HERDENKING VANMIDDAG. WIL JE MEE?

Ella kijkt haar vragend aan, alsof ze in Hannahs aanwezigheid een klein beetje troost vindt. Hannah knikt.

'Natuurlijk. Als je vindt dat het niet te opdringerig is om een vreemde mee te nemen naar zo'n bijeenkomst?'

Ella kijkt haar aan. Schrijft weer.

JE WOONT IN MIJN HUIS, JE BENT GEEN VREEMDE.

Er roert zich iets in Hannah. Ze weet niet wat.

'Zal ik een kop koffie voor ons zetten?'

Zonder op antwoord te wachten begeeft Hannah zich naar het koffiezetapparaat, ze vangt een glimp op van haar ingepakte koffer op de gang. Haar fiascoreis naar huis is een poosje uitgesteld.

10

Het huis ademt de dood. Het is Hannahs ervaring dat wanneer het leven een mens verlaat er een plotseling mysterie rondom die persoon optreedt, een bijzondere drang om de overledene postuum te leren kennen, zowel voor de naasten als voor mensen die de persoon in kwestie nooit in levenden lijve hebben ontmoet. Is het een ontijdig sterfgeval, of is er misschien zelfs een misdrijf gepleegd, dan neemt de fascinatie in hevigheid toe. We willen alle omstandigheden rondom het overlijden en de uren tot aan de dood kennen: wat was het laatste waaraan je dacht, de laatste maaltijd die je hebt gegeten, heb je genoten van je laatste douche? Welke plannen had je voor de dag van morgen? En de alles overschaduwende vraag: wist je, vlak voor het cruciale moment, dat de dood het volgende was dat je stond te wachten? Het zijn niet alleen de feitelijke omstandigheden bij de overgang van leven naar dood die de nieuwsgierigheid prikkelen om meer over de pas overledene te weten; Hannah is altijd van mening geweest dat er een bijzondere reden is om de overledene respect te tonen, vanwege het inzicht dat de betreffende persoon moet hebben gekregen. Ze heeft erover gefantaseerd een dode wakker te schudden om wijsheid te verkrijgen: jij weet iets over het leven wat wij niet weten, zou ze zeggen. Jij weet hoe het is om dood te zijn. Hoe is dat? Doet het pijn? Is er iets aan gene zijde? Met welke laatste gedachte laat je het leven los?

Lukt het je om terug te denken, heb je gedaan wat je wilde, heb je de antwoorden gevonden die je zocht, heb je gevoeld dat je leefde? Maar eigenlijk, denkt Hannah, zijn het niet de doden voor wie we ons interesseren. Het gaat om onszelf. De dood van anderen spoort bij de nabestaanden een reflectie over het leven aan; in de dood zetten we de kleine en grote details van het leven in perspectief. En hoe de dood greep op ons krijgt.

Als een respectvolle bodyguard escorteert Hannah Ella het reusachtige huis in, dat lijkt op iets uit een woonprogramma over nieuw-Scandinavische, door architecten ontworpen prestigieuze woningen: grote, open ruimtes met ramen op de natuur, zodat de bergen bijna onderdeel van de woonkamer lijken. Details in al het ingebouwde interieur, dat getuigt van een consequente, exclusieve smaak die wordt ondersteund door dure designmeubelen overal. Een huis dat bijna te modern en te mooi is om in zo'n afgelegen, klein dorp te staan. Wat zou het hebben gekost? De smaakvolle luxe wordt echter verscheurd door het monumentale verdriet dat in de vertrekken aanwezig is. Hannah kijkt rond en absorbeert de behuilde, verbeten gezichten, ze wordt aangestoken door de bedrukte stemming. Voor ze iemand kan begroeten wordt haar blik gevangen door een bed, centraal neergezet in het midden van het vertrek. Alle aandacht wordt naar het bed getrokken, waarop Thor ligt, op een praalbed. Dood. Hannah slikt een keer. Waarom ligt hij hier? Is het normaal om bij je eigen herdenkingsbijeenkomst aanwezig te zijn? Hannah kan niet goed tegen lijken. Ze heeft een keer een dode persoon zien liggen op de rails bij station Dybbølsbro, twee agenten probeerden het lichaam af te schermen, maar dat lukte niet van alle kanten. Ze zag het toen ze erlangs fietste, het lijk was helemaal stijf, lag haaks op de rails, in plastic gewikkeld, alleen het hoofd stak eruit, onbedekt. Ze had niet moeten kijken. Het leven eromheen ging verder alsof het niet anders kon. Terwijl ze al balancerend met haar fiets de trap af liep, kwam ze een jonge knaap tegen met een gettoblaster over zijn schouder, harde muziek, shorts, petje, grijze sweater, hij maakte sprongen en danste, energiek. Ze had zin om hem vast te pakken en te gillen: Stop! Daar op de rails ligt een dood iemand! Maar ze deed het niet. Dat was háár ervaring met iemand die dood was, midden tijdens het heftigste onweer van die zomer, niet die van de jongen met de gettoblaster. Voor hem kon het leven niet levendiger zijn, en waarom iemand van zo'n opvatting beroven? Ze had een laatste keer naar de brug gekeken; er stond alleen die groene auto, waarin de nu koude, stijve persoon naar de brug was gereden, voor hij eraf was gesprongen. Het enige wat ze kon denken was: op zijn doodsmoment stond ik in de supermarkt midden in de zware keuze tussen rode of witte wijn.

'Ella!'

Een vrouw valt Ella met een innige en tegelijkertijd radeloze omhelzing aan, alsof ze probeert al haar verdriet op haar af te wentelen. Ella slaat haar armen om de vrouw heen en laat het toe. Hannah voelt de eeuwigheid passeren terwijl de omhelzing zich ontvouwt, ze bekijkt de zwijgende omarming van de twee vrouwen die een hele reeks gevoelens bij haar oproept; eerst medeleven, dan verlegen ongemakkelijkheid en ten slotte lichte irritatie – hoelang moet je een gast niet-geïntroduceerd en onbeholpen bij een lijkschouwing laten staan? Hannah gaat even anders staan en schraapt haar keel. Ella hoort het, glijdt uit de omhelzing en stelt Hannah voor aan de vrouw: Vigdis. Hannah begrijpt dat ze Ella's zus is, de moeder van Thor. Hannah houdt het voor deze keer bij Deens, hoopt dat het niet beledigend overkomt. Maar op een of andere manier voelt het juist in deze situatie veel echter dan Engels.

'Gecondoleerd. Het spijt me ontzettend van je verlies.'

Hannah bekijkt Vigdis, ze moet een paar jaar jonger zijn dan Ella – ook al ziet ze eruit als iemand die in de loop van de nacht aanzienlijk ouder is geworden. Vigdis knikt, heeft, heel begrijpelijk, niet de kracht om zich om de vreemde te bekommeren. Snelle IJslandse zinnen vinden hun weg uit haar behuilde mond. Ella antwoordt troostend en ondersteunend, onderdrukt haar eigen gevoelens om die van haar zus te dragen. Hannah kijkt rond in het vertrek, waar treurige gezichten elkaar in korte gesprekken ontmoeten, ze hoort verdriet, verbazing en vertwijfeling in de onbegrijpelijke IJslandse woorden. Haar ogen zoeken alle hoeken van het vertrek af om Thors matrasgraf te vermijden, want hoewel iets in haar verlangt naar de macabere aanblik van een dode, jonge man, vindt ze het ongepast om te staren. Misschien is het scannen van het vertrek ook een poging een onzichtbaar hoekje te vinden om in weg te kruipen, ze voelt zich misplaatst, als de opdringerige vreemde die ze eigenlijk is. In de hoek zit een oudere, versteende man uitdrukkingsloos naar de dode jongen te staren, een zeldzame vorm van stoïsche zelfkwelling? Hannah merkt op dat gasten langs hem glijden en condoleren zonder dat de steenman reageert. Dat moet de vader van Thor zijn, Ægir. Hannah voelt het onbehagen onder haar huid kruipen, ze had niet moeten komen. Ze betreurt het dat ze aan Ella's woorden over de dood van Thor twijfelde, voelt zich in zekere zin schuldig. Omdat ze zich een sterfgeval wenste voor haar misdaadroman en het op een presenteerblaadje kreeg aangeboden? Ze schudt de gedachte van zich af, het is niet eens zeker dat er een misdrijf heeft plaatsgevonden, waarschijnlijk niet. Hannah vermant zich, ze moet de tanden op elkaar zetten, er voor Ella zijn en haar afkeer opzijzetten om bij deze intieme situaties te worden betrokken. Maar verdorie, wat zou ze nu goed een borrel kunnen gebruiken! Of in elk geval een kop koffie. De slapeloosheid van de afgelopen nacht haalt haar in als een harde bal die in haar nek wordt gegooid, ze haalt een keer diep adem, ontdekt een deur naar iets wat een keuken lijkt. Loopt ernaartoe.

Hannah komt de keuken binnen, ze schrikt, Viktor! Hij staat met zijn rug naar haar toe en schenkt een kop koffie in. Is hij hier als vriend van de familie of als rechercheur? Hannah neemt het risico en gokt op het laatste.

'Dus er vinden toch misdrijven plaats in Húsafjörður?'

Viktor draait zich om, rustig, bijna alsof hij had verwacht dat ze vlak achter hem zou staan. Hij reikt haar de koffie aan die hij net heeft ingeschonken.

'Ik dacht al dat je hier zou zijn.'

Hannah is verrast.

'Hoezo?'

'Omdat Ella niet het type is dat haar gast in een situatie als deze alleen thuis zou laten.'

Opnieuw verbazing.

'Hoe weet je dat ik bij Ella logeer?'

'Ik ben de hoogste autoriteit in het dorp. Ik weet alles.'

Viktor schenkt voor zichzelf een nieuwe kop koffie in, leunt tegen het aanrecht. Kijkt Hannah onderzoekend aan, houdt de koffie in zijn hand. Hannah neemt een slok van de hare. Hij smaakt bitter.

'Dan weet je dus ook wat er met Thor is gebeurd?'

Viktor, die zijn blik stijf op Hannah gericht hield, kijkt nu naar beneden, schudt zijn hoofd, neemt een slok van zijn koffie, alles bijna in één beweging.

'Was het een misdrijf?'

Nu is het Hannah die Viktor onderzoekend aankijkt.

'Het spijt me, maar ik kan niets over de zaak zeggen.'

'Dus er is een zaak?'

Viktor zucht.

'Dat zei ik niet.'

'Maar ben je hier als politieagent of als vriend van de familie?'

'Het spijt me, maar ik kan echt niets meer zeggen.'

'Je hebt niets gezegd.'

Viktor glimlacht. Ontwapenend. Hij maakt aanstalten terug te gaan naar de woonkamer. Hannah doet een laatste poging; binnen bij de rouwenden kan ze geen vragen stellen.

'Waarom is hij hier? Het lichaam, bedoel ik.'

Viktor aarzelt, alsof hij zin heeft iets met haar te delen, maar weet dat hij het niet zou moeten doen. De zin wint het van de plicht.

'Het was het idee van Ægir, zijn vader, hij stond erop. Het bevalt mij helemaal niet. We moeten sectie laten verrichten.'

Hannah trekt haar wenkbrauwen op.

'Sectie.'

Viktors intonatie verraadt niets.

'Puur routine als iemand verdrinkt. Over een uur komt er een schouwarts uit Reykjavik en dan neem ik het lichaam mee.'

'Dus Thor is verdronken?'

Viktor knikt.

'Zijn vader heeft hem vanochtend gevonden en uit het water gehaald.'

'Hoe is hij erin beland?'

Viktor zucht en drinkt zijn koffie met één slok op.

'Dat is nog een mysterie.'

Viktor zet het kopje neer, Hannah heeft nog talloze vragen, maar hij is al in de woonkamer verdwenen. Ze kijkt in haar koffie, die is slap, en bruin als gier. Ze mikt hem in de gootsteen.

Terug in de kamer zoekt ze het vertrek af, maar geen Viktor. Shit. Hannah dwingt zichzelf naar het lichaam toe te gaan, op afstand ziet Thor eruit als een slapende jongeman die op een wonderlijke manier tussen familie en vrienden is tentoongesteld. Maar van dichtbij is het overduidelijk dat hij dood is. Licht opgezwollen, vast omdat hij in het zeewater heeft gelegen. Hannah is verbaasd over haar eigen weerzin, ze moet zichzelf dwingen om naar hem te kijken. Zijn haar plakt merkwaardig aan zijn voorhoofd, achter zijn rechteroor zit een stuk zeewier, een haarspeld van de dood. Maar wat is dat? Hannah buigt voorover, steekt haar hand uit naar het stuk zeewier; het bedekt iets. Bloed. Ze voelt achter het oor, een kleine bult.

'*Hvernig dirfistu að snerta son minn?*'

Hannah trekt razendsnel haar hand terug, draait zich om en

kijkt recht in het gezicht van Ægir. De steenman heeft zich van zijn sokkel opgericht. Plotseling is Hannah zich pijnlijk bewust van haar ongepaste gedrag, hier een lijk te staan bevoelen!

'Neem me niet kwalijk.'

De steenman kijkt haar met merkwaardig holle ogen aan. Hannah speculeert of hij misschien overweegt haar een klap te geven. Onwillekeurig duikt ze een beetje ineen bij de gedachte. Maar de steenman is slechts vastgevroren in een nieuwe houding, als een zombie die zijn missie is vergeten. Hannah trippelt achterwaarts bij het dode lichaam vandaan, weg van het verdriet en de leegte.

11

De weg is kleddernat, het heeft weer geregend. Hannah stapt tussen de plassen door terug naar het dorp, blij dat ze uit die bizarre thuiskapel weg is, waar ze Ella heeft achtergelaten met de toezegging van hereniging na de lijkschouwing. Ze blijft staan, huivert, heeft moeite om een gevoel van ongemak van zich af te schudden. Dan kijkt ze in de richting van Ella's huis, aarzelt een moment. Loopt dan door naar het dorp.

Hannah weet twee keer aan te kloppen, voordat de deur opengaat. Viktor kijkt haar aan, verrast.

'Ben je me gevolgd?'

'In Denemarken heb ik de reputatie een beetje een stalker te zijn.'

Viktor trekt zijn wenkbrauwen op.

'Niet om onbeleefd te zijn, maar ik ben druk aan het werk.'

Hannah probeert over zijn schouder te kijken, het politiebureau is zo te zien geen overheidsgebouw – het is zijn privéwoning met een plaat op de deur. De vloer is bezaaid met speelgoed, Viktor volgt haar blik, maakt zich breed, probeert de chaos af te schermen.

'Kom, mijn werkkamer is hier.'

'In je slaapkamer of in de kinderkamer?'

Geen glimlach op Viktors lippen, maar een licht zakken van zijn schouders en een gebaar met zijn linkerhand geeft aan dat ze het huis uit moeten. Viktor doet de deur achter hen dicht, Hannah ziet nog net het silhouet van een vrouw in de keuken. De vrouw van Viktor? Buiten leidt de politieman in burger haar een andere deur binnen, een kleine werkkamer met een eigen ingang. Het politiebureau. Hannah analyseert het vertrek, dat nog het meest lijkt op een triest makelaarskantoor uit een slechte Amerikaanse film: een bureau van een ondefinieerbare, goedkope houtsoort is in de gouden snede van het vertrek neergekwakt, met daarop een stationaire, stoffige pc, rommelige stapels papier en een muismat met de afbeelding van twee kinderen erop. Waarschijnlijk die van Viktor. Achter het bureau staat een bureaustoel van kunstleer op vier kleine wieltjes voor een kast waaruit rode ringbanden steken. Aan de muur hangen een kaart van de omgeving en een bijna leeg prikbord. Al met al een ruim onder modaal saaie plek.

'Wat een gezellige werkruimte, zeg.'

Hannah stopt haar handen in haar jaszakken, probeert nonchalant te lijken terwijl ze staat te liegen.

'Wat kan ik voor je doen?'

Meteen ter zake, goed, goed. Viktor staat met zijn armen over elkaar.

'Ik dacht gewoon aan iets met Thor. Heeft hij die klap op zijn achterhoofd gekregen voor of na hij is overleden?'

Viktor trekt een wenkbrauw op. Aha! Hij heeft de bult dus niet gezien. Zijn wenkbrauw zakt weer terug op zijn plek.

'Zoals gezegd kan ik niet op de zaak reageren.'

'Misschien heeft hij het letsel opgelopen toen hij in het water viel?'

Viktor brengt zijn gewicht van de ene naar de andere voet, ongemakkelijk. Hannah ziet dat hij graag iets wil vragen, maar zijn eigen onwetendheid niet wil blootgeven. Ze helpt hem uit zijn dilemma.

'Achter zijn rechteroor zitten een bloedende wond en een bult. Misschien is hij met zijn hoofd op een steen terechtgekomen toen hij viel, misschien heeft hij een stuk hout geraakt, een boot of iets anders, toen hij levenloos in het water ronddreef.'

Hannah pauzeert. Kijkt indringend naar Viktor, die op zijn lip bijt. Een knappe man, maar een goede politieagent? Hun rustige ademhalingen tellen de seconden van de pauze, tot Hannah weer het woord neemt.

'Of iemand heeft Thor op zijn hoofd geslagen, van achteren, zodat hij in het water viel en verdronk.'

Viktor verandert weer van houding, maar geeft geen commentaar op haar theorie. Hannah dringt aan.

'Wat denk jij?'

Viktor spant zijn gekruiste armen, alsof hij zijn eigen dwangbuis is.

'Ik denk dat je moet ophouden met privédetective spelen en mij mijn werk moet laten doen.'

'Maar doe jij je werk wel als je het lichaam van een mogelijk vermoorde persoon voor het hele dorp publiekelijk tentoonstelt? Iedereen – inclusief zijn moordenaar, als er zo iemand is – kan het lichaam manipuleren en bewijsmateriaal verdonkeremanen.'

Hannah windt zich behoorlijk op en is blij dat ze toch af en toe een aflevering van enkele langzame Britse detectiveseries heeft gekeken. Viktors voorhoofd wordt vochtig. Het is blijkbaar een hoogst ongebruikelijke zaak, en als er een protocol moet worden gevolgd, heeft hij dat al overtreden.

'Ik wacht zoals gezegd op de schouwarts. Hij komt eraan.'

'Waarom treffen jullie elkaar niet bij de familie van Thor?'

Haar punt prikt zijn beroepsmatige trots door. Hij dept zijn voorhoofd.

'Ik wilde hun geen stress geven. Je moet nu gaan.'

Viktor komt uit zijn dwangbuis, gebaart een afscheid. Op zijn voorhoofd verschijnen nu kleine zweetdruppels. Hannah blijft staan.

'Luister, ik doe dit niet om je werk te bekritiseren, alleen om te helpen. Misschien kunnen we, als we elkaars gedachten delen, elkaar helpen erachter te komen wat er is gebeurd?'

Viktor snuift, onzeker of arrogant, glimlacht vals, minzaam.

'Het spijt me, maar alleen omdat jij die wond op Thors dode lichaam hebt gezien hoef ik toch helemaal niets met je te delen? Eigenlijk wil ik je aanraden om je hier helemaal buiten te houden. Nee, aanraden is het verkeerde woord – ik sommeer je om je erbuiten te houden. Ga terug naar je geschrijf en laat mij mijn werk doen.'

Viktor doet de deur open, knikt naar buiten. Hannah is niet bereid om los te laten.

'Je zei dat Ægir hem uit het water heeft gehaald?'

Viktor zucht vermoeid.

'Geen commentaar verder.'

'Maar is dat niet een wonderlijk toeval? Ik bedoel, dat een vader zijn eigen zoon vindt, verdronken. Was hij naar hem op zoek?'

Viktor zegt niets. Maar zijn wenkbrauw gaat weer op en neer. Aha, Viktor heeft Ægir dus niet gevraagd wat hij eigenlijk aan het doen was toen hij zijn zoon vond.

'Het is nog maar zes uur geleden. Zijn ouders zijn nog steeds verlamd door verdriet. Je hebt hen zelf gezien.'

Zes uur. Hannah is nog steeds een criminologische novice, maar voor haar klinkt zes uur als een eeuwigheid, waarbij een eventuele dader zijn sporen wel meer dan een keer zou kunnen verdoezelen of uitwissen. Als er tenminste überhaupt sprake is van een misdrijf. Ze probeert het nogmaals.

'Maar je moet toch met hen hebben gesproken? In kaart hebben gebracht hoe Thor zijn laatste uren heeft doorgebracht?'

Viktor zucht opnieuw, maar maakt dan aanstalten om te praten. Misschien heeft hij de behoefte om te laten zien dat hij niet totaal ongeschikt is voor zijn werk. Hannah spoort hem aan.

'Je moet een verdenking van iets crimineels hebben gehad, omdat je aan de dood van Thor refereerde als "de zaak". Jij was ook niet in het huis om je respect te tonen en voor zijn ouders te zorgen – je was daar om te doen wat iedere goede politieman in zo'n situatie zou doen; met familie en vrienden praten om je een beeld te vormen van de omstandigheden.'

'Niemand had iets nuttigs te vertellen.'

Aha! Viktor moet verleid worden met vleierij. Hannah doet er een schepje bovenop.

'Jij bent scherp. Jij hebt iets ontdekt wat ik niet heb ontdekt.'

De magic trick. Viktor aarzelt, sluit dan de deur en richt zich tot haar. Met een nieuwe vertrouwelijkheid in zijn blik.

'Thor kan niet zwemmen. Dat is iets wat het hele dorp weet. Hij heeft watervrees en zal nooit visser worden – dat was een grote teleurstelling voor zijn vader.'

'Zijn vader is visser?'

Viktor knikt.

'Thor komt nooit in de buurt van het water. Een groot probleem als je van en met de zee leeft, zoals wij hier.'

'Maar dat heeft hij gisteravond wél gedaan...?'

Viktor knikt nogmaals.

'Hij was dronken, had een enorme ruzie met zijn vriend Jonni en heeft diens huis verlaten, om naar huis toe te gaan. Jonni was de laatste persoon die hem in leven heeft gezien.'

Hannah denkt na.

'Hoe gaat het dan nu met die Jonni? Ik kan me voorstellen dat hij nogal aangeslagen moet zijn?'

Viktor aarzelt, weegt voor en tegen af om meer te vertellen. Dan vangt hij Hannahs blik met zijn grijsblauwe noorderlichtogen.

'Jonni is sinds gisteravond verdwenen.'

Op datzelfde moment wordt er op de deur geklopt.

Een vrouw steekt haar hoofd naar binnen zonder op toestemming te wachten. Ze merkt Hannah helemaal niet op, maar richt zich direct tot Viktor.

'Læknirinn er kominn.'

Viktor knikt. Met een hand rustend op de deurklink geeft de vrouw Hannah de liftblik, alsof ze haar pas nu ziet. Wat zou ze zien – een verlopen, aan drank verslaafde schrijfster, een liefdesconcurrent, een vreemde? Hannah bekijkt de vrouw aandachtig. Ze heeft eigenlijk het idee dat de vrouw nog iets heel anders ziet. Maar wat?

'Mijn vrouw, Margrét.'

Margrét steekt haar hand uit om te groeten, haast militant, Hannah pakt die aan, de hand is zacht en stevig tegelijk. Als de muil van een pasgeboren kalf.

'Hannah.'

Margrét knijpt even in Hannahs hand, een zusterlijke groet, of een waarschuwing? Hannah bestudeert Margrét, Viktor is een fortuinlijk man. Ze zou nooit op de voorkant van een beautymagazine staan, daarvoor is ze te ongepolijst en te hoekig. Gelukkig. Hannah heeft een hekel aan het heersende schattig-knap-brutaal-lieve-vrouwenideaal, waarbij dunne vrouwen met grote borsten en te veel make-up worden bejubeld om hun koolhydraatvrije broodjes en hun modebewustheid tijdens en na de bevalling. Margrét is anders. Het donkere haar hangt touwdik gevlochten op haar rug, de hoge jukbeenderen omlijsten een paar intense, bruine ogen die Hannahs ogen matchen in vasthoudende koppigheid. Margrét is lang, maar een paar centimeter kleiner dan Hannah, en ze lijkt een sterk lichaam te hebben, alsof het door vloeiende lava is gevormd.

'Het spijt me, maar ik moet nu gaan – en jij ook.'

Viktor maakt weer een gebaar dat het bezoek voorbij is, maar Hannah wil de kans niet missen de arts te ontmoeten die autopsie op Thor zal verrichten. Ze is klaar om een compromis te sluiten met haar creativiteit.

'Mag ik even naar de wc? Ik moet echt, echt heel nodig naar de wc.'

Shit! Hannah kijkt om zich heen in de kleine, crèmekleurige badkamer, haakjes met Disney-figuurtjes dragen badcapes in kindermaten, een rood krukje van plastic is half onder de wasbak geschoven. Ze leunt tegen het raamkozijn, shit! Dit was niet het plan. Ze werd naar het toilet gewezen zonder eerst aan de arts te worden voorgesteld. Viktor en de arts zijn in een auto gesprongen en onderweg naar het huis van Thor. Hannah denkt na. Ze moet proberen het onderzoek een stap voor te zijn, zich kennis verschaffen die Viktor nog niet heeft. Hem van haar afhankelijk maken. Ze trekt door zonder het toilet te hebben gebruikt, draait de kraan open en dicht, doet de deur van het slot. In de keuken vindt ze Margrét, die op het aanrecht zit en uit het raam een sigaret rookt, om haar heen staat de rommel van de lunch van de kinderen, op de vloer is een spoorbaan van hout ingestort.

'Ik weet wel dat ik niet moet roken. De kleintjes krijgen er longkanker van en alles. Maar het is mijn enige luxe.'

Margrét vult de lucht met een ademteug vol rook, Hannah aanschouwt haar, niet echt een IJslandse Mary Poppins. Eerder een personage uit een Franse nouvelle vague-film, niet Godard, maar bezwaard door de hardvochtigheid van het dagelijkse leven, Truffaut wellicht. Ja. Ze zou best een heldin in een film van Truffaut kunnen zijn. *La femme d'à côté.*

'Mag ik er eentje?'

Hannah wijst naar het pakje. Margrét knikt, ietwat verbaasd, maar glimlacht dan, alsof er een vreugde is dat ze niet alleen met haar zonde is. Hannah steekt een sigaret op, leunt naar het raam toe.

'Dus wat heeft ervoor gezorgd dat je fulltime babysitter bent geworden?'

'Waarom niet?'

Hannah is verrast door het prompte antwoord. Ja, oké. Waarom niet. Zo simpel. Waarom niet.

'Het was dit of werken in de kroeg.'

'Ik had waarschijnlijk werken in de kroeg gekozen.'

'Jij bent misschien alcoholist?'

Margrét kijkt Hannah rechtstreeks aan, geen enkele ironie in haar blik.

Hannah voelt een plotselinge, verrassende drang om eerlijk te zijn tegenover de onbekende vrouw – en zichzelf.

'Ja, waarschijnlijk wel.'

'Maakt het je gelukkiger?'

Hannah denkt na.

'Kortstondig.'

Margrét knikt. Alsof ze het volkomen begrijpt, en dat er niets merkwaardigs of beschamends aan is. Dan kijkt ze uit het raam, kijkt naar buiten alsof ze iets bepaalds zoekt. Ogenschijnlijk zonder het te zien.

'Het is zo jammer van Thor.'

Hannah inhaleert diep, scherpt alle zintuigen.

'Kende je hem goed?'

Margrét haalt haar schouders op, op een manier die je als een ja of een nee kunt uitleggen. Ze drukt haar sigaret uit, sluit het raam. Hannah heeft het gevoel dat er iets is wat ze niet zegt.

Ze staart naar Margrét, die de etensresten begint op te ruimen en het servies in de afwasmachine zet.

'Ik moet een beetje opruimen voor de kinderen wakker worden van hun middagslaapje.'

Hannah drukt ook haar sigaret uit.

'Sorry, ik zal niet meer van je tijd nemen. Ik wilde je alleen iets vragen – weet jij waar Jonni woont?'

De vulkaanvrouw wendt zich tot haar.

'Je moet je neus hier niet al te diep in steken. Het dorp kent geheimen die je het beste met rust kunt laten.'

Hannah barst van nieuwsgierigheid.

'Wat bedoel je?'

Margrét spoelt een bord af in de gootsteen, boent op een hardnekkig etensrestje.

'Ik moet dit echt even doen.'

'Maar het adres van Jonni, heb jij dat?'

Margrét stopt met de afwas.

'Ik zeg je: als je je neus te ver vooruitsteekt, wordt die eraf gehakt.'

Hannah blijft staan.

'Ik weet zeker dat hij weer uit zal groeien. Wil je me alsjeblieft vertellen waar Jonni woont?'

12

Hannah stapt de weg af, wat is het allemaal wonderlijk! Margréts uitnodigende vertrouwelijkheid, die vervolgens snel omsloeg in een introverte afwijzing. Geheimen en waarschuwingen. Wat is het dat Margrét niet vertelt?

Het is Hannah echter gelukt om Jonni's adres te krijgen, het is maar een paar honderd meter bij de politiebureauwoning van Viktor en Margrét vandaan. Ze kijkt op, in de verte glanst de Vatnajökull, de grootste gletsjer van IJsland en de lokale toeristenattractie. Hannah heeft niet de intentie om hem van dichterbij te bestuderen, ze houdt niet van sneeuw en al helemaal niet van samengeperste sneeuw die nooit smelt. Sneeuw is gegijzeld door de commerciële kerstindustrie; als een magisch poeder om over de wereld uit te strooien en vrede en snoezige verdraagzaamheid mee te creëren. Maar dat is een illusie. De wereld wordt geen betere plek van een witte kerst, de sneeuw van de werkelijkheid is ofwel vies, ofwel dodelijk. Het is prima dat het landijs smelt, dan zijn we daar in elk geval van af. Nee, dat meent ze natuurlijk niet. Ze heeft gewoon geen zin om op die rottige gletsjer rond te banjeren. Het is samengeperste sneeuw, samengeperste valse idylle. Onder de gletsjer zouden meerdere vulkanen liggen, wat zou er eigenlijk gebeuren als een daarvan uitbarstte en de hele gletsjer liet smelten? Zou IJsland dan overstromen?

De ringtone van haar mobieltje haalt Hannah uit haar gedachten. Na wat gerommel in haar zak krijgt ze het te pakken.

'Met Hannah.'

'Fijn om je stem te horen. Is alles goed met je?'

Bastian klinkt bezorgd.

'Waarom zou het niet goed met me zijn?'

'Ik kreeg je mail. Over dat je naar huis wilde. Ik heb een drukke dag gehad en zag hem zojuist pas. Ben je naar de luchthaven gegaan?'

O ja, de mail aan Bastian over haar ongeschiktheid als misdaadauteur en haar plannen om naar huis te gaan.

'Ik ben hier nog steeds en ben van plan om te blijven. Er heeft een moord plaatsgevonden.'

'Wat zeg je? Een moord?'

Bastian houdt een korte pauze.

'Jij bent hopelijk niet degene die hem heeft gepleegd?'

Hannah glimlacht. Ze kan hem ook niet verwijten dat hij dat denkt.

'Jazeker, ik heb Ella met een broodmes in stukken gesneden terwijl ze sliep en ik zit nu in voorlopige hechtenis.'

Een zucht van verlichting van Bastian.

'Even serieus. Wie is er dood en hoe? Weet je wel zeker dat het een goed idee is dat je daar blijft als daar een moordenaar vrij rondloopt?'

'Het slachtoffer is een jonge vent, Thor, Ella's tantezegger, echt ongelooflijk tragisch. Hij is verdronken.'

'Verdronken? Maar de politie denkt dat het om moord gaat?'

Bastian klinkt deels sceptisch, deels nieuwsgierig.

'Politie, politie, dat is wel een beetje overdreven. Dorpsagent Viktor heeft een verdenking dat er een misdrijf heeft plaatsgevonden, en ik weet dat dat zo is.'

'Jij bent misschien de nieuwe inspector Morse?'

'Ik zie mezelf nu meer als een Jessica Fletcher.'

Stilte.

'Van die serie uit de jaren tachtig, *Murder, She Wrote.*'

'Aha! Heb je die moord ook nog zien gebeuren misschien?'

'Het gaat er niet om dat je de moord ziet. Het gaat erom dat je alle dingen ziet die naar de dader wijzen.'

Hannah merkt dat Bastian glimlacht.

'Ik moet zeggen dat het een beetje als een verrassing komt dat jij opeens gek bent van detectives. Maar met het oog op je misdaadroman is dat natuurlijk niet zo verkeerd.'

Bastian last een kunstmatige pauze in.

'Want je gebruikt het waarschijnlijk ter inspiratie?'

Hannah denkt na.

'Eerlijk gezegd weet ik niet wat ik er op dit moment mee moet. In de eerste plaats wil ik graag helpen om erachter te komen wat er is gebeurd. Ook voor Ella.'

'Dat klinkt bijna medemenselijk.'

'Misschien is het juist dat.'

Hannah verbaast zichzelf. Medemenselijk zelfs. Eigenlijk voelt ze zich alleen maar heel nieuwsgierig.

'Het motief voor mijn geëngageerdheid is uiteindelijk irrelevant. Hoe dan ook, ik ben in mijn leven nog nooit dichter bij het in plot denken geweest dan nu. Dus iets goeds moet het wel voor die rottige misdaadroman betekenen.'

'Dus die leeft nog steeds?'

'Leven, leven. Ik zou eerder zeggen dat hij een wat grotere kans heeft om het levenslicht te zien.'

'Hannah, beloof me dat je goed op jezelf past. Ik meen het; je moet niet in iets belanden wat je zelf niet onder controle hebt. Je mag jezelf niet in gevaar brengen.'

'Mijn hele carrière dreigt gesloopt te worden. Hoe kan mijn leven nog meer in gevaar komen dan dat?'

Bastian zucht.

'Prima. Maar je moet je voorbereiden op de pers. Ik zal proberen ze hierbuiten te houden, maar realiseer je dat het allemaal kan gaan rollen als iemand erachter komt dat je in je detectivevakantie daadwerkelijk onderzoek doet naar een moord.'

'Vakantie?'

Meer weet Hannah niet uit te brengen voor de verbinding wegvalt. Ze stopt de telefoon weg, kijkt naar de Vatnajökull. Het lijkt alsof de gletsjer iets verder de berg af gekropen is.

Na een kort belletje wordt de deur opengedaan door een vrouw in een IJslandse trui en met zwarte randen onder haar ogen.

'Dag, ik ben Hannah, ik logeer bij Ella en ik wil graag... dat wil zeggen...'

De vrouw kijkt haar aan. Afwachtend. Daar valt geen hulp te halen om de gênante situatie te vergoelijken.

'Ik wilde alleen maar een brief aan Jonni afgeven. Van Ella. Ze heeft een paar troostende woorden geschreven en wil hem graag uitnodigen voor een kop thee. Om te praten over wat er is gebeurd.'

Hannah houdt de brief voor zich, probeert niet te trillen met haar hand. De vrouw kijkt ernaar, Hannah hoopt in hemelsnaam niet dat ze hem aanpakt en leest. Dan zal ze zien dat hij niet van Ella is, maar van haarzelf, en dat het geen uitnodiging is voor thee en praten over verdriet, maar een verzoek om elkaar te ontmoeten en met haar, Hannah, te praten over Jonni's vriendschap met Thor. De vrouw kijkt sceptisch naar de brief.

'Ella heeft toch telefoon? Ze kan gewoon bellen als ze Jonni wil spreken.'

De vrouw doet de deur dicht, maar het lukt Hannah nog net om de neus van haar laarsje tussen de deur te steken.

'Ik weet dat Jonni is verdwenen. Dus Ella kan hem niet gewoon bellen, toch?'

De deur wordt op een kier geopend.

'Hoe weet jij dat Jonni is verdwenen?'

De vrouw kijkt Hannah kritisch aan.

'Ik was bij Thor thuis. Voor de herdenkingsbijeenkomst.'

Er verschijnt een angstsluier op het gezicht van de vrouw.

'Dus iedereen weet het?'

De vrouw is blijkbaar bang dat haar zoon onder de verdenking van het hele dorp komt te staan vanwege betrokkenheid bij het overlijden van Thor. Een gegronde angst. Hannah schudt haar hoofd om haar gerust te stellen.

'Ik heb met Viktor gesproken, de politieagent. Hij heeft het me verteld. Ik denk niet dat er anderen zijn die weten dat Jonni is verdwenen.'

Hannah weet niet precies of dat waar is, maar ze hoopt dat de verzekering de vrouw aan haar kant zal kunnen krijgen. Slechts voldoende om ervoor te zorgen dat ze de brief aan Jonni wil geven. Áls hij thuiskomt. De strategie werkt. Na een korte denkpauze pakt de in een trui gehulde vrouw de brief aan, gelukkig zonder aanstalten te maken om die te openen.

'Ik geef hem die als hij weer eens terugkomt.'

'Als hij weer eens terugkomt...? Verdwijnt hij regelmatig?'

De vrouw geeft geen antwoord, maar Hannah kan aan haar zien dat dat het geval is.

'Waar gaat hij normaal gesproken naartoe, en wat doet hij?'

'Ik moet nu echt naar binnen.'

De vrouw doet de deur zonder afscheid te nemen voor Hannahs neus dicht.

13

Honger. Hannah kijkt hoe laat het is. 14.48 uur, ze heeft vandaag nog niets gegeten en met alles wat er is gebeurd, voelt het als meerdere dagen. Bovendien twijfelt ze hoe ze verder kan komen met haar onderzoek, ze heeft het gevoel dat ze de plek moet onderzoeken waar het lichaam van Thor werd gevonden, maar ze heeft geen idee waar dat is. Het begint ook al donker te worden. Ze heeft echter een duidelijk gevoel waar ze misschien eten én meer informatie kan krijgen: Bragginn.

Haast vertrouwd klimt ze op de barkruk, een handjevol gelaten exvissers heeft een hoek van de bar bezet, maar Hannah is er niet zeker van of het dezelfde zijn als die hier de laatste keer waren. Wat gênant dat ze klaarblijkelijk geen individuen ziet, maar een heleboel menselijke tristesse als ze naar hen kijkt. Ze speurt naar haar bewonderaar van een dorpsgek, die haar hier gisteren naartoe heeft vergezeld, maar hij noch de vrouw met de hond is er. De barkeeper herkent ze echter meteen. Hij lijkt een vleesgeworden heavymetalfan of een seriemoordenaar, misschien een beetje van beide. Hij is waarschijnlijk zo rond de veertig, maar kan misschien ook tien jaar jonger zijn – alcohol en ongezondheid hebben het eigenaardige effect er tien jaar bij te kunnen doen of eraf te halen. Misschien zit hij er ergens tussenin.

Het schouderlange, zwarte haar is met een kam achterover getrokken en vet als de achterkant van een sticker, maar van de wax, niet door gebrek aan water en zeep. Over een T-shirt met Iron Maiden heen worstelt een leren vest dapper om rond de vooruitstekende bierbuik gesloten te blijven.

'Mineraalwater of whisky-cola?'

De heavymetalman herkent haar dus en herinnert zich zelfs dat ze zowel geheelonthouder als aan de sterkedrank is: al naar gelang de politie aanwezig is of niet. Hannah smacht naar een borrel, maar zonder ontbijt voelt het extra zondig. Ze pakt de menukaart, die eruitziet alsof hij sinds eind jaren zeventig niet is geactualiseerd, wat de kaart zelf betreft noch de gerechten die erop staan. Hannah kiest een menu dat balanceert tussen alcohol en geheelonthouding, tussen het welbekende en het lokaal exotische.

'Ik wil graag een koffie met whisky en wat geroosterd brood met gerookte geitenkaas.'

De barkeeper knikt, de whisky-koffie wordt snel en professioneel op de bar aangereikt, vervolgens verdwijnt hij een paar minuten achter een klapdeur om later vanaf dezelfde plek te materialiseren met een bord met brood en kaas in zijn hand. De metalman is zowel barman als kok. Hannah werpt een blik op het eten, dat er verrassend uitnodigend uitziet en zelfs is geserveerd met wat verse rode paprika. Ze stort zich met veel eetlust op het bord.

'Dat is me nogal een tragedie met die jongen, Thor, hè?'

Ze probeert niet al te geëngageerd te klinken en slikt haar laatste hapje geitenkaas door.

De barkeeper knikt.

'Vreselijk. Zo'n goede jongen.'

'Kende je hem?'

Het leren vest haalt zijn schouders op.

'Ik weet wie hij was. Maar hij was niet iemand die hier rondhing, als je dat bedoelt.'

'Dronk hij geen alcohol?'

'Ik denk dat alle jongeren in het dorp af en toe wel drinken, je kunt niet zeggen dat er verder zoveel anders te doen is. Hij kwam hier alleen nooit in de weekenden samen met de andere jongeren.'

'Maar hij leek behoorlijk populair. Ik heb hem gisteren nog zien voetballen.'

'Ja, dat was hij waarschijnlijk wel... Zoals gezegd kende ik hem niet echt, ze zeggen alleen dat hij anders was.'

'Anders in welke zin?'

Het vest schiet weer omhoog en omlaag tijdens een ongeïnteresseerd schouderophalen. Hannah ziet in dat ze via deze weg niet verder komt.

'Weet je waar hij is gevonden?'

Hannah probeert haar vraag achteloos te laten klinken.

'Aan het water. Iets ten zuiden van de haven.'

'Ten zuiden?'

Hannah probeert zich een overzicht van de haven te vormen, dat wat ze ervan heeft gezien en onthouden.

'Is dat in de buurt van de vissersboten?'

Het vette haar schudt van nee.

'Nee, het is niet in de buurt van wat dan ook, eigenlijk. Een heel mysterieuze plek als je het mij vraagt.'

Hannah probeert niet al te geïnteresseerd over te komen. Ze neemt het laatste korstje brood en kauwt erop.

'Wat bedoel je daarmee?'

De barkeeper maakt een armgebaar, alsof hij alle verantwoordelijkheid afwijst.

'Gewoon wonderlijk. Ik bedoel, wat deed hij daar? Daar is niets anders dan nat grasland.'

'Hij kan daar misschien naartoe geslenterd zijn. Misschien vanuit de haven?'

'Dat denk ik niet. Dan zou hij de hele weg vanaf de sluis zijn gelopen, een kronkelige weg, en er is zo goed als geen stroming achter de invaart. Er is daarentegen veel bootverkeer, en het is onwaarschijnlijk dat niemand hem zou hebben gezien.'

Hannah knikt.

'Ik heb gehoord dat zijn vader hem heeft gevonden. Weet je of hij was weggegaan om hem te zoeken?'

'Dat moet wel. Waarom zou hij anders in dat braakland zijn geweest?'

Hannah knikt, goede vraag. De barkeeper draait zich om naar een nieuwe klant, de vrouw met de hond. Ze voeren een gesprek, Hannah vangt een paar woorden op – Thor komt in het gesprek terug. Zijn overlijden zorgt ervoor dat het hele dorp met elkaar praat. Hannah neemt een grote slok van haar whisky-koffie, voelt de warmte en de alcohol door haar lichaam stromen, ze voelt zich licht, licht, licht, ze heeft zin om zich aan het gevoel over te geven, heeft zin om nog tien koppen van deze toverdrank te drinken, heeft zin om niet te hoeven nadenken. Er zijn veel te veel onbeantwoorde vragen, het is te onoverzichtelijk om de puzzelstukjes aan elkaar te leggen. Het is per slot van rekening ook niet haar taak. Haar taak is het een misdaadroman te schrijven en hier sjouwt ze rond en verspilt de uren met de jacht op een mogelijke moordenaar. Die misschien nog het meest bestaat als hoop in haar hoofd? Het klinkt namelijk logisch. Gisteravond was Thor aan het voetballen. Na afloop hing hij rond met wat vrienden, dronk een paar biertjes. Onderweg naar huis is hij dronken in het water gevallen, zijn vader werd ongerust dat hij niet thuiskwam, ging op pad om hem te zoeken. Jonni hoorde van het overlijden van zijn beste vriend, verdween, zoals hij zo vaak doet. Zou vast voor de avond terugkomen. De klap achter het oor, dat moet zijn gebeurd toen Thor in het water viel. Hannah zucht, drinkt haar kop leeg. Ze zou naar huis moeten gaan om te schrijven, verder fantaseren op de werkelijkheid in plaats van die proberen uit te dokteren en teleurgesteld te worden over de toevallige alledaagsheden van het leven. Nee, het is beter die moord met woorden te creëren, voor ze ontdekt dat hij niet bestaat.

Ze pakt haar portemonnee, telt het geld precies uit. Legt het op de bar, glijdt van de barkruk, maar stopt dan midden in de beweging. Wat was dat voor opmerking dat Thor anders was? Hoezo anders? Op dat moment knalt de deur achter haar open, een jonge visser stormt naar binnen, zijn jas wappert en zijn ogen zijn opengesperd.

'*Jonni er inni hjá Þór. Hann er með haglabyssu!*'

Het lokaal verstijft, de vrouw met de hond laat haar drankje vallen. Hannah draait zich verward om naar de barman.

'Wat gebeurt er?'

'Jonni is bij Thor thuis en hij heeft een hagelgeweer bij zich!'

14

Hannah heeft een leren vest nog nooit zo snel zien bewegen. Zelf is ze nog de meest nuchtere in de kroeg en daarmee snel genoeg om bij hem in zijn auto te stappen, die pal voor het gebouw staat. De veiligheidsgordel zit half los om haar rechterschouder, met beide handen houdt ze zich aan het handvat vast dat aan het dak is bevestigd, de barkeeper sjeest door het dorp alsof hij in een actiefilm zit. Ze zijn in een paar minuten bij het huis, het leren vest springt uit de auto, Hannah worstelt met het slot, fucking teringzooi, het wil niet open! Ze kruipt onelegant over de chauffeursstoel en stort zich uit de auto, haalt haar chauffeur in bij de voordeur. Dan belt hij godbetert aan. Hannah kijkt hem sprakeloos aan.

'Het is een beetje onbeleefd om domweg naar binnen te denderen.'

'Het is een noodsituatie!'

Hannahs hart is in haar keel geschoten, haar lichaam tript helemaal, alles staat gespannen. Ze pakt de deurkruk beet, kijkt naar haar strijdmakker, krijgt een korte, goedkeurende knik, ze doet open. Houdt een fractie van een seconde haar adem in, hoort een jongeman schreeuwen, een oudere man geeft antwoord, vrouwen huilen. Met snelle stappen treedt het ongewone koppel de woonkamer binnen, waar een iele jongen gekleed in een spijkerbroek en T-shirt op blote voeten huilend een jachtgeweer op het voorhoofd van Thors vader richt. Viktor en de schouwarts steken een arm uit naar de jongeman, lijken te willen bemiddelen. Thors moeder zit met haar gezicht in haar handen verborgen. Ella hangt als een beschermend schild over haar lichaam en houdt een wakend oog op de situatie. De overige gasten jammeren zachtjes.

'Jonni, slepptu byssunni!'

Hannah kijkt verrast naar haar strijdmakker, ze wist niet dat hij zo'n autoriteit in zijn stem kon leggen. Maar hij is natuurlijk gewend om dronken volk en misschien zelfs vechtende klanten aan te spreken en heeft een zekere ervaring met het afweren van potentieel gevaarlijke situaties. Het vertrek wendt zich tot het leren vest en Hannah, ze wilde dat ze zich met een vingerknip onzichtbaar kon maken, hij lijkt van de aandacht te genieten. Ook al is het jachtgeweer nu op hem gericht. De jonge vent, van wie Hannah aanneemt dat het Jonni is, heeft een angstaanjagend vastberaden blik.

'Slepptu byssunni.'

'Það er honum að kenna að Þór er dáinn.'

Hannah kijkt van de barkeeper, een vettige haarlok is over zijn voorhoofd gevallen, naar Jonni, probeert de uitwisseling van woorden te duiden of ten minste de betekenis ervan. De intensiteit in de gelaatsuitdrukking van de jonge man is onveranderd, hij draait het geweer terug naar Ægir. Om te wijzen of om te dreigen? Hannahs lichaam is gespannen als een varken vlak voor de slacht, ze wordt een klein beetje duizelig, ontdekt dat ze haar adem inhoudt. Langzaam ademt ze in en uit. Geluidloos. Krijgt oogcontact met Viktor, die vertwijfeld lijkt, dit is waarschijnlijk zijn eerste gijzeling. Als je het dat tenminste kunt noemen. Ze lijkt een opluchting te kunnen lezen in Viktors blik op de barkeeper, die nu met grote zelfverzekerdheid een stap naar Jonni toe zet en zijn hand uitsteekt. Als naar een dronken man die naar huis en naar bed moet worden gebracht. Hij zegt niets, het is alsof aan woorden geen behoefte is nu. Hij legt een grote, zachte mannenhand op Jonni's arm, het hele vertrek houdt de adem in, Vigdis kijkt voorzichtig tussen haar vingers door. Jonni laat zijn armen een beetje zakken, nu wijst het geweer naar de buik van de steenman. De opluchting is ophanden bij de omstanders, maar dan stopt Jonni zijn beweging en kijkt hij Ægir diep in de ogen.

'Það varst þú sem drapst hann.'

Dan haalt hij de trekker over en gaat het geweer met een grote, luidruchtige, heel zachte, haast onhoorbare klik af. Er zitten geen patronen in. Vigdis gilt. Jonni gooit ten slotte het geweer op de grond, zakt in elkaar als een ter dood veroordeelde man die op het laatste moment van de galg is gered. Het leren vest bukt zich, legt een arm om Jonni heen die uitdrukkingsloos naar Thors dode lichaam zit te staren; ziet hij het, of ziet hij het niet? Viktor doet de jonge man handboeien om, de gasten komen langzaam tot zichzelf. Ook Hannah, die zijwaarts naar Ella toe beweegt, nog steeds met haar blik op de situatie gericht – ze durft zich nog niet om te draaien.

'Gaat het goed met je?'

Hannah ziet uit haar ooghoek dat Viktor Jonni het vertrek uit leidt, de barkeeper sjokt erachteraan, alsof het zijn taak is om de aanhouding in de gaten te houden. Hannah wendt zich nu volledig tot Ella, die nog steeds Vigdis vasthoudt alsof ze een kind tijdens een bommenregen is. Vigdis worstelt zich voorzichtig los uit Ella's zorgzame armen, loopt op haar steenman af en houdt hem vast. Omklemt hem zo stijf dat hij bijna verkruimelt. Ella kijkt naar hen. Er is iets in haar blik dat zorg noch opluchting is, maar eerder een donkere overpeinzing. Mist zij wellicht ook een partner die ze met haar liefde kan beschermen?

'Gaat het goed met je?'

Hannah herhaalt haar vraag. Ella rilt, alsof ze de wereld probeert te resetten. Dan knikt ze.

15

De koffie is loeiheet en gitzwart. Hannah schenkt in, terwijl Ella koekjes uit de kast pakt. Ze zitten in de keuken, zijn onderweg naar huis stil geweest, alsof er niet echt woorden zijn om te beschrijven wat er zojuist is gebeurd. Ze zijn vlak na de arrestatie van Jonni vertrokken, ze hebben alleen een beetje geholpen de koffiekopjes af te ruimen en stoelen terug te zetten op hun plek, nadat de condolerende gasten als de rook van een kanonschot waren verdampt. Niemand had waarschijnlijk zin om de rouwende ouders nog verder in de weg te zitten, of misschien eerder: iedereen wilde zo snel mogelijk naar huis om met elkaar te praten over wat er was gebeurd.

Als gestolen bierkratten en getunede brommers normaal gesproken de bovengrens zijn voor de criminaliteit in het dorp, dan heeft deze dag alle grenzen van drama doorbroken en het hele dorp op zijn kop gezet, denkt Hannah. Wat men dacht dat het dorp was, is dit niet meer. Hannah zou Viktor graag nog een bezoekje willen brengen en hem helpen bij het verhoor van Jonni, maar ze weet niet goed wat haar excuus zou moeten zijn om weer te komen opdraven. Zou de arts het lichaam van Thor inmiddels hebben onderzocht? Waarschijnlijk niet, want het lag nog midden in de woonkamer, ze hebben ongetwijfeld met de sectie gewacht tot de bijeenkomst was afgelopen. Maar toen werden ze dus onderbroken door Jonni en zijn jachtgeweer.

‘Wat zei hij tegen Ægir?’

Hannah kijkt Ella vragend aan, die terugkijkt alsof ze het niet heeft verstaan. Hannah licht het toe.

‘Jonni. Waarom was hij zo boos op de vader van Thor?’

Ella haalt haar schouders op. Neemt een slok koffie.

‘Zit ik helemaal mis of beschuldigde hij Ægir ervan dat hij schuldig was aan Thors dood?’

‘Ella aarzelt even, pakt dan pen en papier.

HIJ IS IN SHOCK OVER HET VERLIES. ZOALS WIJ ALLEMAAL.

‘Maar er waren geen anderen die een jachtgeweer hebben afgevuurd. Denk je dat hij iets weet?’

Ella haalt opnieuw haar schouders op. Het lijkt erop dat ze niet zoveel zin heeft om te speculeren over een eventueel misdrijf, motieven of verdachten. Dat is ergens ook wel te begrijpen. Toch kan Hannah het niet laten haar gastvrouw een beetje meer uit te horen.

‘Jonni en Ægir hebben misschien niet zo’n goede relatie met elkaar?’

Ella kijkt Hannah rechtstreeks aan. Laat dan een ondefinieerbare glimlach zien. Schrijft weer iets.

DAT IS WAARSCHIJNLIJK WEL HEEL MILD UITGEDRUKT.

‘Wat bedoel je daarmee?’

Maar Ella gaat staan, slaat een deken om haar oude schouders. Krabbelt nog een bericht neer.

IK MOET EVEN RUSTEN. DE DOOD VERGT ENORM VEEL VAN OUDE BOTTEN.

Hannah probeert het nog een laatste keer.

‘Is het omdat Jonni slecht gezelschap voor Thor was? Ik bedoel; hij zorgde ervoor dat Thor dronk, dol op wapens was, temperamentvol…?’

Ella krabbelt nog een laatste bericht neer.

ZOIETS.

Ella verdwijnt de trap op, zware voetstappen op een zware dag. Hannah pakt het papiertje met de krabbels van de oude vrouw. Zoiets. Wat bedoelt ze daarmee?

Het eiland des doods

Hoofdstuk 1

Hannah steekt een sigaret op, opent het raam, de scharnieren bieden weerstand, maar na hard duwen met haar duim geven ze mee. Ze leunt achterover op haar stoel, blaast de rook uit, buiten is de dag al bezig weg te kruipen. Nee, verdorie! Ze kan haar misdaadroman toch niet *Het eiland des doods* noemen. Veel te plat. Maar hoe noem je een misdaadroman? Hm. Iets met moord, dood of vrouw in de titel. Of een zelfstandig naamwoord in het enkelvoud als *De moord*, *De brug*, *De advocaat*. Nee, dat zijn meer titels voor films en series. Iets waardoor mensen weten dat het een misdaadroman is. Vooral wanneer haar naam verder niet met spanningsliteratuur wordt geassocieerd. Een schokwoordje is misschien heel goed om mensen te kunnen pakken. Oké. *Het doodseiland* wordt de werktitel. Fuck ook, het wordt toch een grote bak vol drek! Ze legt de sigaret in de asbak, die rookt zichzelf wel op. Hannah draait haar nek, knakt haar vingers. Nu komt-ie, de grootste, beste, snelst geschreven misdaadroman van de wereld. Een verschrikkelijke flutkrimi, maar hier komt-ie.

Het gras was groener dan normaal in november. Tore strikte zijn voetbalschoenen met een vastberadenheid alsof het de laatste keer was. Zo strikte hij ze altijd, dat was zijn natuur; zorgvuldig en perfectionistisch, niet alleen wat veters betrof, maar met het leven in het algemeen. Wat hij niet wist dat het inderdaad de laatste keer was dat hij zijn schoenen zou vastbinden en dat de aanstaande voetbalwedstrijd met zijn vrienden de laatste ooit zou worden in zijn achttienjarige leven. Voor de ochtend zou hij dood zijn.

Hannah kijkt op, ja, ja, niet slecht, zeg! Een begin in elk geval. Ze permitteert het zich Thors persoonlijkheid te verzinnen, want strikt genomen kent ze hem natuurlijk niet. Maar dat zou wel moeten. Ze noteert in haar blocnote: *Wie was Thor?* en keert dan terug naar haar toetsenbord. De misdaadroman is begonnen. Misschien is haar opdracht toch niet zo onoverkomelijk. Drie ononderbroken uren schrijft ze zonder haar blik van het beeldscherm te halen. Als ze eindelijk stopt, ligt de asbak vol peuken, het donker heeft allang het laatste restje daglicht weggeduwd en de kou komt als een massief blok door het open raam naar binnen. Hannah zet de laatste punt, blaast uit als na een marathon, ze voelt tot haar verrassing dat ze goed in vorm is geweest. Ze scrolt door het document, zeven bladzijden zijn het geworden. Hannah glimlacht, zelfvoldaan. Dan klapt ze haar laptop dicht, sluit het raam en gaat met haar geradbraakte lichaam staan.

De benedenverdieping van het huis ligt in een donkere stilte. Hannah doet het licht aan, zet koffie. Afwezig bladert ze in een paar oude tijdschriften, terwijl ze wacht tot het water door het koffiezetapparaat is gelopen. Wat is de volgende stap? Nu is ze op gang gekomen met het boek, maar ze moet meer weten over het misdrijf. Dat is haar term voor de dood van Thor, misschien is het wensdenken, maar het valt niet uit te sluiten dat er een misdrijf achter zit, in elk geval zijn er veel mysterieuze omstandigheden. Thor, die bang was voor water, maar toch naar de zee liep nadat hij wat had gedronken. Waarom? Zijn vader die hem vond, alsof hij van tevoren wist dat zijn zoon dood in het water lag. Waarom beschuldigde Jonni Ægir ervan schuldig te zijn aan Thors dood? En nog belangrijker: wist Jonni dat het geweer dat hij afvuurde niet geladen was? Zou hij worden aangeklaagd voor poging tot moord? En ten slotte: wat zou de sectie op Thor uitwijzen?

Hannah schudt haar hoofd, pakt de koffie, schenkt in. Laat de warmte van de kop zich naar haar vingers verspreiden. Ze neemt een slok. Er zijn te veel onbeantwoorde vragen. Het enige wat een klein beetje logisch is, is dat Ægir het maar niks vond dat zijn zoon omging met iemand die het in zijn hoofd weet te halen om met een jachtgeweer bij een lijkschouwing te verschijnen. Hannah rilt bij de gedachte dat er patronen in het wapen hadden gezeten. Als hij Ægir eenmaal had doodgeschoten, zou hij dan zijn gestopt, of had hij alle gasten doodgeschoten kunnen hebben? Inclusief haarzelf? Hannah zit een poosje, drinkt van haar koffie, moet plotseling aan iets denken. De plaats delict! Hoe kon ze die vergeten! Het drama met Jonni had al haar aandacht van de plaats delict weggekaapt. Nu is het donker, te laat om die te onderzoeken. Of toch niet? Hannah kijkt op de klok, het is nog maar even na achten. Ze bijt op haar lip, het is donker, maar technisch gezien geen nacht. Ze pakt haar jas, laat het laatste restje koffie staan, vergeet het licht achter zich uit te doen.

16

Oké, technisch gezien is het toch nacht als het donker is. Hannah rilt en zet onderzoekend een voet op de natte grasvlakte, ze heeft spijt van haar missie, het donker is allesomhullend, en niet alleen is het onmogelijk om de omgeving op sporen te onderzoeken (wat die ook mogen zijn), zij is, moet ze toegeven, ook bang. Een klein beetje in elk geval. Ze had gehoopt dat er enige vorm van licht zou zijn, wellicht van een mast op de weg of een weerschijnsel van het dorp. In plaats daarvan moet ze zich tot haar grote spijt redden met de kleine, onbeholpen lichtstraal die de zaklantaarnfunctie van haar mobiele telefoon haar biedt. Hannah voelt zich in alle denkbare opzichten volslagen idioot. Ze neemt een besluit om terug te gaan naar Ella's veilige koffiekamer, precies op het moment dat ze een hand op haar schouder voelt. Een gil ontsnapt aan haar lippen, door een onhandige stap opzij uit de buurt van de hand stapt ze in een waterplas die door het gras was verhuld, verzwikt haar voet en valt in het natte slijk. De lichtkegel van haar mobieltje wijst trillend naar de gestalte, als ze nu doodgaat wil ze in elk geval een behoorlijke glimp opvangen van haar dader. De dakloze, naar zoenen smachtende man glimlacht naar haar, alsof ze elkaar op het toilet bij Bragginn zijn tegengekomen.

'Het lijkt zacht en verrukkelijk, maar gras is in werkelijkheid de slechtste plek om een tukje in te doen.'

Hij steekt een hand naar haar uit. Hannah aarzelt een moment, ziet dan in dat als ze in dit dorp van iemand iets te vrezen heeft het waarschijnlijk niet een sjofele man is die oprecht blij lijkt te zijn om haar te zien. Ze pakt de hand aan, komt overeind.

'Dank je.'

Ze klopt zich af, alsof dat haar doorweekte toestand teniet zou doen.

'Dit is de plek waar Thors vader hem uit het water heeft getrokken.'

De lompen wijzen in de richting van het water. Hannah draait haar jammerlijke mobieltje dezelfde kant op, maar ziet natuurlijk niets anders dan duisternis. Ze hoort de golven die tegen het land klotsen, grote stenen vangen ze op.

'Overleed hij in het water of op het land?'

Ze schijnt weer naar de lompenman, die zijn schouders ophaalt, nee, natuurlijk, hoe zou hij dat ook moeten weten? Maar hij weet kennelijk wel iets.

'Hoe weet jij waar hij is gevonden?'

'Ik zag Ægir hem uit het water trekken. Ik heb nog meegeholpen.'

Hannah kijkt hem aan, verbaasd en verward.

'Is dat zo? En... Waarom was jij hier dan eigenlijk?'

De lompenman aarzelt. Hannah voelt hoe een geheim zich uit dit verwaarloosde lichaam een weg worstelt. Hij kijkt uit over zee.

'Ik kom hier af en toe om te... je weet wel... te slapen na een paar biertjes. Vooral 's zomers, natuurlijk, ik heb aan het water een schuurtje gebouwd. Ik hou ervan om daar te slapen en wakker te worden bij het geluid en de aanblik van de bruisende golven. Het geeft me een gevoel dat de hele wereld van mij is.'

Hij glimlacht, bijna verontschuldigend. Hannah begrijpt hem, thuisloos, maar toch met een huisje aan het strand. Misschien heb je niet meer nodig, ook niet wanneer dat huisje niet meer is dan een stapeltje planken die je tegen weer en wind beschermen.

'Maar het is november. Waarom was je hier gisteravond?'

'Ik kwam hier vroeg in de ochtend. Het werd laat bij Bragginn, en ja... Ik kon de sleutels van mijn appartement even niet vinden.'

Hij glimlacht opnieuw, deze keer een beetje beschaamd. Hij heeft dus wel een thuis. Natuurlijk heeft Húsafjörður enige essentiële sociale voorzieningen.

'En toen zag je Ægir Thor uit het water trekken?'

Hannahs hart bonkt, ze voelt dat ze een soort ader in haar onderzoek heeft blootgelegd. Een ooggetuige! De toch niet helemaal thuisloze knikt, terwijl hij in het donker staart, misschien in de richting van de plek waar de dramatische gebeurtenissen van de afgelopen nacht zich hebben afgespeeld. Zou het hem in zijn alcoholistische herinnering wel helder voor de geest staan? Misschien moet zijn kennis eruit worden gelokt. Hannah grijpt in haar binnenzak, haalt er een pakje sigaretten uit. Ze geeft het aan de lompenman. Een hand met ongeknipte nagels pakt de sigaret die uit het pakje steekt.

'Dank je.'

'Graag gedaan. Hoe heet jij eigenlijk?'

'Gísli.'

Hannah steekt de sigaret voor hem aan.

'Hannah.'

Ze zuigen simultaan aan hun sigaret. Het donker verslindt de rook.

'Heb je hem het water in zien gaan om hem eruit te halen? Ægir, bedoel ik.'

'Nee. Ik zag hem alleen worstelen om het lichaam aan land te krijgen en ik haastte me erheen om te helpen. Ik wist niet wat er aan de hand was en ik realiseerde me pas dat hij dood was toen hij daar op de grond lag. Maar dood was hij, dat was volstrekt duidelijk.'

'Wat gebeurde er daarna?'

Hannah doet haar best om niet te gretig te klinken. In het donker ziet ze vaag dat Gísli zijn schouders ophaalt.

'Ik heb met Ægirs telefoon Viktor gebeld. Hij was niet in staat dat zelf te doen.'

Gísli zwijgt. Alsof hij nu pas over de situatie nadenkt, die analyseert.

'Hij leek als verlamd. Hij was waarschijnlijk in een soort shock.'

Hannah knikt. Dat klinkt logisch. Het was die Ægir die ze bij de herdenkingsbijeenkomst heeft gezien. Een verloren vader in een rouwtrance.

'Zei hij iets?'

'Nee. Nu ik erover nadenk was hij merkwaardig stil. Geen woord, geen traan, niets.'

'Hoelang duurde het voordat Viktor kwam?'

'Niet zeker... Het is eigenaardig, maar het is alsof de tijd verschoof of verdween. Misschien waren het tien minuten, misschien vijfenveertig. Ik weet het niet.'

'Ben je met hen meegegaan? Heeft Viktor je verhoord?'

Pauze.

'Nee. Ik heb meegeholpen om het lichaam van Thor in Ægirs auto te krijgen en daarna zag ik hen wegrijden.'

Hannah neemt een laatste trek van haar sigaret, schiet hem weg in het donker, ziet hoe de gloed zich terugtrekt in zichzelf, verdwijnt. Ze rilt, kijkt omhoog. De hemel verrast haar iedere avond. De duisternis rust op een streep oranje. Een gedachte schiet haar te binnen.

'Waarom ben je teruggekomen?'

Gísli zuigt het laatste restje leven uit de sigaret, dooft de gloed tussen duim en wijsvinger. Een diepe ademhaling.

'Voorzieningen.'

'Voorzieningen?'

Gísli zwaait met zijn ene arm, begint te lopen. Hannah vat het op als een uitnodiging om hem te volgen.

De kleine houten schuilhut kraakt onder Gísli's gewicht, hij ligt half op de grond terwijl hij naar iets zoekt achter wat Hannah vermoedt dat een matras is. Ze kijkt naar de zee, kan hem hiervandaan haast proeven. Na enig gerommel steekt Gísli zijn hoofd naar buiten.

Hannah knijpt haar ogen samen om hem in het donker te kunnen zien.

'Hij is weg!'

'Wat?'

'Mijn fles! Ik had een hele fles wodka!'

Anticlimax. Was dat alles? Een fles wodka!

'Een man die vlak bij de gletsjer woont, maakt hem. Hij is helemaal niet verkeerd. Ik had een volle fles.'

Lompen-Gísli rommelt verder in het schuurtje, Hannah draait zich geërgerd om. Hier loopt zij rond om een misdrijf op te helderen en dan ligt hij daar te scharrelen naar een fles zelfgestookte brandewijn. Ze begint weg te lopen, op de achtergrond hoort ze Gísli door keuvelen, ze had eigenlijk afscheid van hem moeten nemen. Maar ze is moe en doorweekt en kan om eerlijk te zijn best een slokje van het een of ander gebruiken. Al was het maar zelfgestookte wodka. Hannah overpeinst Gísli's verslag. Waarom heeft Viktor niets over hem gezegd? Waarom heeft hij hem niet verhoord? Slecht politiewerk, vermoedelijk. Incompetentie is een eigenschap waaraan Hannah bij andere mensen de grootste hekel heeft. Dat en verder onwetendheid. Of is dat een en hetzelfde?

Bijna bij de weg gekomen moet ze over een kleine greppel. Hannah pakt het licht van haar mobieltje erbij, heeft geen zin in een tweede omhelzing met het natte gras. In het blauwwitte licht zet ze voorzichtig haar voeten in het verlengde van elkaar, maar plotsklaps blijft ze staan. De lichtbundel heeft iets getroffen. Kan dit echt waar zijn? Hannah bukt zich. Een merkwaardige, haast perverse vreugde verbreidt zich in haar. Ze kan het niet laten in zichzelf te glimlachen. Voorzichtig slaat ze haar sjaal om een lege, kapotgeslagen wodkafles. Aan de onderkant zitten onmiskenbare bloedsporen.

17

'Viktor is er niet.'

Margrét houdt de deur op een kier. Ze kijkt Hannah aan, geïrriteerd of nieuwsgierig? De in de sjaal ingepakte fles, of – wie weet, misschien het in de sjaal ingepakte moordwapen! – breekt bijna in Hannahs hand.

'Mag ik binnenkomen om te wachten?'

'Ik weet niet wanneer hij terugkomt.'

Hannah bekijkt Margrét. Haar toon is niet zo afwijzend als de woorden die uit haar mond komen. Achter haar gloeit het huis van stilte, slapen de kinderen misschien al? Hannah heeft geen idee hoe vroeg zulke kinderen naar bed gaan.

'Ik denk dat ik het moordwapen heb gevonden.'

Hannah steekt haar hand naar voren. Margrét kijkt wantrouwend naar het voorwerp.

'Is Thor uitgegleden in een sjaal?'

Oké, morbide sarcasme is misschien een deugd wanneer je met een politieagent bent getrouwd. Hannah tilt een stukje van de sjaal omhoog, legt de bodem van de kapotte fles bloot. De vulkaanvrouw laat haar blik van de fles in de hand langs Hannahs arm naar haar ogen glijden. Een vorm van waardering? Dan doet ze de deur helemaal open en Hannah stapt opgelucht de hal binnen.

Hannah legt voorzichtig de fles op de salontafel en gaat achterover zitten op de bruine leren bank. Viktors keuze? Dit kan amper de keuze van een vrouw zijn geweest.

'Zacht, hè? Hij is lelijk, maar praktisch, omdat je vuil er makkelijk met een doekje af kan vegen. Een voordeel met kinderen in huis.'

Margrét komt met twee glazen rode wijn aanzetten, biedt het ene aan Hannah aan, die het glas aanpakt alsof het met goud was gevuld. Ze probeert niet te gretig te drinken. Observeert de vrouw van de politieman die aan het andere uiteinde van de bank neerzakt, drinkt van de wijn. Hannah laat haar hand over het bruine leer glijden. Van buitenaf lijken ze vast twee verloren zielen in een veel te grote reddingsboot. Margrét tovert een pakje sigaretten tevoorschijn uit een doosje op tafel, biedt Hannah er een aan, steekt ze voor hen beiden op. Ze steekt ook twee mastodontische kaarsen aan. Hannah sluit haar ogen, mixt in haar mond de wijn met rook, voelt zich op een zeldzame manier op haar gemak. Als ze haar ogen weer opendoet, ziet ze hoe Margrét haar zit te bestuderen. Alsof ze niet precies weet wat ze haar huis heeft binnengelaten.

'Waar heb je die gevonden?'

Margrét knikt naar het vermoedelijke moordwapen.

'Bij het water. Ik kwam ook een thuisloze man tegen, of een soort thuisloze, Gísli. Ik denk dat het zijn fles is.'

'Denk je dat hij het heeft gedaan?'

Margrét leunt naar voren, tikt de as af in een zelfgemaakte asbak. Hannah bekijkt haar hand, die is slank, haar beweging is gracieus en zelfverzekerd. Waarom valt haar dit op?

'Nee, hij heeft geen motief. Hij is gewoon een stumper die zijn wodka is kwijtgeraakt.'

'Gísli is meer kwijtgeraakt dan dat.'

Er wordt rook uit de mond van de vulkaanvrouw geblazen.

'Wat bedoel je?'

Hannah leunt naar voren, drukt haar sigaret uit. Ze voelt de blik van de andere vrouw op zich, iets maakt dat ze zich zelfverzekerd voelt.

'Hij was ooit professor aan Stanford. Wiskunde.'

'Wat is er gebeurd?'

Margrét haalt haar schouders op.

'Wat er soms gebeurt als we denken dat we alles onder controle hebben. Iemand ruïneert het voor ons, of we ruïneren het voor onszelf.'

'Dat had ik nooit van hem gedacht.'

Hannah kijkt voor zich uit. Voelt zich weer bekeken, durft niet terug te kijken naar Margrét. Waarom? Er ruist iets in haar. De wijn? Ze draait zich naar Margrét toe, fixeert haar gloeiende ogen. Was dat een lichte glimlach? Of een trekje om de mond van een waanzinnige? Er staat iets te gebeuren waar Hannah geen controle over heeft. En Hannah is er niet zeker van dat het iets goeds is. Ze steekt haar hand uit, pakt de wijn, koelt haar mond met een flinke slok.

'We verbergen allemaal iets.'

Margrét leegt haar glas, gaat staan. Hannah kijkt haar na wanneer ze in de keuken verdwijnt. Een seconde later verschijnt ze met de fles wijn in haar hand. Schenkt voor hen beiden in en kijkt Hannah onderzoekend aan.

'Wat verberg jij?'

Hannah kijkt naar Margrét, die blijft staan.

'Te veel. En jij?'

Hannah haalt haar schouders op.

'Ik weet het niet. Misschien een innerlijke misdaadauteur. Misschien iets veel ergers.'

Het is alsof Margrét aarzelt. Dan gaat ze zitten. Het valt Hannah op dat ze een paar centimeter dichter bij haar is gaan zitten dan zo-even. Ze volgt de handen van de andere vrouw wanneer ze met het sigarettenpakje rommelt. Maar ze neemt er geen uit. Hannahs hart begint sneller te slaan. Lava verspreidt zich door haar lichaam, het pompt vanuit haar hart naar buiten. Ze steekt haar hand uit, langzaam komt haar hand in de buurt van het pakje sigaretten in de handen van Margrét.

'Mag ik er eentje?'

Ze ziet Margrét kijken naar hun handen als ze het pakje vastheeft. Hun vingers raken elkaar. Binnen in Hannah explodeert iets. Ze houdt haar adem in, durft Margrét niet in de ogen te kijken. Ze doet het nogmaals. Raakt haar vingers aan met de hare. Heeft meteen spijt. Margrét zit muis- en muisstil. Hannah moet het doen, ze kan het niet laten. Ze streelt nu de hand die het pakje sigaretten vasthoudt. De hand laat los. Pakt haar hand beet. Vingers glijden tussen de hare. Vlechten zich om ze heen. Hannahs hart staat stil. Ze gaat dood. Die aanraking. De hele wereld ligt in die aanraking. Dan wendt de vulkaanvrouw zich tot Hannah, richt haar blik op haar en leunt naar voren. Als hun lippen elkaar ontmoeten, hebben ze allebei hun ogen open. Helemaal open. Alsof ze zich van elkaar willen verzekeren. Dan sluit Hannah haar ogen, trekt Margrét over zich heen, glijdt in dezelfde beweging onder haar als ze op de bruine leren bank gaat liggen. Hannahs hart bonkt. Margrét trekt haar de trui van haar lijf, het is koud, het vertrek is koud, de lucht is koud, maar er stroomt lava door hun aderen. Ze laat een hand onder Margréts blouse glijden, voelt een borst, een kreun ontsnapt aan de vrouw boven haar. Hannah schiet omhoog naar haar, eet van haar mond, voelt hoe het gewicht van begeerte haar op de bank duwt. Hannah zoent begerig de hardzachte lippen, terwijl ze probeert Margréts spijkerbroek te openen. Er is geen plek tussen hun lichamen, dus Hannah geeft haar poging op en laat in plaats daarvan een hand over Margréts buik glijden... Op hetzelfde moment glijdt het schijnsel van de koplampen van Viktors auto langs het plafond en treft hen in een flits die ervoor zorgt dat ze verstijven. Hannah hoort hoe de auto draait en voor het huis tot stilstand komt.

'Shit!'

Margrét springt overeind, brengt haar kleren in orde en snelt naar de hal. Hannah pakt haar blouse en haar bh en rent naar de badkamer. Wat een fucking kloteclichë!

Doe de deur op slot, adem uit, hartslag omlaag, kleren aan. Hannah ziet zichzelf in de spiegel. Wat was dat in hemelsnaam? Hannah voelt een woede. Niet op zichzelf, niet op Margrét. Op Viktor die hen onderbrak. Ze heeft zin om naar buiten te stormen en Margrét weer te zoenen. Haar mee te nemen naar het huis van Ella, zich samen met haar op haar zolderkamer op te sluiten en er nooit meer uit te komen. Fuck! Misschien moet ze naar Denemarken teruggaan om nooit meer terug te keren. Oké, ophouden nu met dat rete-theatrale gedoe.

Hannah stapt zelfverzekerd de badkamer uit.

'Heeft hij iets verteld?'

Viktor kijkt haar verbaasd aan. Opeens realiseert Hannah zich dat ze, de laatste keer dat ze elkaar in dat huis zagen, ook een dringend bezoek aan het toilet moest brengen. Ach, fuck ook. Hij mag gerust denken dat ze last van haar buik heeft, zolang hij haar maar niet van iets ergers verdenkt.

'De schouwarts. Heeft hij iets ongebruikelijks aan het lichaam van Thor ontdekt?'

Hannah concentreert zich op Viktor, die een aantal papieren uit een tas probeert te krijgen. Hij gaat met de rug naar haar toe staan. Margrét is nergens te bekennen.

'Margrét zei...'

O god, wat heeft Margrét gezegd?

'... dat je iets hebt gevonden wat je me graag wilt laten zien?'

O, opluchting! Hannah recht haar rug en pakt resoluut de fles van de salontafel, loopt ermee naar Viktor. Hij draait zich om. Knijpt zijn wenkbrauwen samen. Nog steeds met papieren in de ene hand.

'Een kapotte fles?'

'Niet zomaar een fles.'

Viktor bestudeert de in de sjaal gewikkelde fles in Hannahs hand.

'Een kapotte wodkafles...?'

Hannah zucht, waarom dit trage spel? Hij kan toch verdorie zien wat het is.

'Dit is verdorie een moordwapen! Kijk, er zit bloed op!'

Hannah houdt de fles heel dicht bij Viktors gezicht, haast dreigend. Viktor pakt hem, houdt hem in de sjaal, bokkig.

'Dit is niet het moordwapen.'

Hannah kijkt hem vragend aan. Hij aarzelt. Alsof hij moet kiezen tussen het onderbouwen van zijn argument om daarmee Hannah te overtuigen en van haar af te komen of dat hij de informatie voor zichzelf moet houden (wat hij waarschijnlijk zou moeten) en op die manier de flestheorie – en daarmee Hannahs zelfbenoemde rol als rechercheur – in leven houden. Hannah is van plan irritant te zijn. Als hij de fles afwijst, dan kost hem dat informatie.

'Dus Thor is niet overleden aan een klap tegen zijn achterhoofd?'

Hannah knikt naar de fles, nog steeds in Viktors hand.

Viktor wrijft vermoeid over zijn voorhoofd, het moet voor een plattelandsagent moeilijk zijn een moordzaak op je bord te krijgen. Als een klaar-over in zijn eentje met een verkeersongeluk. Hannah wil hem net nog verder onder druk zetten, maar op dat moment komt Margrét binnen. Hannahs mondhoeken schieten onwillekeurig omhoog en ze slaat haar blik neer, hé wat, krijgt ze een kleur? Margrét leunt met gekruiste armen tegen de deurpost. Hannah heeft zin erheen te lopen en ze van elkaar te halen, ze om zichzelf heen te slaan. Goed, de situatie hier kan elk moment exploderen.

'Luister, ik ben niet gekomen om je overlast te bezorgen. Ik wilde je alleen die fles geven, maar als je er volstrekt zeker van bent dat deze geen enkele betekenis heeft, dan spijt me dat heel erg.'

Viktor zucht. Wrijft weer over zijn voorhoofd. Er is een snelle blik tussen Hannah en Margrét. Hartkloppingen. Met zijn vrije hand vist Viktor een doorzichtige zak uit zijn tas, voorzichtig stopt hij de fles erin.

'Het spijt me. Het is een lange dag geweest en het kan best zijn dat deze fles een bepaalde rol speelt. Dank dat je hem bent komen brengen.'

'Maar was er iets anders dat hem om het leven heeft gebracht?'

Hannah kijkt schuin naar Margrét, dit keer is zij degene die haar blik neerslaat. Wil ze graag dat Hannah weggaat? Maar ze moet meer weten. Dit is misschien de laatste keer dat ze een excuus kan bedenken om te komen aanzetten en informatie uit Viktor proberen te krijgen. Hannah merkt dat ze teleurgesteld is. Over het feit dat de fles blijkbaar niet zo belangrijk is als zij dacht en dat ze vrijwel zeker geen aanleiding meer zal krijgen om toevallig langs te komen. Ze blijft demonstratief staan. Herformuleert haar vraag.

'Is Thor aan iets anders overleden?'

Het gewrijf van Viktor over zijn voorhoofd is veranderd in een gewrijf in zijn nek. Als hij wil dat ze weggaat, hoeft hij het alleen maar te zeggen.

'Hij is verdronken, maar...'

'Maar...?'

Kom op, zeg het nou! Hannah kijkt naar Viktor. Margrét in de deuropening. Opeens kan Hannah de gedachte niet uitstaan dat Viktor met deze vulkaanvrouw mag slapen, háár vulkaanvrouw. Margrét welterusten kussen en haar lichaam tegen zich aan trekken. De situatie maakt dat Hannah ineenkrimpt.

'Hij heeft een klap tegen zijn hoofd gehad, is het water in geduwd en omdat hij bewusteloos was, is hij meteen verdronken?'

Hannah speculeert, probeert informatie uit hem te lokken. Kom op! Bevestig het.

Viktor schudt zijn hoofd, aarzelt even, maar spreekt dan vrijuit.

'Hij is vermoedelijk tegen zijn achterhoofd geslagen, maar niet met een fles. Iets anders, iets van metaal... En... sporen op zijn schouders wijzen erop dat iemand zijn hoofd onder water heeft gehouden.'

Het is dus wel een moord! Een moord met voorbedachten rade!

Hannah probeert haar enthousiasme te verhullen. Onmogelijk. Ze probeert zich de detectiveseries te herinneren die ze heeft gekeken – wat vraagt de rechercheur?

'Wat zegt dat jou over de moordenaar? Hebben jullie vingerafdrukken gevonden, DNA?'

Hannah hoopt dat ze klinkt als iemand die weet waar ze het over heeft. Maar dat is waarschijnlijk niet zo.

'We krijgen pas over een paar dagen antwoord op de DNA-testen. Maar we laten deze fles ook onderzoeken, wellicht kan die ons nieuwe informatie verschaffen. Of bevestigen wat wij denken.'

'En wat denken jullie...? Hebben jullie een verdachte?'

Hannah ontdekt dat ze op haar tenen staat. Zonder het door te hebben is ze én Viktor én Margrét genaderd, ze staat nu precies tussen hen in. Als ze haar hand uitsteekt, kan ze Margrét aanraken.

'Ik heb je al veel te veel verteld. Je moet al deze informatie onder ons houden.'

Viktor spreekt deze zin uit met een gebaar dat naar de deur wijst. Hannah loopt naar de hal.

'Ik beloof dat alles wat er vanavond in dit huis is gezegd en is voorgevallen, vertrouwelijk blijft.'

Hannah weet kort Margréts blik te vangen op het moment dat ze langs haar heen loopt bij de deurpost. Dan die van Viktor. Hij kijkt perplex. Ze verlaat het politiebureau, de crèche en het huis van haar nieuwe geliefde met een korte afscheidsgroet en een volstrekt verward gevoel.

18

Hannah stapt het slapende huis binnen, zo geluidloos als de krakende vloerplanken en haar eigen, zware voetstappen het toelaten. Rusteloos loopt ze een rondje in de donkere woonkamer, heeft een merkwaardige drang om Ella te wekken. Heeft behoefte om met iemand te praten. Of om alleen te zijn. Ze trilt, kan haar eigen humeur niet vinden. Besluit uiteindelijk een fles wijn op haar kamer te halen. Ze gooit brandhout in de open haard en gaat voor de vlammen zitten, gewapend met rode wijn en een eigenaardig gevoel. Fuck! Ze is vergeten Viktor naar Jonni te vragen. Waar zou hij nu zijn? Hannah denkt na, er was toch geen gelegenheid voor detentie in de politiebureauwoning? Nee. Maar wat doet het dorp dan met zijn criminelen? Wat doet men met een jongeman die de vader van zijn overleden (vermoorde!) vriend met een geweer heeft bedreigd? Hebben ze hem soms de lange weg helemaal naar Reykjavik gebracht? Is hij naar huis gestuurd? Hannah werkt een half glas wijn naar binnen, verdwijnt in de vlammen. Morgen moet ze proberen Jonni op te sporen. Uitzoeken welk stuk hij in dit spel is. Niet het allesbeslissende, dat is Hannahs duidelijke gevoel. Met Ægir is het anders. Waarom was hij op de juiste plek op bijna het juiste moment om zijn zoon uit het water te vissen? En hoe zit het met Gísli? Verbergt hij soms andere geheimen onder zijn lompen? Waarom ligt er een kapotte wodkafles op de plaats delict met verse bloedsporen als het niet het moordwapen is? Het glas wordt in haar keel geleegd. Hannah schenkt opnieuw in. Laatste glas. Absoluut het laatste. Natuurlijk! Het ligt toch voor de hand: het is niet de dader die Thor met de fles heeft geslagen – het is Thor die hem uit zelfverdediging zelf heeft geslagen! Hannah glimlacht om haar eigen kleine overwinning. Als Thor zijn moordenaar met het wapen heeft geslagen, zal de persoon in kwestie een wond hebben. Ze hoeft alleen de persoon met een wond van een wodkafles te vinden en dan heeft ze de moordenaar! Zou Viktor dat ook hebben bedacht? Viktor. Haar glimlach glijdt van haar gezicht. Zou Margrét hem iets hebben verteld? Oké. Rustig. Wat zou Margrét zeggen? 'Ik heb trouwens net liggen zoenen met die schrijfster die jij zo irritant vindt. Er was waarschijnlijk nog veel meer gebeurd dan zoenen als jij niet was thuisgekomen en ons had onderbroken.' Hannah schudt haar hoofd. Nee. Het is onwaarschijnlijk dat Margrét iets zal zeggen. Tenzij ze het type is dat de situatie uitbuit om een huwelijksconflict uit te lokken dat haar uit een liefdeloze relatie kan leiden of... of omgekeerd! Dat deze kleine non-affaire wordt gebruikt om nieuwe vonken in een ter ziele gegaan echtelijk bed te veroorzaken. Haar derde wijn vindt zijn weg naar het glas, Hannah weet bijna niet wat er erger is: een huwelijk kapotmaken of het redden. Wijn in haar mond, slikken, de warmte die zich in je lijf verspreidt. Hannah bedenkt dat ze absoluut niks van Margrét weet. Ze hebben elkaar twee keer ontmoet. Doe eens even kalm. Doe kalm. Doe... Maar ze moet meer weten. Want Margrét laat haar voelen dat... Hannah onderbreekt haar eigen gedachtestroom. Wat is het precies dat Margrét haar laat voelen? Iets. Meer dan ze in vele jaren heeft gevoeld. Een opgetogen sensatie verspreidt zich in haar buik. Hannah proost stilzwijgend met zichzelf. Wat bespottelijk! De vlammen spuwen vonken, een kleine vulkaan. Hannah leegt de fles, terwijl ze toekijkt hoe het vuur zichzelf verteert en in gloeiende as verandert.

Ze haalden hem in de ochtendschemering uit het water. Het waren de plaatselijke agent, Villads, en de vetharige kroegeigenaar van het dorp. Een paar lokale vissers waren samengedromd, zwijgend stonden ze naar het zout water druppende lichaam te kijken dat aan land was gebracht. De dokter stond al met zijn auto te wachten. De dode jongen lag nog maar net op de grond of de dokter boog zich al over hem heen. Maar er heerste geen enkele twijfel. De vissers hadden nog nooit een slachtoffer van de zee gezien dat meer dood was dan dit. Een man uit de groep, de oude Axel, die door de aanblik van een halve eeuw verdronken vissers was gehard, keek vertwijfeld naar de bevroren grond, toen hij zag dat Tore nog steeds zijn ene voetbalschoen aanhad.

Hannah kijkt over haar beeldscherm heen naar de met sterren bezaaide hemel. Deze nachtschrijverij is niet slecht. Daar kan eigenlijk best een goede misdaadroman uit voortkomen. Ze telt de bladzijden, twintig. Hoelang moet zo'n misdaadroman eigenlijk zijn? Toch minstens tweehonderdvijftig bladzijden als je hem serieus wilt nemen. Maar dat lukt haar best! Hannah wordt licht euforisch over zichzelf, grijpt haar mobieltje, wil een berichtje naar Bastian sturen, maar stopt dan. Wat valt er te berichten? Dat het vanwege een moord supergoed gaat, dat ze in een verhouding van een op een uit de werkelijkheid jat, niet eens veel moeite doet om de namen te veranderen. Verder heeft ze zojuist ook nog een crush op de echtgenote van de plaatselijke politieagent gekregen. Potentieel een behoorlijk complicerende factor in de continue samenwerking met Viktor om de moord op te helderen en daarmee de noodzakelijke informatie – of inspiratie – voor haar boek te verkrijgen. Oké, samenwerking is wel wat overdreven. Maar goed. Nee, ze moet wachten met het delen van haar optimisme tot ze daar wat meer reden voor heeft. Hannah keert terug naar haar toetsenbord, ze is verrassend wakker en wil het momentum benutten om er nog een paar pagina's uit te persen. Het valt niet te voorspellen wanneer ze zich weer zo voelt.

Klop, klop! Hannah wordt wakker. Langzaam. Klop, klop! Hannah slaat haar ogen op. Vloekt als ze uit bed stapt. Hoelang heeft ze geslapen? Het kan niet meer dan een paar uur zijn geweest. De hoofdpijn van de rode wijn drukt als een loden last, geïrriteerd opent ze de deur, daar staat Ella met een dienblad; broodjes met kaas, koffie, een glas jus d'orange. Ella glimlacht alsof ze is vergeten dat haar neefje is vermoord en dat de moordenaar vrij rondloopt. Een soort overlevingsstrategie? Hannahs schuldgevoel komt aansluipen, zij was toch degene die Ella zou moeten bedienen, die voor de oude dame in de rouw zou moeten zorgen. Aan de andere kant lijkt Ella ervan te genieten om er voor iemand te zijn.

'Ég gæti ímyndað mér að þú værir svöng.'

Het dienblad wordt Hannah aangereikt, die het aanpakt.

'Dank je. Ik heb tot laat vannacht zitten schrijven. Heb niet zoveel geslapen.'

Ella wijst naar de klokradio naast het bed. Hannah draait haar hoofd. Het is 14.31 uur. Fuck! Wat een tiener is ze ook. Stel je voor, ze heeft bijna een hele dag weggeslapen. Hannah haalt verontschuldigend haar schouders op, alsof het buiten haar pedagogische reikwijdte ligt om zichzelf in de hand te houden. Dat is misschien ook wel zo. Ze neemt het dienblad mee naar het bureau, schuift de laptop aan de kant. Ella blijft nog even staan, alsof Hannah een vampier is die haar moet uitnodigen binnen te komen. Niet zo verwonderlijk als je weet dat Hannah haar de laatste keer dat ze hier was zo ongastvrij de deur uit heeft gewerkt. Hannah maakt een armgebaar; ze nodigt Ella uit op het rommelige bed plaats te nemen. Ze neemt een slok koffie, leunt tegen het bureau aan.

'Hoe gaat het met je?'

Ella haalt haar schouders op. Haar kwieke glimlach verdwijnt. Ze wijst naar een paar losse vellen op het bureau, knikt vragend.

'Ja, natuurlijk!'

Hannah geeft Ella een balpen. Er wordt geschreven.

IK GA NU NAAR VIGDIS. MOET HELPEN DE BEGRAFENIS TE REGELEN.

Hannah knikt.

'Wanneer is die, weten ze dat?'

Ella schrijft weer.

KOMENDE ZATERDAG. DE POLITIE MOET EERST MET HEM KLAAR ZIJN.

'Ik dacht dat ze al klaar waren met de sectie?'

Ella schudt haar hoofd.

NOG NIET KLAAR.

'Hoe zit het met Jonni, weet je wat ze met hem hebben gedaan?'

IN DETENTIE.

Dus er is wel een cel? Hannah denkt na. Die kan niet in het huis van Viktor en Margrét zijn, of wellicht toch? Waar moet die anders zijn? In een kleine grot bij de zee? Heeft Jonni ergens opgesloten gezeten in hetzelfde gebouw waar Hannah en Margrét hebben... Een absurde gedachte. En irritant! Als dat het geval was, had Hannah hem kunnen bezoeken. Hem kunnen uithoren. Ze twijfelt er nu aan of ze die kans krijgt.

'Bevindt die cel zich in het politiebureau?'

Hannah legt een paar vellen papier op een stapel, probeert de vraag een aura van achteloosheid te geven. Kijkt Ella aan, die haar hoofd schuin houdt. Aarzelt. Dan knikt. Maar er zit iets in die schuine houding van Ella's hoofd. Een scepsis, een ongerustheid? Hannah maakt een mentale notitie dat ze haar interesse voor de moordzaak moet temperen, in elk geval tegenover Ella. Ze heeft geen zin om te worden betrapt waar ze de inspiratie voor haar misdaadroman vandaan haalt. À propos inspiratie: Ella wijst naar *De saga van Hrafnkel Freysgoða*, die onaangeroerd op het nachtkastje ligt. Kijkt Hannah vragend aan.

'Ik heb helaas nog geen tijd gehad. Vanwege alles wat er is gebeurd...'

Ella knikt.

'Maar het zou eigenlijk wel goed zijn om mijn gedachten op iets anders te richten. Ik denk dat ik er vandaag eens in ga lezen. Misschien dat ik het meeneem naar Bragginn.'

Ella knikt tevreden. Hannah begrijpt niet waarom het Ella zo blij maakt dat zij die rottige saga leest. Maar het biedt haar een excuus om in het dorp rond te scharrelen. Ze moet terug naar het politiebureau om met Jonni te praten.

19

Het boekje steekt in haar zak, het beginnende avondduister perst zich tussen de bergen naar beneden, ontkleurt de grond en dringt door tot in Hannahs longen. Het is alsof alle groene nuances in de loop van de laatste paar dagen zijn verdrongen, alsof de dood van Thor de kleur uit het dorp en de natuur heeft getrokken. Maar de dood weet de straffe wind niet te temmen. Hannah trekt de muts omlaag, slaat haar armen om zich heen, de ijskoude wind vindt evengoed wel een weg door haar jas heen. Ze voelt zich groggy en gedesoriënteerd door de constante duisternis die de dagen verslindt voor ze zijn begonnen. Ze gaat sneller lopen.

Als ze bij Bragginn aankomt, werpt ze een snelle blik door de ramen; de gebruikelijke vissers, de vrouw met de hond, het vetharige leren vest achter de bar. Geen van hen ziet haar op het moment dat ze snel passeert en verder het dorp in loopt.

Deze keer klopt ze niet aan. Al op afstand kan ze constateren dat Margrét thuis is, er klinken kindergeluiden. Moeten zulke kinderen niet door hun ouders worden opgehaald? Of misschien zijn het die van het huis zelf. Hannah beseft dat ze de kinderen van Viktor en Margrét niet heeft ontmoet. In zekere zin heeft ze niet helemaal begrepen dat ze daadwerkelijk kinderen hebben. Dat maakt haar niet bepaald minder geïnteresseerd in Margrét, want ze heeft het altijd fijn gevonden te wedijveren over gevoelens. Hoewel ze zelden als overwinnaar uit de bus komt en het nog niet eerder tegen kinderen heeft moeten opnemen. Fuck, is ze uit cynisme gegoten? Met kinderen willen wedijveren om de aandacht van hun moeder! Hannah trekt de muts strak om haar oren, trekt onwillekeurig haar schouders recht, dan moeten die kinderen maar een beetje meer hun best doen.

Het gras is nat en het donker is als een onverwachte hulp opgedoken, als Hannah van de achterkant op haar buik naar het huis toe kruipt. In het natte gras raakt ze onmiddellijk doorweekt, maar deze keer beangstigen de druppels haar niet. Stel je eens voor, dat je zo dom bent om een raam te maken in het arrestantenlokaal! Een klein raam, weliswaar, maar groot genoeg dat Hannah erop kan kloppen en een praatje met Jonni kan maken. Zelfs criminelen hebben vast baat bij een mooi uitzicht. Ze kruipt doelgericht naar het kleine bijgebouw, waarvan ze heeft kunnen uitdokteren dat het het arrestantenlokaal moest zijn, in het verlengde van Viktors kantoor. Waarom heeft ze de deur niet gezien toen ze daar de eerste keer was? In haar geheugen scant ze het vertrek, herinnert zich niets van een deur. Maar die moet er zijn geweest. Want ze herinnert zich ook het kleine raam niet, dus er moet een extra ruimte zijn in het verlengde van het politiekantoor. Hannah is nu bij de woning, vanuit haar kruiphouding werpt ze een blik over haar schouder: achter haar mondt het grasveld uit in een weiland als een infinitypool in de zee. Het verst weg de silhouetten van de bergen, alles in grijszwarte nuances. Dan klinkt er gekraak, gerommel! Hannah schrikt, kijkt op. Het raam boven haar gaat open. Margréts handen en mond komen over de rand tevoorschijn, in haar mondhoek een sigaret die wordt aangestoken. Hannah drukt zich plat tegen de muur, de rook daalt op haar neer, shit! Ze mag niet zo worden ontdekt. Of heeft Margrét haar als de eerste de beste halvegare over het gazon zien kruipen? Is dit een spel, een manier om Hannah te vertellen dat

Margrét weet dat ze daar is? Er valt as op Hannahs schouder. Hannah kijkt ernaar. Wat moet ze doen? Wachten, doorgaan, opspringen en zichzelf verraden? Nee, dat is gewoon té stom. Wat ze ook zegt, ze zal overkomen als een psychopathische stalker. Het beste is om te wachten en te hopen dat het openen van het raam toevallig is en dat ze zo meteen onversaagd kan doorgaan met haar voornemen. Hannah wacht. Ademt langzaam door haar neus. Er verstrijkt een eeuwigheid. Uiteindelijk valt een gloeiende sigarettenpeuk naast haar neer, ze moet opzij duiken om die niet in haar haar te krijgen. Het raam gaat dicht. Hannah komt op adem, beeldt zich in dat ze niet is gezien. Ze kruipt verder langs de muur, achter haar dooft de gloed uit.

Ze pakt het raamkozijn vast, trekt zich omhoog en kijkt als een slechte inbreker door het raam naar binnen. Drukt haar gezicht helemaal tegen de ruit, schermt het uitzicht met haar handen af. Maar het is donker achter het glas, ze ziet geen bal. Voorzichtig tikt ze met een paar nagels tegen het raam. Voelt dat de kleine beweging weerklinkt in de bergen. Niets. Ze kijkt om zich heen. Probeert het dan met een vuist. Nog steeds niets. Hannah vloekt geluidloos en wil net omlaagglijden in een kruip-terug-positie, maar op hetzelfde moment gaat een lampje aan in het vertrek. Hannahs hart begint met dubbele snelheid te slaan. Daar, op een kleine brits, zit een dunne, bleke jongeman met enorme zwarte kringen onder zijn ogen. Jonni. Hij kijkt op naar het raampje, maar het is alsof hij Hannah niet registreert. Ziet hij haar niet? Ze klopt nogmaals aan. Zwaait, probeert hem naar het raam te krijgen. Maar hij staart haar slechts glazig aan, alsof niets op deze wereld de moeite waard is om zijn blik te laten waarnemen. En al helemaal niet een Deense schrijfster van middelbare leeftijd die zich daar ligt aan te stellen. Ze overweegt even of ze bang moet zijn, maar zo haatdragend en angstaanjagend als de jongeman leek met een jachtgeweer in zijn hand, zo klein en onschuldig ziet hij er nu uit. En er is tenslotte ook nog een muur en een ruit tussen hen in.

'Jonni. Kunnen we even met elkaar praten?'

Hannah fluistert luid, twijfelt of hij haar wel hoort. Waarschijnlijk niet. Oké, wat was ze van plan? Natuurlijk kan het raampje niet open. En zij kan hier niet staan schreeuwen. Hannah denkt na. Dan pakt ze haar blocnote, scheurt er een pagina uit. Schrijft. Engels, voor de zekerheid. Houdt het papiertje tegen het raam.

I want to help you. Find out what happened to your friend.

Oké, dat is misschien een beetje vergezocht. Hoe zou Hannah Jonni op welke manier dan ook kunnen helpen? Hoe kan zij weten dat hij Thor niet heeft vermoord? Ze probeert hem te bekijken, aandachtig. Heeft hij verwondingen die door een wodkafles veroorzaakt lijken te zijn? Niet direct. Maar hij zit met zijn rug tegen de muur. Hij kan natuurlijk best een verwonding op zijn achterhoofd of aan de achterkant van zijn lichaam hebben. De jongeman reageert niet op het papiertje. Hannah trekt het naar zich toe, schrijft verder.

I know you didn't do it.

Ze laat het papiertje langer hangen dan eerder. Deze keer lijkt het alsof Jonni het heeft gezien. Hij kijkt recht naar de ruit, lijkt te aarzelen. Gaat dan staan en loopt naar haar toe.

'Wat doe jij hier?'

Hannah schrikt, draait zich om. Achter haar staat Margrét. Naast Viktor. Shit!

20

Hannah stopt pas met rennen als ze voor Bragginn staat. Lieve hemel nog aan toe! Hoe onbeholpen kun je eigenlijk zijn? Eerst op heterdaad worden betrapt en vervolgens zo weinig ruggengraat hebben dat je zonder een woord te zeggen wegrent. Ze is volslagen krankjorum! Wat zullen ze wel niet van haar denken? Hannah haalt gulzig adem, haar hartslag wil niet zakken, ze veegt denkbeeldig zweet van haar voorhoofd, kijkt om zich heen. Niemand achtervolgt haar. Natuurlijk niet. In Húsafjörður zijn niet veel plekken waar je naartoe kunt vluchten, als ze haar willen vinden, doen ze dat heus wel. Achter de ruit zitten de vissers met glazige ogen te niksen. Hannah duwt tegen de deur, gaat naar binnen en bestelt een dubbele whisky, terwijl ze haar trillende handen onder controle probeert te krijgen. Ze drinkt hem in één teug leeg, bestelt een nieuwe. Barman Vethaar schenkt die zonder enige veroordeling in, draait zich na een korte knik – als om te zeggen nog-bedankt-voorlaatst-toen-wij-samen-tussenbeide-kwamen-bij-een-gijzeling – om naar de vrouw met de hond. Whisky nummer twee mag na een klein slokje op de bar staan. Hannah kijkt in het glas. Goed. Wat zijn de mogelijkheden? Teruggaan en excuses aanbieden, proberen het uit te leggen? Nee. Er valt niets uit te leggen over de eenvoudig te ontcijferen situatie, ze zal alleen nóg een keer gezichtsverlies lijden. Alles vergeten en teruggaan naar Denemarken? Nee, nu wil ze zeker niet opgeven. Doen alsof het niet is gebeurd? Wat zou dat betekenen? Ze zal Margrét niet nog een keer kunnen ontmoeten zonder haar gedrag op een of andere manier te verklaren. Ze heeft zichzelf al afgesneden van een samenwerking met Viktor, dus het ziet er niet naar uit dat er daar nog veel te verliezen valt. Goed dan, zo zal het gaan: ze negeert haar gênante actie tot die haar inhaalt. Hannah wurmt zich uit haar jas en bestelt een cola bij haar whisky. Ze moet scherp blijven. Hoe krijgt ze nu toegang tot Jonni? Ze is benieuwd hoelang hij van zijn vrijheid wordt beroofd, maar wat komt er daarna? Als er nog iets achteraan komt. Hannah heeft zin om zichzelf voor het hoofd te slaan. De enige kans die ze heeft gehad om met de hoofdverdachte in de zaak te praten, heeft ze zelf in de vernieling geholpen. Goed. Niet meer zelfhaat nu, daar schiet je niks mee op. De verwonding. Ze moet achter de verwonding van de wodkafles aan. Hannah kijkt om zich heen. Niemand lijkt direct grote verbanden te hebben of iets anders wat op een steekpartij met een fles zou kunnen duiden. De vrouw met de hond heeft een muts op, maar zoals zij over de bar heen hangt met het leren vest erachter, ziet ze er niet uit als iemand die in staat is een man met iets anders aan te vallen dan met haar seksualiteit. Irritant zoals zij beslag op de barman legt, Hannah heeft én een nieuw drankje nodig en een klein, diepgaand interview over het onderwerp Ægir. Een intuïtieve inschatting vertelt haar dat ze niets uit de straalbezopen, IJslandssprekende vissers zal krijgen. Ze zucht en haalt de saga uit haar zak, ze kan ook net zo goed de tijd verdrijven door het nemen van een kijkje in de IJslandse volksziel.

De saga van Hrafnkel Freysgoða. Een heleboel mannennamen, van wie ze de vader waren en wiens zoon ze zijn, en een heleboel plaatsnamen waar Hannah nog nooit van heeft gehoord. Ze knijpt haar ogen samen, had haar leesbril mee moeten nemen. Doet haar best om familieverwantschappen en plaatsen te onthouden, terwijl het verhaal langzaam vorm begint te krijgen. Er is iemand die Hrafnkel heet, hij is een reus van een vent. Regeert over een gebied, doet wat hij wil en geeft nooit iemand antwoord, behalve als het hem belieft. Dat gebeurt zelden. Hrafnkel heeft een hengst, Frøjfaxe, van wie hij meer houdt dan van wie of wat ook, en hij zweert dat niemand anders dan hijzelf het dier mag berijden – Hrafnkel zal degene die dat wel doet om het leven brengen. Oké, een duidelijke plot. Hannah bladert. Dan is het wel slechts een kwestie van tijd tot er iemand komt die dat paard zal berijden. En ja hoor. Ze hoeft maar een paar bladzijden in het boek te lezen of er komt een arme herder die, hoewel hij uit vele merries kan kiezen, simpelweg genoodzaakt wordt een rit op het paard te maken. Verder, verder. Hrafnkel wordt woest, rijdt uit en vermoordt de herder met een bijl. Hij vindt het heel vervelend dat hij het moet doen, maar belofte maakt schuld en als je jezelf iets hebt bezworen, moet je je daar natuurlijk aan houden.

'Nog eentje?'

Hannah kijkt op naar het gezicht van het leren vest, dat zich eindelijk heeft weten te bevrijden van de vrouw met de hond die zo te zien naar huis is gegaan. Hannah bekijkt dankbaar de barkeeperhand op het moment dat hij inschenkt, neemt een slokje en wordt dan verrast door zichzelf: eigenlijk heeft ze meer zin om terug te keren naar het verhaal van Hrafnkel Freysgoða – krijgt het geen consequenties dat hij een andere man doormidden heeft gekliefd? – dan dat ze de drang voelt om de barman uit te vragen naar de relatie van Thor met zijn vader. Maar boeken zijn zo geweldig geduldig.

'Ken jij hem goed, die Jonni? Het leek alsof jullie een speciale band hadden.'

De barkeeper pakt met beide handen de bar vast, haalt zijn schouders op.

'Ik ken alle jongeren hier in het dorp. Maar Jonni is eigenlijk degene van wie ik het minst weet. Hij en Thor.'

'Waarom?'

Hannah schuift wat op haar kruk.

'Alle anderen komen langs, hangen hier rond of krijgen wat drank via de achterdeur als ze nog niet oud genoeg zijn, je weet wat ik bedoel. Maar nooit die twee... Ik heb ze altijd beschouwd als een paar fatsoenlijke jonge kerels. Nooit betrokken bij vechtpartijen of zulke dingen.'

Hannah is verbaasd. Als ze deugdzamer waren dan de rest, waarom is de een dan nu dood en zit de ander in de cel? Het komt niet overeen met het beeld dat zij van Jonni heeft gekregen. Ze probeert voorzichtig te werk te gaan.

'Jonni. Waarom bedreigde hij Ægir?'

De barman in zijn leren vest haalt zijn schouders op. Nee, oké. Hoe moet hij dat ook weten?

'Denk je dat Jonni op wat voor manier dan ook Ægir ervan verdenkt schuldig te zijn aan de dood van Thor?'

Een licht verwrongen gezicht dat zowel ja als nee kan betekenen. Hannah boort verder.

'Denk jij dat Ægir iets met de dood van zijn eigen zoon te maken heeft?'

Het gezicht achter de bar kijkt kort rond in het lokaal. Er zijn geen nieuwsgierige toehoorders binnen gehoorsafstand. Hij leunt naar Hannah toe, praat zachter dan voorheen.

'Ægir is voor veel dingen in dit dorp verantwoordelijk. Dat weet iedereen. Maar de dood van Thor...' Het leren vest maakt een armgebaar. De enige knoop vecht om niet van de buik te worden weggekatapulteerd.

Dan gaat hij verder: 'Dat zou hij nooit doen. Hij hield zoveel van hem. Zijn enige kind, weet je.'

Een gedachte schiet Hannah te binnen, iets wat ze zich nog niet eerder heeft afgevraagd, maar opeens heel essentieel aanvoelt.

'Vigdis, hoe oud is zij eigenlijk? Ik bedoel, ze moet een heel stuk jonger zijn dan Ella, omdat ze zo'n jonge zoon heeft?'

De barman haalt zijn schouders op.

'Een paar jaar maar, dacht ik.'

'Maar Thor was nog maar zeventien, dus dan moet zij hem heel laat hebben gekregen? Toen ze in de veertig was? En Ægir – hij lijkt minstens tien jaar ouder te zijn dan zij...?'

Zijn paardenstaart slingert met een hoofdknik naar achteren.

'Volgens mij hadden ze het op een gegeven moment opgegeven. Het was heel belangrijk voor Ægir om een zoon te krijgen, maar het lukte niet. Toen ze eindelijk zwanger werd, gingen er geruchten in het hele dorp alsof het een mirakel was.'

Ze zwijgen allebei. Kijken peinzend voor zich uit.

'Daarom is het ook zo'n gigantische tragedie dat ze hem nu hebben verloren.'

Hannah probeert nu alles te verstouwen, iets wat het leren vest heeft gezegd komt terug. Ze probeert haar stem zo te laten klinken dat het niet op een verhoor lijkt.

'Waar is Ægir voor verantwoordelijk?'

De blik achter de bar glijdt weer rond, niemand in de buurt. Maar dan komt op hetzelfde moment de vrouw met de hond terug, ze is haar sjaal vergeten en dat vereist de aandacht van zowel Hannah als de barkeeper. Hannah raakt geïrriteerd, wat een vermogen om aanspraak te maken op tijd, ruimte en personen! Hannah bestudeert de vrouw aandachtiger: blond onder haar muts en met een halfdronken, grijze blik. Maar ze is nu nog dronkener en haar zin om te flirten is verdwenen. Nu is de barman geen potentiële sekspartner, hij is iemand die haar sjaal moet vinden. De hond begint net zo ongeduldig te blaffen als zijn baasje, en Hannah wordt degene die de sjaal moet zoeken, die onder de barkruk is gevallen. Zonder een bedankje verdwijnt de vrouw in wat nu nacht is geworden en als Hannah zich omdraait naar de bar is haar gesprekspartner bezig een paar biertjes te verkopen aan twee vissers die eruitzien alsof ze voor de rest van hun leven al genoeg bier hebben gehad. Ze keuvelen en het leren vest knikt naar Hannah. Dan wenkt hij haar naar zich toe, Hannah kruipt verwonderd van haar barkruk en gaat naast de vissers staan. Ze is een halve kop groter dan hen beiden.

'Je vroeg waar Ægir verantwoordelijk voor is? Deze twee kunnen je dat vertellen.'

De ene visser balt zijn vuist en zegt een heleboel heel snel in het IJslands. Hannah kan een paar bezweringen in de woordenstroom thuisbrengen, de toon vertelt de rest: Ægir heeft hen bedrogen. Hannah wendt zich tot de barman.

'Wat heeft hij hun precies aangedaan?'

'Hij heeft al hun visquota gekocht. Of zoals zij zeggen: hij heeft ze gestolen.'

Hannah is in de war.

'Hoe?'

'Met geld, macht en een gigantische trawler. De kleine vissers kunnen niet met Ægir concurreren. Zijn boot is zoveel groter, dat wat zij kunnen vangen in een week, vangt hij in een dag. Hij verkoopt de vangst ook nog eens goedkoper, zodat alle anderen failliet gaan. Hij koopt hun quota en huurt hen in om voor hem te werken, maar voor een slechter loon dan wanneer ze zelfstandig zouden zijn.'

De boze vissershand schiet weer omhoog, samen met wat Hannah zou interpreteren als nog meer vloeken en verwensingen.

'Maar deze twee hier niet, ze weigeren voor hem te werken. Dus nu hebben ze geen werk, en de ene is zelfs zijn gezin kwijtgeraakt.'

Hannah knikt. Ægir is dus niet alleen een steenman, hij is ook een schaamteloze zakenman en een lokale grootvorst. Die nu zijn zoon heeft verloren. Als de herder in de saga die door Hrafnkel werd gedood voor het berijden van zijn paard. Wiens paard zou Thor hebben bereden? Als hij überhaupt iets heeft gedaan dat iemand een motief geeft hem te vermoorden. Hannah moet Ægir spreken. Maar eerst moet ze naar huis om die saga uit te lezen.

21

Hannah voelt het al als ze de deurkruk beetpakt. Dat iemand op haar wacht. Een kort moment overweegt ze om om te keren, ze heeft geen zin in confrontaties van welke aard ook – en al helemaal niet met Viktor, die ze ervan verdenkt zich te verbergen achter de koffiegeur die tot aan de voordeur komt. Ze houdt haar adem in en luistert. Ella's stem ligt als een lage frequentie in het huis, staat de gast niet toe zichzelf te ontmaskeren, maar dat is ook niet nodig: Viktors jas hangt aan het haakje. Hannah sluit haar ogen, oké, dit gesprek was ook wel onvermijdelijk. Het moest toch vroeg of laat plaatsvinden. Ze kondigt haar komst aan door de deur hard dicht te doen en raapt een zelfverzekerdheid bijeen die haar de woonkamer in draagt. Haar adem stokt als de gast zich omdraait. In de stoel tegenover Ella zit niet Viktor, maar Margrét. Hannah probeert haar gevoelens onder controle te krijgen en probeert er enigszins onverstoord uit te zien, maar ze moet tegen het tafelblad leunen om niet dood te gaan. Ella gebaart naar Margrét als om aan te geven dat dit dus Hannahs gast is. Wat zou ze Ella hebben verteld? Hopelijk niet te veel, het liefst niets. Hannah probeert kalm te klinken: 'Hallo. Goed je weer te zien.'

Hé, hallo, idioot! Maar wat moet je in hemelsnaam anders zeggen als je zo ongelooflijk fucking onbeholpen bent? Margrét bekijkt haar aandachtig, onthult geen intenties.

'Misschien kunnen we praten over wat er is gebeurd?'

Hannah slikt een keer, een droogte verspreidt zich in haar mond. Goed. Ze moet Ella dus hebben ingewijd in het een of ander, omdat ze zich zo achteloos verwoordt. Er is iets gebeurd. De lagen worden van Hannah afgeschraapt, ze wrijft over haar armen als om ze vast te houden. Haar gêne vermengt zich met een intense drang om Margrét naakt te zien.

'Wil je mee naar mijn kamer om te praten?'

Hannah voelt zich als een schoolmeisje dat haar vriendinnetje mee naar huis heeft gelokt en nu niet weet hoe de fantasie over haar bij haar thuis in haar eigen kamer in werkelijkheid moet worden omgezet. Na de deur te hebben dichtgedaan loopt ze naar het raam, pakt ze een sigaret uit een achteloos neergelegd pakje op het bureau, steekt hem op, opent het raam, gaat op het bureau zitten, haar rookarm uit het raam. Margrét blijft naast het bed staan.

'Ik heb Viktor ervan overtuigd dat het het beste was dat ik met je zou praten, nadat wij...' Margrét krijgt een trekje om haar mond, alsof elk woord dat in deze zin volgt, haar verlegen zal maken. '... onlangs zo vriendschappelijk waren geworden.'

Hannah knikt, o god, bloost ze? Ze kijkt de nacht in, ziet haar eigen rook wegdansen. Ze kan zichzelf er niet toe zetten Margrét aan te kijken, terwijl ze het vraagt.

'Hoeveel weet Viktor?'

'Alles. We hebben toch allebei gezien dat je met Jonni probeerde te praten.'

Oké, dus we spelen het oude spelletje waarbij je doet alsof er niets is gebeurd. Hannah is teleurgesteld, had gedacht dat Margrét op zijn minst het moment erkende, want als ze dat niet doet, hoe kan het zich dan ooit herhalen? Hannah moet horen wat voor gedachten zij heeft gehad. Over iemand.

'En dat andere. Gisteravond... Heb je hem daarover verteld?'

Margrét kijkt Hannah strak aan, die denkt in haar ogen iets te kunnen zien branden. Dan schudt ze haar hoofd. Hannah voelt hoe de opluchting zich in haar lichaam verspreidt.

'En Ella...?'

Weer een afwijzend schudden met haar hoofd, opluchting tot in haar vingertoppen. Goed, sommige geheimen kun je maar het best met twee mensen bewaren.

'Was hij boos dat ik was gekomen om met Jonni te praten?'

'Wat wil jij eigenlijk precies van die jongen?'

Margrét kijkt haar onderzoekend aan. Is het echt zo moeilijk te begrijpen? De sigaret brandt op. Hannah drukt hem uit en doet het raam dicht.

'De waarheid, natuurlijk. Over waar hij die avond was. Wat er is gebeurd.'

'Maar jij denkt niet dat hij Thor heeft vermoord?'

Dat is geen vraag, maar een constatering die wordt onderbouwd door Hannahs hulpeloze briefje dat Margrét uit haar zak trekt en dat Hannah moet hebben verloren toen ze op heterdaad werd betrapt en als de sukkel die ze was weg sprintte.

'Nee. Maar ik denk dat hij weet wie het heeft gedaan.'

Hannah pauzeert. Kan ze wel op Margrét vertrouwen? Ze schat in dat er in elk geval vijftig procent kans is, misschien iets meer, nu ze niets over hun kleine bankavontuur heeft onthuld.

'Ik denk dat Ægir het heeft gedaan.'

Er ontsnapt een lach aan Margréts mond. Hannah kan niet bepalen of het komt door het ongehoord onwaarschijnlijke van haar theorie of dat het een spottend 'dat weten wij toch allemaal' is.

'Is dat zo'n vergezochte gedachte?'

Hannah staart Margrét aan, die nu op het bed is gaan zitten. Ze heeft zin om haar erin te duwen.

'Jij denkt dat Ægir zijn eigen zoon heeft gedood? Hij hield van hem boven alles.'

'Dus jij zegt dat dat niet mogelijk is?'

Margrét haalt haar schouders op.

‘Ik ben geen rechercheur.’

‘Ik ook niet.’

‘Zo gedraag je je anders wel.’

Maar blijkbaar niet een heel goede, denkt Hannah, als zij met een zo erbarmelijke theorie aan komt zetten dat degene die er het meest schuldig uitziet het ook heeft gedaan. Hannah ziet dat Margrét haar wenkbrauwen fronst.

‘Aan de andere kant: Ægir heeft natuurlijk een motief.’

Hannah springt van de tafel af.

‘Wat? Wat bedoel je met dat hij een motief heeft?’

Margrét trekt zich terug op het bed.

‘Ik ben niet iemand die de geheimen van andere mensen onthult. Vraag het maar aan Jonni.’

Hannah is verward. Wat betekent dat nou weer? En wat betekent het dat Margrét nu verder achteroverleunt op het bed? Hannah doet een stap dichterbij, er is nu nog maar een halve meter tussen hen in. Ze fixeert Margréts blik, haar hart slaat op hol. Als ze naar voren leunt om de vulkaanvrouw te kussen, zet ze haar hele wereld op het spel, en als de kus wordt beantwoord, valt ze in een afgrond waar ze nooit meer uit wil komen.

22

Het valt moeilijk te zeggen hoeveel tijd er is verstreken, als Ella voorzichtig op de deur klopt. Hannah moet in slaap zijn gevallen, ze opent in elk geval haar ogen naar een leeg bed, maar herinnert zich er niets van dat Margrét is vertrokken. Een op verdriet lijkend gevoel overvalt haar; een gevoel iets te hebben verloren wat ze had kunnen vasthouden als ze maar een beetje oplettender was geweest. Een paar donkere haren op het kussen en een geur die niet van haarzelf is, geven haar een steek van weemoedig verlangen. Hannahs geheugenflitsen van naakte huid tegen naakte huid zijn geen brokstukken van een droom, maar een onvervalste affaire met een persoon met wie ze zin heeft nogmaals te vrijen, terwijl ze samen plannen maken voor de toekomst. Ze zwaait haar benen over de rand van het bed en weet dat ze niet voldoende romantisch aangelegd is om in haar eigen fantasie te geloven. In plaats van haar geluk na te jagen zou het waarschijnlijk beter zijn te proberen haar melancholie wat meer te koesteren.

Het avondeten bestaat uit vis en aardappelen en wordt in stilte ingenomen. Hannah kauwt langzaam, terwijl ze Ella gadeslaat, die voor deze keer lijkt te genieten van de stilte tussen hen beiden. Of is ze misschien gewoon onzeker hoe ze een gesprek moet beginnen over alles wat er is gebeurd? Dood, moord of bedreigingen is wel veel om te verteren, of je nou jong of oud bent. En dan die gênante situatie hier vanavond. Zou ze iets weten over dat met Margrét? Hannah twijfelt of Margrét zelf iets heeft gezegd, toen ze naar buiten sloop, maar misschien hebben alle vrouwen een gevoel voor de ontrouw die zich onder hun eigen dak ontvouwt?

Hannah moet er opeens aan denken dat Ella naar Vigdis moest om de begrafenis van Thor te plannen.

'Hebben jullie de begrafenis geregeld?'

Ella knikt half, schudt haar hoofd half.

'Vindt de uitvaartdienst in de kerk plaats?'

Hoofdknikken.

'En daarna? Gebeurt er daarna nog iets?'

Weer een hoofdknikken. Hannah ziet dat Ella is gestopt met eten. Er ontstaat een stilte als een onverklaarbare kracht die zijn ruimte opeist. Ze zitten en voelen de stilte, nemen de tijd om die te ervaren. Buiten trekt de wind aan, de wind kietelt de vensters. Vanuit de haard klinkt geknisper; zonder hun innerlijke onrust zou het heel gezellig en harmonisch kunnen zijn hier in de woonkamer te zitten.

'Ach! Ach!'

Ella's gegil laat Hannah schrikken en rukt haar uit haar overpeinzingen. De gil wordt afgelost door een oerhuilen dat Ella van haar stoel dwingt, op de grond in een hulpeloze houding van waaruit de tranen over haar wangen, haar handen, haar schoot vloeien. Dit keer aarzelt Hannah niet om haar gastvrouw te benaderen en haar armen om haar heen te slaan. Ze glijdt snel naast Ella neer, biedt aan de last en het verdriet op zich te nemen. Zo zitten ze lange tijd. Ella huilend, Hannah zonder na te denken, gewoon heel stil. Ze staart in de vlammen, tot de laatste snik uit Ella ontsnapt, die lijkt te zijn adergelaten voor verdriet. Als Hannah, stijf in haar eigen ledematen, Ella overeind helpt, is het alsof de relatie tussen hen beiden is gereset. Ze praten niet over wat er is gebeurd. Ella gaat naar het toilet en als ze terugkomt, zet ze koffie. Hannah ruimt de tafel af en doet de afwas, ze zijn bijna als een oud echtpaar en die gedachte heeft iets verrassend gezelligs.

Met dekens om zich heen geslagen drinken ze koffie uit mokken, ieder op haar bank, tussen hen is een wederzijds begrip dat geen woorden nodig heeft. Na enige tijd leunt Ella naar de salontafel toe voor haar adresboek, vindt een lege bladzijde en schrijft: GA JE MEE NAAR DE BEGRAFENIS?

Hannah knikt. Natuurlijk. Zoals de dingen hebben zich ontwikkeld, lijkt het de meest waarschijnlijke aanleiding tot een doorbraak in de zaak. Tenzij natuurlijk alles voor die tijd is opgehelderd en dat betwijfelt ze. Morgenvroeg wil ze Ægir een bezoek brengen, als ze tenminste een manier kan bedenken die niet te veel problemen veroorzaakt. À propos problemen, ze moet proberen van nu af aan Margrét te mijden. Geen vermenging van zaken meer, geen omwegen meer die het onderzoek kunnen schaden. Terwijl ze dit besluit, ergert het haar dat ze geen telefoonnummer van Margrét heeft. Ze kijkt met een schuin oog naar Ella's adresboekje, dat zo mooi opengeslagen op de salontafel tussen hen in ligt.

Als ze terugkomt op haar kamer, is het even na twee uur 's nachts geworden. Ze moeten rond middernacht hebben gegeten, maar de vele donkere uren hebben langzamerhand Hannahs gevoel van een dagritme tenietgedaan. De duisternis kruipt toch overal naar binnen. Ze voelt zich eigenlijk te moe om te schrijven, maar ze moet een zekere cadans aanhouden, wil ze haar geloof in het succes van haar project om een misdaadroman te schrijven kunnen vasthouden. Slaperig gaat Hannah achter het toetsenbord zitten met een klein glas uit haar laatste fles rode wijn aan haar zijde. Ze drinkt spaarzaam, gaat verder waar ze was gebleven.

Ze wisten allemaal wie de moordenaar was, maar niemand wilde het haar vertellen. Ze had familie, vrienden, buren bezocht; maar het was alsof de moord zich om zichzelf sloot en verdween, niemand zou de machthebber uitdagen, niemand zou iets...

Wacht! De saga. Hrafnkel, die door niemand durfde te worden uitgedaagd en die de herder ombracht met een bijl, omdat die op zijn paard had gereden. Hannah haalt de saga tevoorschijn. Hoe kreeg de vader van de herder wraak voor de dood van zijn zoon? Ze leest gretig. Ze ontdekt dat de vader van de herder er met hulp van andere sterke buren in slaagt om Hrafnkel voor het gerecht te slepen en hem veroordeeld te krijgen om zijn boerderij en al zijn macht af te staan, en met medewerking van diezelfde sterke boeren weet de vader het vonnis zelfs uit te laten voeren: Hrafnkel en zijn mensen worden verdreven van de boerderij, die de vader zelf overneemt. Hij heeft de gelegenheid om eens en voor altijd met Hrafnkel af te rekenen en het gebied van zijn tiran te bevrijden, maar de vader toont genade en laat Hrafnkel en zijn mensen gaan. Dat zorgt natuurlijk voor repercussies wanneer Hrafnkel weer groot en machtig wordt, terugkeert en de vader op de knieën dwingt en de boerderij terugneemt. Deprimerende lectuur!

Wat is de moraal? Dat je niet kunt vechten tegen grootvorsten, dat machthebbers – hoe bruut en hoe gehaat ze ook mogen zijn bij het volk – altijd winnen? Dat je boze tirannen helemaal moet elimineren, want anders keren ze terug en heroveren ze de macht? Hannah denkt na. Waarom heeft Ella haar juist deze saga gegeven? En hoe kan ze de plot jatten zonder dat het al te veel opvalt? Is er een bizar verband tussen de saga en de dood van Thor? Opeens klinkt er een schot, niet in de verre nacht, maar in de woonkamer! Nog een en dan nog een! Het geluid van ramen die versplinteren, vervolgens nog een schot. Hannah werpt zich doodsbang onder de tafel, wat gebeurt er in godsnaam? Na het vierde schot hoort ze het geluid van een auto die optrekt van het erf, ze gaat snel staan en ziet nog net een paar hoge achterlichten in het donker verdwijnen. Hannah grijpt de deurkruk met trillende handen beet en stormt de trap af.

'Ella! Ella!'

De gordijnen klapperen door een kapotte ruit, het vuur in de haard is opgeflakkerd en heeft zich over de vloerbedekking verspreid. Hannah rent erheen en weet resoluut een deken over de beginnende brand te gooien; ondertussen probeert ze zich een overzicht te vormen, waar is Ella in godsnaam? Ze constateert dat er doden noch stervenden in de woonkamer zijn, dus stormt ze de slaapkamer van haar gastvrouw binnen. Ella ligt in bed, maar Hannah kan niet zien of ze dood is of nog leeft.

'Ella?'

Hannah loopt met zware voetstappen aarzelend naar het bed toe, met een voorzichtig vooruitgestoken arm probeert ze moedig te zijn. Als haar scheenbeen de rand van het bed raakt, ziet ze dat Ella een krijtwit gezicht heeft. Hannah steekt een bange arm naar haar uit, waar voel je ook weer of er een hartslag is?

'Aargh!'

Ella steekt haar arm naar haar uit, ze leeft fucking hell nog! Hannah gilt uit angst en van opluchting, haar gil werkt aanstekelijk en de twee vrouwen gillen samen in de nacht tot ze elkaar om de hals vallen. Hannah heeft zich nog nooit zo dankbaar gevoeld. Nu is zij degene die trilt.

'Wat was dat in hemelsnaam?'

Hannah probeert zichzelf bij elkaar te rapen, Ella schudt heftig haar hoofd, vloekt in het IJslands.

'Ze zijn weg. Ik heb ze zien wegrijden.'

Ella springt uit bed, alsof haar bijna-doodervaring haar tien jaar jonger heeft gemaakt. Ze is dus niet geraakt, mooi! Hannah volgt haar naar de woonkamer, waar ze het licht aandoen en de schade bekijken. Behalve het ene kapotte raam is de glazen kast met olifantenbeeldjes versplinterd, en er zitten een heleboel kleine gaatjes in de bank.

'Jachtgeweer?'

Ella knikt afwezig, pakt haar lievelingsmannetjesolifant uit de ruïne van de kast en draait hem in haar hand. Hij is ongeschonden. Hannah rilt, het ontbrekende raam nodigt de winterkoude novembernacht binnen.

'Heb je iets waarmee we het kunnen dichtmaken? En kun je zelf de politie bellen?'

Ella kijkt haar aan alsof Deens opeens totaal onverstaanbaar is geworden. Hannah herhaalt zichzelf.

'De politie. Viktor?'

Hannah pakt de telefoon op, geeft die aan Ella, die het begrijpt en de olifant terug op zijn plek zet. Ze toetst het nummer van het politiebureau in. Hannah weet een moment te denken: zou het Margrét zijn die uit haar dromen ontwaakt en de telefoon opneemt? Ongepast. Ze schuift de gedachte aan de kant en loopt naar de houtschuur die Ella heeft aangewezen, om iets te vinden waarmee ze de IJslandse nachtwind uit het huis weten te houden.

Een klein, met spinnenwebben behangen peertje kan het schuurtje niet helemaal verlichten, Hannah voelt voor de eerste keer sinds de schoten de adrenaline die haar ongewoon daadkrachtig maakt. Het is alsof haar reptielenbrein op overleven is overgeschakeld, terwijl haar bewustzijn in sluimerstand staat, en de afgrond tussen de instinctieve drang om iets te doen en het ontbrekende vermogen om te begrijpen geeft haar een onwerkelijke, buitenlichamelijke ervaring. Zo moet het voelen als je in een oorlogssituatie bent. Hannah rilt. De wind wurmt zich tussen de brede kieren in de wanden van de schuur door, ze moet terug. Het lukt haar om planken en spijkers te vinden, maar geen hamer.

Terug in het huis heeft Ella het gesprek met (vermoedelijk) Viktor beëindigd en ze trippelt nu rond en verzamelt glassplinters in een emmer. Het valt Hannah op dat ze zich gedragen alsof het gevaar helemaal voorbij is, zouden ze niet banger moeten zijn? Misschien komt het doordat ze nog niet hebben begrepen wat er is gebeurd, of wat het betekent. Maar ze heeft immers zelf de auto zien verdwijnen. Wie het ook was, hij gedroeg zich alsof hij zijn missie had volbracht: de bewoners van het huis de stuipen op het lijf te jagen.

Hannah laat haar blik langs de verzameling antieke gereedschappen aan de muur glijden. Ze meende zich te herinneren daar een hamer te hebben gezien, maar er is er geen, alleen een leeg haakje waar die misschien moest zijn geweest. In plaats daarvan pakt ze een pikhouweel van de muur, voelt het gewicht van het oude ijzer en het mooi gesneden hout. Ziet een paar initialen die erin zijn gegraveerd. T.J. Waren alle decoratieve voorwerpen maar zo functioneel. Met de stompe kant van het houweel lukt het Hannah om de planken vast te timmeren, zodat ze het raam afdekken, maar ze is nog steeds bezig als Viktor ongeveer tien minuten later in zijn politieauto aan komt scheuren. Hannah besluit hun laatste ontmoeting te negeren in de hoop dat een schietincident tenslotte ernstiger is dan het kruipen door een tuin.

'Stop!'

Viktor komt binnenstormen alsof het schieten nog steeds in volle gang was en hij de schuldige aanroept. Maar hij loopt met afwijzende gebaren op Hannah af.

'Wat?'

Hannah bevriest met de laatste plank en het pikhouweel in haar handen.

'Je had het niet moeten afdekken! Nu is het voor mij zo goed als onmogelijk om erachter te komen wat er is gebeurd.'

'Ik kan je precies vertellen wat er is gebeurd. Een stelletje psychopaten is langsgereden en heeft op het huis geschoten alsof het een verrekte kleiduif op palen was.'

De sarcastische toon past slecht bij de situatie en Hannah weet niet of het Viktors ellendige politielogica is, haar eigen schaamte of het feit dat hij met Margrét getrouwd is dat haar tot burgerlijke ongehoorzaamheid aanzet. Viktor ziet eruit alsof hij haar een klap wil geven. Demonstratief klimt ze van de stoel, alsof ze trots is op haar timmerwerk, en dat is ze in zekere zin ook. Er zijn in elk geval maar een paar spijkers die niet goed zijn aangetikt en maar half in de onderlaag vastzitten. Maar de afscherming werkt zoals de bedoeling was. Ella loopt naar Viktor toe, spreekt met hem in het IJslands, ongetwijfeld een beschrijving van de gebeurtenissen; het ergert Hannah dat ze het niet verstaat en dat niet haar versie van het nachtelijke drama als eerste wordt verteld. Een getuigenverklaring en een eindeloze fotografeersessie later steekt Hannah een sigaret op en ziet ze Viktor bij het huis wegrijden, na een volstrekt zonneklaar en onnodig verzoek om vannacht de deur op slot te doen. Hij heeft drie patroonhulzen op het erf gevonden, het blijkt dat er met een jachtgeweer is geschoten. Ongeveer iedereen in het dorp bezit er zo eentje. Het lukt Ella hem ervan te overtuigen dat ze geen bescherming nodig hebben. Ze zal zelf met haar jachtgeweer de wacht houden en hopen dat de daders terugkeren. DAN SCHIET IK ZE ZO RECHT IN HUN BALLEN, zoals ze op een stukje papier schreef toen Hannah haar vragend aankeek. Maar Hannah heeft geen zin om op te blijven en te zitten wachten om door terugkerende schutters vanuit een rijdende auto of verdwaalde hagel uit Ella's geweer te worden neergeknald. Ze is doodmoe en nadat ze waakhond Ella goedenacht heeft gewenst, kruipt ze haar bed in.

23

Het is moeilijk wakker worden als je niet hebt geslapen. Na een aantal onrustige uren onder het dekbed waagt Hannah zich groggy naar de woonkamer, waar de kou zich heeft genesteld als een gast die niet wil vertrekken. De open haard is aan, en Ella zit met een deken om zich heen geslagen op de doorboorde bank, het daglicht geeft de schade veertig procent extra verschrikking.

'We moeten het raam laten repareren.'

Hannah rilt, pakt een lappendeken.

'Is er een glaszetter in het dorp?'

Ella kijkt haar vragend aan, haar neus is helemaal blauw. Hannah wijst naar het prutswerk van planken waarvan ze zelf ook wel kan zien dat het niet heel lang zal houden. Er is al een plank naar beneden gevallen. Ze slaat de lappendeken om zich heen.

'Iemand die het raam kan maken?'

'*Einmitt já.*'

Ella knikt.

'Ze moeten vandaag langskomen.' Hannah gaat in de schommelstoel zitten, voelt de noodsituatie. De beeldjes uit de glazen kast staan nu sierlijk op een tafeltje. De kast is op wonderbaarlijke wijze een halve meter verschoven.

'Heb je geprobeerd zelf de glazen kast naar buiten te krijgen? Dat is toch levensgevaarlijk!'

Ella haalt haar schouders op, en Hannah begrijpt eigenlijk best dat ze de nachtelijke aanval graag wil uitwissen. Ze gaat staan, pakt een paar oude kranten en begint er de vervaarlijke stukken glas die uit de kast steken mee in te pakken. Daarna lukt het de twee vrouwen samen om de kast naar buiten te krijgen en achter het huis te zetten, waar Ella hem een kort ogenblik bitter bekijkt, voor ze zich omdraait en eruitziet alsof ze deze kast nooit meer wil zien. Ze stofzuigen een extra keer op glasscherven en Ella legt een mat over het gat dat in de vloerbedekking voor de open haard is gebrand. De glaszetter, die voor zover Hannah het begrijpt blijkbaar eigenlijk timmerman is maar ook verstand heeft van glas, kan dezelfde dag al komen. Ella wil thuisblijven en op hem wachten.

'Heb je enig idee wie het kan zijn geweest?'

De koffiedamp stijgt op uit de mokken, ze zitten op de bankstelcombinatie. Een deken bedekt de kogelgaten; afgezien van de knullige raamafdekking en de ontbrekende kast ziet de woonkamer eruit als altijd. Ella's ijsgroene ogen zijn intens gefocust op iets buiten ruimte en tijd. Ze lijkt een persoon die zeker is van haar zaak, maar zonder er iets over te zeggen.

'Is het iemand die je kent? Weet je wat het motief kan zijn?'

Hannah weet best dat ze ongetwijfeld klinkt als een echo van Viktor of een slechte Amerikaanse politieserie (misschien beide), maar haar nieuwsgierigheid maakt haar vraagtechniek onorigineel. Deel het nou! Hannah kijkt Ella aandachtig aan, vermoedt dat ze lijkt op iemand die via hypnose probeert een antwoord te krijgen. Maar vraag noch hypnose lijkt te werken, Ella blijft stil. Hannah durft het aan het nogmaals te proberen.

'Ella, heb jij vijanden?'

Ella's ijzige blik doorboort Hannah, die begrijpt dat wie Ella ook als vijand heeft in deze wereld, de naam van de betreffende persoon blijft háár geheim. Nou, goed. Deze poging moest ze wagen en het verbaast Hannah eigenlijk dat Ella kennelijk een conflict met iemand heeft. De oudere vrouw komt doorgaans over als de gezelligheid zelve, of in elk geval als een vrouw die altijd net een gelukspilletje heeft geslikt. Maar vandaag niet. Hannah kan er niet achter komen of Ella bang, boos of alleen bedachtzaam is. Misschien een beetje van alles.

'Vind je het goed dat ik een wandelingetje maak, of ben je...? Kun je alleen thuis zijn?'

Ella glimlacht lichtjes. Knikt, terwijl ze iets op een papiertje krabbelt. IK BEN NIET BANG OM ALLEEN TE ZIJN. Hannah knikt terug, drinkt haar mok leeg en laat de oude dame op haar met kogelgaten doorboorde bank achter.

De regen heeft de schietgrage gekken geholpen hun sporen uit te wissen, Hannah ziet geen enkel bandenspoor op het erf. Zou Viktor er vannacht foto's van hebben genomen? Een bescheiden dankbaarheid voegt zich bij Hannahs cocktail aan gevoelens voor de plaatselijke politieagent, pas nu beseft ze hoe tactvol het van hem was haar stuntelige poging om met Jonni in contact te komen gisteravond niet te vermelden. Eigenlijk mag ze hem ook wel. Het is immers niet zijn schuld dat zijn positie hem verplicht de antwoorden die Hannah graag wil hebben voor zich te houden, en het is niet zijn schuld dat hij is getrouwd met de vrouw met wie Hannah... Ja, wat eigenlijk? Hoe dan ook. Ze moet eraan denken Viktor met meer respect en veel vriendelijker te behandelen.

Tijdens de wandeling naar Ægir toe beseft Hannah dat ze misschien zelf bang zou moeten zijn. Iemand heeft op haar geschoten en hier loopt zij als een levende schietschijf in het volle daglicht. Ze kalmeert zichzelf door haar eigen theorie te herhalen dat het slechts waarschuwingsschoten waren. Als iemand hen daadwerkelijk iets zou willen aandoen, konden ze zo Ella's huis binnensluipen en hen doodsteken terwijl ze liggen te slapen. Hannah is ervan overtuigd dat Ella weet wie vannacht op hen heeft geschoten. Maar zij heeft zelf ook een sterke verdenking over wie het kan zijn – en zo meteen is ze van plan de persoon in kwestie met haar theorie te confronteren.

Vigdis doet open, ze ziet er kleiner uit dan gisteren. Kan rouw centimeters van een mens af halen? Hannah verontschuldigt zich voor het storen en verklaart dat Ella haar hiernaartoe heeft gestuurd om te vragen of er iets is waar ze mee kan helpen. Vigdis kijkt haar totaal onbegrijpend aan. Shit! Hannah begrijpt haar best. Wat een slechte smoes. Hannah schraapt haar keel.

'Goed, om eerlijk te zijn heeft Ella me niet gestuurd. Zij weet zelfs niet dat ik hier ben. Ik weet ook best dat je je op dit moment niet over nog meer dingen zorgen wilt maken, maar ik wil je alleen maar informeren dat iemand vannacht op Ella's huis heeft geschoten. Met een hagelgeweer.'

Vigdis grijpt naar haar mond. Hannah durft er helemaal niet aan te denken hoe boos Ella zou worden als ze wist dat Hannah hier stond en een rouwende moeder lastigviel met een verhaal over een beschieting van Ella's huis. Maar gelukkig duidt de reactie van Vigdis erop dat Ella niet heeft gebeld om over het voorval te vertellen. Dat is een voordeel voor Hannahs dekmantel, maar een nadeel als ze eraan denkt hoe boos Ella zal zijn als ze erachter komt.

'Ik dacht alleen dat je het graag zou willen weten. Ook omdat Ella natuurlijk niet zoveel mensen om zich heen heeft.'

Toegegeven, een tikje banaal om de pathoskaart te spelen, maar Hannah heeft niet het gevoel dat ze zoveel jokers in handen heeft. Vigdis bedankt haar, is blij met de informatie. Ze vraagt of het goed gaat met Ella, Hannah antwoordt bevestigend en verzoekt Vigdis of zij en Ægir niet willen zeggen dat Hannah hun dit heeft verteld. Ze kunnen gewoon zeggen dat ze het in het dorp hebben gehoord. Vigdis knikt.

'Als het niet te lastig is, zou ik heel graag even met Ægir praten, alleen om te horen of hij ideeën heeft hoe we het huis kunnen beveiligen.' Vigdis aarzelt, doet dan de deur open voor Hannah die opgelucht is, maar ook geïrriteerd dat een verzoek van een vrouw om hulp van een man kennelijk altijd een geloofwaardig argument is.

De steenman zit voor de grote panoramavensters en staart naar de bergen. Zijn blik draait om als Vigdis Hannah in het IJslands introduceert. Hannah daarentegen is ietwat verrast dat de blik van Ægir geen enkele vorm van herkenning vertoont. Het valt wel te begrijpen dat hij zich haar niet herinnert van de herdenkingsbijeenkomst van Thor, maar je zou kunnen verwachten dat haar naam op zijn minst een vorm van reactie zou oproepen, als hij in het holst van de nacht langs was geweest en op haar had geschoten. Tot Hannahs opluchting excuseert Vigdis zich, maar als ze is verdwenen wordt Hannah door een plotselinge onrust overvallen. Haar missie lijkt opeens niet zo gemakkelijk uit te voeren als eerder gedacht. Ze schuift onrustig op de aangewezen stoel heen en weer. Iets aan Ægirs blik geeft haar een ongemakkelijk gevoel. Het is niet langer een glazige gezichtsuitdrukking, er gebeurt iets achter de diepe voorhoofdsrimpels. Het is moeilijk te definiëren, maar wat het ook is, het zorgt bij Hannah voor nervositeit.

Of misschien eerder angst. Ze probeert zich aan haar plan te houden en hoopt dat de taalbarrière niet zijn uitweg wordt uit deze situatie – en dat haar stem niet te veel trilt.

'Ik weet dat jij het was.'

Ægir kijkt haar als een rustige psychopaat aan. Hannah voelt zich geanalyseerd, doorzien.

'Vannacht. Ik zag de achterkant van je auto.'

Hannah bluft, want strikt genomen kan ze niet weten of de achterlichten exact bij de auto van Ægir horen, want zijn fourwheeldrive is verre van de enige in het dorp. Maar ze weet het gewoon. Ze weet het.

'Ik heb geen idee waar je het over hebt.'

Het stenen gezicht verraadt niets, maar hij maakt wel het gebaar om in het Deens te antwoorden. Hannah ziet nu dat Ægirs handen groot en ruw zijn, de aderen liggen als kabels over zijn gespierde onderarmen en het grijze haar is benijdenswaardig dik. Hij is niet alleen een knappe man geweest, maar is dat nog steeds. Ze slaat haar blik neer, wil niet op haar fascinatie worden betrapt. Ze weet dat hij liegt. Ze kan bovendien voldoende IJslands ontcijferen om te begrijpen dat Vigdis zojuist Hannahs verhaal over de beschieting van het huis heeft samengevat. Hij weet heel goed waarover zij het heeft, waarom deze ontkenning, dit toneelspel?

'Je moet alleen weten dat ik me niet zo gemakkelijk bang laat maken.'

Hij trekt een wenkbrauw op. Vissershanden die op leren handschoenen lijken, worden rustig samengevouwen.

'Je bent ook niet maar een klein beetje onbeschoft om hierheen te komen en mij ervan te beschuldigen erachter te zitten. Mijn zoon is net om het leven gekomen en ik heb tijd noch energie om te luisteren naar een gestoorde Deense vrouw die loopt rond te snuffelen en mij van een aanslag beschuldigt.'

Hannah ziet dat Ægir zich de bovenliggende partij voelt, maar ze blijft hem aankijken. Ze heeft hem precies waar ze hem wil hebben.

'Het zijn niet mijn beschuldigingen die jou ergeren. Het is het onderwerp. Jij weet dat ik hier en daar wat rondgevraagd heb over de dood van je zoon en dat die vragen met jou te maken hebben. Dus nu vraag ik het je rechtstreeks: was jij er toevallig bij, toen Thor die nacht verdronk?'

'Aargh!'

Ægir schiet explosief overeind, stoot de tafel om, de koffie. Zijn reusachtige lichaam reikt bijna tot aan het plafond. Hij buigt zich met zijn leren handschoenenhanden naar Hannah toe en Hannah probeert niet met vergoelijkende verontschuldigingen te komen, maar stormt het huis uit alsof het in brand staat. Fuck nog aan toe! Voor de tweede keer binnen een etmaal rent ze vol schaamte weg na een mislukte verhoorpoging. Shit, shit, shit!

Koortsachtig steekt ze een sigaret op; hij gloeit in het donker dat al bezig is greep op het dorp te krijgen. Is het niet net ochtend geweest? Hannah blaast de rook uit, vloekt over zichzelf. Behalve het gênante te zijn verdreven door de woede van een rouwende vader heeft ze het sterke gevoel dat ze geen slechtere strategie had kunnen kiezen om informatie uit Ægir te trekken. Ze slaat zichzelf tegen haar voorhoofd, weet dat ze in werkelijkheid Ægir net heeft verteld dat zij ten eerste: de dood van zijn zoon onderzoekt, en ten tweede: hem als hoofdverdachte aanmerkt. Maar als Ægir niet degene was die haar de stuipen op het lijf wilde jagen, wie heeft dan gisteren in godsnaam die schoten gelost? Ze moet haar methodes enorm verfijnen, wil ze enige hoop koesteren dit mysterie te begrijpen. Tenzij het al te laat is. Dit keer moet ze haar misstap met Ella delen. Of niet? Kan ze voorkomen dat het Ella ter ore komt dat ze de steenman heeft laten ontvlammen? Mogelijkerwijs. Als Ægir een vorm van schuld draagt, is het niet zeker dat hij iets zal zeggen. Maar natuurlijk zal Vigdis, Ella's eigen zus, over het voorval vertellen. Tenzij Hannah haar weet te overreden dat te laten. Ze moet terug naar het huis.

Voor de voordeur aarzelt ze. Wat nu als Ægir opendoet? Haar rondsluipstrategie heeft haar onbruikbaarheid min of meer bewezen, maar kan ze wachten tot Ægir het huis verlaat? Aan de andere kant, waarom zou hij dat eigenlijk doen? Hannah draait zich gelaten om en heeft zich er half bij neergelegd dat ze het Ella moet opbiechten als de deur opeens opengaat. Het is Vigdis, die een sussende vinger tegen haar lippen legt op het moment dat ze de deur achter zich dichttrekt. Ze fluistert.

'Het spijt me dat hij zo ontplofte. Dat gebeurt de laatste tijd vaak.'

Hannah kijkt met lichte verbazing naar de schuldbewuste vrouw voor haar. Stel je eens voor dat je je zoon verliest en dat je vervolgens de scherven van de razernij van je man achter hem bij elkaar moet rapen. In dit geval was het dan wel een terechte woede-uitbarsting, maar dat lijkt Vigdis niet te weten. Goed. Ze praten dus niet met elkaar en Ægir heeft de gewoonte om uit het niets door het lint te gaan. Zoveel kan Hannah in elk geval uit de situatie afleiden, en hoewel het haar een schuldgevoel geeft, is dit absoluut in haar voordeel. Het is makkelijk om verdraagzaam te zijn als jij in werkelijkheid degene bent die iets verkeerd heeft gedaan.

'Dat is oké, hoor. Het was mijn eigen schuld, ik noemde Thor en dat had ik niet moeten doen. Ik wilde alleen maar condoleren.'

Goed, die laag heiligheid mag er gerust een beetje dunner op worden gesmeerd. Maar het werkt. Vigdis pakt haar handen vast.

'Ik weet wel dat het veel gevraagd is, maar kunnen we dit voorvalletje niet gewoon vergeten?'

Hannah kon zich niets beters wensen, ze knikt instemmend, maar vindt het toch een beetje eigenaardig. Vigdis moet daarvoor haar redenen hebben en Hannah denkt dat ze die kent.

'Ze kunnen het niet zo goed met elkaar vinden, Ella en Ægir...?'

Vigdis aarzelt, schudt dan haar hoofd.

'Ik weet niet waarom, maar zo is het altijd al geweest. Ella moet niets van hem hebben, en... Ja, voorvallen als dit maken het niet beter.'

Hannah knikt begrijpend. Ze steekt haar hand uit, maar wordt dan verrast als Vigdis haar in een vertrouwde omhelzing tegen zich aan trekt.

'Beloof me dat je goed op haar past.'

'Uiteraard.'

Hannah zegt niet dat Ella prima in staat is om voor zichzelf te zorgen. Nu is er nog maar één lastige vraag over. Hannah bevrijdt zich uit de omhelzing.

'Denk je... Zou het beter zijn als ik niet naar de begrafenis kom?'

Vigdis kijkt haar aan, verwonderd.

'Vanwege dit hier? Nee! Je moet erbij zijn. Zolang je bij mijn zus woont, maak je deel uit van de familie. En niet om jou te beledigen, maar Ægir zal zo gefocust zijn op een aantal andere gasten dat hij jou helemaal niet zal opmerken.'

Hannah knikt, maar begrijpt het niet. Goed, dus Ægir is niet supergeliefd, maar dat er ronduit mensen naar de begrafenis van zijn eigen zoon komen op wie hij zich moet 'focussen' klinkt mysterieus. Hannah loopt met een eigenaardig triomfantelijk gevoel en een heleboel nieuwe vragen bij het rouwende huis vandaan.

24

Is het niet zo dat een enkele moord in de huidige misdaadromans niet voldoende is? Zijn er niet het liefst vier, vijf stuks nodig om de aandacht van de lezer vast te houden? Verder is er nog iets met het switchen tussen verschillende perspectieven en het editen van de tekst, zodat je de lezer kunt misleiden om hem te laten geloven dat het spannender is dan het is. Dat moet Hannah maar proberen. Vijftig bladzijden onderweg in het boek is het waarschijnlijk tijd om een nieuwe moord te bedenken en te beginnen de perspectieven door elkaar heen te vlechten, zodat de lezers zich niet gaan vervelen. Hannah zit op haar schrijfplek bij het raam en voelt zich opgetogen. Ze heeft dan wel geen bekentenissen uit Ægir weten te lokken, maar haar verdenking is door zijn reactie alleen maar bevestigd: hij verbergt iets. En ze is van plan om bij de begrafenis uit te zoeken wat het is.

Eén persoon was getroffen door een sterker verdriet dan Tores ouders: Edith. Drie jaar lang was ze zijn geliefde, ze waren elkaars enige ware geweest. Jeugdvrienden, hadden elkaar voor het eerst gezoend op een schooluitje naar de gletsjer en hadden elkaar hun maagdelijkheid ontnomen op een oude viskotter met de meeuwen als hun enige getuigen. Edith zat met een kop koude thee voor zich. Voelde zich leeg, onverschillig of ze in leven of dood was. Ze kon noch de kracht vinden om verder te leven noch de keuze maken voor de dood. Het enige waaraan ze kon denken was wraak. Ze wist wie de moordenaar was. In haar hoofd plande ze hoe ze zou inbreken via het slaapkamerraam waarvan ze wist dat het altijd openstond als hij sliep. Ze zou als een kat naar binnen sluipen, zich geruisloos naar het bed bewegen, en dan zou ze zich bekendmaken, vlak voor ze het mes in zijn borst stak. Ze wilde dat hij in haar ogen keek en wist wat hem raakte, wist dat zij de moord op haar geliefde niet accepteerde. Ze zou er ook mee wegkomen, dat wist ze. Ze had al het perfecte alibi bedacht.

Hannah kijkt op, tevreden over zichzelf. Dat schrijven van een misdaadroman is best vermakelijk. Omdat het geen echte literatuur is, is er geen druk. Hannah heeft zich nooit eerder zo vrij gevoeld in haar artistieke ontwikkeling, heeft nog nooit zoveel woorden in zo korte tijd geschreven. Ze wordt nog een tikkeltje tevredener bij de gedachte dat ze in wezen bezig is haar eigen stelling te bewijzen dat iedere sukkel in een maand tijd een misdaadroman kan schrijven. Ze krijgt zin om Bastian te bellen. Het kost twee pogingen voor hij opneemt.

'Alleen omdat ik in IJsland ben moet je niet denken dat je helemaal van me af bent.'

'Hannah! Wat goed om van je te horen. Ik zat net midden in een etentje. Hoe gaat het?'

'Een etentje met wie? Het gaat hartstikke goed! Ik heb vijfenvijftig bladzijden geschreven. Ik ben nu net begonnen meerdere perspectieven uit te werken, ik ben een eind op weg een nieuwe Scandinavische misdaadkoningin te worden.'

'Zijn er vijfenvijftig bladzijden voorbijgegaan voor je bent begonnen met vlechten? Je moet het liefst alle perspectieven in het boek binnen de eerste twintig bladzijden hebben geïntroduceerd.'

'Wie zegt dat dat een regel is? Met wie zit je te eten?'

'Regel, regel. Het is gewoon gangbaar.'

'Gangbaar? Wat is er met je aan de hand? Ik bel met goed nieuws, ik ben ver gekomen met mijn misdaadroman en dan ga jij op afstand kritiek zitten leveren en weiger je me te vertellen met wie je zit te eten?'

Pauze aan de lijn. Bij Hannah ontstaat enige onrust.

'Hallo, ben je er nog?'

Nu begint ze daadwerkelijk zenuwachtig te worden. Bastian verbergt nooit iets voor haar.

'Is het project "schrijf in een maand tijd een misdaadroman" afgeblazen zonder dat ik bericht heb gekregen, of hoe zit het?'

Zenuwachtig gelach aan de andere kant van de lijn.

'Nee, nee natuurlijk niet! Dat zou wat zijn.'

Hannah hoort het geluid van een deur die opengaat, verkeer op straat, Bastian die een sigaret opsteekt. Hij is naar buiten gegaan, weg van wie?

'Ik heb hier geen zin in. Nu vertel je me met wie je rondsluipt en uit eten bent, anders stap ik nu naar buiten en laat me in een gletsjerholte vallen.'

Bastian aarzelt, op de achtergrond sirenes. Het is grappig. Hannah is nog maar een paar dagen in IJsland, maar ze is de dagelijkse routine van de hulpverleningsvoertuigen in Kopenhagen nu al vergeten. Dat gebeurt zo geregeld dat de sirenes al sinds jaar en dag haar werk niet meer verstoren. Hier heeft ze nog geen enkele keer een sirene gehoord, hoewel de misdrijven elkaar hier sneller opvolgen dan de regenbuien. Zou Bastian soms uit zijn met een vrouw?

'Ben je op een date, is dat het?'

'Nee. Ik zit hier gewoon iets te drinken met...'

'Met wie?'

Opnieuw een pauze. Een diepe zucht, vermoedelijk het weggooien van een sigaret.

'Jørn Jensen.'

'Sorry, wat zei je?'

Hannahs oren zoemen, maar er is geen ruis op de lijn.

'Ik weet best dat het wat merkwaardig klinkt, maar hij is eigenlijk best een goeie vent.'

'Een goeie vent?'

Hannah krijgt een kurkdroge mond.

'Ja nou... Na de boekenbeurs hebben we een praatje gemaakt en toen...'

'Wat krijgen we nou, zeg? Jij hebt op de boekenbeurs fucking Jørn Jensen opgepikt zonder iets tegen mij te zeggen en al die tijd zijn reet zitten likken?'

'Hannah, doe verdorie eens rustig! Het zijn maar een paar biertjes en een etentje.'

'Een paar biertjes en een etentje? Het ís een date! Een date van de mannenclub waarbij jullie plannetjes bedenken hoe je afkomt van dat mens dat...'

'Hannah, nu zit je op een feministisch zijspoor.'

'Fuck you, Bastian.'

Hannah verbreekt de verbinding, smijt het mobieltje hard op haar bed. Wat is dit voor een krankzinnig complot? Is het iets waar ze voortdurend achter haar rug om mee hebben zitten spelen? Nee, hou op met dat paranoïde gedoe, het was immers haar eigen idee. Maar waarom moet Bastian in hemelsnaam opeens socialiseren met haar vijand nummer een. Wat hebben ze gemeenschappelijk, wat...? O nee. Dit kan maar één ding betekenen: Bastian gelooft niet meer in haar project! Hij is al bezig de grond vruchtbaar te maken voor een samenwerking met haar ergste concurrent. Dat klinkt logisch. Jørn matcht met het profiel van Bastians andere 'auteurs', hij heeft Hannah behouden vanwege het prestige dat zit in het uitgeven van een serieuze, gerenommeerde auteur, maar nu ze bezig is haar eigen carrièregraf te graven, probeert Bastian de vijand achter de linies van de uitgeverij te lokken. Fucking kapitalist! Hannah houdt een schreeuw tegen, ziet dat haar telefoon een sms ontvangt. Ze pakt hem boos op, het is een bericht van Bastian.

NEEM HET NOU NIET AL TE PERSOONLIJK. JE KUNT HELEMAAL GERUST ZIJN, IK BEN NOG STEEDS JE REDACTEUR. IK STA AAN JOUW KANT. EN JØRN IS BEST OKÉ ALS JE HEM LEERT KENNEN.

HIJ HEEFT ZELFS AANGEBODEN JE EEN PAAR KRIMITIPS...

Aargh!

Hannah smijt het mobieltje tegen de muur, het scherm barst op het moment dat het als een afgevuurd projectiel de vloer raakt. Het zal goddomme niet waar zijn! 'Krimitips'? Hannah schreeuwt in haar hoofdkussen, trekt eraan, schopt tegen het bed.

'Au, verdomme!'

Ze trapt nog een keer.

Als Ella een moment later in de deuropening staat, zit Hannah op de vloer te snikken met een bloedende teen, terwijl veren van het kapotgetrokken kussen over haar heen vallen als de laatste stof na de Dag des Oordeels.

'Absurd. Volstrekt absurd.'

Hannah zit op de bank, gespannen en gelaten tegelijk, haar voet ligt uitgestrekt op een stoel. Ella is die aan het verbinden.

'Au!' Hannah kronkelt van de pijn.

Ella pakt de gezwollen enkel met een zachtere greep vast.

Shit. De volgende paar dagen zal ze rond moeten hinken.

'Gebrek aan loyaliteit is het ergste wat ik ken.'

Ella kijkt op naar haar, knikt. Het lijkt alsof ze het helemaal met Hannah eens is. Ze plaatst de voet voorzichtig op de stoel. Hannah werpt haar een dankbare glimlach toe.

'Dank je. En sorry dat ik me zo gedraag. Ze maken me gewoon zo kwaad.'

Ella komt met een dampende kop koffie naar haar toe, geeft hem aan Hannah, gaat tegenover haar zitten. Schrijft iets achter op een envelop.

WAT NU? JE GEEFT JE BOEK TOCH NIET OP?

'Godsamme, nee! Sorry, dat ik zo vloek. Maar het is een ongelooflijke klotezooi.'

Hannah blaast over haar koffie, zit een poosje in het niets te staren. Ella doet hetzelfde. Hannah wordt geplaagd door een steek van schaamte.

'Het spijt me. Ik weet wel dat dit geen echt probleem is, vergeleken met jouw leven.'

Ella schrijft.

WE HEBBEN ALLEMAAL ONZE PROBLEMEN. DIE VAN MIJ MAKEN DE JOUWE NIET KLEINER.

Hannah knikt, maar weet niet zeker of ze het daarmee eens is. Nu haar voet is verbonden en er koffie is, voelen haar gekwetste gevoelens aan als een bagatel, vergeleken met Ella's vermoorde neefje en de aanslag op haar huis. Maar ze mogen niet de kans krijgen haar hiermee te grazen te nemen! Het zal Jørn J. niet lukken haar het project te laten opgeven, mocht hij daarop uit zijn, en hij krijgt ook niet de mogelijkheid om zich er met zijn kleffe schrijftips mee te bemoeien. Haar hartslag gaat weer omhoog. Haar voet klopt. Ze moet de tanden op elkaar zetten, geen contact meer met Bastian hebben, zichzelf redden en bewijzen dat ze die misdaadroman kan schrijven en hem goed kan schrijven! Zonder hun hulp. Dat is het plan. Hannah is teleurgesteld in Bastian en oprecht gekwetst. Het is één ding dat hij op een puur vakmatig – of misschien eerder zakelijk – niveau met Jørn flirt, iets heel anders is dat hij haar vertrouwen als vriend heeft misbruikt. Hannah is altijd van mening geweest dat vriendschappen de onredelijke jaloezielogica van een liefdesrelatie volgen: als er een persoon is van wie je het om bepaalde, goed beargumenteerde redenen niet leuk vindt dat je partner of vriend ermee omgaat, dan heb je toch zeker het recht om te verwachten dat dit niet gebeurt? Ze vraagt zich af of Viktor Margrét een verbod heeft opgelegd om haar te zien. Hannah kijkt opzij naar de kapotte telefoon, die Ella heeft geprobeerd te repareren met een stuk tape, maar ondanks meerdere pogingen wil hij niet meer aan. Maar goed, het maakt niet uit. Margrét heeft haar nummer toch niet en Bastian wil ze niet eens spreken, ergo, ze heeft geen telefoon nodig.

25

Het worden nog eens drie pagina's vanuit het perspectief van Edith voordat het bedtijd is geworden, en er wordt in drie bladzijden een wraakactie van buitengewoon gewelddadige aard gepland en uitgevoerd. Er komen zelfs nog twee extra levens binnen die drie bladzijden in Hannahs misdaadroman tot een einde: het ene wordt beëindigd met een mes, met het gezicht van Jørn op haar netvlies, het tweede met de vertrouwde gelaatstrekken van Bastian. Pure catharsis! Het schrijven maakt haar dorstig, maar in haar koffer zitten alleen nog lege flessen. Hannah kijkt op de klok. Bijna middernacht. Het is te ver (en te treurig!) om met een kapotte teen het dorp in te hinken. Ella is naar bed gegaan en Hannah realiseert zich dat de kans iets alcoholisch in het huis te vinden mogelijkerwijs niet helemaal nul is. Ze heeft dan wel geen wijn, bier of sterkedrank gezien, maar ze heeft er ook niet naar gezocht. Bemoedigd door die gedachte, hinkt ze de trap af. Keuken, niets. Woonkamer, niets. Hannah kreunt geïrriteerd en hinkt naar een stoel, nadat ze achter in alle keukenkastjes en op alle denkbare opbergplekken heeft gekeken. Ze denkt na. Haar voet bonkt. De houtschuur? Was daar iets? Hannah kan zich niet herinneren dat ze daar iets anders heeft gezien dan brandhout en gereedschap. Een kelder, is die er? Nee, niet voor zover zij weet. Waarschijnlijk is het ook wel een beetje te optimistisch om te hopen op een wijnkelder onder deze landelijke arbeiderswoning. Maar een kelder met zelfgestookte drank misschien? Oké. Diep ademhalen, wees vijftig procent minder ten einde raad. Hannah voelt zich beklagenswaardig en weet nog net te concluderen dat ze helemaal geen alcohol nodig heeft, als ze denkt aan Ella's werkkamer. Ze heeft er meerdere malen ongeïnteresseerde blikken in geworpen, hij ligt twee deuren bij haar eigen kamer vandaan en zag er telkens even saai uit: een bureautje met een stoel, een kast met boeken en alles bedekt met stof en omwikkeld in een aura van stilstand die Hannah aan een museum doet denken. Zou er in die kamer een klein flesje sterkedrank kunnen staan? Opeens doet haar teen niet zo'n pijn meer en ze kan best in een drafje de trap op sprinten.

Tot haar verrassing blijkt de deur op slot te zijn. Shit! Waarom dat nou weer? Dat moet een vergissing zijn. Ella heeft niet eens een slot op de badkamerdeur, wat al tot een paar gênante situaties heeft geleid. De buitendeur was tot de schietpartij ook altijd open. Hannah haalt een briefopener uit haar kamer en begint als de eerste de beste inbreker aan het slot te morrelen. Het slot is om het zachtjes uit te drukken niet erg meegaand, en wanneer de briefopener breekt, is Hannahs verlangen naar een borrel verdubbeld. Ze vloekt geluidloos, is er plotseling van overtuigd dat achter de deur alcohol verstopt moet zijn. Die gedachte wordt een obsessie en ze worstelt zich naar de houtschuur voor een onverzettelijke schroevendraaier. Na wat meer prutsen in het sleutelgat beseft ze dat het hopeloos is. Resoluut zet ze de schroevendraaier tussen de deur en de deurpost, wrikt, zet haar schouder tegen de deur en hoest hard op het moment dat ze duwt en de deur openbreekt. Ze luistert een moment, het huis is stil. Ella heeft kennelijk niets gehoord. Hannah sluipt de werkkamer binnen en doet het licht aan. Een ingebouwde kast wordt als eerste onderzocht, maar daarin verbergt zich niets anders dan oude kleding, die eruitziet alsof hij er al decennia ongebruikt in heeft gelegen. Dan worden de boekenkasten onderzocht, waar een paar saga's tussen naslagwerken staan, samen met een paar paperbacks van het soort dat je bij een damesblad cadeau krijgt. Onderin een heleboel ringbanden met wat boekhoudingen lijken en dan iets wat eruitziet als een fotoalbum. Hannah pakt het eruit. Dat moet er, onaangeroerd, minstens twintig jaar hebben gestaan, het is bijna gemummificeerd door het stof. Voorzichtig doet ze de bladzijden van elkaar, ze zijn van bruin karton, en de foto's zitten verborgen achter perkamentpapier. Haast eerbiedig slaat ze het papier opzij voor de zwart-witfoto's van kleine kinderen voor wat Hannah als Ella's huis herkent – maar met een aanbouw (een schuur?) die sindsdien moet zijn afgebroken. Een meisje poseert met verfomfaaid haar, in haar armen heeft ze een baby. Ella met haar pasgeboren zusje Vigdis? Hannah bladert en de jaren verstrijken, de meisjes worden ouder, Ella doet belijdenis, en dan volgen een paar jaren met maar één meisje. Vigdis. Dan een enkele foto met hen beiden. Ella is nu een jongedame. Dan weer alleen Vigdis op de foto's – van hieraf alleen zij, tot de zwart-witfoto's stoppen als een half af vel papier uit een printer waarvan de inkt op is. Hannah flipt door de lege pagina's, terwijl ze denkt aan de spaarzame foto's uit haar eigen jeugd. De documentatie van haar jeugd stopte al in haar tienerjaren; vanaf dat moment was er geen visuele hulp om het geheugen mee te manipuleren, alleen geleefd leven. Soms kan Hannah zelfs beginnen te twijfelen wat ze eigenlijk tussen haar dertiende en haar twintigste deed. Ze wordt hoe dan ook nooit het type dat in een fotoalbum zal zitten bladeren. Hannah zucht hardop bij de gedachte aan al die foto's van het afzichtelijke gezin van haar zus, geordend in verschrikkelijke albums die ze in de loop van de tijd gedwongen heeft moeten doorploegen. Maar waarom verdwijnt Ella er een periode van een paar jaar uit? Hannah bladert het album opnieuw door, probeert iets te spotten wat ze de eerste keer niet heeft gezien. Waarom is Ella een aantal van haar tienerjaren weg? Cameraschuw, naschoolse opleiding? Bestonden er eigenlijk wel naschoolse opleidingen in die tijd en dan ook nog in IJsland?

Hannah bekijkt de foto's nog een keer. Er is iets met de blik van de jonge Ella gebeurd voor de onderbreking tot de volgende etappe: die ziet er leeg uit. Hannah bladert tot het einde, ziet nu een patroon dat ze nog niet eerder zag: op de kinderfoto's lacht Ella op alle foto's, op de jeugdfoto's lacht ze geen enkele keer. Hannah schudt haar hoofd, ze is zelf ook niet echt een lachebekje op portretfoto's. Hannah moet eraan denken naar Ella's verhaal te vragen. Ze beseft dat ze heel weinig over haar gastvrouw weet. Ze legt het album terug en zoekt verder.

De bureauladen verbergen geen heupflessen of andere geheime ongemakken, hoewel de onderste op slot zit. Hannah wordt door nieuwsgierigheid overmand en deze keer is het gemakkelijker om het slot open te krijgen: na een lichte draai met de halve briefopener glijdt de la open. Mappen. Hannah bladert er teleurgesteld doorheen; verzekeringspapieren. Ze wil de la net weer dichtdoen, gefrustreerd over haar mislukte alcoholexpeditie, maar dan stuit haar hand op iets hards onder de mappen en ze haalt er een suikerschaaltje van porselein uit. In het schaaltje ligt een ding: een halsketting. Voorzichtig neemt Hannah de ketting in haar handen, hij ziet er niet speciaal waardevol uit, ze twijfelt of hij überhaupt van edelmetaal is – misschien is hij verzilverd, maar hij lijkt nog het meest op een goedkoop souvenir van het soort dat je op een markt koopt. De grove ketting is gebroken en heeft een hangertje dat daarentegen heel makkelijk te ontcijferen is: de krijgshamer van Thor. Hannah vermoedt dat de bijzondere plaats van dit wat schamele sieraad in een suikerschaaltje in een afgesloten lade betekent dat het een zekere affectiewaarde heeft. Want waarom zou Ella het anders zo zorgvuldig bewaren als haar grote gouden ringen vrij in de badkamer rondslingeren? Hannah legt het sieraad terug en doet de la dicht, het lukt haar zelfs hem weer op slot te krijgen. De deur kan ze helaas niet op dezelfde manier reconstrueren; de deurpost is een beetje stuk op de plek waar ze met de schroevendraaier het slot heeft geforceerd, en ze raapt een paar houtsplinters van de vloer op in een poging de sporen van haar vandalisme te minimaliseren. Ze hoopt niet dat Ella het ontdekt.

Hannah ligt lange tijd in het IJslandse donker te staren voor ze in slaap valt, en als de dromen hun intocht maken in haar bewustzijn is het als een goederentrein vol herinneringen die niet de hare zijn, maar die zich vijftig jaar geleden in dit huis afspeelden.

26

Ochtend. Haar teen bonkt, alsof er een kleine trol binnenin zit die probeert zich eruit te hameren. Hannah vergeet een moment dat haar telefoon verbrijzeld is en zucht als ze hem zonder succes probeert aan te zetten. Hoe laat zou het zijn? Ze hinkt naar het raam en trekt het gordijn open. Het grijze weer ziet eruit alsof het de dag op afstand wil houden.

Onderweg naar het toilet schrikt Hannah. De deur naar de werkkamer staat open en midden in de kamer staat Ella stuurs naar haar te kijken. Het is de eerste keer dat Hannah meemaakt dat haar gastvrouw boos op haar persoonlijk is. Ella's ijzige blik treft haar als een reeks schokken. Hannah krimpt ineen. Schraapt haar keel. Liegt.

'Ik dacht vannacht dat ik daar binnen iemand hoorde.'

Hannah kijkt schuin naar de deurpost.

'Ik was bang dat ze teruggekomen waren. De mensen die hebben geschoten. Omdat ik geen sleutel had, heb ik de deur opengebroken. Om hen weg te jagen, zeg maar.'

De blik van Ella is een leugendetector. Hannah hoort het zelf ook wel. *Christus.*

'Sorry, ik had beter moeten nadenken. Ik was totaal wanhopig op zoek naar drank en ik dacht dat er daar binnen misschien iets was. Een of andere sterkedrank. Het was dom, ik weet het.'

Ella lijkt na te denken of ze Hannah gelooft. Het duurt even. Dan ziet het ernaar uit of ze tot de conclusie is gekomen dat de verklaring pathetisch genoeg is om waar te zijn. Maar na de waarheid volgt niet altijd vergeving. Ella doet het licht uit en doet de deur achter zich dicht, doet die demonstratief op slot. Werpt Hannah een dodelijke blik toe.

'Ik betaal natuurlijk voor de reparatie van de deurpost. Mijn excuses.'

Ella antwoordt niet, maar op het moment dat ze de trap af loopt, zegt ze iets in het IJslands. Hannah meent enkele vloekwoorden te kunnen ontcijferen. Ze blijft een ogenblik staan. Beschaamd dat ze zo behoeftegestuurd is dat ze een afgesloten deur heeft opengebroken, maar nog beschaamder over het feit dat ze het vertrouwen van haar gastvrouw heeft geschaad. Fuck! Als Hannah kort daarna onder de douche staat en haar zonden probeert weg te spoelen, kan ze het toch niet nalaten om zich af te vragen waarom Ella haar actie niet gewoon door de vingers kan zien. Ja, het is natuurlijk irritant en frustrerend dat een deur wordt opengebroken, maar de Ella die Hannah heeft leren kennen zou er op een goede dag wat om hebben gelachen en het dan laten fiksen. Maar het was alsof het niet de kapotte deurpost was die Ella het meest aangreep. Eerder het feit dat Hannah in de werkkamer was geweest. Zou ze daarbinnen iets verbergen? Hannah draait de koude kraan verder open, spoelt de gedachte met een gilletje weg: dat vertrek verborg niets anders dan een stoffig verleden.

Hannah slaat het ontbijt over. Ze heeft noch zin om Ella's boze teleurstelling te voelen, noch trek om zich nader te verklaren. Met een laf 'tot later' sluipt ze de deur uit met haar laptop en een plan voor een schrijfdag in de kroeg. Hoezeer ze het huis ook uit moet, ze kan niet nog een dag laten voorbijgaan zonder aan haar misdaadroman te werken. Ze heeft de naïeve hoop dat ze haar efficiëntie kan verdubbelen door op een openbare plek te schrijven en misschien wat nieuws over de moord op Thor op te pikken.

Ze bestelt een kop koffie, wat geroosterd brood en een zachtgekookt ei. Als de eerste klant kiest ze ervoor aan een van de tafels te gaan zitten, terwijl ze hoopt dat de stamgasten pas later komen. De ochtend is nou niet bepaald haar primetime als er iets uit haar handen moet komen, dus ze bestelt een shotje whisky bij de koffie om haar systeem en haar creativiteit op gang te krijgen. Geïsoleerd met een koptelefoon zonder geluid weet Hannah in de loop van een uurtje een paar bladzijden te schrijven, en als de eerste gepensioneerde vissers binnendruppelen verkast ze naar de bar voor verandering van omgeving. Daar bestelt ze nog een whisky-koffie en probeert het leren vest achter de bar aan het praten te krijgen. Ze begint met wat smalltalk.

'Het is hier in de ochtend niet zo druk, hè?'

Het leren vest haalt zijn schouders op, bladert wat in zijn krant.

'Dat geeft me mooi de tijd om deze te lezen.'

Hannah weet niet helemaal of dat betekent dat hij het liefst met zijn krant met rust gelaten wil worden. Maar ze is nieuwsgierig. Het schiet haar te binnen dat je soms zelf met wat roddels moet komen om iets terug te krijgen.

'Ik weet niet of je het hebt gehoord, maar wij hadden pasgeleden een angstig momentje. Of zeg maar gerust een heel angstig moment. Iemand heeft ons huis aangevallen.'

Het leren vest tilt zijn wenkbrauwen op van de krant. Goed, hij heeft nog niet gehoord van de aanval op het huis van Ella eergisteravond. Hannah gaat rechtop zitten, dit is een joker. Ze werpt hem nog een homp toe.

'Iemand heeft midden in de nacht het huis beschoten. Superbeangstigend.'

Hannah probeert geschrokken te lijken en het werkt. De krant wordt samengevouwen en opzijgelegd. Ze heeft zijn aandacht.

'Is er iemand gewond geraakt?'

De bezorgdheid van de barman lijkt echt. Hannah schudt haar hoofd.

'Alleen een raam kapot en wat gaten in de muur. Het komt eerder over als een poging om ons bang te maken dan ons te verwonden. Maar nog steeds zeer beangstigend.'

'Jullie weten niet wie het heeft gedaan?'

De ogen van de barman kijken Hannah bezorgd aan. Ze schudt haar hoofd en maakt een gelaten gebaar met haar armen.

'Ik kan me echt niet voorstellen dat Ella vijanden heeft die haar kwaad willen doen.'

'Wat doet jou geloven dat zij het doelwit was?'

Hannah schuift wat ongemakkelijk op de barkruk. Wat bedoelt hij daarmee? Dat zijzelf het doelwit was?

'Jij denkt toch niet dat iemand van plan was om mij te grazen te nemen?'

Het leren vest haalt zijn schouders op. Wendt zich dan tot een andere klant, de vrouw met de hond. Hannah neemt een grote slok van haar whisky-koffie. Is ze echt een beetje te dicht bij de ontmaskering van de moordenaar gekomen? Hannah heeft voldoende kennis van misdaadromans om te weten dat het leven van de rechercheur altijd in gevaar is als hij in de buurt komt. Maar toch is het wel wat absurd, want ze is zelfs nog niet in de buurt gekomen om iemand te ontmaskeren. Ægir is tot nu toe haar enige verdachte. Die doodlopende weg is ze al een keer te vaak ingeslagen. Ze drinkt haar kop leeg – wat als er iemand is geweest die daadwerkelijk haar, en niet Ella, geprobeerd heeft angst aan te jagen? Omdat zij een scherpere rechercheur is dan Viktor? Hannah lacht even, oké, zo'n hoge dunk van haar eigen onderzoekskwaliteiten heeft ze nu ook weer niet. Maar waarom dan die schoten? Is Viktor er soms bij betrokken? Het koude zweet loopt langs haar rug, dit is het juiste moment om te stoppen met die complottheorieën. Ze moet iets nieuws bedenken.

De vrouw met de hond ziet er niet uitgesproken vriendelijk of dankbaar uit als Hannah zich voorzichtig in haar richting beweegt, balancerend met twee koppen koffie en een geslepen glimlach die uitnodigend moet lijken, maar haar er nog het meest als een idioot laat uitzien.

'Dag. Het spijt me als ik me opdring, maar het viel me op dat we hier allebei alleen koffie zaten te drinken en toen dacht ik... Ja, dat we dat misschien net zo goed samen konden doen.'

De vrouw kijkt met een lege blik naar Hannah, die zich net zo idioot voelt als ze eruit moet zien met de twee kopjes koffie in haar handen. Ze probeert het nogmaals met haar dwaze glimlach.

'Ik zie dat je nog ruimschoots koffie hebt. Stom van me...'

Hannah is bijna door haar woorden en haar waardigheid heen. Ze wil zich net omdraaien als de vrouw met de hond het ene kopje aanpakt en naar de barkruk naast haar wijst. Hannah aarzelt even, gaat dan zitten.

'Ik had je hond gezien. Wat een schatje.'

Hannah kijkt naar de hond en hoopt dat het niet al te makkelijk te doorzien is dat ze liegt. Hij kwijlt. Als ze hem nou maar niet hoeft te aaien. Wat voor ras zou het zijn? Hij kijkt haar met pluizige ogen aan, misschien is het een soort herdershond? De vrouw schenkt de koffie uit het kopje van Hannah over in haar eigen en drinkt voorzichtig. Er is iets rustigs aan haar handen dat bijna griezelig is – een zelfvertrouwen dat Hannah zenuwachtig maakt. Ze bestudeert haar nieuwe barvriendin. Van dichtbij lijkt ze niet de alcoholiste die Hannah eerst dacht dat ze was.

'Ik kom hier altijd om mijn koffie te drinken.'

De vrouw met de hond praat alsof ze Hannahs gedachten heeft gelezen.

'Ik ook.'

Hannah voelt zich dwaas. Wat een beroerd begin van een nieuwe kennismaking om in elke zin te liegen.

'Ik ben slechts op bezoek, dus ik ken hier niet zoveel mensen. Ik ben Hannah.'

De vrouw met de hond kijkt haar aan.

'Jij logeert bij Ella, toch?'

'Ja. Ken je haar?'

De vrouw met de hond knikt. Natuurlijk.

'Je hebt vast wel gehoord over de moord. Tragisch.'

De vrouw met de hond draait zich naar Hannah toe.

'Zeggen ze dat het moord is?'

O nee! Het is natuurlijk niet publiek bekend dat de dood van Thor wordt onderzocht als moord. Hannah kan haar eigen tong wel afbijten. Ze doet een poging de uitspraak terug te trekken, maar moord is een moeilijk woord om te reduceren.

'Sterfgeval, bedoel ik. De dood van Thor. Ik weet natuurlijk niet of er een misdrijf is gepleegd, maar volgens mij onderzoeken ze het toch altijd even.'

Onderzoeken ze het toch altijd even? Dit gesprek moet zo snel mogelijk worden afgesloten. Hoe lukt het haar om zo ongelooflijk onelegant te zijn dat ze iemand anders opzoekt om informatie uit die persoon te krijgen en in plaats daarvan uiteindelijk als de eerste de beste kletsmeier haar mond voorbij zit te praten? Goed, er moet iets zijn dat ze uit haar mislukte poging om nieuwe informatie te krijgen kan halen. De vrouw met de hond heeft een glazige blik gekregen, het lijkt erop dat de informatie over een mogelijke moord haar naar een heel andere wereld heeft gebracht en dat is natuurlijk ook heel logisch. Wie zou niet bang worden met een loslopende moordenaar in het dorp?

'Kende jij Thor?'

Hannah probeert haar gesprekspartner uit haar overpeinzing te trekken. Dat lukt. De vrouw met de hond kijkt haar aan, maar nu met een onbestemde blik in haar ogen. Is het angst? Ze schudt haar hoofd.

'Niet echt. Maar hij leek me een aardige jongen. Wat zonde dat hij zo jong moest overlijden.'

Hannah voelt opeens iets vochtigs op haar scheenbeen, ze kijkt naar beneden en ziet de hond zijn smerige bek aan haar broekspijp afvegen. Hij kijkt omhoog naar haar, smekend, piept lichtjes. Hannah trekt haar been naar zich toe, het baasje ontdekt wat het dier doet, trekt aan de lijn.

'Rex, nee! Het spijt me.'

'Geen probleem.'

Hannah zet haar dwaze glimlach weer op, is ervan overtuigd dat ze lijkt op een kinderlokker die op het punt staat een kind in haar bestelbus te gooien. Ongelukkigerwijs verlaat de vrouw met de hond de kruk, trekt de hond mee.

'Dank voor de koffie. En sorry voor het gekwijl.'

'Geen enkel probleem.'

Hannah glimlacht naar de hond en moet dan opeens aan iets denken.

'Trouwens, nog een dingetje... Ik weet wel dat het een wat gekke vraag is, maar jij hebt niet toevallig iemand in het dorp gezien die een wond aan zijn achterhoofd heeft... Van een klap met een fles?'

De vrouw met de hond kijkt Hannah aan alsof ze daadwerkelijk idioot is.

'Hoezo?'

'Het is gewoon... Laat maar.'

Hannah geeft het op. Maar dan doet de vrouw met de hond een stap terug, fluistert.

'Denk jij dat iemand met zo'n wond iets met de moord te maken kan hebben...?'

Hannah knikt voorzichtig. Wil niet meer van haar eigen moordverdenkingen onthullen, maar aan de andere kant wil ze ook geen spoor laten schieten.

'Die dakloze man. Hij heeft een grote bult achter op zijn hoofd.'

De vrouw met de hond kijkt haar ernstig aan.

'Gísli?'

Hannah is verrast, zou dat echt waar zijn? De vrouw met de hond aarzelt, knikt vervolgens. Maar voor Hannah meer kan vragen, zijn de hond en de vrouw de deur al uit. Hannah blijft zitten. Pas nu schiet haar te binnen dat ze de vrouw helemaal niet naar haar naam heeft gevraagd.

27

Gísli is natuurlijk niet in zijn schuilhut. Hannah heeft een extra whisky-koffie gedronken voor ze hiernaartoe is gegaan, want wat nu als Gísli de moordenaar is? Hannah vindt het moeilijk zich met de gedachte te verzoenen, misschien is dat de reden dat ze niet meer bang is – want Gísli valt om een of andere reden ver buiten haar radar voor mensen die tot moord in staat zijn. Maar misschien zijn we allemaal wel in staat een moord te plegen als de omstandigheden juist zijn? Hannah kan niet uitsluiten dat die voor Gísli die avond juist waren: hij kwam Thor tegen, ze kregen een soort van ruzie, er ontstond wellicht een handgemeen. Op wat voor manier ook weet Thor Gísli te slaan met een wodkafles en als tegenzet slaat Gísli Thor in zijn nek met een stomp voorwerp. Thor valt in het water. Gísli raakt in paniek, houdt Thors hoofd onder water tot het levenloze lichaam niet meer schokt. Onder schuld gebukt loopt hij daarna naar Bragginn en drinkt zich helemaal lam. Gaat terug naar de plaats van het misdrijf, maar ziet dan dat Ægir bezig is de overledene uit het water te trekken. Het klopt allemaal, bijna een beetje te goed. Hannah heeft ergens gelezen dat veel moordenaars ook degenen zijn die, nadat ze hun slachtoffer hebben omgebracht, contact zoeken met de politie. Als het waar is dat Gísli een wond heeft van de wodkafles, dan hij is met grote waarschijnlijkheid de dader. Bij de gedachte voelt ze een somberheid opkomen.

Ze kijkt hoe de golven tegen de stenen slaan, terwijl ze met haar benen onder zich getrokken in Gísli's koninkrijkje van een schuur zit te wachten. Er komt een gevoel in haar op, of eerder een verlangen. Een verlangen dat Margrét naast haar zit en naar dezelfde zee kijkt als zij. Ze krijgt het merkwaardig warm bij de gedachte. Stelt zich een nacht in de schuilhut voor, zij tweeën, in elkaar verstrengeld met de wind...

'Ik ben dol op bezoek!'

Hannah schrikt, beschaamd over haar fantasie, alsof die voor anderen zichtbaar is. Het is Gísli die zijn vrolijke hoofd naar binnen steekt. Het ziet er niet uit als het gezicht van een moordenaar, maar hoe ziet zoiets er eigenlijk uit? Misschien glimlacht het, zoals dat van Gísli, misschien heeft het vriendelijke rimpels bij de ogen en misschien kun je een schalkse zorg rond zijn mond aflezen, zoals dat het geval is met de man die voor haar staat. Hannah voelt haar hartslag omhooggaan als ze probeert rustig en beheerst te lijken.

'Ik wilde gewoon even zien hoe het met je was na die laatste avond.'

'Dank je. Dat is lief van je.'

Gísli gaat naast haar zitten, als iemand die oprecht ontroerd is over Hannahs bezorgdheid. Hij rommelt met een tasje met biertjes. Haalt er twee tevoorschijn, biedt Hannah de ene aan. Ze schudt het hoofd, ondanks alles is ze niet alcoholist genoeg om een lompenman van zijn drank te beroven.

'Het knaagt aan me.'

Gísli opent het biertje met zijn linkerhand, kijkt over zee. Hannah bestudeert hem aandachtig, haar bloed wordt nog steeds in sneltreinvaart rondgepompt. Ze probeert rustig te ademen. Zit hij midden in een bekentenis?

'De beelden van Ægir die Thor uit het water trekt. Ze komen steeds terug en maken me onpasselijk. Verdrietig.'

Goed, de bekentenis is ingetrokken. Hannah kijkt onderzoekend naar Gísli. Zijn er verwondingen van een wodkafles te bespeuren?

Dat valt moeilijk te zeggen, want zijn muts is een flink eind over zijn oren getrokken. Hannah houdt haar handen over haar eigen oren.

'Mijn oren vriezen er zowat af, zeg.'

Gísli kijkt haar aan.

'Je zou een muts moeten dragen. IJsland in november zonder muts is... Dom.'

'Ik weet het, ik ben hem thuis vergeten.'

'Wil je die van mij lenen?'

'Ik wil hem niet van jou afpakken.'

Maar voor Hannah nog meer weet uit te brengen heeft Gísli zijn muts al afgenomen en die op Hannahs verkleumde hoofd gezet. Hij stinkt, Hannah probeert er niet op te letten en niet te denken aan alle bacteriën die nu van Gísli's hoofdhuid op de hare worden overgebracht. Ze kan zichzelf er niet toe zetten om naar hem te kijken, het was bijna te eenvoudig om hem die muts te ontfutselen, zijn vriendelijkheid is veel te makkelijk te doorzien.

'Beter?'

Hannah knikt, glimlacht.

'Dank je.'

Langzaam draait ze zich naar hem toe, onderzoekt zijn hoofd. Het haar is samengeklit op een manier waarbij alleen een schaar zou helpen. Het plakt tegen zijn hoofdhuid, maar Hannah ziet niet direct een wond of een bult. Ze moet een excuus zien te vinden, zodat ze de andere kant van zijn hoofd kan onderzoeken. Ze gaat staan, spreidt haar armen uit naar de wind, die speels over het land buitelt.

'O! Wat heerlijk met die frisse lucht!'

'Heb je het niet koud meer?'

Hannah slaat haar armen om zichzelf heen, iets te luchthartig, iets te schijnheilig. Alsof ze net heeft ontdekt dat er wind en weer bestaan.

'Wij stadsmensen hebben een wonderlijke relatie met de natuur.

Wij houden ervan en hebben er tegelijkertijd een hekel aan. Het is als een ongemakkelijke date: we willen eigenlijk graag, maar weten niet hoe we ons erop moeten kleden.'

Gísli glimlacht. Neemt een slok van zijn bier.

Hannah keert terug naar de schuilhut, gaat nonchalant aan de andere kant van Gísli zitten. Ze kijkt naar hem, scant zijn hoofd op bewijzen voor moord. Ziet niets. Ze haalt diep adem, wil net moed vatten voor haar volgende zet die ze had gehoopt te kunnen vermijden. Dan aait ze hem over het haar.

'Je haar is prachtig.'

'Echt?'

'Echt. Je kunt zien dat het dik en mooi is, maar het zou best...'

'Een knipbeurt kunnen gebruiken...?'

Hannah knikt. Sluit haar ogen en betast Gísli's hoofdhuid, probeert het een vriendschappelijk gebaar te laten lijken, haar hand gaat over zijn schedel, niets, alleen samengeklit haar, geen bult, maar dan! Op zijn achterhoofd zit iets; een kleine uitstulping en iets wat voelt als een wond. Ze voelt nog een keer, duwt licht, zodat het zeer doet. Op hetzelfde moment pakt Gísli haar hard bij haar pols.

'Het spijt me, maar ik denk dat je iets verkeerd hebt begrepen.'

Het glimlachende gezicht is vervangen door een andere grimas die Hannah niet kan ontcijferen.

'Het spijt me, het was niet om...'

Gísli verwijdert haar hand uit zijn haar, maar houdt hem nog steeds vast.

'Ik ben niet... Het kan dan wel zijn dat ik jarenlang geen vrouw heb gehad, maar jij bent niet... Ja, niet mijn type dus.'

Hannah probeert een glimlach te onderdrukken. Gísli denkt dat ze hem probeert te versieren! En: hij wijst haar af. Zijn goed recht. Hannah gaat staan, half opgelucht, half geschokt dat ze inderdaad het bewijs heeft gevonden waar ze naar zocht. Ze zet de muts af en overhandigt die aan Gísli.

'Dank je. En sorry.'

Zonder verder afscheid loopt ze snel bij de hut weg, bij Gísli, bij de zee, de wind en al die gemengde gevoelens die de situatie heeft teweeggebracht. Ze moet haar zojuist bevestigde verdenking doorgeven aan Viktor en dat kan niet snel genoeg gebeuren.

De auto staat niet op de parkeerplaats, dus Viktor is vermoedelijk niet thuis. Hannah twijfelt daarom een moment. Als Margrét nu maar niet denkt dat Hannah voor haar is gekomen. Maar ze vergist zich: het is Viktor die opendoet en niet Margrét. Hannah wordt overweldigd door opluchting en teleurstelling tegelijk, wat een onbestemde gezichtsuitdrukking bij haar moet hebben opgeroepen, want Viktor ziet er heel bezorgd uit.

'Alles in orde? Is er weer iemand langs geweest die op het huis heeft geschoten...?'

Viktors hand is al bij zijn jas. Hannah houdt hem tegen.

'Nee, nee, alles is prima... Ik kom niet vanwege de aanval. Maar ik denk dat ik weet wie Thor heeft vermoord.'

Viktor lijkt verbaasd, hij kijkt Hannah onderzoekend aan, ze voelt een zeker wantrouwen, misschien omdat de whisky van vanochtend nog steeds licht in haar adem aanwezig is? Maar dan nodigt hij haar uit in zijn kantoor. Zonder woorden biedt Viktor haar koffie aan, ze knikt bevestigend en schraapt haar keel voor ze met haar verklaring begint.

'Ik weet wel dat het moeilijk te geloven is, maar die fles dus die ik heb gevonden...'

Hannah ziet dat Viktor nu al bezwaar wil maken, hij is het waarschijnlijk al beu om over die fles te horen, maar voor hij haar kan onderbreken gaat ze verder met haar verklaring.

'Ik weet best dat het niet het moordwapen is. Maar ik denk... Ik denk dat Thor de moordenaar ermee heeft geslagen, uit zelfverdediging. Het bloed was immers vers. En ik heb een beetje onderzoek verricht.'

Viktors wenkbrauwen schieten omhoog, dit is niet iets wat een politieagent onder druk, met een moordzaak op zijn bord, wil horen. Opnieuw een civiele inmenging.

'Ik dacht dat als ik de persoon kon vinden die een bult op zijn achterhoofd heeft, ik de moordenaar zou vinden. En nu heb ik een persoon gevonden met precies zo'n verwonding.'

Dramatische pauze.

'Gísli.'

Viktor slaat zijn armen over elkaar. Knijpt zijn ogen samen, op zijn voorhoofd komt een rimpel tevoorschijn.

'Hoe is het je gelukt om Gísli's hoofd op een dergelijke verwonding te onderzoeken?'

'Ik heb hem betast.'

'Je hebt hem betast?'

Er komt een tweede voorhoofdsrimpel bij. Alsof Hannah zojuist heeft gezegd dat ze de thuisloze heeft bepoteld. Wat ze dus ook heeft gedaan.

'Ik weet best dat het wat wonderlijk klinkt, maar... Het is me gelukt zijn hoofd aan te raken. Toen heb ik het gezien én gevoeld. De bult, de wond en het opgedroogde bloed.'

Viktor kijkt alsof hij had gewild dat ze nooit met die informatie bij hem was gekomen. Waarschijnlijk omdat hij verplicht is een dergelijke aanklacht te onderzoeken. Hij zucht en Hannah krijgt bijna medelijden met hem.

'Gísli heeft een trieste historie van betrokken raken bij vechtpartijen in de kroeg. Als hij heel dronken is en een slechte dag heeft gehad, kan hij nogal... Ja, dan is hij niet de vriendelijke persoon die hij anders is, wanneer hij maar halfdronken en half-depressief is.'

'Half-depressief?'

Dat klinkt niet als de Gísli die Hannah tot dusver heeft ontmoet. Maar des te waarschijnlijker is het dat hij geweld kan plegen met de dood als gevolg. Haar maag keert zich om bij de gedachte.

'Maar dat moet dan vrij eenvoudig te bewijzen zijn, denk je niet?

Ik bedoel, als het bloed van de fles matcht met Gísli's DNA...'

Viktor overweegt de situatie. Dan knikt hij.

'Ik zal ermee aan de slag gaan. Maar dit is mijn laatste waarschuwing: je moet stoppen mijn werk te doen, anders ben ik genoodzaakt jou in jouw werk te stoppen.'

'Mijn werk...?'

'Ik kan je weg laten sturen.'

Hannah kijkt Viktor sceptisch aan.

'Je kunt me terugsturen naar Denemarken?'

'Nee, dat bedoel ik niet. Ik kan je strafrechtelijk laten vervolgen voor bemoeienis met het werk van de politie.'

Hannah kijkt hem aan, sprakeloos. Hier komt zij aanzetten met cruciale informatie en dan krijgt ze zo'n dreigement om haar oren. Zonder verder nog iets te zeggen doet hij haar uitgeleide en sluit de deur achter haar.

28

Een briefje vertelt Hannah dat Ella niet thuis is, ze is bij Vigdis, wat Hannah opgelucht maar ook verdrietig maakt. Ze besluit haar wandaden van afgelopen nacht goed te maken door de deurstijl te repareren en herinnert zich dat ze een paar extra stukken hout in het schuurtje heeft gezien. Na geruime tijd rommelen lukt het haar iets te vinden dat op de juiste houtsoort lijkt en in een doosje vindt ze wat spijkers die een bruikbare grootte lijken te hebben. Weer mist ze een hamer, weer haalt ze het pikhouweel uit de woonkamer. Met een handigheid die haar zelf verrast, lukt het haar de deurstijl te repareren, zodat hij er misschien niet zo uitziet als hij was, maar in elk geval weer als een deurstijl oogt. Wat ervoor zorgt dat de deur normaal sluit. Hannah stofzuigt na afloop en besluit dat ze Ella's vertrouwen nooit meer zal beschamen. Vanavond zal zij eten maken en zich van haar minder lelijke kant laten zien. Het is weer donker geworden als Hannah buiten op het trapje bij de voordeur gaat zitten en een sigaret opsteekt. Opeens krijgt ze last van een schuldgevoel, want even geleden was ze er zeker van dat Gísli de moordenaar was, maar wat nu als hij het niet is? Wat nu als het DNA van de fles niet matcht met het zijne en hij zijn welwillendheid moet tonen om een pluk haar af te staan voor zo'n vergelijkend onderzoek dat hem verdacht maakt en ongetwijfeld zijn gevoel van afsluiting van de lokale samenleving vergroot? Aan de andere kant is het tegenovergestelde een haast nog ergere gedachte: dat de gezellige dorpsgek een moordenaar is. Hannah siddert. Als haar eigen theorie overeenkomt met de werkelijkheid, kunnen haar onderzoekende activiteiten bij Gísli haar dan in gevaar brengen? Misschien is het hoe dan ook goed om zich wat gedeisd te houden tot het is opgehelderd. Zodat ze niet zelf in de gevangenis eindigt, of nog erger: haar leven verliest.

Gelukkig puilen de keukenkastjes zo uit van de etenswaren dat Hannah noch boodschappen hoeft te doen noch hoeft te vrezen voor een kernramp. Er is zoveel proviand dat Ella het nog zou overleven als IJsland twee tot drie jaar lang van de levering van goederen zou worden afgesneden. Hannah maakt haar favoriete gerecht uit de vele jaren als vrijgezelle maaltijden-in-elkaar-flanser, het enige gerecht dat ze kan laten smaken als huisgemaakt: pasta in tomatensaus. Als ze in de pan met tomaten uit blik en kruiden staat te roeren, voelt ze zich ongekend thuis en verbazingwekkend veilig. Ze proeft voor en is bovengemiddeld tevreden – oké, het eten kon best een scheut rode wijn gebruiken, maar ze is klaar met het doorzoeken van het huis naar iets dergelijks. Bijna in een goed humeur gekomen dekt ze de tafel en steekt ze zelfs een kaars aan. Het is nu helemaal donker, de haard krijgt ook wat brandhout en een lucifer. Hannah gaat zitten wachten, nu kan het niet lang meer duren voor Ella thuiskomt. Als het halfnegen is, lijkt de spaghetti op wat het is: een goedkoop, klef gerecht. Daarbij is hij ook nog koud. Hannah trippelt voor de twintigste keer rond de tafel, kijkt weer naar de vaste telefoon, deze keer pakt ze hem. Ze bladert in Ella's adressenboekje, dat volledig is doorgehaald en daarom kost het een paar keer doorbladeren om het nummer te vinden dat ze zoekt. Het is Vigdis zelf die de telefoon opneemt, gelukkig. Hannah weet eerlijk gezegd niet wat ze zou hebben gedaan als het haar echtgenoot was geweest. Het gesprek is snel afgelopen. Vigdis vertelt dat Ella een paar uren geleden is weggereden. Hannah legt de telefoon neer met een onrustig gevoel in haar lichaam. Een paar uur geleden? Wat heeft ze dan in hemelsnaam gedaan? Plotseling realiseert Hannah zich dat ze Ella's mobiele telefoonnummer niet heeft, merkwaardig, want ze heeft zelf gezien dat Ella een mobieltje heeft, zo'n heel moderne zelfs. Waarom heeft ze er niet aan gedacht die te bellen? Hannah laat het eten staan, grijpt haar jas en stapt de deur uit. Maar ze is nog niet buiten of de koplampen van Ella's auto draaien voor het huis langs. Hannah blijft als een ongeruste moeder staan, terwijl ze haar gastvrouw uit de auto ziet stappen.

'Waar was je?'

Ella geeft geen antwoord, loopt Hannah gewoon voorbij; er is iets in haar blik, een woede die nieuw is. Hannah kijkt haar na. Kan ze nog steeds zo boos zijn over die deurpost? Ze rent achter Ella aan, het huis in.

'Ik heb de deurpost gemaakt, of het geprobeerd in elk geval, het is natuurlijk niet zoals...'

Maar Hannah krijgt niet de kans om uit te praten, Ella schrijft iets op een papiertje.

IK GA NAAR BED.

Voordat Hannah haar plakkerige gerecht kan tonen is Ella in haar slaapkamer verdwenen. Na de situatie een moment te hebben beoordeeld gaat Hannah zitten en eet ze de koude pasta. In de open haard is het vuur bezig uit te gaan en Hannah weet niet precies of ze ongerust moet zijn, nieuwsgierig of bang dat ze uit haar onderkomen wordt gegooid. Die zekerheid krijgt ze hoe dan ook pas morgen.

Het is onmogelijk iets te schrijven, dus Hannah gaat, lichtjaren te vroeg volgens haar inwendige klok, in bed liggen. Maar de slaap laat op zich wachten, dus pakt ze de saga erbij, probeert de plek te vinden waar ze was gebleven. Ze verbaast zichzelf als ze het boek veertig minuten later weglegt, ze heeft het uitgelezen. Het was zelfs spannender dan ze had gedacht. Een beetje te veel drama naar haar smaak, maar onderhoudend en misschien zelfs tot nadenken stemmend. Je woord houden. Steeds dezelfde vergissingen begaan, is de mens werkelijk zo dom? Hannah weet niet tot een antwoord te komen, voor ze in slaap valt.

De politiecommissaris krabde aan zijn baard, nu zat hij met drie moorden in zijn maag, en de twee nieuwe waren niet direct eenvoudiger op te lossen dan de eerste. Zijn primaire theorie was natuurlijk dat de moordenaar dezelfde kon zijn. Maar de methode was zo markant anders dat het bijna moeilijk was je dat voor te stellen. De eerste was subtiel uitgevoerd door een klap met een stomp voorwerp tegen het achterhoofd en een duw in de haven; de andere twee beestachtige steekmoorden waren gepleegd in de woningen van de slachtoffers in kwestie. Het moesten twee verschillende moordenaars zijn. Maar als er in zijn kleine dorp maar liefst twee moordenaars vrij rondliepen, hoe kon dat dorp dan ooit weer zichzelf worden?

Hannah klakt tevreden met haar tong. Vroeg naar bed en vroeg opstaan om te schrijven is eigenlijk niet zo'n heel verkeerde cocktail voor een schrijver, nu rode wijn en laat naar bed buiten bereik zijn. Ze luistert even. Ella's gerommel in de ochtend klinkt bekend, en als ze haar vlammende blik van de avond ervoor niet had gezien, zou Hannah haast denken dat alles normaal was. Hannah opent het raam, zeldzame zonnestralen in november vinden hun weg naar binnen. Ze haalt een keer diep adem, ja, de lucht is hier veel frisser.

Het is echt alsof Ella alles is vergeten wat er van de dag ervoor te vergeten viel, de koffie wordt ingeschonken op het moment dat Hannah zich op de trap laat zien en er liggen versgebakken broodjes op tafel. Ella glimlacht. Hannah zegt haar goedemorgen, checkt de situatie. Die is prima. Ella's vriendelijke humeur is echt.

'Gisteravond. Wat heb je gedaan?'

Ella kijkt Hannah vragend aan. Schrijft iets op.

BIJ VIGDIS.

'En daarna?'

Ella voegt een zin toe.

DE HELE AVOND.

Hannah staat op het punt te protesteren, wil vertellen van haar telefoontje naar Ella's zus, maar iets zorgt ervoor dat ze zich bedenkt. De goede stemming kan fragiel zijn, er is geen reden om die te verstoren. Het is niet ondenkbaar dat Hannah Vigdis verkeerd heeft begrepen; dat Ella zo'n tien minuten eerder was vertrokken en niet een paar uur. Ze eten in stilte hun broodjes. Ella leest de krant, Hannah schrijft wat in haar blocnote. Ze heeft een idee gekregen voor een twist in haar misdaadroman; er moet een paard in voorkomen. Net als in de saga moet er een paard zijn waarop niemand mag rijden, maar dat de ene moordverdachte steelt om erop weg te komen. Weg, waarheen? Hannah klikt met haar balpen, een irritante gewoonte die Ella haar wenkbrauw over de krant heen doet fronsen. Hannah ziet het.

'Neem me niet kwalijk, maar ik moest aan iets denken. De laatste paar dagen zijn een beetje... ongewoon geweest. Maar ik zat eraan te denken of... Ik heb nog helemaal niets in de omgeving gezien. Ik zou graag eens de natuur in gaan. Te paard.'

Ella kijkt haar aan alsof ze het niet helemaal heeft begrepen. Of alsof ze zich Hannah op een paard probeert voor te stellen. Waarschijnlijk dat laatste, want de oude dame laat een glimlach zien. Knikt vervolgens.

'Farðu þangað. Það er best.'

Ze schrijft een adres op en Hannah neemt het dankbaar in ontvangst.

'Zijn ze vandaag open, denk je?'

Ella knikt. Hannah bedankt haar voor het ontbijt, helpt mee opruimen en afwassen. Ze slaat de douche over. Er is geen reden om je schoon te schrobben als je naar een paardenstal gaat. Ze merkt dat ze zich verheugt op dit spontane uitstapje, en met een zekere spanning start ze Ella's oude Jeep, die ze voor dit doel mag lenen.

De plek is eenvoudig te vinden. Behalve de heel nauwkeurige routebeschrijving van Ella zijn er ook bijna de hele weg borden. Maar als Hannah bij 'Guðmundurs paardenboerderij' aankomt, schrikt ze zo erg dat ze zonder nadenken keihard op de rem trapt. Dit kan niet waar zijn. Het kan hem niet zijn. Het *kán* hem niet zijn.

29

Hannah blijft een poosje in de auto zitten, heeft zin om te keren, of achteruit weg te rijden, daar zien weg te komen. Maar iets, aangestoken door woede en nieuwsgierigheid, trekt aan haar om te blijven. Ze haalt diep adem en is onzeker over wat er nu zal komen, ze besluit de confrontatie met de situatie aan te gaan. Fuck zeg, hij moet hier niet komen en zich in haar territorium invreten.

Hij glimlacht als hij haar ziet, alsof hij had verwacht dat ze – en precies vandaag – ook hier zou verschijnen. Alsof ze een afspraak hadden. De onsmakelijke, wit gebleekte tanden zien er onecht uit als ze met een brede, geveinsde glimlach worden ontbloot. Hannah stikt bijna bij de aanblik van fucking Jørn Jensen.

'Wat doe jij hier in godsnaam?'

'Nou zeg, dank voor je hartelijke welkom! Ik vind het ook fijn om jou te zien.'

'Nee, ik meen het. Wat doe jij hier in godsnaam?'

Hannah loopt naar Jørn toe als een huiseigenaar die zijn private eigendomsrecht uitoefent. Ze werpt hem een kritische blik toe. Hij draagt rijlaarzen, een vrijetijdsbroek, een outdoorjack van een duur Noors merk. Met een paardrijhelm onder zijn arm lijkt hij iemand die zich voor de werkelijkheid heeft aangekleed.

'Ik kreeg zin om op IJslandse paarden te rijden. Ik heb sinds mijn jeugd niet meer gereden.'

'In Denemarken zijn ook paarden.'

'Maar niet zo'n prachtige natuur. Ik ben hier om te researchen voor mijn nieuwe boek. Ik ben al enorm geïnspireerd, ik bedoel – kijk eens om je heen! Het is toch onbeschrijflijk.'

Jørn spreidt zijn armen. Als een dichter die een waarheid heeft ontdekt die hij met het gepeupel wil delen. Hannah wordt een beetje duizelig.

'Je ziet er superstom uit in die kleding.'

Hannah slaat zich mentaal voor haar hoofd. Dat was niet wat ze moest zeggen, wat ze had moeten zeggen was: jij bent hiernaartoe gekomen om mijn project te verstieren, een spaak in mijn schrijverswiel te steken en mij mijn motivatie te ontnemen.

'We kunnen natuurlijk niet allemaal zo elegant zijn als jij.'

Jørn glimlacht opnieuw. Hannah realiseert zich hoe mallotig zij er eigenlijk zelf uit moet zien in de oude kleren die ze van Ella heeft geleend. Ze beweegt zich ongemakkelijk in de veel te grote wollen trui, die kriebelt onder de versleten en iets te kleine, geoliede jas.

'Waar is Bastian?'

Jørn kijkt verbaasd.

'Ik weet dat jullie zo'n beetje hartsvriendinnen zijn geworden. Weet hij dat je hier bent?'

Jørn aarzelt wat. Dan knikt hij.

'Het was eigenlijk zijn idee. Hij dacht dat het jou wellicht kon motiveren om mij te zien. Dat het jou een duivelse wilskracht zou geven om de weddenschap te winnen als jij mijn superstomme smoel zou zien.'

Shit. Waarom moet hij nou zo kordaat en met zelfspot reageren? En waarom moet Bastian haar verdorie zo goed kennen dat hij weet wat werkt? Maar de centrale vraag is in werkelijkheid een heel andere: waarom werkt Jørn Jensen er in hemelsnaam aan mee om deze tamelijk geavanceerde gimmick in scène te zetten, als hij weet dat het Hannah kan helpen haar misdaadroman te schrijven? Of misschien weet hij werkelijk niet welke rol hij speelt? Hannah heeft het nog maar net gedacht of Jørn laat zien dat ze gelijk heeft.

'Bastian dacht dat je er wellicht ook baat bij zou hebben als ik je wat hielp. Je een paar tips gaf en zo.'

'Een paar tips?'

'Voor het geval je was vastgelopen.'

Bastian weet heel goed dat ze zich nog liever met een bot broodmes in haar arm zou snijden dan detectivetips van Jørn te krijgen. Maar Jørns theorie vertelt haar twee dingen over hem. Een: hij gelooft in zijn wildste fantasie niet dat zij op welke manier dan ook in staat is het project te volbrengen. En twee: hij is gekomen om haar nederlaag van dichtbij te volgen, om te zwelgen in haar ellende. Nee, om de duvel niet, geen enkele kans, dat genoegen zal hij niet krijgen! Op dit moment haat ze hem meer dan ooit, zoals hij daar staat, midden in een paardenstal en met tientallen miljoenen op zijn bankrekening en een rotsvast geloof in zichzelf als redder van de literatuur. Een man – vast de eigenaar van de boerderij – komt aanlopen met een pony, die er veel te kortbenig en mollig uitziet om een volwassen persoon te kunnen dragen. Jørn gespt zijn helm vast en stijgt op het paard, zonder hulp. Zijn voeten komen bijna op de grond. God, wat ziet hij er dom uit.

'Als je wilt, kunnen we samen de natuur in trekken. Ik heb mijn eigen gids besteld, je kunt gratis mee.'

'Dank je, maar ik ga nog liever dood dan samen met jou rondrijden.'

'Ik dacht wel dat je dat zou zeggen.'

Jørn tikt tegen zijn helm, een gebaar dat er vast cool en adellijk uit moet zien, maar dat hem nog idioter laat lijken. Als hij het paard keert en het in lichte draf zet, springt hij op en neer op de rug van het paard als het Elvispoppetje van Ella achter de voorruit van haar auto. Hannah heeft haar hele leven nog nooit zoiets door en door irritants gezien.

Een bruin en betrouwbaar paard in kinderformaat is wat Hannah aangereikt krijgt na een uitgebreid gesprek met de eigenaar. Ze aarzelt even, voor ze probeert erop te komen. Ze heeft nog nooit op een levend dier gezeten en het voelt als een klein vergrijp. Maar dan wint het verstand het van het zelfingenomen gewauwel: het is toch de natuur van het paard om als transportmiddel voor de mens te opereren. Bovendien, als Jørn het kan, kan zij het ook. Hannah pakt de teugels beet, plaatst haar ene voet in de stijgbeugel en stijgt op. Verrassend probleemloos. Daarentegen werpt ze een bezorgde blik op het grote gezin uit Zweden, met wie zij de begeleide tocht zal maken. Typisch dat de eerste keer dat ze andere toeristen tegenkomt is wanneer ze zelf heeft besloten te spelen dat zij er een is. De kinderen hebben hun paarden al flink wild gemaakt, waarbij ze in rondjes over het erf draven, en de antiautoritaire opvoedingsadviezen van hun ouders lijken geen enkel effect te sorteren. Hannah besluit om helemaal achteraan in de groep te blijven. Zij wil niet uit het zadel worden gegooid door de paardenkoorts van de Zweedse kinderen. Voorzichtig trekt ze de teugels aan en buigt naar voren om het paard een klopje te geven, een teken van vertrouwen met de wens voor een rustig ritje. Maar op hetzelfde moment wordt de groep door de IJslandse gids in gang gezet – een man van ongeveer vijftig jaar met een verweerd gezicht en lange manen die op die van het paard lijken – en Hannahs bruine merrie snelt naar voren. Hannah klampt zich aan het dier vast. De rijhelm, die veel te groot is, zakt over haar voorhoofd, zodat ze niets meer ziet. Op het moment dat ze de gids passeert, weet ze nog een lachende opmerking op te vangen.

'Jij hebt het leiderpaard!'

Hannah herinnert zich nu zijn inleidende opmerkingen over het paard als groepsdier met een elementair vluchtinstinct en ze heeft onmiddellijk spijt van het bespottelijke idee van een tochtje te paard. Ze ziet haar eigen dood voor zich; van het paard gegooid en doodgetrapt door het complete Zweedse gezin dat gewoon over haar heen draaft, zodat paardenhoeven niets van haar lichaam heel laten. Maar precies op het moment dat ze deze gedachte heeft gedacht stopt het paard met zijn tölt en stapt net zo bedaard richting de brede horizons. Hannah kijkt nerveus achterom, ze rijdt vooraan: vlak achter haar de glimlachende gids met de lange manen en achter hem het grote gezin. Ze probeert te ontspannen, nu wil ze een zijn met de natuur.

Het ís wonderschoon. Hoewel de late herfstkou in haar wangen, vingers en voeten bijt, kan Hannah niet verhinderen zich door de vele gele nuances te laten overweldigen; plekken groen, bruin en rood brengen bijna een grondsmaak in haar mond. De lucht is blauwig met nevelige, grijze wolken, en het ziet eruit alsof er wat meer sneeuw op de bergtoppen is gekomen. Hannah schuift wat heen en weer op het zadel. Ze is blij dat ze slechts de korte tocht heeft geboekt. Hannah zuigt de heldere, frisse lucht diep in haar longen, probeert zichzelf te vullen met de omgeving, te voelen waar ze is. Dat helpt een beetje. Het paard schommelt vooruit, ze probeert zijn bewegingen te volgen. Ze komt op adem. Voelt zich een stukje opgeluchter. Misschien moet ze proberen te voorkomen dat ze zich laat opfokken. Haar boek schiet op, als ze gewoon geconcentreerd blijft en zich niet laat afleiden, kan het zijn dat Jørn weer snel naar huis vertrekt. Misschien hoeft ze hem helemaal niet weer te zien. Die gedachte lucht haar enigszins op. Het dorp is dan wel niet bijzonder groot, maar ze kan de komende dagen binnenblijven. Het café en andere openbare plekken mijden. Vergeten dat Jørn hier is. Ja, dat zal ze doen. Ze wil zich niet door hem laten opfokken, hij mag de kans niet krijgen de dikke spaak in haar bijna goed draaiende detectivewiel te worden.

Ze zijn nu bij een kleine beek aangekomen en het paard blijft automatisch staan. Hannah draait zich om naar de menselijke paardenstaart. Hij knikt.

'Rij maar gewoon door.'

'Doorrijden?'

'Geen paniek, je wordt niet nat. Het paard is het gewend.'

Hannah kijkt sceptisch over het stromende water, het ziet er ijskoud uit. Maar voor ze meer kan doen, klakt de paardenstaart al met zijn tong en begint het paard het water in te lopen. Hannah slaakt een gilletje en klampt zich aan het paard vast, dat gewoon verder plonst, waardoor haar broekspijpen helemaal nat worden. De rijhelm zit weer over haar ogen. Ze hoort de Zweedse kinderen achter zich grinniken. Midden in het water blijft het paard staan. Hannah tilt haar helm een beetje omhoog en kijkt nerveus om zich heen, wat nu? De rest van de groep staat nog steeds op de oever, Hannah draait zich stuntelig naar hen om.

'Is dit de juiste route?'

'Ja, je hoeft alleen het water maar over te steken.'

Hannah kijkt naar voren. Vindt dat het nog een eind is naar de andere oever. Waarom komen de anderen niet het water in als dit de juiste route is? Ze kijkt weer naar achteren, steekt vragend haar armen uit, de paardenstaart geeft te kennen dat ze door moet gaan. Hannah geeft het paard een voorzichtige schop in de flank en probeert het een paar keer met hup, hup, maar het dier komt niet van zijn plek. Het begint koud te worden om haar natte benen, ze wil graag zo snel mogelijk uit deze watertoestand weg.

'Harder!'

De gids roept vanaf de kant.

'Schop harder!'

Het valt Hannah niet gemakkelijk om het paard harder te schoppen, maar ze laat toch haar beide benen naar buiten steken en ramt dan haar hakken in de flanken van het dier. Onmiddellijk spurt het paard zo snel weg dat Hannah haar evenwicht verliest en schuin achterovervalt, de teugels glijden uit haar handen en ze belandt met een grote plons in het water. Aargh! Zoiets kouds heeft ze nog nooit meegemaakt! Even denkt ze dat ze dood zal gaan, ze spartelt met haar armen en benen, maar vindt dan houvast op de lage bodem. Het ijswater sijpelt onder haar huid. Op de oever brullen die Zweedse kutkinderen van het lachen, terwijl hun ouders hen tevergeefs proberen stil te krijgen. De man met de paardenmanen is al heroïsch onderweg naar haar toe. Hannah weet overeind te komen, staat op het punt in huilen uit te barsten. Dan denkt ze aan het paard, kijkt op en ziet dat het naar de andere oever is gerend. Maar het is niet alleen. Ernaast zit een andere IJslandse gids op zijn paard en naast hem nog een persoon te paard. Jørn Jensen. Hij steekt zijn arm omhoog.

'Beweeg! Het is belangrijk om te blijven bewegen, zodat je niet onderkoeld raakt en doodgaat!'

30

Haar tanden willen niet ophouden met klapperen. Dat is het verraad van haar lichaam, dat de schrik niet wil loslaten. Hannah voelt aan haar huid, die is gloeiend warm, er lopen druppeltjes zweet overheen. Ze zit met een handdoek om zich heen in de sauna op de paardenboerderij. De deur gaat open. De man met de lange manen steekt zijn hand naar voren, erin heeft hij een fles whisky. Nog nooit is Hannah zo blij geweest een man met een te kleine lendendoek en een te lange paardenstaart te zien. Ze kan niet anders dan knikken. Hij komt binnen, doet de deur achter zich dicht. Hij gaat naast haar zitten, bijt de kurk uit de fles, geeft de fles aan haar. Hannah pakt hem aan, neemt een flinke teug. Voelt de vloeistof haar lichaam van binnenuit brandmerken. De gids neemt ook een slok. Duwt de kurk erin terug.

'Gaat het een beetje beter met je?'

Hannah knikt, met alcohol in haar bloed voelt alles een beetje beter.

'Het is echt nog nooit eerder gebeurd. Je krijgt natuurlijk je geld terug.'

Hannah schudt het hoofd, dat geld maakt niet uit. De vernedering kan ze toch niet afkopen. Ze knijpt haar ogen samen, probeert de aanblik van Jørn op de andere oever te vergeten. Alles in haar brandt. Het rillen van haar lichaam ebt weg. Er komt een gedachte in haar op, ze draait zich om naar de man met de paardenmanen.

'Wist hij dat ik hiernaartoe zou komen?'

'Die andere Deense schrijver?'

'Hij is geen schrijver, hij is een franchise.'

Hannah heeft een beetje spijt dat ze zo bruusk antwoordt. De man met de paardenmanen kan er tenslotte ook niets aan doen.

De warmte van de kachel tekent druppeltjes zweet op de huid van de IJslandse gids, hij staart voor zich uit, overpeinst zijn antwoord. Knikt dan. Richt zijn blik op Hannah.

'Is hij je geliefde of zo? Hij leek heel blij je te zien.'

Hannah snuift. Geliefde? Ze neemt een extra slok van de whisky. Hij smaakt bitterder dan zo-even.

'Vijand?'

De man met de paardenmanen pakt de fles uit Hannahs hand als hij het vraagt. Hannah sluit haar ogen, laat de whisky aan de binnenkant van haar huid branden.

'Ik haat alles aan hem. Ik haat de manier waarop hij glimlacht, ik haat het geluid van zijn stem en ik haat alles waar hij voor staat. Ik haat het feit dat hij zich schrijver noemt, ik haat zijn boeken en ik haat dat mensen hem lezen en hem mogen. Ik haat zijn succes.'

Hannah opent haar ogen, het is heel donker in de sauna. Ze voelt zich opgelucht over haar eigen, ongebruikelijke eerlijkheid. De man met de paardenmanen gaat staan, giet water op de kachel, doet zijn lendendoekje af, slaat met de handdoek zodat een golf van warmte zich in hun beider lichamen vreet. Hij gaat weer zitten, leunt achterover. Ze nemen de warmte tot zich.

'Ik was ook altijd jaloers op het succes van andere mensen. Ik besteedde altijd veel tijd aan het vloeken over dat minder talentvolle mensen dan ik kansen kregen waarvan ik alleen maar kon dromen.'

Hannah kijkt hem aan.

'Op welk gebied?'

'Toneel.'

Hannah knikt.

‘Wat zorgde ervoor dat jij ophield hen te haten?’

De man met de paardenmanen aarzelt. Hij kijkt naar het vuur.

‘Niets, dat doe ik nog steeds.’

‘Maar je bent gestopt met toneelspelen?’

Hij knikt.

De rit naar huis duurt lang. De Jeep hobbelt op de onverharde weg, het is al donker aan het worden, hoewel het voelt alsof de dag net is begonnen. Hannah doet het groot licht aan. Ze is altijd al een nachtmens geweest, maar de vele varianten van het donker beginnen haar dwars te zitten. Hopelijk raakt ze niet in een regelrechte winterdepressie voor haar boek af is. Hannah heeft niet veel paardeninspiratie opgedaan. Ze stelt geïrriteerd vast dat Jørns sabotage niet alleen haar motivatie ondermijnt, maar ook haar research. Maar het thema voor haar misdaadroman staat voor haar nu definitief vast: wraak. Wraak in alle vormen die je je kunt voorstellen. Maar misschien moet ze ook een beslissing nemen wie de moordenaar is, want er moeten waarschijnlijk nog een paar extra verdachten ten tonele verschijnen voor het echt spannend wordt. Ze gaat wat sneller rijden, ze moet naar huis om een moordenaar te vinden.

Uitvoerige verhoren van alle plaatselijke bewoners hadden geen nieuw licht op de zaak geworpen, het was alsof er collectieve vergeetachtigheid was uitgebroken wat de nacht van de moord op Tore betrof, en de beestachtige moord op zijn vader en moeder liet de lokale samenleving eveneens zwijgen. De politiecommissaris was zelf in het dorp geboren en getogen, hij kende iedereen en zou moeten kunnen uitrekenen wie de moordenaar was, alleen door hun gedrag te analyseren. Was iemand veranderd, had iemand nieuwe gewoonten gekregen? Was hij of zij afgeweken van het oude? Hij krabde aan zijn baard, misschien kon je op een kleine selectie van de bevolking technisch onderzoek laten doen? Alleen maar om te kijken of het ertoe zou leiden dat iemand begon te praten. Maar dat zou waarschijnlijk een berg losse geruchten en lasterpraat teweegbrengen, hij moest voorzichtig te werk gaan.

Hannah kijkt op, krijgt opeens de gedachte dat ze niet weet of de werkelijkheid het model vormt voor haar misdaadroman of dat haar misdaadroman misschien ronduit vooruitloopt op de werkelijkheid. Het is in elk geval geen heel slecht idee om te onderzoeken of iemand in het dorp zich merkwaardig is gaan gedragen. Iemand die erg op zichzelf is geworden of er misschien zelfs voor heeft gekozen het dorp te verlaten? Met dat spoor wil Hannah morgen verdergaan, maar eerst moet ze iets doen wat ze de hele avond al voor zich uit heeft geschoven. Ze pakt de nieuwe telefoon, die ze onderweg naar huis heeft gekocht. De plaatselijke winkelier heeft haar die verkocht en haar geholpen hem aan de praat te krijgen met prepaidkaart en alles. Het is onmogelijk om Bastian te bereiken, na drie vruchteloze pogingen achter elkaar geeft ze het op. Fuck hem. Ze bekijkt haar telefoon alsof die een verraderlijke samenzweerder is, haar theorie wordt versterkt: Bastian heeft geheid de mogelijkheid aangegrepen om haar te lozen. Het succes van haar laatste boek bij de recensenten ligt ver achter hen en hij besteedt veel energie aan iemand die vrijwel alleen maar moeilijkheden veroorzaakt. Vanzelfsprekend heeft hij haar eigen idiote idee om een misdaadroman te schrijven aangegrepen, hij heeft dat op prijs gesteld en heeft bij haar aangedrongen het uit te voeren. Alleen niet met het doel dat ze daadwerkelijk een misdaadroman zal uitgeven, maar dat ze eigenhandig haar schrijverscarrière definitief weet te ontmantelen. Hij wordt van haar verlost, kan zich concentreren op andere, veelbelovender auteurs. Maar zou hij dat echt doen, hij die haar al zoveel jaren kent, hij die zij haar vriend noemt? Misschien houdt de vriendschap niet eeuwig stand, misschien kun je van iemand als Hannah genoeg krijgen. Hannah moet even iets wegslikken. Als zij het type was dat huilde, zou ze op dit moment helemaal betraand zijn. Ze probeert zich te concentreren op dat idee, test het vanuit een nieuwe invalshoek, probeert het met haar rationele geest af te keuren, maar het helpt niets. Hij zit vast. Langzaam wint de woede het van haar zelfmedelijden. Het zal verdorie niet waar zijn! Daar mag hij niet in slagen; dat hij haar gewoon kan dumpen en dan zijn geld op Jørn Jensen zetten. Ze zal die misdaadroman schrijven, al wordt het het laatste boek dat ze schrijft.

Hannah trilt nog steeds als ze haar jas pakt en tegen Ella zegt dat ze een avondwandeling wil maken. Ella, die voor de open haard op een notitieblok zit te krabbelen, kijkt op. Wenkt Hannah naar haar toe. Hannah aarzelt, ze heeft hier nu geen tijd voor. Ze gehoorzaamt toch.

'Wat is er, is er iets aan de hand?'

Ella noteert iets op haar blok. Hannah staat te trippelen. Leest. Krijgt een wee gevoel in haar buik. Leest het nog een keer extra.

'Heeft Margrét gebeld? Voor mij?'

Ella knikt.

'Waarom?'

Ella schudt haar hoofd, keert terug naar haar notitieblok. Hannah kijkt even naar haar. Kijkt dan over Ella's schouder mee.

'Wat ben je aan het schrijven?'

Ella pent weer iets neer, houdt het omhoog voor Hannah, die leest. DE TOESPRAAK VOOR THORS BEGRAFENIS. Het is een vrieskoude avond wanneer Hannah de deur achter zich dichtgooit en het donker in stapt.

31

Hannah haalt een keer diep adem als ze voor de deur van Viktor en Margrét staat. Wat zou Margrét van haar willen? De deur gaat open, voor ze zichzelf ertoe kan zetten aan te kloppen. Margrét kijkt haar aan alsof ze de hele avond niets anders heeft gedaan dan op Hannah wachten. Er straalt een ongebruikelijk hectische energie van haar af, Hannah glimlacht, maar dit wordt niet beantwoord. Zonder een woord te zeggen maakt Margrét plaats, zodat Hannah mee naar binnen kan komen. Hannah stapt naar binnen, kijkt wat nerveus om zich heen.

'Viktor?'

'Weg.'

Hannah bekijkt Margrét, die naar iets zoekt in een lade. Ze is zelfs mooi in een oude spijkerbroek en een versleten T-shirt, maar het is onmogelijk om iets aan haar gezicht af te lezen. Hannah heeft zin om Margréts hand te pakken, haar te kussen, haar op de grond te leggen, hier in de hal, haar de kleren van het lijf te trekken, haar huid te voelen...

'Kom.'

Margrét onderbreekt haar gedachten. Maar het is geen uitnodiging tot erotiek, het is een beslist, kil bevel. Een order. Margrét loopt met vaste, doelgerichte stappen. Hannah is verward, waar gaan ze naartoe? Ze durft het niet te vragen, volgt haar gewoon.

Margrét opent een afgesloten deur, de sleutel heeft ze aan een kleine sleutelbos. Hannah is vlak achter haar. Margrét doet het licht aan en Hannah herkent nu Viktors kantoor, of het politiebureau. Het verbaast haar dat er vanuit het huis zelf toegang is, maar aan de andere kant begrijpt ze ook wel dat Viktor er niet van houdt om via deze weg gasten te ontvangen. Hen dwars het erf over slepen komt wat officiëler over. Margrét doorkruist in drie passen het kantoor, doet dan een andere deur van het slot. Hannah blijft staan. Achter de deur zit Jonni op zijn bed, hij kijkt op naar Hannah. Half mens, half spook.

'Je hebt tien minuten totdat Viktor terugkomt.'

Margrét knikt naar Jonni en Hannah begrijpt nu dat ze zojuist haar eerste grote geschenk in het onderzoek heeft gekregen. Een onofficieel interview met de hoofdverdachte.

Margrét blijft in het vertrek staan, knikt uitnodigend naar Jonni. De deur heeft ze open laten staan, alsof ze er zeker van is dat hij niet zal vluchten. Ze zegt iets in het IJslands. Jonni knikt lichtjes. Kijkt naar de grond.

'Je kunt hem alles vragen wat je wilt.'

Hannah knikt, trekt een stoel voor Jonni en gaat zitten. Probeert een intieme ruimte tussen hen te creëren.

'Jij was samen met Thor op de avond dat hij overleed?'

Jonni knikt.

'En jullie hadden ruzie?'

Jonni kijkt wat onzeker naar Margrét, maar zij knikt uitnodigend. Hannah krijgt medelijden met de jongeman, die in zijn trainingsbroek en zijn enigszins te grote, zwarte T-shirt nog het meest een kleine jongen lijkt.

'Ja, we hadden ruzie. Maar ik heb hem niet vermoord.'

'Dat weet ik.'

Strikt genomen kan Hannah dat natuurlijk niet weten, maar haar buikgevoel zegt haar dat Jonni onschuldig is.

‘Maar waarom kwam je dan met een jachtgeweer naar het huis van zijn ouders?’

Jonni staart naar de grond. Het lijkt alsof de tranen zich aandienen. Hij aarzelt. Hannah geeft hem de tijd.

‘Wij… Thor was mijn vriendje.’

Jonni kijkt op. Hannah vangt zijn blik. Plotseling ziet de wereld er heel anders uit. Puzzelstukjes vallen op hun plek. De barman in zijn leren vest in het café die vond dat Thor anders was dan de andere jongeren. Margréts aarzeling met betrekking tot hoe goed zij Thor kende. Jonni’s haat jegens Ægir, die niet een persoon lijkt die het fijn zou vinden dat zijn enige zoon homoseksueel is. Hannah heeft zin om zichzelf voor haar hoofd te slaan omdat ze zo traag van begrip is geweest; dit had ze toch allang moeten vermoeden! Ondanks haar eigen… iets wat ze als een onheldere seksualiteit zou omschrijven, is ze vaak blind voor het feit dat anderen iets anders kunnen zijn dan heteroseksueel. Misschien omdat de wereld is ingericht alsof alle mensen zo zijn. Ze probeert de irritatie over haar blinde vlek kwijt te raken en keert terug naar de gedachte aan Ægir – was hij die avond misschien de aanleiding voor de ruzie tussen de twee jongens? Hannah hoeft het niet eens te vragen.

‘Ægir wilde dat Thor het met mij zou uitmaken. Hij was er net achter gekomen – die avond.’

‘En deed hij dat – heeft hij het uitgemaakt met je…?’

Jonni schuift weer onrustig heen en weer. Schudt dan zijn hoofd.

‘Maar hij was buiten zinnen. Zei dat hij niet wist wat hij moest doen. Zijn vader had hem het huis uit gegooid en dat maakte dat hij helemaal in paniek was. Thor was heel dik met zijn ouders.’

Hannah knikt.

‘Enig kind. Een mirakel.’

Jonni vecht tegen zijn tranen. Margrét kijkt op haar horloge. Hannahs hersenen knetteren, ze heeft wel duizend vragen, maar kan ze niet allemaal stellen. Ze moet de belangrijkste eerst nemen. Over de nacht van de moord.

‘Wat is er daarna gebeurd? Na jullie ruzie?’

Jonni haalt zijn schouders op.

‘Wij... Ik zei dat ik vond dat we samen naar Reykjavik moesten gaan. Studeren, een opleiding volgen, *whatever*... Gewoon samen zijn, ver uit de buurt van dit klotegat. Maar dat wilde Thor niet... Hij wilde blijven. Zijn vaders visbedrijf overnemen, zo dom... Hij, visser worden? Hij kan niet eens zwemmen.’

Jonni veegt een traan van zijn wang. Ziet eruit als iemand die alles kwijt is geraakt. Hannah heeft zin een arm om hem heen te slaan, zeggen dat alles goed komt. Maar ze heeft zelf ook moeite om voor hem een uitweg uit deze situatie te zien.

‘Hij was bij jou thuis, maar is toen weggegaan?’

Jonni knikt.

‘Hij was boos, ik was boos. Ik wilde achter hem aan rennen... Maar ik hoopte ook dat hij door een auto zou worden overreden. Hoe gestoord is dat?’

Jonni kijkt op. Houdt Hannahs blik vast.

‘Ik hield van hem en ik haatte hem die nacht. Wat er ook is gebeurd, het is mijn schuld. Ik heb ervoor gezorgd dat hij zich zo gedroeg.’

Margrét interrumpeert.

‘Het was niet jouw schuld.’

Jonni kijkt naar haar. Hij zegt iets in het IJslands. Ze zegt iets terug. Hannah kijkt hoe laat het is en probeert wanhopig terug te gaan naar het gesprek.

‘Heb je enig idee wie hem heeft vermoord? Zijn vader?’

Jonni schudt zijn hoofd.

‘Dat denk ik niet... Ik bedoel, iedereen weet dat Ægir heel erg boos kan worden. Maar hij hield van Thor...’

Margrét zet een stap in Hannahs richting.

‘Je moet nu gaan.’

Hannah aarzelt, is nog helemaal niet klaar met het gesprek met Jonni. Maar Margrét dringt aan.

'Viktor kan elk moment hier zijn. Hij mag je hier niet vinden – niet weer.'

Hannah voelt een kleine steek, de manier waarop Margrét het zegt, doet denken aan die avond. Alsof die verkeerd was. Ze knikt.

'Dank je, Jonni. Ik hoop dat je hier snel uit bent.'

Tot Hannahs grote teleurstelling nodigt Margrét Hannah niet weer mee het huis in, maar laat ze haar via Viktors kantoor naar buiten. Hannah blijft in de deuropening staan. Ze wil iets tegen Margrét zeggen, maar weet niet wat.

'Dank dat je dit voor mij hebt gedaan.'

'Ik heb het niet voor jou gedaan, maar voor hem. Hoe meer mensen de waarheid kennen, hoe beter... Misschien heb je er iets aan dat je die kent. Maar je moet nu echt gaan.'

Hannah kijkt Margrét aan, probeert haar teleurstelling te verbergen. Margrét heeft hun affaire helemaal niet genoemd, is onmogelijk te ontcijferen, was het een vergissing, heeft ze het al verdrongen, wil ze het nooit meer doen? Hannah brandt van verlangen om haar te kussen, zoals ze daar in de deur staat, half binnen, half buiten. Maar Hannah wil niet het risico lopen de toegang die ze zojuist tot Jonni heeft gehad te ruïneren. Wil niets veronderstellen. Daarom houdt ze zichzelf in bedwang, stapt het erf op met alle zelfbeheersing die ze kan mobiliseren. Maar ze is nog niet helemaal de deur uit of Margrét grijpt haar vast, trekt haar naar zich toe en kust haar. Vurig. Alsof geen van beiden ooit een andere persoon meer zal kussen. Hannah staat op het punt te imploderen. Maar dan laat Margrét haar los.

'Misschien moet je een nieuwe telefoon kopen.'

Hannah kijkt haar vragend aan.

'Heb je geprobeerd me te bellen...?'

'Zorg gewoon voor een nieuwe telefoon. Ik heb geen zin om de volgende keer naar Ella te bellen.'

Hannah knikt. Heeft moeite om niet te glimlachen. Pakt dan

haar blocnote. Pent er razendsnel haar nummer in. Scheurt de bladzijde eruit en geeft die aan Margrét.

'Ik heb al een nieuwe gekocht.'

Hannah werpt Margrét een laatste blik toe, draait zich om en loopt weg. Dan schiet haar iets te binnen.

'Wat zei Jonni tegen je in het IJslands?'

Margrét aarzelt.

'Hij vertelde me wat hij tegen Thor had gezegd. Vlak voor hij vertrok, die avond.'

'Wat was dat?'

'Ik haat je.'

Hannah slikt een keer. Fuck. De laatste woorden tegen je geliefde, voordat hij wordt vermoord.

Ze loopt naar huis met een bonzend hart, een zoen op haar mond en het gevoel dat alles veel, veel ingewikkelder is dan ze dacht.

32

Politieagent Axelson krabde aan zijn baard, overdonderd door de gebeurtenissen van de laatste dagen en de vier moorden die hij nu moest ophelderen. De jonge Edith was in zijn bewaring als een wild dier in een kooi. Ze had haar schoonvader in stukken gehakt, maar was nog minderjarig – hoe ga je daarmee om? Het was een komen en gaan geweest van technisch rechercheurs uit Reykjavik en nu zat hij ook nog eens opgezadeld met zijn irritante rivaal van de politieschool, die sindsdien in de hoofdstad was gebleven en tot rechercheur was opgeklommen. Pétur was altijd al een arrogante klootzak geweest en dat hij zich nu tijdelijk in het dorp ophield om te helpen bij het oplossen van de zaak, was bijna niet te verdragen. Axelson was vastbesloten hem met alle beschikbare middelen buiten het onderzoek te houden, ook als dat zou betekenen dat de moorden niet opgelost zouden worden. Liever dat dan dat die eikel van een Pétur nog een veer op zijn lelijke rechercheurspet gestoken zou krijgen.

Hannah stopt, scrolt een stukje terug in de tekst. Het begint op een boek te lijken. Maar is ze voldoende gefocust? Of laat ze zich in te hoge mate leiden door de gevoelens die zich in het echte leven aan haar opdringen? Ze realiseert zich dat ze geen enkel idee heeft waar het allemaal naartoe moet of wie de moordenaar is. Op dit moment gaat het alle kanten op, maar ze moet zich scherper concentreren op de plot. Ze moet gestructureerder werken. Met een lichte tik tegen de onderkant van het pakje vist ze de laatste sigaret eruit, steekt hem op zonder het raam te openen. Buiten waait het te hard en ze is bang dat ze het raam kapotmaakt, dat bij de laatste paar keer opendoen dreigend kraakte om zich van de hengsels los te maken. Hannah heeft eigenlijk nog nooit zo grondig over haar schrijfproces nagedacht. Van buitenaf bekeken kun je haar werkwijze waarschijnlijk intuïtief noemen, of in een wat romantischer tijd door goddelijke inspiratie gestuurd, maar zij gelooft niet in de kunstenaar als het verheven genie met een rechtstreekse, geestelijke band met God. Aan de andere kant gelooft ze ook niet dat schrijfkunst kan worden aangeleerd via bestudering van theorieën over fictie of door ambachtelijke analyses van plot en literaire hulpmiddelen. Maar waarin gelooft ze dan eigenlijk wel? Ze gelooft sterk in haar eigen gevoel voor smaak; in haar psychologische begrip; in haar inzicht in het leven van de mens. Misschien is dat de reden dat ze schrijft. Om te proberen een zin te vinden. Ze gaat staan, rusteloos. Schudt haar benen, loopt om het bed heen; de enige route die de kleine kamer biedt. Haar blik valt op de maagd Maria. Hoe kun je er zo rustig en zen-achtig uitzien, wanneer je zoon op de meest brute wijze aan het kruis genageld is? En het is dan niet eens alleen je eigen zoon, maar Gods zoon die... Holy shit! Opeens valt haar iets in. Waarom heeft ze daar niet eerder aan gedacht? Misschien is het onbeduidend voor het onderzoek, maar desalniettemin een puzzelstukje dat het totaalbeeld kan verduidelijken! Gods zoon, Ægirs zoon. Die pas na vele jaren huwelijk is gekomen. Toen Vigdis begin veertig was en de hoop begon te vervliegen... Wat als Thor niet Ægirs biologische zoon was? Hannahs hart begint sneller te slaan. Ze kan niet doorzien in welk opzicht het belangrijk is, ze voelt gewoon dat dat zo is. Ze moet het aan Ella vragen. Ook al staan ze niet echt op de allerbeste voet met elkaar na Hannahs inbraak in haar werkkamer. Met een hoge hartslag haast ze zich naar de woonkamer, hoopt dat Ella nog niet naar bed is gegaan.

Ella kijkt haar met een niet te ontcijferen blik aan en Hannah voelt zich ongemakkelijk. Ze wrijft haar half warme handpalmen tegen de met stof beklede armleuning van de fauteuil. Zit op het randje, benieuwd naar Ella's antwoord maar ook vol spijt dat ze de vraag heeft gesteld. Seconden tellen de stilte, Hannahs blik schiet naar het nieuwe raam, dat de woonkamer de indruk geeft dat er nooit een schietpartij vanuit een rijdende auto heeft plaatsgevonden. Alleen de olifanten getuigen van een zekere wanorde; ze hebben een plek gevonden waar plek was en bevolken de woonkamer als een toevallige invasie. Hannah schraapt haar keel, misschien heeft Ella de vraag niet begrepen? Ze overweegt of ze die zal herhalen, of dat het haar aan de andere kant de mogelijkheid biedt om de vraag te betreuren. Maar dan leunt Ella naar voren, pakt een stukje papier en schrijft iets op. Hannah wacht vol spanning.

ÆGIR IS ABSOLUUT DE VADER VAN THOR. VIGDIS WAS DEGENE BIJ WIE HET JARENLANG NIET LUKTE. HET WAS EEN GROOT GELUK DAT ZE EINDELIJK IN VERWACHTING RAAKTE.

Hannah leest half teleurgesteld, half wantrouwig het papiertje. Overweegt om door te vragen. Hoe onbeschoft mag ze van zichzelf zijn?

'Maar het is toch vaak het verhaal dat het bij de vrouw niet lukt wanneer in werkelijkheid de zaadkwaliteit van de man te slecht is? Ik stel me voor dat een man als Ægir niet vrijwillig de dokter raadpleegt en toegeeft dat hij twijfelt aan zijn vermogen tot voortplanting. Hoewel hij een stuk ouder was dan Vigdis, en...'

Een pezige hand vliegt naar voren, boort zich in Hannahs arm, stopt haar woordenstroom. Ella kijkt Hannah aan; er valt een zekere woede aan haar ogen af te lezen.

'Ægir er pabbi Þórs. Ég er alveg viss. Ég veit ekki hvert þú ætlar en þú verður að stoppa. Spurningar þínar leiða bara til vandræða.'

Hannah kijkt Ella aan, is een groot vraagteken. Het is alsof Ella is vergeten dat Hannah haar niet verstaat. Dan krabbelt Ella razendsnel iets op papier. Hannah gaat ervan uit dat het een herhaling is van haar woorden.

STOP MET JE VELE VRAGEN. JIJ KOMT ERDOOR IN DE PROBLEMEN. IK OOK.

Hannah kijkt naar het papiertje. Ella's borende blik dwingt haar tot een hoofdknikken. Maar Hannah weet dat de boodschap haar drang om nog dieper te graven alleen maar heeft aangewakkerd. Zwijgend gaat ze staan en begeeft ze zich weer naar haar kamer.

Het is nog niet eens licht als Hannah ontwaakt met een plan waarvan ze op voorhand weet dat het gedoemd is te mislukken. Desalniettemin moet ze het proberen. Ze heeft het grootste gedeelte van de nacht wakker gelegen, heeft gespeculeerd, heeft zich gewend en gekeerd terwijl ze onrustig naar de maan staarde. Ze is op een doodlopende weg beland, veel te veel vragen, veel te weinig mensen om ze aan te stellen. Niemand, eigenlijk. Daarom is ze gedwongen alles met iemand te bespreken die neutraal is, die net als zij niet in het dorp woont en die niet bij dit alles is betrokken. Hoezeer ze het haat dat te moeten toegeven, ze is gedwongen om met Jørn J. te sparren.

Ze hoeft niet eens iemand te vragen waar hij verblijft, ze is de voorbije dag al twee keer langs zijn enorme, gehuurde fourwheeldrive gelopen. Maar hoewel het idee overtuigend en juist leek toen ze vertrok, moet ze toch voor het grote huis stilstaan en heel diep ademhalen. Het mag niet voelen als een schreeuw om hulp, haar verzoek moet worden gezien als een vriendelijk uitgestoken collegiale hand. Verzoening en zo. Hannah neemt nog een laatste, diepe ademteug voor ze naar de deur toe stapt en aanbelt.

33

Eerst is hij verrast, daarna natuurlijk sceptisch en ten slotte verschijnt er een glimlach op zijn lippen in het goedverzorgde, gezond verweerde gezicht. Hannah moet zich inspannen om niet iets stekeligs te zeggen dat haar bedoeling tegenspreekt. Ze moet vriendelijk zijn. Welwillend. Niet hem in het gezicht spugen, in zijn kruis trappen en dan snel wegrennen.

‘Ik wil niets liever dan met je sparren. Kom binnen.’

Hij doet de deur verder open, en Hannah onderdrukt al haar instincten en stapt mee naar binnen als een beschaafd persoon. Herinnert zichzelf eraan dat ze hier is om iets uit hem te krijgen. Hem gebruiken zonder dat hij het doorheeft. Ze is niet van plan ook maar een flinter van zichzelf weg te geven.

‘Ik wilde net wat ochtendyoga doen, heb je er iets op tegen als ik een paar strekoefeningen doe terwijl we praten?’

Er is niets waar ze meer op tegen zou zijn, maar ze knikt alleen maar.

‘Nee, hoor. Ik ben degene die jou stoort.’

‘Super. Dan maak ik even een paar zonnegroeten. Dat moet je ook eens proberen – het is echt goed voor je lenigheid, niet alleen van je lichaam, maar ook die van je geest. *Mind and body.*’

Hannah bekijkt Jørn, die een soort joggingkleren voor volwassenen draagt en nu als een of andere halvegare zijn armen boven zijn hoofd uitstrekt. Ze moet toegeven dat hij er zeer vreedzaam uitziet. Ze moet een beetje braken in haar mond. Ze slikt. Gaat op een bank zitten die er wat groezelig uitziet. Ze veegt een broodkruimel weg.

'Wie woont hier normaal gesproken?'

'Een gezin. Mijn agent heeft dit geregeld, dus ik weet niet zoveel over hen.'

'Waar zijn zij dan nu?'

Jørn buigt naar beneden, steekt zijn achterste omhoog. *Downward facing dog.*

'Daar heb ik niet bij stilgestaan.'

Hannah weerstaat een brandende verleiding om te reageren dat het gezin waarschijnlijk op de bank logeert bij een familielid, zodat Jørn vrolijk in hun huis kan ronddartelen. Ze ziet wat speelgoed staan, vraagt zich af of de kinderen dat missen? Aan de andere kant is zijzelf ook Ella's huis binnengedrongen.

'Hoelang ben je van plan te blijven?'

Upward facing dog.

'Zolang ik wil. Ik ben hier zoals gezegd om research voor mijn volgende boek te doen.'

'Moet dat zich hier afspelen?'

'Zover ben ik nog helemaal niet gekomen. Maar ik denk dat het ergens in een stuk onbarmhartige natuur moet plaatsvinden. Het moet iets zijn over een man en zijn strijd tegen de meedogenloze elementen, maar in werkelijkheid is het een gevecht tegen zichzelf. Een vlucht uit het leven. Tot hij bij toeval het dode lichaam vindt van een jonge, knappe vrouw die is verkracht, vermoord en in een beek is gegooid. Dan komt hij erachter dat hij de vrouw moet redden door de moord op te helderen.'

'Hoe kan hij haar redden als ze al dood is?'

Hannah kijkt met afschuw naar Jørn, die nu een irritant soort plank maakt op de grond. Hij kijkt filosofisch voor zich uit.

'Het is meer een symbolische redding. Hij redt haar door de moordenaar te vinden.'

Hannah slaat hem gade, heeft vaak gefantaseerd om een scherp voorwerp in zijn buik te steken. Zijn ingewanden eruit te snijden. Nu staat hij met zijn armen in de lucht, ogen dicht, zijn lichaam onbeschut. Ze zou het best kunnen doen. Ze schudt de gedachte van zich af. Ter zake.

'Jij hebt vermoedelijk gehoord wat er is gebeurd? Over de jongeman die een paar dagen geleden is gevonden, verdronken?'

'Ja. Wat een tragisch ongeluk.'

Hannah aarzelt. Is dit het juiste om te doen? Maar nu komt Jørn naar haar toe en gaat tegenover haar zitten. Schenkt voor hen water in glazen. Er is geen weg meer terug.

'Het is geen ongeluk. Alles wijst erop dat er een misdrijf is gepleegd.'

Eerst weet Hannah niet of Jørn heeft begrepen wat ze zei. Hij kijkt haar lang en onderzoekend aan, gelooft hij haar niet? Ze voelt een lichte teleurstelling dat hij niet eens een klein beetje geschokt is.

'Gebruik je dat in je boek?'

Jørn kan het niet laten lichtjes te glimlachen. Hannah kijkt hem aan, geïrriteerd, maar schudt het dan van zich af. Fuck ook met zijn jij-bent-een-amateur-uitstraling. Ze moet eerlijk zijn als ze zijn hulp wil hebben. Toch liegt ze een beetje voor de eer.

'Er is natuurlijk geen sprake van een-op-een-inspiratie. Er is een heleboel dat ik zelf bedenk. *Twists and turns.*'

Jørn knikt een 'ja, natuurlijk'.

'En nu is je boek vastgelopen, omdat dat bij het onderzoek naar de dood van de arme jongeman ook het geval is?'

Kijk aan. Geen arrogantie meer. Hannah moet het gesprek terugbrengen naar wat essentieel is. Ze drinkt wat water, Jørn trekt aan zijn vingers, verrekte irritant is dat.

'Je moet eraan denken alle ledematen van het lichaam elke dag te strekken.'

Hannah zegt niets.

Knak, knak.

'Er zijn meerdere verdachten, maar het is toch alsof het niet klopt. Alsof er iets ontbreekt. Een component.'

Hannah gaat staan. Stapt rond. Jørn volgt haar met zijn ogen.

'Moordwapen?'

'Stomp voorwerp, niet gevonden.'

'Verdachten?'

'De vader, een homoseksuele geliefde, een toevallige dakloze die aanwezig was toen het lichaam werd gevonden en die een bult op zijn hoofd heeft, lang verhaal.'

'Getuigen?'

'De thuisloze met de bult.'

'Motief?'

Hannah blijft staan. Shit, hij is goed. Waarom heeft ze daar zelf niet aan gedacht? Jørn beantwoordt zelf de vraag.

'De geliefde uit jaloezie, de vader uit schaamte, de dakloze is homofoob. Allemaal sterke motieven als je het mij vraagt.'

Hannah gaat weer zitten.

'Maar jij hebt hen niet ontmoet. Jonni is vriendelijk en niet jaloers; de vader kan schaamte hebben gevoeld, maar hield te veel van zijn zoon, en de dakloze is te aardig om homofoob te zijn.'

Jørn schudt het hoofd, kan niet anders dan glimlachen.

'Ik dacht dat jouw cynisme en je ontbrekend vertrouwen in andere mensen een voordeel zou zijn bij criminele zaken. Maar jij bent in werkelijkheid dus zo zacht als boter.'

'Wie zegt dat ik een ontbrekend vertrouwen in mensen heb?'

'Dat heb je zelf gezegd. In een interview in *Politiken*, een paar jaar geleden.'

Hannah kan niet anders dan zich merkwaardig gevleid te voelen. Jørn heeft een interview met haar gelezen. Tegelijkertijd heeft ze zin om hem een kopstoot te geven – zo zacht als boter. Hij praat zoals hij schrijft: als een fucking cliché.

Ze verdedigt zich.

'Mijn ontbrekend vertrouwen is meer op een abstract niveau. Een wantrouwen jegens de mensheid.'

Jørn schudt zijn hoofd. Maakt een smerig geluid met zijn mondhoek.

'Maar jij bent veel en veel te naïef om misdaadauteur te zijn.'

Haar fantasie om Jørn te vermoorden keert terug als het gevoel van een reële mogelijkheid, maar Hannah mobiliseert al haar morele bagage en onderdrukt de drang om hem met de metalen kan te vermorzelen. Wacht! Waarom is haar denkpatroon zo gewelddadig? Waarom komen er geweldsfantasieën in haar op zodra iemand haar irriteert? Een beschamend en beangstigend gevoel verspreidt zich door haar lichaam. Als ze zo primitief is, zo impulsief in haar manier van denken, is ze dan vatbaar voor gewelddadige aanvallen, in staat om te doden? Wat onderscheidt haar eigenlijk van alle andere potentiële moordenaars? Hannah merkt dat haar ene hand een beetje trilt, ze probeert het te verbergen, maar Jørn ziet het.

'Ontwenningsverschijnselen?'

Hannah gilt vanbinnen. Glimlacht psychopathisch vanbuiten.

'Ik ben geen alcoholist.'

'En ik ben geen multimiljonair en heb ook geen schitterend vakantiehuis in Hornbæk of een aandeel in een prachtig renpaard in Noord-Duitsland.'

Jørn glimlacht naar Hannah, die wel moet teruglachen. Wat is dit in hemelsnaam? Dat was eigenlijk best grappig geformuleerd. Mag ze hem in werkelijkheid soms toch een klein beetje? Nee! Concentratie. Ze moet hem uitbuiten, zijn vertrouwenwekkende natuur uitmelken, inspelen op zijn eigenliefde en hem zover krijgen mee te helpen bij de opheldering, zonder dat hij het in de gaten heeft. Dat is de reden dat ze hier is. Niet om vrienden te worden.

'Over die motieven. Je hebt gelijk dat alle drie genoemde personen op papier sterke motieven hebben, maar zoals gezegd heb jij ze niet ontmoet. Ik geloof gewoon niet...'

'Dat ze in staat zijn om het te doen. Dat heb je al gezegd. Maar jij bent natuurlijk ook de mensenkenner.'

Zit er een verborgen compliment in de laatste opmerking of is het een plagerige belediging? Hannah twijfelt, maar neigt het meest naar het laatste.

'Noem me naïef, maar ik kies ervoor mijn argumentatie te beschouwen als een verdediging tegen het cliché. Om op andere plekken te zoeken dan de voor de hand liggende.'

'De ergste vijand van het cliché is research.'

O hemel, wat een platitude! Zei hij dat echt? Hannah kijkt naar Jørn, heeft moeite haar afschuw te verbergen.

'Maar de beste vriend van het cliché ben jij blijkbaar.'

Jørn kijkt Hannah onderzoekend aan, ze bijt wat op haar tong. Niet die kant op gaan. Niet omlaag. Niet de weg omlaag. Ze leunt naar voren in een verzoenend gebaar. Als ze ook maar iets wil bemachtigen uit zo dicht bij Jørn te zitten dat ze zijn yoga-adem kan ruiken, moet ze wat meer haar best doen.

'Luister eens. Ik ben hier niet gekomen om tegenover jou de malloot uit te hangen, wij hebben onze meningsverschillen over de benadering van het schrijven en van het leven in zijn algemeenheid, maar zoals gezegd wil ik echt graag jouw input hebben. Het kan best zijn dat je gelijk hebt dat een van de drie verdachte personen het daadwerkelijk heeft gedaan, maar als we nu eens proberen een spel te spelen waarbij we hen uitsluiten, welke route in het misdaadspel moeten we dan nu bewandelen?'

Jørn kraakt zijn nek (getver) en krabt discreet in zijn kruis (dubbel getver). Dit is duidelijk een spelletje dat hij graag wil spelen.

'Oké, een goede misdaadroman bezit drie belangrijke elementen. Eén: een spectaculaire, gewelddadige opening, graag een moord. Twee: valse sporen en valse verdachten en drie… Nu wordt het interessant voor jou…'

Jørn houdt zo'n lange pauze dat Hannah denkt dat hij met een verklaring voor de zin van het leven komt.

'Drie.'

'Ik luister.'

'Punt drie is: verrassingen.'

'Verrassingen?'

Hannah kijkt hem sceptisch aan. Dat is het?

'Wat zou voor jou het meest verrassend zijn? Als je daarover probeert na te denken, kom je mogelijkerwijs dichter bij wie Thor heeft vermoord. Of wie de moordenaar in jouw misdaadroman is.'

Hannah bedankt hem voor zijn hulp en gaat staan met het gevoel dat ze niets uit Jørn heeft weten te krijgen wat ze niet in twee minuten had kunnen googelen. Verrassingen en research. Is dat de route naar een kwart renpaard in Noord-Duitsland?

In de voordeur maakt Jørn zich extra breed, met armen en benen geeft hij te kennen dat hij de koning is. De misdaad-yoga-mannenkoning. Hij kijkt Hannah aandachtig aan, die voelt dat er een laatste goedbedoelde raad aan zit te komen. En inderdaad. Jørn kijkt haar ernstig aan.

'Als ik volkomen eerlijk ben, twijfel ik er sterk aan dat je deze echte zaak daadwerkelijk kunt gebruiken. Er kunnen maanden verstrijken voor die moord wordt opgehelderd en als dat gebeurt, laat die vast en zeker zien dat het gewoon een stom ongeluk is geweest. In mijn optiek is het een volledige *dead-end*, en jij kunt je tijd beter gebruiken om een paar goede misdaadromans te lezen en paar tv-series te kijken om inspiratie te krijgen hoe je een echte misdaadroman schrijft. Verder praat je met een heleboel gepensioneerde politiemensen en lees je een aantal oude dossiers uit de werkelijkheid en hoppa, dan heb je een goed functionerend misdaadverhaal. O ja, denk eraan dat de hoofdpersoon niet sympathiek mag zijn. Niemand houdt van een sympathieke hoofdpersoon in een misdaadroman.'

Hannah kijkt Jørn een lang ogenblik aan, het is alsof ze hem plotseling ziet voor wat hij in werkelijkheid is: een zielige kopiist. Dat levert de man niet meer sympathie op, eerder een diepere minachting. Ze schudt haar hoofd op het moment dat ze bij het huis wegloopt.

'Je vergist je. De werkelijkheid is veel spannender dan fictie.'

Haar route zou naar huis moeten zijn, maar in plaats daarvan steekt Hannah een grasveld en een onzichtbare grens over in hoever ze wil gaan om de moord op Thor op te lossen.

34

Hannah voelt de behoefte de dingen vanuit een nieuw perspectief te bekijken en daarom gaat ze naar het meest trieste gebouw dat ze tot dusver in het dorp heeft gezien: Olís, het plaatselijke tankstation. Behalve het heel jonge meisje achter de counter is de zaak helemaal leeg. Hannah zoekt met haar ogen naar iets met alcohol dat ze kan kopen, maar er is alleen frisdrank, snoep en braadworst. Opeens schiet haar te binnen dat je in IJsland in supermarkten alleen light-bier kunt kopen; wijn en sterkedrank vind je in de staatswinkels. Shit, maar het is in elk geval een uitgangspunt voor een gesprek. Ze sluipt naar de counter toe.

'Weet jij waar ik hier in het dorp alcohol kan krijgen?'

Hannah doet haar best om naar het meisje achter de kassa te glimlachen. Ze kan niet veel ouder zijn dan zestien. Is het überhaupt legaal om een tankstation te bemannen als je een kind bent? Het meisje kijkt op, van haar telefoon vermoedt Hannah en is om die reden nu al giftig op haar. Ze heeft geen zin in nog een vermoeide tiener.

'Ja, dan moet je naar de Vínbúð.'

'Is dat ver weg?'

'Ver weg bestaat hier niet.'

Het meisje heeft haar blik alweer omlaag gericht. Hannah wil zich net opmaken om een verbale tik uit te delen, maar ziet dan waar de aandacht van de benzinepompbediende op gericht is: een boek. Hannah krijgt automatisch sympathie voor het meisje.

'Wat ben je aan het lezen?'

Het meisje houdt het boek omhoog en Hannah krijgt zin haar te adopteren: ze leest *Bonjour tristesse* van Françoise Sagan. Misschien is er toch nog hoop voor de wereld.

'Ik aarzel om dit onbekende gevoel, dat me achtervolgt met zijn pijnlijke zachtheid en schrijnende melancholie, een naam te geven, het de mooie, plechtige naam droefheid te geven.'

'Jij hebt het gelezen?'

Geïnteresseerd bekijkt het meisje Hannah, die knikt. Een ongebruikelijk gevoel van saamhorigheid overvalt haar, ze voelt dat als ze het moment niet voorbij laat gaan er mogelijk een vertrouwelijkheid tussen hen kan ontstaan.

'Als tiener, het was mijn lievelingsboek... Eigenlijk was het dat boek, dat...'

Hannah is verbaasd dat ze op het punt staat iets volstrekt eerlijks en onthullends te vertellen. Ze schaamt zich al een beetje, maar het meisje kijkt haar vragend aan en nu moet ze de zin afmaken.

'Eigenlijk was het zo dat toen ik dat boek las, ik ontdekte dat je schrijver kon worden.'

Nu heeft Hannah echt de aandacht van het meisje weten te vangen.

'Jij bent schrijver? Hoe heet je dan?'

'Hannah Krause-Bendix.'

De ogen van het meisje lichten op. Een vorm van herkenning?

'*What*, ben jij dat?'

Hannah voelt een warmte naar haar wangen stijgen, haar ogen schieten onrustig heen en weer, ze heeft het gevoel een klein kind te zijn dat wordt geprezen. Herkenning, of beter gezegd – erkenning – van haar persoon, haar prestaties, zorgt ervoor dat haar hart wat sneller slaat en haar lichaam een tikkeltje gewichtloos aanvoelt. Ze heeft altijd ontkend dat het voor haar iets betekende, en toch staat ze hier in een foeilelijk tankstation in een gehucht in IJsland en voelt hoe de ijdelheid als een plakkerige suikerspin om haar heen slaat, en ze heeft gewoon zin om het op haar tong te laten smelten.

'Ik heb slechts een van je boeken gelezen, *Mijn dagen alleen*, maar ik vond het echt geweldig. Hoe de hoofdpersoon een heel jaar lang met niemand praat... Dat is zo emo.'

Goed, één boek maar, het meisje van het tankstation is misschien niet de meest toegewijde fan op deze aarde, maar toch. Hannah voelt dat ze een nieuwe ingang tot dit dorp heeft gevonden, een dorp dat zich op wonderbaarlijke en irritante wijze voortdurend voor haar opent en weer sluit, en ze voelt dat het moment rijp is om de vruchten van een beschaafd gesprek en fangirl-ontmoeting te plukken.

'Als je wilt, kan ik je een paar van mijn andere boeken toesturen.'

'Ik verdien niet zo superveel geld hier, dus...'

'Nee, nee! Ik stuur ze je natuurlijk als cadeautje. Ik geloof dat ik nog niet eerder zo'n jonge lezer heb ontmoet. Het zou me een groot plezier zijn.'

Wonderlijk genoeg voelt het voor Hannah niet moeilijk om oprecht vriendelijk te zijn en ze is zelf verbaasd dat ze de boeken zonder bijgedachte heeft aangeboden. Maar die komt nu toch aansluipen.

'Mag ik een pakje met twintig blauwe King's?'

Het meisje reikt de sigaretten over de balie aan. Hannah haalt haar portemonnee tevoorschijn. Probeert achteloos te klinken op het moment dat ze naar het meest precaire onderwerp van alle overschakelt.

'Kende jij Thor, die jongen die is overleden...?'

Het meisje kijkt haar aan, overrompeld door de plotselinge U-bocht in het gesprek, maar dan knikt ze.

'Hij was iets ouder dan ik, maar we hadden veel dezelfde vrienden.'

'Dus geen goeie vriend?'

Het meisje schudt haar hoofd. Balen.

'Dus je hebt geen...'

'Geen wat?'

Hannah denkt na, moet zich voorzichtig uitdrukken.

'Je hebt geen geruchten gehoord over wat er die avond is gebeurd? Ik bedoel, jonge mensen praten met elkaar, en soms... Ik weet het niet. Misschien heeft iemand iets gehoord waar ze niet mee naar de politie willen gaan...'

Het meisje haalt haar schouders op.

'Eigenlijk praat iedereen er megaveel over. Maar ik heb geen zin om echt te luisteren.'

Hannah knikt. Alsof ze dat verstandig vindt.

'Logisch. Maar... Waar hebben ze het dan over...?'

Het meisje kijkt op. Begint ze door te krijgen dat Hannah hier alleen is om rond te snuffelen? Het tienerhoofd wordt schuin gehouden, Hannah voelt zich merkwaardig ontmaskerd.

'Weet je waar ik je echt om bewonder? Dat je niet van die stomme misdaadromans schrijft zoals al die anderen. Ik vind het supercool dat je boeken schrijft die alleen wij weirdo's lezen.'

Hannah glimlacht. Wat moet je daar nou op zeggen? Nu kan ze verdorie niets meer vragen en al helemaal niets over haar misdaadproject vertellen. Shit.

'Dank voor de sigaretten, weirdo. Tot kijk.'

Hannah loopt naar de uitgang, maar als ze bijna buiten is, roept het meisje haar na.

'Hé! Je hebt mijn naam en adres nog niet gekregen!'

Hannah kijkt haar vragend aan. Het meisje kijkt onzeker terug.

'Tenzij je dat niet meende wat je zei over die boeken...?'

Hannah slaat zichzelf tegen het voorhoofd. Gaat terug naar het meisje, haalt haar blocnote tevoorschijn.

'Natuurlijk, vergat ik dat toch bijna. Je kunt het hier opschrijven.'

Hannah kijkt toe hoe het meisje in het boekje schrijft.

'Iðunn? Wat een mooie naam.'

Het meisje dat Iðunn heet, geeft de blocnote aan Hannah terug.

'Het spijt me dat ik niet meer van de geruchten over Thors dood weet. Ik weet wel dat jij je specialiseert in de menselijke psychologie en dat je door zo'n gebeurtenis misschien geïnspireerd zou kunnen worden... Op een karaktermatig plan.'

Hannah knikt.

'Op een karaktermatig plan, ja... Dat was ook precies waarom ik het vroeg.'

'Als je wilt kun je naar het feest komen dat we vanavond houden. Of... Het is niet zozeer een feest, het is meer... Alle jongeren in het dorp komen bij elkaar om Thor te herdenken. Op onze eigen manier. Ik weet bijna zeker dat je er iets zou horen als je langskomt...'

Hannah kijkt naar Iðunn, heeft zin haar om de hals te vliegen; wat een onverwachte reddingslijn voor haar speurwerk!

'Ja, absoluut, dat wil ik echt heel graag!'

Iðunn glimlacht breeduit. Hannah heeft meteen door waarom, als het meisje haar mouw vastpakt om een laatste opmerking te benadrukken.

'Gaaf! Een dingetje nog dan... Zou jij naar de Vínbúð kunnen gaan en wat alcohol voor ons meenemen...?'

35

Een halve dag, een deel zenuwachtig wachten, een tripje naar de Vínbúð en daarna nog een lang middagslaapje. Hannah is nog maar amper de ruimte binnengestapt of ze heeft al zin om weer weg te gaan. Iðunn had gelijk: het is daadwerkelijk alle jeugd uit Húsafjörður die bijeengekomen is in de kleine kelder die vermoedelijk iemands kamer is. Ze kijkt om zich heen. Een uitgeklapte slaapbank die eruitziet alsof hij nog nooit is opgemaakt, een gamehoek met twee computerschermen op een veel te klein, stoffig tafeltje, met een enorme bureaustoel die meer lijkt op een zetel in een ruimtevaartuig. Aan de muur gekrulde posters met bands waar Hannah nog nooit van heeft gehoord en op de vloer rommel van ondefinieerbare aard. In de hoek een lawaaiige tafelvoetbaltafel. Behalve dat Hannah zich duizend jaar te oud voelt, heeft ze ook last van claustrofobie in de krappe kamer, terwijl taferelen van de oersaaie privéfeestjes uit haar tienerjaren als kwaadaardige tics voorbijschieten. Het is alsof Iðunn ziet dat ze terugdeinst. Haar nieuwe vriendin van het tankstation pakt Hannah in een vaste greep bij haar arm, alsof Hannah een kind is dat voor een auto de weg op wil stappen, en Iðunn belet haar ervandoor te gaan.

'Ik weet dat het wat wonderlijk is, omdat je onze oma zou kunnen zijn, maar echt serieus: jij bent de coolste persoon in deze ruimte.'

Is het de bedoeling dat Hannah zich daardoor gevleid voelt? Zo ja, dan is het tegenovergestelde het geval, maar ze laat zich toch verder meetrekken het hol in. Als ze het epicentrum van de ruimte bereikt, een kleine eettafel die eruitziet alsof hij met stof en etensresten is gelakt, maakt ze de plastic tas open die ze discreet mee naar binnen heeft genomen. Er klinkt luid geklap en gejoel als de jongeren doorkrijgen wat de inhoud is: zoete witte wijn en twee flessen wodka. Hannah haast zich om een glas wijn te bemachtigen, voor alles tussen gretige tienerhanden is verdeeld, terwijl ze de kamer om zich heen onderzoekt. Er zijn ongeveer tussen de twintig en vijfentwintig mensen in de leeftijd van vijftien tot twintig jaar, en Hannah krijgt weer het bijzondere gevoel in haar eigen jeugd te zijn beland. Misschien is het iets in de manier waarop ze zich gedragen; de wat overspannen gesprekken, gemengd met een sidderende onzekerheid die door houding en grote gebaren moet worden gecompenseerd. Gedrag dat tijd lijkt te transcenderen en specifiek bij de tienerleeftijd hoort. Misschien komt het ook doordat de mode van haar eigen jeugd lijkt te zijn teruggekeerd, wat niet de graad van saamhorigheidsgevoel versterkt, maar haar er juist aan herinnert dat Iðunn inderdaad gelijk heeft: ze zou iemands oma kunnen zijn, of in elk geval iemands moeder. Uit een enkele, maar heel grote luidspreker dendert wat indierock van een soort die Hannah niet in de tijd kan plaatsen. Het klinkt oud, maar het zou net zo goed hartstikke nieuw kunnen zijn. Mannen met elektrische gitaren raken waarschijnlijk nooit uit de mode. Zoals verwacht hangt er geen grote groep toegewijde fans om Hannah heen, maar ze is toch een tikkeltje verbaasd dat niemand haar aanwezigheid ook maar een klein beetje opzienbarend vindt. Ze hebben amper opgemerkt dat zij degene was die met grote gulheid alcohol heeft meegebracht naar het feest. Uit haar ooghoek ziet ze dat Iðunn al helemaal opgaat in een gesprek met een paar andere meisjes en Hannah staat wat aan zichzelf overgelaten. Dat is ook prima, dan heeft ze mooi de tijd om personen uit te zoeken van wie zij inschat dat ze met hen het best een praatje kan maken. Dwars tegen haar intuïtie in kiest ze niet een van de stuntelige bewakers van de anonieme hoeken, maar een jongen die in het midden als een stand-upcomedian een klein groepje staat te vermaken. De knaap is breedgeschouderd of wellicht goedgetraind, Hannah kan het verschil niet helemaal zien, maar hij kon best eens een van hen zijn die op het voetbalveld waren op de dag dat ze Thor tegenkwam. De jongen heeft een grote bos donkerblond haar dat aan de zijkanten kortgeknipt is, en zijn gezicht is harmonisch zonder uitgesproken knap te zijn. Maar alles bij elkaar komt hij over als iemand met wie je graag je roddels deelt en van wie je graag goedkeuring wilt krijgen. Hannah wacht tot hij weggaat om te plassen en dan slaat ze toe. Doet alsof ze in de rij staat bij het toilet, vangt hem op als hij naar buiten komt, op weg terug naar het feest.

'Gaaf T-shirt.'

Hannah probeert haar toon ergens op gepaste afstand te krijgen van de twee posities die ze lijkt in te nemen: het moedertype en de vrouwelijke pedofiel. De jongen kijkt haar onderzoekend aan, probeert haar duidelijk in zijn wereld te plaatsen. Zonder succes.

'Wie ben jij ook weer...?'

Hannah is voorbereid op scepsis, steekt glimlachend haar hand uit en hoopt werkelijk dat hij zijn handen heeft gewassen na het toiletbezoek.

'Dag, ik ben Hannah, ik ben een vriend van Thor.'

De jongen geeft haar een slappe, vochtige hand en kijkt Hannah sceptisch aan. Ze zwakt haar leugen af.

'Een vriend van Ella, om preciezer te zijn, de zus van de moeder van Thor...'

En weer een, denkt Hannah, en ze ziet een uiterst gerechtvaardigde sceptische blik. Ze probeert het een laatste keer, de kleinste leugen.

'Ik ben een vriend van de familie. Een verre verwant uit Denemarken.'

Mooihaar knikt, maar niet alsof hij vindt dat het nu allemaal honderd procent logisch klinkt.

'Ze wilden graag dat ik... Nou ja, de hele familie is natuurlijk superverdrietig, en ze hebben mij gevraagd wat herinneringen aan Thor te verzamelen. Voor de begrafenistoespraak.'

Hannah heeft zin om zichzelf hard boven op haar hoofd te slaan, maar aan de andere kant; een of ander excuus moet ze toch hebben.

'En waarom geloof jij dat ik iets te melden zou hebben...?'

'Jij kende hem toch, of niet?'

'Dat was niet wat ik vroeg.'

De jongen leunt nu tegen de deurpost. Staat hij met haar te flirten? Ze heeft in elk geval zijn aandacht weten te vangen, tot zover alles oké. Hannah doet een stap dichterbij. De jongen lijkt haar te mogen.

'Je hoeft geen stortvloed aan lovende woorden over hem uit te storten als je geen zin hebt. Maar als er iets is waarvan je vindt dat het zou moeten worden genoemd...'

'Wat krijg ik daarvoor terug?'

'Wat?'

De jongen leunt wat verder naar Hannah toe, staart recht naar haar borsten, schaamteloos aangeschoten. Dat maakt het lastig voor Hannah om te doen of ze dom is.

'Laat maar zitten. Ik zoek wel iemand die hem wat beter heeft gekend.'

Hannah draait zich om om naar het feest terug te gaan, maar een goedgetrainde jonge arm pakt haar vast.

'Wacht! Wat als ik je zeg dat ik Thor heb gezien op de avond dat hij overleed...?'

Hannah spant al haar spieren. Bekijkt haar gesprekspartner aandachtig. Heeft ze hem onderschat? Is hij bezig met een geraffineerder spel-met-kennis-tegen-seksuele-diensten dan ze zich kon voorstellen? Haar inschatting is dat hij bluft, ze trekt haar arm naar zich toe.

'Veel succes met een meisje van je eigen leeftijd.'

Hannah loopt terug in de richting van het feest, maar achter haar klinkt een laatste wanhopige tienerroep om aandacht. Hannah verstijft, hoorde ze dat goed? Ze draait zich om. De jongen knikt, zijn hitsige blik is verdwenen. Een kort ogenblik ziet hij er nuchter en oprecht uit.

'Ik meen het. Ik heb Thor die avond naar huis zien lopen. En toen stopte er een auto die hem oppikte.'

Hannah kijkt hem aan.

'Wat was jouw naam ook weer?'

Hannah weet niet hoe snel ze van het tienerfeest weg moet komen, en toch: tijdens haar gesprek in de wachtrij voor de wc heeft de alcohol zijn uitwerking op de jongeren niet gemist. Ze hebben de kamer omgevormd tot een springpaleis van ontblote bovenlijven die tegen elkaar aan botsen op de maat van grungemuziek uit de jaren negentig en met kelen die de tekst meebrullen. Ze probeert zich door een deinend vertrek van armen, benen en zweterige alcoholadem te worstelen, krijgt een moment zin om zelf nooit meer te drinken. Ze wordt een poosje heen en weer geduwd, maar raakt dan gevangen tussen een jongen en een meisje die in een zo te zien zelfbedachte dans tegen elkaar aan springen. Hannah heeft last van ademnood, krijgt zin om om zich heen te slaan. Hoeveel tieners passen er op twintig vierkante meter? Ze probeert duidelijk te maken dat ze naar buiten wil, maar nu wordt ze van alle kanten ingeklemd. Haar redding wordt haar opgepompte toiletvriend die ook is teruggekeerd naar het feest en haar nu onverwachts wegtrekt uit iets wat bezig is zich tot een onvrijwillig triootje te ontwikkelen. Hij roept dwars door Nirvana heen.

'Ik dacht dat jij niet het danstype was?'

Hij glimlacht naar haar, maakt een paar onbeholpen dansmoves, Hannah maakt grimassen alsof ze hem niet heeft gehoord. Verontschuldigende gebaren met haar armen, ze is nu zo'n eind door het vagevuur van de dansvloer gekomen dat ze zich het laatste stukje een weg naar de uitgang kan banen. Maar precies op het moment dat ze haar hand uitsteekt naar de deurkruk tot de vrijheid en de vervolging van het nieuwe spoor, staat Iðunn voor haar.

'Je kunt niet weggaan nu.'

Hannah krijgt een schuldgevoel dat ze zelfs niet heeft overwogen afscheid van haar nieuwe vriendin te nemen. Ze probeert te doen alsof ze koorts heeft.

'Ik voel me niet zo lekker, ik heb wat frisse lucht nodig.'

'Perfect. We zijn bijna klaar voor de grote plechtigheid.'

Hannah ziet er net zo onwetend uit als ze is.

'Plechtigheid?'

'Voor Thor. Pak deze even aan.'

Voor Hannah meer weet uit te brengen heeft Iðunn twee jerrycans met aanmaakvloeistof in haar armen geduwd, en Hannah ziet nu dat Iðunn haar armen zelf vol heeft met stukken lichtgroen karton. Achter haar staat een ander meisje met een handjevol balpennen in de ene hand en lucifers in de andere.

'Gaan we iets in de brand steken?'

Iðunn knikt.

'Inderdaad.'

36

In de loop van slechts een paar minuten verzamelen de deelnemers van het feest zich met miraculeuze snelheid onder de met sterren bezaaide hemel. Alsof een onzichtbare kracht hen naar buiten heeft getrokken – of misschien heeft iemand gewoon de muziek uitgezet. Hannah rilt, terwijl ze om zich heen kijkt. De jeugdige energie straalt iets gedempter onder donsjacks en mutsen, maar het is of iedereen weet wat er staat te gebeuren en ze wachten een tijdje eerbiedig. Iðunn lijkt de aanvoerder te zijn, ze pakt een van de jerrycans met aanmaakvloeistof van Hannah en leegt die scheutig over een grote hoop brandbare elementen: oud hout, meubels en wat takken. Hannah krijgt een gedachte. Zou zij als enige volwassene deze aangeschoten jongeren niet moeten beletten dingen in de fik te steken? Maar ze kan zichzelf er niet toe zetten er iets van te zeggen, want het is alsof ze er helemaal niet zou moeten zijn. Dat er iets staat te gebeuren waar ze geen deel van is, maar dat ze slechts van buitenaf kan gadeslaan. Iemand strijkt een lucifer af. Die vangt onmiddellijk de stukken hout. Er wordt er nog een afgestreken, en nog een. Het hout vat snel vlam en weldra verheffen de vlammen zich tot een winters sint-jansvuur. Iðunn gaat ervoor staan, houdt de stapel lichtgroene kartonnetjes omhoog en verheft haar stem in de nacht.

'Eitt á mann.'

Hannah kijkt enigszins verward om zich heen. Probeert te volgen wat er gebeurt en kijkt naar alle jongeren, die ieder een kartonnetje en een balpen krijgen en beginnen te schrijven. Sommigen praten op gedempte toon met elkaar over de inhoud. Enkelen glimlachen, anderen raken ontroerd. Maar niemand gedraagt zich clownesk. Iðunn komt naar Hannah toe.

'Iedereen schrijft een groet aan Thor en dan gooien we die in de vlammen. En dan... Ja, dan hopen we dat hij daar ergens is en ze ontvangt.'

Hannah knikt. Kijkt naar de jongeren. Ze krijgt een lichte brok in haar keel, als ondertussen de eerste kaartjes in de vlammen worden gegooid.

'Wil jij er ook niet eentje schrijven?'

Hannah kijkt Iðunn verwonderd aan.

'Ik? Ik kende hem helemaal niet.'

'Als ik Thor was, zou ik totaal waanzinnig blij zijn als ik na mijn dood van jou een groet zou krijgen.'

Hannah probeert het vrij bizarre in het compliment te negeren, maar natuurlijk: wat schaadt het dat je een kaartje schrijft? Ze knikt, pakt het karton en de pen aan. Denkt even na. Ze is nooit goed geweest in het schrijven van korte groeten aan anderen, alles aan het genre staat haar tegen: de holle frasen, de onverschillige woorden, gefeliciteerd hier en gecondoleerd daar. Tijdens haar leven als volwassene heeft ze elk jaar op haar verjaardag een kaartje van haar ouders ontvangen. Er staat altijd hetzelfde. Tot het jaar waarin ze geen kaart meer kreeg. Ze wist immers best dat haar moeder de kaartjes stuurde en dat haar vader de traditie na haar dood niet in stand zou weten te houden. Hannah realiseert zich opeens dat ze die stomme kaartjes de laatste vier jaar heeft gemist. Ze bijt op de achterkant van de balpen. Wat schrijf je aan iemand die is overleden en die je niet hebt gekend? Ze zet de pen op het karton.

Beste Thor. Het spijt me dat je sprankelende leven veel te snel moest eindigen. Hoewel het nu misschien niets betekent, heb je velen geïnspireerd, onder wie mij.

Hannah pauzeert. Schrijft dan nog snel een toevoeging.

Ik zal je moordenaar vinden.

Hannah vouwt het kaartje dubbel, gooit het in de vlammen. Ze ziet hoe het vuur het omvat, haar belofte verteert.

'Ben jij hier nog steeds?'

Hannah herkent de stem, draait verwonderd haar hoofd en ziet tot haar verbazing Jonni staan met een groen kaartje in zijn hand. Wat doet hij daar? Het is nog maar een dag geleden dat ze hem opgesloten heeft gezien.

'Ben jij...?'

'Ik ben vrijgelaten. Dus niet ontsnapt als je dat soms dacht.'

'Maar ben jij nog steeds... verdacht?'

Jonni haalt zijn schouders op, alsof hij het niet weet. Hannah constateert evenwel dat hij eruitziet alsof hij blij is om terug te zijn in de vrijheid. In het oranje schijnsel van het vuur lijkt hij bijna een heel gewone tiener. Ze bijt op haar lip, er zijn zoveel dingen die ze hem graag wil vragen, maar iets houdt haar tegen. Juist vanavond moet hij misschien maar gewoon de mogelijkheid krijgen met zijn vrienden samen te zijn en het verdriet te verwerken dat in zijn eentje in de cel ondraaglijk moet zijn geweest. De wind verandert van richting en blaast rook in Hannahs gezicht, ze doet een stap naar achteren. Ze rilt in de knisperende kou, laat haar blik het opstijgen van het vuur volgen, vervolgens de rook die verdwijnt naar de sterren daarboven. Ze wordt door een ongebruikelijke sentimentaliteit overvallen, ze zou graag weten of Thor op een of andere metafysische manier deze laatste, groene groeten ontvangt? Ze is verbaasd over zichzelf. Waar komt dit vandaan? Nog maar een paar dagen geleden zou ze schamper hebben gelachen om deze hele van pathos vervulde, teerhartige ceremonie, maar nu is het alsof het rust en zin geeft. Niet alleen voor de jongeren, maar ook voor haar. Hannah staat zichzelf toe in het moment te zwelgen. Om haar heen hebben meerdere mensen hun armen om elkaar heen geslagen, sommigen huilen. Ze kijkt naar Jonni. Iðunn en het meisje met de lucifers staan elk aan een kant van hem, houden hem vast. Weer voelt Hannah die wonderlijke steek van hoop voor de toekomst, niet per se voor haarzelf, maar wel voor hen die na haar komen. Het voelt als het juiste moment om te vertrekken. Langzaam loopt ze achterwaarts bij het vuur vandaan, en als ze ver genoeg weg is, loopt ze voor de eerste keer in dagen met rustige passen terug naar het dorp.

Hannah kan zich er niet toe zetten rechtstreeks naar huis te gaan, ze móét deze nieuwe informatie aan Viktor doorgeven. Niet omdat ze graag zijn gezicht wil zien wanneer zij met zo'n doorslaggevend spoor in het onderzoek komt, maar ook omdat het welhaast haar burgerplicht is om hem over de auto te informeren. Hannah probeert zich de details te herinneren die de jongen uit de rij voor het toilet vertelde over model en uiterlijk; ondertussen onderdrukt ze passievolle gedachten over het vooruitzicht Margrét te zien als ze zo meteen bij de arm der wet aanklopt.

'Het is al na middernacht.'

De randen onder Viktors ogen zijn zo donker dat ze erop geschilderd lijken. Zijn haar steekt alle kanten uit en voor de eerste keer ziet Hannah hem ongeschoren, maar toch is duidelijk dat ze hem niet heeft gewekt. Deze keer is hij zelfs in uniform.

'Ik heb belangrijke informatie.'

'Ik heb je gevraagd om je helemaal niet meer met het onderzoek te bemoeien.'

'Ik heb net Jonni ontmoet. Wordt hij niet langer verdacht?'

'Blijf uit de buurt.'

Viktor trekt de deur dicht, maar Hannah weet nog net haar voet in de kier te zetten. Viktor kijkt haar vermoeid aan. Niet langer boos, slechts vermoeid.

'Wist je dat iemand Thor op de avond dat hij werd vermoord in een auto heeft zien stappen?'

Hannah vangt een glimp van verbazing op in Viktors gezicht.

'Zwart of donkerblauw, een soort fourwheeldrive. Een van Jonni's vrienden heeft dat gezien. Hij was die nacht naar buiten geslopen om hasj te roken met zijn vrienden, wat de reden is dat hij het tot nu toe aan niemand heeft verteld. Maar hij heeft Thor die avond gezien. Hij is ongetwijfeld de laatste persoon die hem levend en wel heeft gezien. Afgezien van de moordenaar, natuurlijk.'

'Ervan uitgaande dat jouw zogenoemde getuige de waarheid spreekt. Hoe heet hij?'

'Natuurlijk spreekt hij de waarheid.'

'Naam?'

'Ik heb beloofd die niet te zeggen.'

'Welterusten, en blijf uit de buurt.'

Viktor knalt de deur tegen Hannahs voet aan, en zij moet al haar zelfbeheersing bij elkaar sprokkelen om niet te gillen.

'Hij heet Stefan! Stefan Haraldsson.'

De deur wordt precies zoveel opengedaan dat Hannah haar kloppende voet weg kan trekken en achter het kreukelige politieoverhemd mee naar binnen kan glippen.

Weer zit Hannah op de bruine leren bank, maar dit keer krijgt ze rode wijn noch seks aangeboden. Viktor is in een stoel tegenover haar gaan zitten, hij ziet eruit alsof hij vecht om zijn laatste flinter façade te bewaren. Tevergeefs.

'Het resultaat van de DNA-test van de fles is binnen. Het bloed is pertinent niet van Jonni, maar de vingerafdrukken waren inderdaad van Thor.'

Viktor aarzelt. Maakt aanstalten tot een bekentenis.

'Dus ik denk dat je gelijk hebt. Thor heeft mogelijkerwijs zijn overvaller met de fles geslagen. We hadden onvoldoende bewijs om Jonni in voorlopige hechtenis te houden en zijn advocaat had vele goede argumenten om hem vrij te laten, ondanks zijn bedreigingen tegenover Ægir. Dat hij zo jong was, overmand door verdriet, geen eerdere veroordelingen en zo... Dus nu... Ja, dus we hebben in wezen niets. Behalve die fles.'

'En de auto.'

Hannah probeert opbeurend te klinken. Kan het gevoel van enige vreugde niet onderdrukken dat zij zichzelf weer midden in het onderzoek heeft weten te manoeuvreren.

'Wij zoeken Gísli. Om te checken of het zijn bloed is op de fles.'

'Dus hij wordt verdacht?'

'We zijn naar hem op zoek.'

Viktor houdt een korte pauze. Dan geeft hij het op.

'Of beter gezegd: ik ben naar hem op zoek. Het is nou niet zo dat ik een heleboel collega's heb om me te helpen. Behalve de schouwarts en het laboratorium in Reykjavik ben ik behoorlijk alleen.'

'Kunnen ze hier niet iemand naartoe sturen om je te helpen?'

'Daar hebben ze geen middelen voor, tenzij voor honderd procent zeker is dat er sprake is van moord.'

Hannah kijkt hem verbaasd aan.

'En dat is het niet?'

'Weet jij wel hoeveel mensen er in dit land omkomen door de natuur? Dronken mensen die doodvriezen, vissers die in zee belanden. Het is veel gemakkelijker voor hen om het als een ongeluk te registreren.'

'Maar het rapport van de schouwarts dan?'

'Ik wacht nog steeds op de laatste resultaten. De bult op zijn hoofd... Er is niets wat erop wijst dat hij niet gewoon is gevallen en op een steen is terechtgekomen.'

'Maar jij zei dat sporen op zijn schouders erop duidden dat hij onder water was gehouden?'

'Afdrukken die blijkbaar ook kunnen worden geïnterpreteerd als van nature aanwezig. Het ontbreekt ons nog steeds aan het doorslaggevende bewijs.'

'Maar de resultaten waar je nog op wacht. Wat vertellen die straks?'

Viktor aarzelt. Hij heeft haar al veel te veel verteld, maar hij mist duidelijk iemand met wie hij zijn gedachten kan delen. Hannah hoeft niets meer te zeggen om hem aan te sporen, stilte en geduld zijn voldoende.

'Of er iets in zijn bloed zat.'

'Alcohol en drugs?'

Viktor knikt.

'We weten dat Jonni en hij allebei dronken waren. Maar Thor was niet iemand die drugs nam. Dus als daar nog iets is... Dan kan het wél zo zijn.'

Hannah denkt na. Het lijkt vertwijfelde hoop in zulke verschillende richtingen dat het moeilijk aan elkaar te koppelen valt: de thuisloze, die niet thuisloos is, maar zonder twijfel een arme alcoholist, is de enige verdachte in een zaak waarin het slachtoffer voor zijn gruwelijke lot wellicht, maar wellicht ook niet, een soort drugs heeft genomen. Daarvóór heeft de jongen een lift gekregen van een heel dure auto, die absoluut niet aan de thuisloze toebehoort, en hij heeft naar alle waarschijnlijkheid zijn moordenaar met een fles op zijn hoofd geslagen, onder invloed of niet. Hannah weet best dat de gespierde Stefan mogelijk liegt, maar hij kwam uitermate geloofwaardig over, of misschien eerder te dom om ter plekke zo'n leugen te fabriceren. Het lijkt er echter niet op dat de informatie over de auto Viktor ook maar enigszins helpt, eerder het tegenovergestelde.

'Ik weet wel dat het een schrale troost is, maar als je er behoefte aan hebt om de kwestie met iemand te bespreken, moet je het zeggen... Ik meen het. Niet om je te ergeren, maar er is misschien een reden dat ik achter sommige dingen ben gekomen die jij niet hebt kunnen ontdekken.'

Viktor kijkt naar haar.

'Die fles. De auto. Om een bepaalde reden is het alsof de mensen hier zich op een andere manier voor mij openstellen. Misschien omdat ik van buitenaf kom. Of misschien omdat ik te dom ben om alle puzzelstukjes bij elkaar te brengen.'

Viktor glimlacht. Hij kijkt Hannah aan, analyserend. Alsof hij haar heeft doorzien.

'Of misschien omdat je vriendelijker en vertrouwenwekkender bent dan je zelf wilt toegeven.'

Hannah gaat even verzitten, onaangenaam getroffen. Gaat dan staan om haar aandacht te verleggen.

'Ik meen het. Als je denkt dat het nuttig kan zijn om mij erbij te betrekken, wil ik heel graag meehelpen. Zonder jou in de weg te staan of de wet te overtreden.'

'En ook zonder in mijn achtertuin rond te scharrelen?'

Hannah verstijft. Ze was gelukkig haar onfortuinlijke tuin-expeditie vergeten, maar het is niet de herinnering daaraan die haar kippenvel bezorgt. Het is de gedachte aan wat Viktor eigenlijk bedoelt met 'rondscharrelen'.

37

Hannah verlaat Viktor met de vreugde dat ze een rol toebedeeld heeft gekregen als onofficieel onderzoekspartner, samen met het gevoel meer op haar hoede te moeten zijn. Als ze een halfuur later onder het koude dekbed glijdt, tolt alles in haar hoofd rond op een manier zoals ze dat normaal gesproken alleen ervaart als ze echt dronken is. Wanneer de gedachten over elkaar heen struikelen en je hersenen geen verbindingen kunnen creëren die zich voldoende uitstrekken om een samenhang te vormen. Plotseling piept haar mobieltje en licht op, ze voelt een wee gevoel in haar buik – kan het Margrét zijn? Ze pakt de telefoon van het nachtkastje en zou niet ontgoochelder kunnen zijn: het is Jørn. Hij wil haar slechts bedanken voor hun goede gesprek en haar eraan herinneren dat ze altijd naar hem toe kan komen als ze hulp nodig heeft. Misschien kunnen ze ook samen een paar tochtjes in de omgeving maken en wat research doen voor hun respectievelijke boeken? Zijn fourwheeldrive kan overal naartoe. Jørns bericht sluit af met een irritante emoji van een autootje. Hannah antwoordt niet, maar zet de telefoon op stil, sluit haar ogen en probeert Jørn te vergeten. Ze valt snel in slaap en slaapt diep, maar tot haar eigen verbazing wordt ze de volgende ochtend precies om zeven uur wakker en voelt ze zich zo fris en uitgerust als ze zich haar hele volwassen leven nog nooit heeft gevoeld. Ella is nog niet uit bed gekomen als Hannah koffiezet en wat brood roostert. Banale handelingen, maar ze geven haar een sensatie van daadkracht. Van controle. Ze gaat aan de eettafel zitten en neemt een knisperende hap uit een cracker met jam, spoelt na met de warme koffie en probeert zich te focussen op haar misdaadroman.

Het alarm was niet afgegaan toen Edith uit de gevangenis was ontsnapt en daarom waren er meerdere uren verstreken voordat agent Axelson had ontdekt dat ze was verdwenen. Uren waarin ze zichzelf schade had kunnen toebrengen of nog erger: nieuwe misdaden tegen anderen zou kunnen begaan. Terwijl hij rondreed in zijn auto om haar te zoeken probeerde hij een logica te ontdekken. Ze had de vader van haar vriend vermoord, maar had ze ook haar vriend vermoord? Dat was niet logisch, ze waren zo gelukkig met elkaar. Axelson krabde aan zijn lange baard en hoppa! Opeens kwam er een gedachte in hem op: er waren meerdere moordenaars. Hij huiverde; plotseling liep er niet alleen een gevaarlijke, jonge vrouw vrij rond, maar ook een medeschuldige. Misschien was het deze persoon die Edith wilde ontmoeten? Misschien wilden ze samen nog meer moorden plegen. Hij had het nog maar net gedacht of hij besefte dat alles veel logischer klonk met twee moordenaars in het spel. Dat verklaarde Ediths alibi, het verklaarde de mysterieuze berichten op haar telefoon, en in de allereerste plaats verklaarde het hoe ze uit de cel kon ontsnappen met een slot dat van de buitenkant was opengebroken. Bam! Een hard, scherp geluid boort zich in Axelsons schedel en dan wordt alles zwart. Hij weet niet eens de auto te registreren die van de linkerkant frontaal op hem is ingereden.

Hannah schuift haar leesbril op haar voorhoofd, best tevreden over zichzelf. Nu is er ook een auto-ongeluk, dat moet goed zijn als het boek ooit eens wordt verfilmd. Dat gebeurt vast en zeker, het is immers een misdaadroman. Piep. Hannah kijkt een extra keer op haar mobieltje, verzekert zich ervan dat ze het niet verkeerd heeft gezien. Nee. Het is een uitnodiging van Margrét om elkaar te ontmoeten in dat gedeelte van de IJslandse wildernis dat Hannah het allermeest beangstigt: aan de voet van de gletsjer. Of misschien is er een plek die nog erger is – als ze daadwerkelijk die gletsjer moeten beklimmen. Hannah denkt na over haar antwoord, maar eigenlijk bestaat er geen twijfel. Het lukt haar niet om 'ja' te typen, als Ella op dat moment de keuken binnenkomt en Hannah met haar ochtendkilte en een onderzoekende blik onderbreekt.

'Koffie?'

Ella knikt en gaat zitten, Hannah schenkt haar een kop in. Glimlacht.

'Wees gerust, ik ben niet gek aan het worden, ik heb vannacht gewoon goed geslapen. Misschien ben ik bezig om enigszins normaal te functioneren.'

Ella knikt, maar er valt nog geen trekje van een glimlach in haar gezicht te bespeuren. Hannah herinnert zich dat de begrafenis de volgende dag is, dat moet enorm op haar drukken. Ze voelt een steek van schaamte dat ze dat was vergeten en alleen aan haar eigen slaap heeft gedacht. De nieuwe, energieke Hannah kijkt oprecht meelevend naar haar gastvrouw.

'Alles klaar voor morgen?'

Ella knikt. Pakt een stukje papier. Schrijft.

IK GA VANDAAG NAAR VIGDIS, OM MET DE LAATSTE DINGEN TE HELPEN.

'Zal ik met je meegaan?'

Ella schudt haar hoofd.

'Ik meen het, ik wil graag helpen. Als er ook maar iets is wat ik kan doen.'

Hannah liegt niet, ze meent het. Ook als dat zou betekenen dat ze niet met Margrét op gletsjertocht gaat. Ella schrijft snel en resoluut.

DANK JE, MAAR IK WIL HET LIEFST ZELF.

Hannah schuift het mandje met brood naar Ella toe, maar ze steekt haar hand omhoog, bijna alsof het een ongepaste pressie is om haar iets aan te bieden. Hannah bekijkt haar armen, die doen denken aan twee dunne takken met een breekbare bast. Ze ziet er ouder uit, Ella. Hollere wangen, dunner haar, allemaal tijdens de laatste paar dagen. De dood van Thor heeft haar werkelijk hard aangegrepen en Hannah herinnert zich plotseling verhalen van mensen die direct na de dood van hun geliefde wegkwijnen en overlijden. Dat is waarschijnlijk vooral het geval bij geliefden of kinderen, Hannah heeft nooit gehoord over iemand die helemaal te gronde ging vanwege een tantezegger. Maar vanwege Ella's nauwe band met Thor begrijpt Hannah ook wel dat Ella een rouw voelt alsof het hier haar eigen zoon betreft. Hannah smeert een broodje voor Ella voordat ze de trap op gaat om een douche te nemen. Als ze een halfuur later naar beneden komt, heeft Ella het eten nog steeds niet aangeroerd en is het koffiekopje nog steeds vol. En vast net zo koud als de blik waarmee Ella voor zich uit staart.

38

De energie pompt in Hannah rond, terwijl ze naar de gletsjer stapt. Ze heeft geprobeerd zichzelf wat uiterlijk betreft zo appetijtelijk te maken als kan bij een wol-op-wol-strategie. Pasgewassen haar en wat mascara was waar ze het mee moest doen. Het is een paar kilometer naar de voet van het enorme ijsplateau en onderweg weet Hannah zich vele verwachtingen over het verloop van de ontmoeting met Margrét te maken. Er is zonder twijfel een reden dat ze elkaar juist hier ontmoeten en niet ergens in het dorp. Hannah glimlacht. 'In het dorp.' Het is eigenlijk maar gewoon een verzameling schuren op een stuk land aan de zee. Ze zuigt de lucht diep haar longen in, nu is ze er bijna. Ze ziet Margrét echter nog nergens. Hannahs gedachten cirkelen rond de mogelijke beweegredenen die Margrét kan hebben gehad om haar hier uit te nodigen. In werkelijkheid kan ze slechts één reden bedenken en die geeft haar een warm gevoel onder alle wollen truien. Maar als ze een paar stappen verder eindelijk Margrét in het oog krijgt, zakken haar schouders automatisch omlaag door een teleurgestelde berusting. Margrét is niet alleen, ze heeft alle kinderen bij zich. Een fractie van een seconde overweegt Hannah om om te keren, maar het is te laat. Een van de ski-overall-duiveltjes heeft al naar haar gewezen. Hannah zwaait en lacht, loopt naar hen toe. De kinderen – vier in totaal, drie, vier jaar oud schat ze – springen rond op stenen die er net zo glad uitzien als de gletsjer die achter hen zijn tong uitsteekt. Hannah kijkt omhoog naar het ijs, dat veel angstaanjagender en zwart gevlekter lijkt dan ze zich had voorgesteld. Ze moet echter toegeven dat het een mooie plek is om te spelen. Een beetje weinig toegerust, maar de kinderen lijken zich te vermaken, zoals ze daar als kleine trollen rondrennen en stenen verzamelen. Als er maar niet eentje komt te vallen en ernstig gewond raakt. Hannah is er niet tegen opgewassen om bij een gebroken voet te moeten helpen.

'Goed dat je bent gekomen.'

Margrét, die trouwens wel in staat is er elegant uit te zien in haar warme, praktische kleding, zit een sigaret te roken op een steen. Hannah loopt naar haar toe, maar blijft staan.

'Niet dat er duizenden andere dingen waren die ik moest doen. Behalve een boek afschrijven.'

'En een moord oplossen.'

'En een moord oplossen.'

Hannah vraagt zich af hoeveel Margrét ervan weet dat Viktor nu de deur heeft opengezet om Hannah meer aan het onderzoek te laten meedoen. Is dat misschien de reden dat Margrét met haar wil praten? Hannah steekt een voelspriet uit.

'Ik weet wel dat het allemaal wat gecompliceerd is dat ik voortdurend probeer me met het onderzoek te bemoeien. Met Viktor, als... Ja, ik weet niet of hij iets heeft gezegd, maar we hebben afgesproken dat ik dingen mag uitzoeken. Om het te delen. In ruil daarvoor deelt hij zijn kennis met mij. Onofficieel natuurlijk.'

'Wij zijn getrouwd. Denk je dat wij niet met elkaar praten?'

Margrét kijkt Hannah indringend aan, het is alsof de gletsjer zich in haar blik spiegelt. Heeft haar blik iets plagerigs, of is dat slechts iets wat Hannah zich verbeeldt?

'Ik weet toch niet... Hoeveel praten jullie met elkaar? Over het werk, over... Over alles.'

Margrét glimlacht.

'Ik heb niets over ons verteld, als je je daar soms zorgen over maakt.'

Hannah voelt een opluchting zich in haar lichaam verspreiden. Niet alleen omdat hun affaire nog steeds een goed bewaard geheim is gebleven, maar ook omdat het de eerste keer is dat ze Margrét hoort verwoorden – bevestigen – dat er überhaupt iets tussen hen is. Het voelt veelbetekenend.

'Dat is waar ik het met je over wilde hebben.'

Het veelbetekenende gevoel vloeit uit haar lichaam weg. Dat is het natuurlijk. Ze heeft Hannah de wildernis in gesleurd om een affaire af te sluiten die nooit echt is begonnen; vóór een paar uitgelaten kinderen, zodat het allemaal ongevaarlijk, onschuldig en alledaags wordt en als een sneeuwvlokje op warm asfalt verdampt. Hannah knikt. Ze wil graag de vernedering voorkomen om te worden afgewezen.

'Je hoeft niet meer te zeggen. Ik begrijp alle complicaties van de situatie. Voor mij is het ook maar een verzetje geweest. Een dom verzetje. Ik hoop niet dat ik iets kapot heb gemaakt.'

Margrét schudt haar hoofd.

'Voor mij is een verzetje niet noodzakelijkerwijs iets slechts. Het is ook niet de eerste keer dat ik... dat zoek, als je begrijpt wat ik bedoel. Het is alleen niet zo dat het zich hier zo vaak aanbiedt.'

Hannah kijkt haar aan. Moet denken aan iets wat ze had willen vragen.

'Nam Thor jou eigenlijk in vertrouwen over zijn relatie met Jonni? Ik bedoel, omdat je zo dubbelzinnig was over hoe goed je hem kende...?'

Margrét knikt. Kijkt dan enigszins geïrriteerd naar Hannah.

'Hé, ga nou toch eens zitten. Je kont vriest er heus niet af, ik heb een deken.'

Hannah realiseert zich dat ze als een zoutpilaar in de wind staat. Margrét maakt plaats op de steen, Hannah gaat naast haar zitten.

'Hebben jullie dan een soort afspraak, of...? Viktor en jij?'

Margrét snuift.

'Een afspraak dat mijn begeerte zich niet op hem richt, maar dat hij lief en aardig en grappig is om mee samen te zijn, en dat het leven – in het algemeen – niet zo erg is om te leven wanneer je je zo nu en dan zelf de vrijheden gunt die maken dat je het weet vol te houden? Bedoel je dat met een afspraak?'

Hannah heeft haar hele leven nog nooit zoiets reactionairs gehoord, en ze moet haar best doen om niet een lange monoloog af te steken over trouw te zijn aan je eigen natuur; hoe kan Margrét tevreden zijn om maar half te leven? Hannah bestudeert haar.

'Waarom...? Je kunt naar Reykjavik verhuizen, samen zijn met iemand bij wie je niet achter iemands rug om hoeft te handelen. Je kunt alles krijgen wat je hier hebt, maar zonder met een leugen te hoeven leven.'

Hannah hoort zelf ook het schijnheilige in haar formulering, maar als het erop aankomt, zijn dat wel de feiten. Maar Margrét lijkt niet bijzonder geraakt door het oordeel van Hannah over haar leven. Ze heeft zelf vermoedelijk precies dezelfde gedachten al honderden keren gedacht. Margrét kijkt naar de kinderen die aan het spelen zijn.

'Dit hier. Een geborgen, goed leven, waarin we hebben wat we nodig hebben. Materieel en geestelijk. De natuur, de gemeenschap. Je bent een deel van iets. Ik ben een deel van iets. Ik ben de echtgenote van de politieagent, een oppasmoeder op wie mensen rekenen. Mijn kinderen ademen frisse lucht in, gaan iedere avond moe, beschut en blij naar bed. Als ik oud ben, is er iemand die voor mij zorgt, als ik doodga, zijn ze verdrietig.'

Hannah kijkt Margrét aan. Meent ze dat echt?

'Als jij doodgaat? Is dat waar je aan denkt – dat je dan een mooie begrafenis krijgt en dat het hele dorp komt om je te prijzen omdat je zo'n goede, fatsoenlijke burger bent geweest? Iemand die er altijd aan heeft bijgedragen dat alles was zoals het placht te zijn, dat iedereen zich op zijn gemak heeft gevoeld en het goed heeft gehad?'

'Zoiets, ja.'

'Maar catastrofes vinden toch wel plaats. Kijk bijvoorbeeld naar Thor.'

'Je begrijpt het verkeerd. Ik ben niet bang voor de catastrofe. Maar voor de lange, taaie levensweg die ondraaglijk kan worden als je te veel tegenstribbelt.'

'Maar met dit leven neem je geen enkel risico.'

'Welk risico neem je zelf?'

Margrét kijkt haar aan met een blik waardoor Hannah zich heel dom voelt.

'Trouwens, als ik geen risico's neem, wat ben ik dan hier samen met jou aan het doen?'

Dat is een argument dat Hannah moeilijk kan weerspreken, maar toch voelt het moeilijk te accepteren dat Margrét kennelijk tevreden is met haar leven. Aan de andere kant: misschien is het zo, omdat Hannah nooit ergens een compromis over is aangegaan, dat zij een basisgevoel van eenzaamheid heeft. Ze schudt de gedachte van zich af. Liever eenzaam dan onvrij. Hannah heeft zin om meer vragen te stellen. Margréts kijk op de wereld uit te dagen, haar in detail uit te vragen over Viktor en hun leven samen en te weten waar Margrét van droomde toen ze jong was. In plaats daarvan vraagt ze hoe de kinderen heten, of ze vaak naar de gletsjer gaan en hoe je eigenlijk de hele dag kunt doorkomen in het gezelschap van wezens die niet eens behoorlijk kunnen praten en niet zelf naar het toilet kunnen. Wezenlijke informatie is dat Margrét haar hele leven al in Húsafjörður woont en haar vrienden en haar hele familie hier heeft. Dat heeft toch ook wel een zekere waarde.

Plotseling voelt Hannah iets kouds in haar nek. Het glijdt als een ijzig gevoel snel langs haar rug naar beneden. Het kost haar een lang ogenblik, maar dan beseft ze dat het de kinderen zijn die van achteren zijn komen aansluipen en een klomp sneeuw van de gletsjer in haar nek hebben gepropt. Hannah springt overeind, begint te hyperventileren en te springen en te dansen om de sneeuw uit haar trui te krijgen.

'Aargh! Dat is hartstikke koud, ik ga dood!'

De kinderen bulderen zo hard van het lachen dat ze bijna uit hun ski-overalls knappen. Het lukt Hannah om de ijsklomp onder de vele lagen uit te krijgen, maar het koude water plakt nog steeds aan haar rug. Ze heeft zin om de bulderende ski-overalls een flink eind weg te slingeren, maar als ze ontdekt dat Margrét ook zit te lachen, ziet ze zichzelf van buitenaf en beseft dat ze in wezen een onbenullige, komische figuur is. Iemand die net zo voorspelbaar reageert als regen uit een donkere wolk. Ze besluit zichzelf, Margrét en die kleine onderkruipertjes te verrassen en rent naar de gletsjer, schraapt een handvol sneeuw bijeen en begint achter de kinderen aan te jagen.

'Zo! Nu zal ik jullie het betaald zetten!'

Hoewel de kinderen haar niet verstaan, gillen ze en rennen uitgelaten alle kanten op, zodat Hannah niet eens hoeft te doen alsof ze slecht is in vangspelletjes om hen niet te pakken te krijgen. Uiteindelijk moet ze opgeven en gooit ze sneeuw naar de kinderen, die deze mislukte wraakpogingen gelukzalig weten te ontwijken. Hannah weet net uit te blazen als een grote sneeuwbal haar midden op haar voorhoofd raakt. Een paar meter daarvandaan staat Margrét schelms te zwaaien, terwijl de kinderen niet meer bijkomen van het lachen. Hannah ontdekt dat ze zelf ook lacht, dat haar hartslag hoog is en haar wangen branden van warmte. Ze realiseert zich dat ze zich niet kan herinneren wanneer ze voor het laatst echt zo heeft gelachen. Het blijft onuitgesproken tussen hen wat er vanaf nu zal gebeuren, maar op de terugweg pakt Margrét opeens Hannahs hand en geeft er een kneepje in. Niet hard, maar genoeg voor Hannah om te weten dat het hier niet is afgelopen.

39

Hannah voelt zich onrustig. Ze loopt met Margrét en de kinderen de laatste honderd meter naar de politiewoning. Het is eigenlijk een omweg, maar ze heeft geen andere plannen en zo meteen is het uitstapje voorbij. Dan weet ze niet wanneer ze Margrét weer ziet. Met of zonder kinderen. Ze kijkt toe hoe de kleine ski-overalls hun laatste krachten vinden na de vermoeiende tocht en naar het huis toe rennen. Zelf loopt ze een paar passen achter Margrét en bedenkt hoe ze een excuus kan verzinnen om nog eventjes te blijven. Maar als ze dichter bij het huis komen, krijgt Hannah een knagend gevoel dat er iets niet is als het behoort te zijn. De auto van Viktor staat merkwaardig geparkeerd, alsof hij te vroeg is gestopt, een stuk te ver van het huis af. Een paar stappen verder zien ze dat beide voorportieren van de auto helemaal openstaan.

'Wat is dat daar?'

Margrét blijft staan, heeft hetzelfde gezien als Hannah. De kinderen zijn nog maar een paar passen van de voordeur die ook openstaat. Een synchroon gevoel van onbalans zorgt ervoor dat de twee vrouwen het op een sprinten zetten om te voorkomen dat de kinderen naar binnen huppelen. Op de drempel weet Hannah een homp ski-overall met kind erin te vangen, trekt hem terug en constateert dat er vlekken op de vloer in de hal liggen. Bloedvlekken.

'*Bíddu!*'

Margrét staat ook met twee kinderen aan haar armen, krijtwit in haar gezicht. De kinderen grinniken wat, misschien denken ze dat het een leuk spelletje is. Ze proberen zich los te rukken. Hannah vangt Margréts blik, waaruit de angst onverminderd straalt, en ze ziet eruit als een fragiele ijssculptuur die elk moment kan versplinteren. Iets wat Hannah koste wat het kost wil voorkomen.

'Blijf hier met de kinderen, ik ga naar binnen.'

Zonder verdere woorden lukt het Hannah alle kinderen in Margréts beschermende omarming te krijgen, en vanuit haar ooghoek ziet ze haar met het groepje achterwaarts bij het huis vandaan bewegen, geruststellende woorden mompelend die misschien werken bij kinderen, maar haarzelf overduidelijk niet overtuigen.

'Wees voorzichtig!'

Hannah weet nog net de waarschuwing op te vangen, op het moment dat ze naar binnen gaat via de deuropening, die helemaal glibberig van het bloed blijkt te zijn. Haar hart bonkt als ze langzaam naar de woonkamer stapt. Ze heeft voldoende spannende films gezien om te weten dat ze nu een wapen zou moeten trekken of moet wachten op versterking. Maar ze heeft geen wapen dat ze kan trekken en er is geen versterking die ze kan inroepen. Hannah weet nog te registreren dat ze niet bang is, alleen ongelooflijk nieuwsgierig naar wat haar staat te wachten. Ze sluipt richting de deur van de woonkamer, verwacht het ergste, stapt dan met een snelle beweging naar voren en staat midden in de woonkamer, waar alles volslagen stil en normaal is. Afgezien van een omgevallen glas op de salontafel waaruit wat water op de vloerbedekking drupt. Het voelt alsof Hannah secondelang naar het druppende glas kijkt, maar dan hoort ze een geluid uit de keuken. De koude rillingen lopen langs haar rug. Pas nu wordt ze bang. Er is geen weg meer terug, ze moet het huis onderzoeken, moet het veilig maken voor de kinderen die buiten staan, koud en moe. Ze loopt in de richting van de keuken, kijkt snel om zich heen naar een wapen, grijpt een messing kaarsenstander op een ladekast, houdt die hoog boven haar hoofd.

Met de bedoeling om er onheilspellend en onverschrokken uit te zien, en met een onvervalste paraatheid om de zware kandelaar met scherpe randen tegen de slaap van de indringer te meppen stapt ze de keuken in met een brul die haarzelf verrast. Het verrast ook de figuur die boven de gootsteen staat en zich met een ruk angstig omdraait naar Hannahs hooggeheven kandelaar-wapen. De gestalte beschermt zijn gezicht met een galmende schreeuw. Milliseconden voor de adrenaline Hannahs armen aanstuurt voor een goed geplaatste aanval, realiseert ze zich dat ze recht in een stel ogen kijkt dat ze kent: de ogen van Viktor.

Hannah laat haar armen zakken, de hartslag doet haar aderen bijna knappen, ze kijkt verward naar Viktor, die bleek en bloedarm probeert een verbinding te leggen om zijn rechterarm, die al een theedoek op de tafel voor hem heeft doordrenkt. Het zweet drupt van zijn voorhoofd, strijdend tegen het bloed uit een wond die er diep en lang uitziet. Hannah kijkt om zich heen.

'Zijn er anderen hier? Wie heeft dat gedaan?'

Viktor schudt moeizaam zijn hoofd, ziet eruit alsof hij op instorten staat. Hannah trekt een stoel bij en laat hem daarop zitten. Neemt zijn verbandproject over, moet heftig knipperen om niet flauw te vallen. Bloed is nooit haar sterkste kant geweest, ze is ooit een keer flauwgevallen tijdens een bloederige film in de bioscoop en zelfs kleine wondjes zorgen ervoor dat haar lichaam ermee ophoudt. Het moet de adrenaline zijn die haar bij bewustzijn houdt, terwijl ze snel het gaasverband om Viktors arm wikkelt waarmee hij zelf het bloeden heeft geprobeerd te stoppen. Haar blik zoekt het mes, maar dat is nergens te zien en weer wordt ze bang dat de persoon die Viktor blijkbaar in zijn eigen huis heeft neergestoken, zich met het mes nog steeds ergens binnen bevindt. Ze schenkt een glas water in, zet het voor Viktor neer. Hij lijkt wat suf, Hannah weet niet of het van de pijn is of van het bloed dat hij heeft verloren. Ze brengt het glas naar zijn mond, hij drinkt gretig.

'Weet je heel zeker dat er niemand anders in huis is?'

Viktor knikt.

'Heel zeker. Hij is weggelopen. Of weggerend. Hij is nu al ver weg.'

'Wie was het?'

Hannah gaat dood van nieuwsgierigheid.

'Gísli. Het was Gísli.'

De verbazing plant zich voort in Hannahs gezicht, ze kijkt met open mond naar Viktor.

'Gísli? Weet je het zeker?'

'Natuurlijk. Ik heb hem zelf hierheen gereden.'

De kinderen die niet in het huis wonen zijn afgehaald, en Margrét heeft hun eigen kinderen voor de tv gezet met een tekenfilm en snoep, ver uit de buurt van het ernstige gesprek dat nu in de keuken plaatsvindt. Het is Hannah gelukt de bloedsporen afdoende weg te krijgen zodat de kinderen het huis binnen konden komen zonder de rest van hun leven getraumatiseerd te worden. Het lijkt er trouwens niet op dat een van hen iets heeft kunnen zien van de ernst die in het huis hangt. Viktor heeft wat meer kleur op zijn wangen gekregen als hij begint uit te leggen.

'Ik heb met Gísli's huisarts gesproken, die bevestigt dat de bloedgroep op de fles dezelfde is als die van Gísli, namelijk AB resus D-negatief – een van de zeldzaamste hier in IJsland, dus je hebt naar alle waarschijnlijkheid gelijk. Hij is degene die door Thor die avond met de fles is geslagen.'

'En degene die Thor heeft vermoord?'

Viktor haalt zijn schouders op. Of de schouder, die niet in een zelfgemaakte mitella is gewikkeld.

'Jij zei zelf dat je niet geloofde dat hij tot geweld in staat zou zijn. Maar toen hij zich realiseerde dat het die theorie was die ten grondslag lag aan mijn verhoor, ja... Toen knapte er iets bij hem.'

'Maar hoe zit het met je auto? Heeft hij geprobeerd erin weg te rijden of wat?'

Viktor schudt zijn hoofd.

'Nee. Ik vond hem bij het schuurtje en ik vroeg hem om mee te komen voor een praatje. Hij was zeer onwillig, stelde tijdens de hele autorit voortdurend vragen, leek uiterst zenuwachtig. Ik wilde graag fatsoenlijk met hem praten, niet in de auto, maar met een kop koffie en een tafel tussen ons in. Ik wilde graag zijn gezicht kunnen zien als hij antwoord op mijn vragen gaf.'

'Maar zover zijn jullie niet gekomen?'

Hannah is ongeduldig, wil alles tegelijk weten, maar weet diep vanbinnen best dat Viktor haar geen bevredigende verklaring kan geven. Dat Gísli de moordenaar zou zijn... Alles wijst er natuurlijk op, maar het lijkt bijna te eenvoudig. Of te treurig. Hannah kan het niet beschrijven, maar dit voelt niet als een juiste ontwikkeling in de zaak.

'Hij bleef aandringen, dus vertelde ik hem in de auto over de fles en de bloedmonsters. Ik hoefde niet de theorie uit te leggen dat het bloed op de fles vermoedelijk van de moordenaar is, hij voelde zich intuïtief onder verdenking staan. Toen begon hij mij aan te vallen. Haalde uit naar me, terwijl ik reed. Het lukte me om de auto naar huis te manoeuvreren, hem eruit te trekken en mee naar binnen te slepen. Het was nooit mijn bedoeling geweest hem op te sluiten of handboeien te gebruiken, maar met al die weerstand moest ik wel. Zover ben ik alleen niet gekomen.'

'Want hij had een keukenmes gepakt?'

Viktor knikt.

'Ik had het helemaal niet zo snel in de gaten, opeens merkte ik die steek in mijn arm en zag ik dat hij ervandoor ging. Ik had achter hem aan willen rennen, maar het bloedde te heftig.'

Hannah en Margrét kijken elkaar aan. Bezorgd. Margrét neemt het woord.

'Het is goed dat je hem niet bent gevolgd. Het klinkt alsof hij bereid was alles te doen om zijn vrijheid niet te verliezen.'

'We moeten hem zien te vinden.'

‘Ik heb versterking gevraagd uit Reykjavik, ik kan hem niet alleen aan. En al helemaal niet met deze hier.’

Viktor knikt naar de arm. De dokter is onderweg, Hannah verwacht meerdere hechtingen.

‘Wanneer zijn ze hier? De versterking.’

‘Zo snel mogelijk. Wat realistisch gezien over een aantal uur is.’

Hannah schudt het hoofd.

‘Dat kan toch niet. Als Gísli zo onder druk staat, kan hij zichzelf of anderen nog grote schade toebrengen. We moeten hem nu vinden.’

‘We moeten helemaal niets. Jij bent een burger en jij moet geen jacht maken op een moordenaar met een keukenmes.’

‘Maar hij is geen…’

‘Stop!’

Viktor verheft zijn stem, hij lijkt iemand die zijn laatste krachten gebruikt om nog een beetje controle over de situatie te behouden.

‘Jij gaat niet op zoek naar Gísli, heb je dat begrepen?’

Hannah kijkt naar Viktor, de pijn lijkt niet te zijn afgenomen na de cocktail van vrije geneesmiddelen die Margrét hem heeft toegediend. Er valt niets anders te doen dan te knikken. Op hetzelfde moment wordt er aangeklopt. Margrét gaat naar de deur om open te doen voor de dokter, en Hannah gaat mee om zich niet nog meer in de weg te voelen staan dan ze al doet.

Hannah loopt langzaam de weg af. Alles in haar trilt en ze kan niet gewoon naar huis gaan en onrustig afwachten zonder iets te ondernemen, ze moet iets doen. Ze is zich volledig bewust van het gevaar dat ze tegenover Gísli komt te staan en misschien dezelfde behandeling met het keukenmes zal ondergaan. Ze huivert bij de gedachte aan de scherpe kling die haar vlees binnendringt. Nee, dat kan ze niet doen. Een moment overweegt ze de mogelijkheid om Jørn te vragen of hij mee wil. Je kunt een heleboel over hem zeggen, maar hij is een grote, gespierde man die ongetwijfeld een zeer zenuwachtige alcoholist aankan. En toch – het is Viktor niet gelukt. Wat als Hannah Gísli heeft onderschat? Wat als hij een koelbloedige moordenaar is die niet bang is om mensenlevens op zijn geweten te hebben? Als ze verder nadenkt is hij misschien zelfs extra gevaarlijk, omdat hij niets te verliezen heeft. Geen baan, geen familie, niets anders dan zijn vrijheid om te drinken en uit te kijken over zee. Dat is het misschien wel waard om zich tot het uiterste te verdedigen. Hannah rilt, voelt iets op haar voorhoofd. Een lichte, koele aanraking. Ze kijkt op en ziet dat het is gaan sneeuwen. Grote sneeuwvlokken dalen uit de lucht neer, ze vlijen zich in haar haar en kleuren haar jas wit. Nee, natuurlijk moet ze Jørn hier helemaal buiten houden, natuurlijk moet ze naar huis gaan en de situatie afwachten, niet nog meer misdrijven uitlokken, niet de heldin uithangen. Ze moet naar Ella gaan, koffiedrinken en met haar over de begrafenis van morgen praten, Ella haar hulp aanbieden. In een warme woonkamer zitten en de politie haar werk laten doen. Ze voelt zich ervan overtuigd dat Viktor haar wel voldoende op de hoogte zal houden, zodat ze de gebeurtenissen van de komende dagen in haar boek kan verwerken. Al deze verstandige gedachten weet ze nog te overpeinzen als ze plotsklaps blijft staan. Voor haar staat een persoon die uit de dichte sneeuw als een geest uit de mist is opgedoken. Hannah slikt een keer en probeert een toenemende paniek te temperen als ze constateert dat de gestalte Gísli is.

40

De twee staan tegenover elkaar, Hannah en Gísli, afwachtend als twee cowboys in een revolverduel. Hannah probeert het mes te spotten, maar zonder succes. Hij kijkt haar met een gekwetste blik aan, of misschien is die alleen maar wazig van de alcohol? Hannah haalt diep adem om de rust te bewaren. Herinnert zichzelf eraan dat Gísli natuurlijk niet noodzakelijkerwijs weet dat zij weet wat hij heeft gedaan. Misschien kan ze heel normaal met hem praten, hem doen geloven dat hij van haar niets te vrezen heeft, en dan kan het zijn dat ze hem kan passeren en naar huis kan gaan zonder dat de situatie zich in een gevaarlijke richting ontwikkelt. Terugrennen kan ze niet. Het risico dat hij haar inhaalt is te groot. Maar ze kan hem ook niet gewoon voorbijstappen en doen alsof er niets aan de hand is. Ze probeert het met een banale, algemene opmerking.

'De sneeuw komt echt een beetje uit het niets, hè?'

Gísli zegt niets. Staart haar slechts aan. Er zit ongeveer tien meter tussen hen beiden. Dat is te ver voor Hannah om hem helemaal te duiden en te kort om zijn aanwezigheid te kunnen negeren.

'Wat doe jij eigenlijk als het sneeuwt? Ik bedoel, je kunt dan toch niet in je schuurtje zijn als het zo koud is.'

Stilte. De sneeuw valt nog dichter nu. Hannah vindt het moeilijker om Gísli te zien.

'Ik heb toch mijn appartement nog.'

O, wat een opluchting... Hannah was zijn appartement niet vergeten, maar ze heeft hem zover gekregen over iets totaal onbenulligs te spreken. De strategie van iemand-de-indruk-geven-datalles-normaal-is werkt dus. Misschien. Ze komt met een volgende repliek in wat misschien, en misschien ook niet, van beide partijen een toneelstukje is.

'Ik was je appartement helemaal vergeten. Is dat ver weg?'

'Ik kan daar nu niet naartoe.'

Gísli klinkt oprecht gefrustreerd. Hannah blijft in haar rol.

'Waarom niet?'

'Dat kan gewoon niet.'

Zijn stem heeft iets opstandigs. Hannah weet immers heel goed waarom hij daar niet op kan ingaan en ze weerhoudt zich ervan om nog verder op die knop te drukken. Ze wil langs hem heen stappen als hij iets zegt wat haar verrast en haar paniekangst de vrije loop geeft.

'Kan ik misschien met jou mee naar huis?'

Hannah kijkt hem aan. Heeft ze dat goed gehoord? Is dit een test? De sneeuwvlokken zijn dotten van wat die de wereld dempen en de situatie nog onwerkelijker maken. Hannah realiseert zich dat als de sneeuw met deze intensiteit blijft vallen, het nog moeilijk wordt om thuis te komen. De gedachte verandert in een versie waarbij Gísli een mes in haar steekt en het verse sneeuwlandschap door haar bloed als een macabere Deense vlag roodgekleurd wordt. Ze kan zijn gezicht door de sneeuw niet meer ontcijferen. Ze heeft de verzekering nodig dat het niet zijn bedoeling is om haar en Ella af te slachten, maar ze weet eveneens dat ongeacht welke reden hij haar ook geeft om haar te volgen, ze toch haar wantrouwen niet kwijtraakt. Daarom kiest ze ervoor het enige totaal en compleet onverstandige te doen. Ze nodigt hem uit mee te gaan naar huis.

'Kom, laten we proberen dit veel te koude weer achter ons te laten.'

Ze lopen in stilte, terwijl al Hannahs gedachten cirkelen rond de vraag of ze op weg is naar haar dood, met haar beul twee stappen achter zich, en of ze hulp kan inroepen zodra ze thuis is. Ze durft haar telefoon niet te pakken en nu iemand te bellen, ze is veel te kwetsbaar met Gísli die zijn ogen op haar rug heeft gericht. Een meer praktische vraag te midden van haar doodsangst is: wat zal Ella zeggen? En wat moet zij tegen Ella zeggen? Ze weet niets verstandigs te bedenken voor ze bij het huis zijn. Hannah ziet tot haar opluchting dat Ella's auto buiten staat en dat er licht achter de ramen is. Het moet al met al toch moeilijker zijn om twee mensen te doden dan een.

'Zo, we zijn er.'

Hannah probeert een verkrampte glimlach als ze Gísli vraagt zijn laarzen onder het afdakje te laten staan. Er schiet een gedachte door haar hoofd in de vorm van een nieuwe titel voor haar boek: *De blootsvoetse moordenaar.* Helemaal blootsvoets is hij evenwel niet, ze kan maar moeilijk haar blik afhouden van de vieze sokken met gaten, als ze over de drempel stappen en worden verwelkomd door een geurige openhaardwarmte en door Ella, die met een bezorgde moederblik in de hal staat.

'Ik heb een gast meegenomen, ik hoop dat dat oké is? Ik weet niet of je Gísli kent?'

Hannah probeert rustig en zelfverzekerd over te komen. Zouden de twee anderen merken dat haar stem een beetje trilt? Ella knikt, alsof ze had verwacht dat Hannah een thuisloze man met gaten in zijn sokken mee naar huis zou nemen en zegt iets in het IJslands, wellicht iets over de plotselinge sneeuwval en koffie. Gísli volgt haar in elk geval naar de keuken, waar Ella met het koffiezetapparaat begint te rommelen. Hannah houdt zich een beetje op afstand. Voelt aan haar telefoon in haar zak, zoekt een gelegenheid om het vertrek te verlaten en Viktor te bellen. Maar durft ze Gísli met Ella alleen te laten? Wat als hij haar aanvalt of in gijzeling neemt? Maar aan de andere kant – als ze niets doet, trekt hij misschien opeens het keukenmes tevoorschijn en ramt hij dat in hen allebei. Het kan slechts een kwestie van tijd zijn voor hij doorkrijgt dat Hannah meer weet dan ze laat blijken. Hannah moet bellen om hulp. Ze excuseert zich in het Engels, vanwege Gísli.

'Ik ben even naar het toilet.'

Gísli kijkt naar haar – op een eigenaardige manier? Hannah worstelt met haar oordeelsvermogen, terwijl ze haar hart sneller voelt kloppen en haar voeten zich met snelle bewegingen naar de badkamer begeven. Shit, fuck! De paniek wordt groter als ze de deur achter zich dichtdoet en haar te binnen schiet dat er geen slot op zit. Automatisch zet ze de kraan aan, alsof dat ook maar iets zou kunnen overstemmen. Drie keer drukken op de telefoon, en dan de langzame wektoon dat hij overgaat. Kom op nou! Hannah kijkt nerveus naar de deur. De seconden tikken weg. En eindelijk!

'Politie Húsafjörður, met Viktor.'

'Met mij, Hannah! Hij is hier. Bij Ella.'

'Wie is daar?'

Aan de andere kant van de lijn klinkt Viktor als de onnozelste agent ooit. Hannah voelt zich wanhopig, hij zou al in zijn auto onderweg moeten zijn!

Ze roept het bijna uit: 'Gísli is hier!'

Op hetzelfde moment ziet Hannah haar eigen spiegelbeeld in de donkere ruit, maar ze ziet ook iets anders. Gísli, die in de open deur naar haar staat te kijken.

Hannah gaat met het hart in haar keel voorzichtig op de bank zitten. Durft niet op te kijken. Ze voelt Gísli's blik op zich gericht, ziet de telefoon in zijn zak. Ze had de dreiging tegenover Viktor afgemeld, zei dat het voor de grap was. Een uitgestoken hand was genoeg om Hannah de telefoon aan Gísli te laten geven, een hoofdbeweging genoeg om haar naar de woonkamer te laten gaan, rustig en normaal. Koffie met gebak komen op tafel. Ella gaat tegenover Hannah zitten, laat zich in de comfortabele leunstoel zakken, zalig onwetend dat het misschien de laatste kop koffie wordt die ze zal drinken, het laatste stukje zandgebak dat ze zal proeven. De bank zakt twee graden als Gísli naast Hannah gaat zitten, ze kan hem ruiken, de scherpe geur van de wildeman, ze kan zijn aanwezigheid voelen en zijn hartslag bijna horen, alsof hij een deel van haar is. Of zij een deel van hem. Zo moet het voelen, echte angst voor een ander mens. Hannah slikt een keer, kijkt naar het veel te grote taartmes dat Ella mee naar binnen heeft genomen om de droge, in de winkel gekochte taart mee door te snijden. Ze houdt haar adem in als Gísli het mes pakt, hij aarzelt een moment, begint dan de taart te snijden. Kijkt hij Hannah recht in de ogen terwijl hij dat doet? Hij klinkt vriendelijk in zijn Stanford-Engels.

'Wil jij een stukje?'

Hannah durft niet anders dan te knikken. Ella keuvelt in het IJslands, Gísli antwoordt, het komt over alsof ze elkaar kennen en genieten van elkaars gezelschap. Misschien is dat het gewoon, denkt Hannah. Misschien heeft hij alleen behoefte aan een vriendelijk gezicht, een gesprek, wat warmte tijdens een sneeuwstorm. Misschien kan het hem niets schelen dat ze Viktor heeft gebeld, hij eet zijn gebakje, drinkt zijn koffie en vertrekt dan weer. Misschien is hij helemaal niet gevaarlijk...

'Als je iets tegen Ella zegt, snij ik je met dit taartmes open.'

Gísli glimlacht naar haar, en Hannah realiseert zich dat hij weet dat Ella geen Engels spreekt. Hij kan alles tegen Hannah zeggen zonder Ella te alarmeren. Razendsnel komt Hannah tot de conclusie dat dit misschien haar mogelijkheid is om hem tot rede te brengen zonder dat Ella in deze gevaarlijke situatie in paniek raakt. Hannah doet haar best om te klinken alsof ze op volstrekt normale toon praat.

'Je zou je bij de politie moeten aangeven. Ik weet wat je Viktor hebt aangedaan en ze vinden je vroeg of laat toch.'

'Ze?'

'Er is versterking onderweg uit Reykjavik. Ik weet wel dat je het niet kwaad hebt bedoeld, dat je radeloos was...'

'Jij weet niets.'

Gísli onderbreekt haar. Hannah kijkt met een schuine blik naar Ella, maar ze lijkt geen enkel vermoeden te hebben waar zij over spreken. Ze heeft zich op een kruiswoordpuzzel gestort.

'Ik was degene die de fles met jouw bloed erop heeft gevonden. Maar ik geloof niet dat jij Thor hebt vermoord.'

Ella kijkt op naar hen. Ongetwijfeld omdat ze Thors naam hoorde noemen. Hannah switcht naar het Deens voor een verklaring.

'Gísli vindt het vreselijk wat er met Thor is gebeurd. Ik probeer hem uit te leggen dat de politie er alles aan doet om erachter te komen wat er die avond is gebeurd.'

Ella knikt, neemt een slok koffie. Staart een kort ogenblik in het vuur, gaat dan verder met haar puzzel. Alsof ze slechts drie eenzame mensen zijn die gezellig bij elkaar zitten. Hannah probeert het opnieuw, wendt zich tot Gísli.

'Voor je eigen bestwil zou je je moeten aangeven. Zeggen dat je Viktor hebt gestoken, omdat je je onder druk gezet voelde. Dat zal iedereen begrijpen, je krijgt een milde straf. Maar hoe meer tijd er verstrijkt, hoe meer stommiteiten je begaat... Ja, dan hoopt het zich natuurlijk op. Je maakt het voor jezelf alleen maar erger.'

'Wat weet jij eigenlijk over misdaad en straf?'

Hannah onderdrukt een spontane drang om iets over Dostojevski te zeggen en gebaart met haar armen. Verandert van gedachten.

'Je hebt gelijk. Niets. Maar laat mij dan op zijn minst verzoeken ons niets aan te doen. Mij niet, Ella niet. Het is niet onze schuld dat je in deze onfortuinlijke situatie bent beland. Maar ik kan je helpen. Ik kan je naar het bureau rijden, we kunnen eerst langs je huis gaan, als er iets is wat je wilt ophalen?'

Gísli staart haar slechts aan met ogen die ergens in zijn baardgroei verstopt zitten. Hij heeft zijn jas nog steeds aan. Denkt hij erover na? Hannah twijfelt, het ziet er eerder uit alsof hij heel ergens anders is. Dan kijkt hij haar aan met een eerder vragende dan een bevelende blik.

'Drank. Waar hebben jullie die staan?'

Shit! Hannah weet dat er nog geen druppeltje alcohol in huis is, maar ze wil alles doen om hem tevreden te stellen, of misschien eerder: verhinderen dat hij opstandig wordt en naar geweld grijpt. Ze denkt opeens aan de lege wijnflessen die ze in haar koffer heeft gestopt, besluit te liegen om wat tijd te winnen.

'Ik heb wat wijn op mijn kamer. Moet ik die halen?'

Gísli knikt.

'Ik ga mee.'

De tocht omhoog duurt maar een paar seconden, maar voelt als jaren. Hannah heeft spijt van haar actie. Dit is de zwakste afleiding in de geschiedenis van het vrouw-zijn. Over twee minuten komt Gísli erachter dat ze hem voor de gek heeft gehouden en dat er niets is om zijn alcoholistische, tot geweld bereide zenuwen te temperen. Haar gedachten gonzen in de rondte op jacht naar een nieuw plan, waarom komt Viktor niet? Hij moet haar vertwijfeling aan de telefoon toch hebben gehoord, had alles op alles moeten zetten voordat er in zijn kleine district nogmaals bloed vloeit. Op het moment dat ze haar kamer binnenstappen kijkt Hannah uit het raam, dat ze vergeten is dicht te doen. In elk geval staat het op een kier, en er ligt sneeuw op het raamkozijn. Maar tot haar grote teleurstelling ziet ze geen tekenen van autolichten die het huis naderen, alleen de krijtwitte nacht. Gísli blijft in de deuropening staan, terwijl Hannah naar haar koffer loopt en er op haar knieën voor gaat zitten. Ze rommelt er enigszins oppervlakkig in rond. Kon ze hem nou maar naar binnen lokken, dan zou ze hem misschien op haar kamer kunnen opsluiten, de zware ladekast voor de deur kunnen schuiven, naar de Jeep vluchten en Ella en zichzelf in veiligheid brengen.

'Wit of rood?'

Hannah houdt twee wijnflessen omhoog, houdt ze aan de bovenkant vast, hoopt niet dat hij ontdekt dat ze allang van hun kurken en inhoud zijn ontdaan. Ze heeft bewust het licht niet aangedaan om te voorkomen dat de lege flessen zichzelf niet ontmaskeren, alleen het licht uit het gangetje met de trap valt zacht naar binnen.

'Neem ze beide maar mee.'

Hannah knikt, slikt, gaat staan, klaar voor de grote ontmaskering van haar oplichterij. Gísli heeft zijn plek bij de deur niet verlaten, maar als haar plan wil slagen, moet ze zorgen dat hij een paar stappen naar binnen zet.

'Vind je het goed dat ik even het raam dichtdoe? Zodat ik vannacht niet doodga van de kou.'

Hannah kan zichzelf wel voor haar kop slaan met beide wijnflessen, om ten overstaan van een vermoedelijke moordenaar te praten over de dood en de nabije toekomst. Wat een amateurslachtoffer is ze ook. Gísli knikt, en zij klimt op de tafel om het raam dicht te doen. Ze doet alsof het heel vast zit, rukt eraan. Ze draait zich vragend naar hem om.

'Kun jij misschien...?'

Gísli aarzelt een ogenblik, komt dan naar haar toe, ze laat hem erbij, hij grijpt het raam met zijn linkerhand vast, trekt, zo gemakkelijk als wat. Op hetzelfde moment slaat Hannah de ene fles zo hard op zijn voorhoofd dat ze zelf bijna haar evenwicht verliest. Ze grijpt de tafelrand, verliest een paar belangrijke seconden waarin Gísli lijkt door te hebben wat er is gebeurd. Ze ziet nog net zijn ontblote tanden en hoort zijn schreeuw, op het moment dat hij beide handen in haar rug zet en haar uit alle macht uit het raam duwt. Hannah probeert het raamkozijn vast te pakken, maar ziet haar eigen handen loslaten en weet nog te denken dat dit de ergst denkbare afloop van haar idiote plan is, dat dit een scenario is dat ze zich niet had kunnen voorstellen: het gevaar van vechten met een man die twee keer zo sterk is als zij, voor een open raam. Tijdens de milliseconden die de val duurt, weet Hannah waar te nemen dat ze in de vallende sneeuw achterover tuimelt, en voelt ze de pijnlijke smak als ze met haar rug op de bevroren grond landt. Ze ziet ook nog

Gísli's moordzuchtige gezicht uit het raam steken, voor de sneeuw haar ogen bedekt en alles zwart wordt. Pikzwart.

41

Hannah is dood. Ze is ingepakt in een wolk, in watten, ze is een grote katoenen wattenprop die ligt te wachten tot iemand haar water geeft, zodat al haar vezels kunnen transformeren tot een andere structuur, zodat ze weer levend kan worden. Haar ogen zijn van watten. Alles is mistig en wollig wit, schaduwen bewegen zich als rimpelingen in een droom, zo ziet de hemel eruit. Haar mond is ook van watten, ze probeert hem te openen, iets te zeggen, maar de doden hebben geen stem. Ze probeert te bewegen, een hand op te tillen, maar haar armen wegen duizend kilo en ze kan niet voelen of ze vingers heeft. Heeft ze voeten? In gedachten beweegt ze haar benen, maar ze komt niet vooruit.

'Is ze wakker?'

Hannahs oren zitten niet vol met watten, een vrouwenstem komt rechtstreeks haar centrale zenuwstelsel binnen. Is het God die spreekt? Ze scherpt haar gezichtsvermogen, dwingt haar ogen te focussen, door de melkachtige mist heen. Licht, scherp licht in haar ogen, donker als ze ze sluit. Het licht is weg als ze ze weer opent. Dan de contouren van een in het wit geklede vrouw die haar onderzoekend rechtstreeks in haar ziel kijkt. God?

'Ze is onderweg.'

Hannah is in de war, onderweg waarheen? Weer knippert ze lang en het is alsof iemand een dunne laag watten van haar ogen verwijdert. Ze ziet dat de vrouw van middelbare leeftijd is, met grijs haar, en dat haar witte kleding een uniform is. Er zit een naamplaatje op het uniform. God heeft toch zeker geen naamplaatje nodig? Hannah probeert te zien wat er staat. Iets met dr. med. Een IJslandse naam. Twee gedachten: ze is niet dood en ze bevindt zich in het ziekenhuis. Langzaam herinnert ze zich haar val uit het raam, Gísli's gezicht in het raam, de sneeuwvlokken die op haar gezicht neerdaalden toen ze naar de hemel lag te kijken. Hoe ze in het ziekenhuis is gekomen en hoelang ze hier al is, is haar daarentegen volstrekt onduidelijk.

'Hoelang duurt het voor ze helemaal bij bewustzijn is?'

Hannah registreert een andere stem, een mannenstem. Ze kent die, maar kan hem niet plaatsen. Een soort besef van de werkelijke wereld vormt zich voor haar: ze ligt in het ziekenhuis, omgeven door dokters en misschien andere mensen die zorgen voor haar welbevinden, ze leeft, maar beetje bij beetje ontwaakt ze uit haar bewusteloosheid. Een ander besef duikt op: Ella! Ze heeft haar stem niet gehoord, zij is niet in het vertrek, en na Hannahs val was ze alleen in huis met een moordenaar. Hannah bromt door haar gewatteerde hals.

'Ella...'

'Sorry, we kunnen je niet horen...?'

Het gevoel van een persoon die naar voren leunt en dicht bij haar komt.

'Ella?'

'Ze vraagt naar Ella.'

De mannenstem weer. Het is Viktor. Nu voelt ze ook zijn hand op haar arm. Een geruststellende hand.

'Ella is naar de begrafenis.'

Eerst begrijpt Hannah het verkeerd – is het Ella die moet worden begraven? Maar dan beseft ze dat Viktor de begrafenis van Thor bedoelt, en dat ze daarmee niet langer weg kan zijn geweest dan een halve dag. Ze probeert te praten, maar ze heeft schuurpapier in haar keel.

'Water...'

Iemand begrijpt haar schorre wens, er wordt een rietje tussen haar lippen geschoven, ze zuigt gretig. Het is alsof het water ervoor zorgt dat de watten zich van haar lichaam verheffen, als een zware deken die wordt weggetrokken. Ze kan nu ook min of meer helder zien: de vrouwelijke arts, Viktor, wiens arm nu strak verbonden is, en een verpleegster. Hannah probeert weer contact met haar lichaam te krijgen, het te bewegen. Maar het gehoorzaamt niet. Ze wordt door paniekangst overvallen.

'Ben ik verlamd?'

Hannah zoekt wanhopig het gezicht, ziet een glimlach.

'Je hebt geluk gehad. Je had je rug kunnen breken bij de val, maar je bent er met een gebroken onderarm van afgekomen. Maar we hebben moeten opereren, dus je lichaam is nog steeds wat gevoelloos na de narcose.'

Hannah kijkt langs haar lijf en ontdekt nu pas dat ze witte patiëntenkleding aanheeft en dat haar arm in het gips zit.

'De komende paar uur verdwijnt de verdoving helemaal, en dan verwacht ik dat je nogal wat pijn zult voelen, niet alleen in je arm, maar in je hele lijf. Te oordelen naar alle blauwe plekken wordt het de komende paar weken niet fijn om je te bewegen.'

'Maar ik kan me bewegen?'

'Zoals gezegd heb je veel geluk gehad. Zodra je je weer fit voelt, mag je naar huis. Maar je moet het een paar dagen rustig aan doen. Ik schrijf je wat pijnstillers voor, en verder vraag je maar gewoon aan de verpleegster wat je nodig hebt.'

De arts schrijft iets op een papiertje, op de achtergrond knikt de verpleegster glimlachend.

'Ik haal wat te eten voor je. Als je nog iets anders nodig hebt, kun je aan het snoer trekken.'

De dokter en de verpleegster vertrekken. Hannah kijkt naar Viktor, die bezorgd naar haar kijkt.

'Hoe voel je je?'

‘Alsof ik uit een raam ben gevallen en mijn lichaam verdoofd is.’

Viktor glimlacht.

‘Je val heeft je goede humeur niet verpest.’

Ze kijkt naar hem. Naar het zware verband om zijn arm.

‘En jij...?’

‘Een hele hoop hechtingen, maar gelukkig was de wond niet zo diep als hij op het eerste gezicht leek. Een goed verband en wat pijnstillers, dan zou mijn arm weer snel gezond moeten zijn.’

Hannah probeert rechtop te gaan zitten, voelt nu de pijn in haar lijf.

‘Wacht!’

Viktor pakt een afstandsbediening die aan de zijkant van Hannahs bed hangt, hij drukt op een knop, het bed beweegt, ze wordt automatisch omhooggebracht. Als ze in een zittende houding is gekomen, begint haar lichaam te zoemen, het is onaangenaam, maar het gevoel een lichaam te hebben dat ze kan voelen geeft haar enige opluchting.

‘Gísli. Gísli heeft me uit het raam geduwd en daarna... Wat is er daarna gebeurd? Heeft hij... heeft hij Ella iets aangedaan? Of zichzelf...?’

Hannah hoort de vertwijfeling in haar stem, maar Viktor kijkt haar rustig aan.

‘Hij is ervandoor gegaan en is nergens te vinden. Maar hij was zo vriendelijk om deze achter te laten.’

Viktor legt Hannahs mobieltje op het dekbed.

‘Ongetwijfeld zodat wij hem niet kunnen traceren.’

Hannah kijkt naar het mobieltje, vervolgens naar Viktor.

‘En Ella?’

‘Ella heeft je gevonden. Als zij niet zo snel gereageerd had, had het veel erger kunnen aflopen. Ze heeft je het huis in gesleept en voor je gezorgd tot de ambulance kwam.’

Hannah kijkt hem wantrouwig aan.

‘Ella heeft me naar binnen gesleept? Zij weegt toch maar, wat... achtenveertig kilo?’

'Als ze dat niet had gedaan, was je van de kou omgekomen. Het kostte de ambulance een uur om te arriveren, vanwege de sneeuw.'

Hannah realiseert zich dat Húsafjörður geen eigen ziekenhuis heeft.

'Waar ben ik nu eigenlijk?'

'Het Regionaal Gezondheidscentrum van de Oostfjorden.'

'Hoever is dat van Húsafjörður?'

'Drie kwartier. Afhankelijk van hoe goed de wegen sneeuwvrij zijn gemaakt.'

Hannah kijkt rond in de kamer, ietwat radeloos.

'Hoe laat is het?'

Viktor kijkt op zijn horloge.

'Even voor tienen.'

'De begrafenis is om halfelf!'

Hannah zwaait haar voeten al over de rand van het bed, ze heeft zin om te gillen, zo verrekte zeer doet haar lijf.

'Wat doe je?'

Viktor houdt haar met een rustige hand tegen.

'We moeten naar de begrafenis van Thor.'

'Dat redden we niet.'

'Zei jij niet drie kwartier?'

'Ja, maar met de sneeuw en jouw toestand... We kunnen er hooguit over anderhalf uur zijn.'

Hannah verzamelt al haar krachten om een glimlach tevoorschijn te toveren als tegenwicht tegen alle pijnen.

'Jij kunt toch wel je zwaailichten aanzetten en het een beetje sneller doen?'

Viktor zucht, helpt haar uit bed, helpt haar in haar eigen kleren, haar schoenen en haar jas. Een verbaasde verpleegster kijkt vijf minuten later naar een Deense schrijfster van middelbare leeftijd die – ondersteund door een agent – haar pijnlijke lichaam door de gang laat strompelen en het ziekenhuis verlaat.

De eerste vele minuten van de terugweg naar Húsafjörður zwijgt Hannah, ze kan niets anders dan wat onbestemd wijzen met haar linkerarm als ze Viktor om water voor haar pijnstillers moet vragen. Haar rechterarm hangt in een mitella op haar borst, het voelt als een fremdkörper dat niet bij haar lichaam hoort. Ze kijkt naar het dikke, zware gips.

'Hoelang moest ik dit erom hebben?'

'Vier weken.'

Hannah wordt plotseling overvallen door een deprimerend inzicht: vier weken! Dan kan ze toch met geen mogelijkheid dat boek afschrijven! Ze moet een kort, mismoedig grommetje hebben laten horen, want Viktor kijkt haar bezorgd aan.

'Alles in orde? Ik probeer zo voorzichtig mogelijk te rijden, maar met al die sneeuw... Het is lastig.'

'De komende vier weken kan ik niet schrijven. Het maakt nu allemaal toch niks meer uit.'

Hannah kijkt naar de sneeuw, die dik en degelijk over de IJslandse toendra ligt. Er moet een halve meter zijn gevallen en dat heeft het landschap veranderd, alsof ze zich op een heel andere planeet bevinden; een mythische plek tussen droom en werkelijkheid, een plek die Hannahs gewaarwording in watten ingepakt te zijn verlengt en haar gevoel te worden tegengehouden versterkt. Als het wandelen in sterke tegenwind of het rennen tijdens een droom zonder vooruit te komen.

'Kun je een beetje sneller rijden?'

'Het spijt me, onder deze omstandigheden... we willen het liefst levend en wel aankomen.'

Het is moeilijk daar iets tegen in te brengen en Hannah onthoudt zich ervan om verder aan te dringen. De weg is wit van dikke sneeuw, en hoewel Viktor een competente greep op het stuur heeft, voelt het alsof ze op een ijsbaan rijden. Ze staan even stil, een tegemoetkomende auto passeert. Hannah zet de stoelverwarming wat hoger, probeert zen te worden met de situatie.

'Jij bent goede vrienden geworden met Margrét?'

Hannah verstijft bij de vraag. Probeert ontspannen te klinken, cool.

'Ja. Of... Je hebt vrienden en vrienden. Ik weet niet of ik het zo zou willen noemen.'

'Hoe zou jij het dan willen noemen?'

Viktor kijkt haar aan. Om meer dan een reden maakt het haar onrustig.

'Kijk even waar je rijdt.'

Viktor richt zijn blik weer op de ijsweg.

'Het is goed voor haar.'

'Goed?'

'Om met andere volwassenen te praten. De hele dag met kleine kinderen samen... Daar is ze in zekere zin veel te slim voor. Ze moet andere denkende mensen om zich heen hebben.'

'Het lijkt toch alsof ze heel blij is met de kinderen. En goed.'

'Ja, maar het was de bedoeling dat het slechts tijdelijk zou zijn. Terwijl onze eigen kinderen klein zijn. Maar nu weet ik niet... Ik ben bang dat ze nooit iets anders zal doen.'

'Wat zou ze anders moeten doen?'

'Ze heeft een opleiding als bibliothecaris afgerond. Daar moeten jullie het vast over gehad hebben, je bent toch een paar keer op bezoek geweest?'

Hannah schuift wat onzeker op haar stoel. Het is alsof de stoelverwarming brandt. Ze zet hem weer helemaal uit. Wat weet Viktor eigenlijk?

'Het is een beetje gênant om te moeten toegeven, maar als ik eerlijk ben, heb ik waarschijnlijk vooral over mezelf gepraat. Niet zoveel naar haar gevraagd...'

Viktor glimlacht.

'Dat is typisch Margrét. Om te luisteren naar het geleuter van anderen. Ja sorry... Ik maak me er zelf ook schuldig aan. Om me bij haar te ontladen en dan vergeten te vragen hoe het eigenlijk met haar gaat. Ik denk vaak dat ze te goed is voor mij.'

Hannah kijkt uit over de sneeuw. Volledig wit. Wat moet ze zeggen?

'Ik vind dat ze heel gelukkig overkomt.'

'Meen je dat?'

Hannah denkt aan Margréts verhaal over geborgenheid, over de vreugde om iets voor iemand te betekenen. Dat maakt dat ze overtuigend knikt.

'Dat is in elk geval wat ze tegen mij heeft gezegd. Dat ze uiterst tevreden is en zich geen ander leven kan voorstellen.'

Viktor knikt, alsof deze informatie hem oprecht blij maakt. Maar dan verandert zijn gezichtsuitdrukking.

'Ik weet best dat je seks hebt met mijn vrouw, maar dat stopt nu.'

Hannah kijkt naar Viktor, zei hij net wat zij dacht dat ze hoorde...?

Hij wijst naar haar arm.

'Vier weken gips. Alles wordt van nu af aan veel, veel lastiger voor je.'

Hannah kijkt uit het raampje, het is weer beginnen te sneeuwen. Hevig.

42

Hannah weet niet hoe snel ze uit de auto moet komen als ze eindelijk voor de kleine dorpskerk staan die, te oordelen naar de vele voertuigen buiten, propvol zit. Ze wacht niet op Viktor, maar haast zich naar binnen om het laatste gedeelte van Thors begrafenis mee te krijgen. Ze stapt de kerkruimte binnen midden onder een psalm, probeert discreet te zijn. Helemaal achterin lukt het haar om zich op een op voorhand al volle kerkbank te wurmen, ze knikt verontschuldigend en dankbaar naar wat een compleet gezin lijkt. Zouden ze Thor allemaal persoonlijk hebben gekend of zijn ze alleen gekomen om hun respect te tonen? Hannah probeert niet te denken aan het gesprek met Viktor of aan haar lijf, dat best wat meer pijnstillers kon gebruiken. Ze probeert zich te herinneren hoeveel ze er per dag eigenlijk mag innemen, terwijl ze omhoogkijkt naar de gekruisigde Jezus en zich een klein beetje met hem verbonden voelt. Ze strekt haar nek en ziet Ella samen met Vigdis en Ægir op de voorste bank zitten. Ze ziet hun rug, maar stelt zich voor hoe hun gezicht in tranen moet zijn versmolten, met de witte kist van Thor voor hen. De psalm wordt afgesloten en de laatste tonen van het orgel sterven weg. Een dominee neemt een annoncerende positie in bij het altaar, begint met een lage stem aan een ernstige toespraak. Hannah probeert het IJslands te ontcijferen, vangt af en toe de naam van Thor op, maar permitteert het zich om het na een paar minuten helemaal op te geven iets te begrijpen van wat er wordt gezegd. In plaats daarvan bekijkt ze de kerkgangers. Er zijn extra stoelen in het middenpad gezet, het is alsof het hele dorp hier is. Ze herkent een paar jongeren van het feest, onder wie Jonni en Iðunn, de barman uit de kroeg zit er dichtbij, de vrouw van de hond en een handvol stamgasten uit Bragginn. Viktor is ook naar binnen geslopen en heeft midden in de kerk een plek gevonden naast Margrét. Verder een aantal gezichten dat Hannah her en der meent te hebben gezien. Maar opeens blijft haar blik hangen bij een nek die haar de kriebels geeft. De nek draait zich om, aan de andere kant ervan zit een gezicht dat naar haar glimlacht. Jørn.

Hannah vergeet alles over discretie, als de ceremonie een kwartier later wordt afgesloten wanneer de kist met Thor de kerk uit wordt gedragen, in een lijkwagen wordt gezet en vervolgens wordt weggereden in de vallende sneeuw die het verdriet van de achtergelaten groep mensen lijkt te temperen. In plaats van direct naar Vigdis en Ægir toe te lopen om hen te condoleren, of nog belangrijker: Ella te omhelzen, snelt Hannah naar Jørn toe en slaat hem met al haar kracht op zijn rug met haar linkerarm, de min of meer gezonde. Maar dat kan niet heel hard zijn geweest, want hij glimlacht nog steeds wanneer hij zich naar haar omdraait. Maar het is wel een bezorgde glimlach.

'Dag, Hannah. Hoe gaat het met je?'

'Wat doe jij hier?'

'Mijn respect tonen.'

'Jij kende hem niet eens.'

'Ik heb zoveel gehoord dat ik het gevoel heb dat ik hem ken.'

Hannah krijgt argwaan. Is Jørn gekomen om haar werkelijkheid voor zijn eigen research te gebruiken? Die gedachte brengt een golf van woede op gang. Hij zal hier mooi niet op haar verhaal zitten teren! Dit behoort haar toe.

'Jij gaat niet mee naar de begrafenisreceptie, hoor.'

‘Ik heb gehoord wat er met je is gebeurd. Ik ben echt blij dat het niet erger was.’

‘Ongetwijfeld. Maar zoals gezegd: ga naar huis en blijf ver uit de buurt. Je bent niet welkom.’

‘Je hebt een beetje last van territoriumdrang gekregen, is het niet?’

Hannah kijkt met een schuine blik naar Ella, die naar hen staat te kijken. Ze moet naar haar toe. Haar deze dag door helpen.

‘Het is een moeilijke dag voor iedereen. Het laatste wat de mensen nodig hebben, is een vreemde die zich te midden van het verdriet aan hen opdringt.’

‘Grappig dat je het zegt. Jij kent de familie zelf amper.’

‘Ik ben geen vreemde. Ik woon bij Thors tante, en daar ben ik vanaf het begin al geweest.’

Jørn aarzelt. Kijkt in de richting van Vigdis en Ægir, die zijn omgeven door troostende begrafenisgasten. Dan knikt hij.

‘Oké, oké, jij mag dit voor jezelf houden. Maar wees voorzichtig, moordenaars willen nog weleens op begrafenissen opduiken.’

Jørn kijkt Hannah ernstig aan, ze kan het niet laten om om zijn idiotie te glimlachen.

‘Als Gísli dom genoeg is om te verschijnen, wordt hij ter plekke gearresteerd.’

Jørn begint te lachen.

‘Typisch!’

Hannah kijkt hem wat verward aan.

‘Wat bedoel je?’

‘Het is typisch om te denken dat de meest voor de hand liggende persoon de dader is. Zo is het namelijk nooit.’

Hannah kijkt Jørn wantrouwend aan. Zit hij zo in zijn eigen misdaadwereld dat hij denkt dat die de werkelijkheid dicteert? Dat zijn eigen plotregels ook buiten zijn boeken gelden?

‘Sorry, maar ik moet ervandoor, je irriteert me gewoon veel te veel.’

Hannah draait zich om.

'Laat me weten als je hulp nodig hebt bij het schrijven met die arm van je. Ik typ echt heel snel. Jij kunt dicteren, dan typ ik!'

Met haar hand achter haar rug lukt het Hannah om Jørn een discrete middelvinger te geven, terwijl ze naar Ella loopt om haar met alle zorg te omringen die haar uitgeputte lichaam en geest weten te mobiliseren.

Het voelt als een déjà vu om voor de begrafenisreceptie in het huis van Thor te zijn. Afgezien van het feit dat de hoofdpersoon niet op een praalbed ligt, is het een volstrekte herhaling van de herdenkingsbijeenkomst van de week ervoor. Dezelfde mensen, dezelfde bedrukte stemming. Hannah staat bij de kleine tafel met dranken en probeert zich niet te branden aan de gloeiend hete koffie, als ze met haar linkerhand onhandig uit een thermoskan inschenkt. Ze schenkt er maar een beetje naast, veegt het snel af met haar gipsarm. Heeft er meteen spijt van als ze bedenkt hoelang het gips erom moet zitten. Ze kijkt schuin opzij naar Margrét die met Jonni staat te praten, heeft zin om erheen te lopen, maar wat moet ze zeggen? Hannah wipt een paar koekjes op een bordje, het lukt haar het bordje op haar mitella te balanceren en tegelijkertijd de koffie in de andere hand mee te nemen naar Ella.

'Alsjeblieft.'

Ella knikt slechts, kapot van verdriet, neemt het bordje over, maar raakt de koekjes niet aan. Ze hebben tijdens de rit van de kerk hierheen slechts kort met elkaar gesproken over wat er is gebeurd, Hannah heeft Ella bedankt voor haar heroïsche inzet, maar Ella vindt het niet de moeite waard om erover te praten. Ze lijkt sowieso nogal somber te zijn. Hannah vraagt zich af of het alleen door de begrafenis komt of dat ze ook getraumatiseerd is door Hannahs val uit het raam.

Hannah volgt Ella's blik, ze kijkt naar Ægir die, omgeven door een paar begrafenisgasten, een stuk papier vastklemt.

'Gaat hij iets zeggen, denk je?'

Ella kijkt haar aan.

'Een toespraak houden, bedoel ik?'

Ella haalt haar schouders op, gaat staan en loopt weg. Hannah kijkt haar vragend aan.

'*Salerni.*'

Een van de weinige woorden die Hannah heeft geleerd: toilet. Ze staat wat alleen, voelt het ongemak bij het zware verdriet dat het vertrek vult met gesnuif, gedempt gepraat en eerbiedige zelfbeheersing. Ze kijkt rond, denkt aan de woorden van Jørn – zou de moordenaar bij de begrafenis zijn? Ze schudt het van zich af. Gísli is de dader, dat laat de test van de fles opgeteld bij zijn aanval op Viktor en Hannah in alle duidelijkheid zien. Hannah hoeft er niet eens op te wachten dat hij wordt gepakt om het slot van haar misdaadroman te krijgen. Eigenlijk zou ze naar huis kunnen gaan en het verhaal nu afschrijven als ze niet met de vervloekte arm zat. Ze moet een praktische manier vinden om te schrijven – misschien is dat dicteren nog niet eens zo'n gek idee. Het moet alleen Jørn niet zijn. Wat de plot betreft ontbreekt er dan ook nog wel een motief voor de moord. Ze kan alleen gissen naar Gísli's motieven om Thor te vermoorden, maar ze voelt geen grote behoefte om het hem rechtstreeks te vragen. Ze verzint wel iets. Het moet er natuurlijk zijn, dat motief, het kan niet dat de moord gewoon een ongeluk is. Dan zou het allemaal zinloos zijn. Er moet een vrij groot moreel conflict spelen, je kunt immers geen compleet boek schrijven over een onfortuinlijke, onbedoelde moord. Of kan dat wel...? Hannah overdenkt of ze misschien met haar misdaadroman toch nog kan verrassen, door iets afwijkends te doen dat het DNA van het genre zelf uitdaagt, bijvoorbeeld door de misdaadroman te laten eindigen in een toevalligheid die wijst op de feitelijke irrelevantie van de speurtocht naar een verantwoordelijkheid; een verantwoordelijkheid die misschien helemaal niet bestaat, een deconstructie van het menselijke morele kompas.

'Mooie arm.'

Hannah is zo in beslag genomen door haar eigen gedachten dat ze niet heeft gezien dat Margrét naar haar toe is gekomen. Plotseling wordt ze zich er onaangenaam van bewust hoe geradbraakt ze er waarschijnlijk uitziet. Ze probeert het met een grap weg te wuiven.

'Wat je al niet doet om te verhinderen je boek af te schrijven.'

Margrét kijkt haar slechts aan. Glimlacht niet.

'Ik maakte me ongerust over je. Ik had met Viktor mee willen gaan naar het ziekenhuis, maar de kinderen... Iemand moest toch bij hen thuisblijven.'

Margréts oprechte belangstelling voor haar welzijn geeft Hannah een plotselinge en voor haarzelf uiterst verrassende zin om zich in een bed te laten zakken, te slapen, te worden verpleegd, haar lichaam te laten uitrusten en om aan niets anders te hoeven denken dan weer gezond te worden. Het is alsof de zwaarte van haar lichaam haar overmant, niet alleen die rottige, onbruikbare arm, maar haar hele lichaam heeft zin om alles los te laten en zich te laten omhullen door zorg, vrij van elke verplichting. Misschien had ze in het ziekenhuis moeten blijven.

'Het was lief van Viktor om me te komen halen. Helemaal met zijn geblesseerde arm.'

'Lief en lief... Hij heeft zijn arm daar ook laten hechten en verbinden en heeft tegelijkertijd de getuige gehaald die de dader het laatst heeft gezien... Het kwam allemaal heel goed uit, praktisch gezien.'

Hannah kijkt naar Margrét, een beetje verbaasd. Bespeurt ze enige jaloezie in haar stem? Of in elk geval irritatie dat Viktor vanwege zijn werk de hele tijd de gelegenheid had om bij Hannah te zijn? Ze kijkt met een schuine blik naar Viktor, die met een paar jongeren staat te praten. Ze heeft het gevoel dat hij haar in de gaten houdt, hoewel hij met zijn rug naar haar toe staat.

'Niet om kritiek te leveren op deze bijeenkomst, maar ik had ergens gehoopt dat er iets van alcohol zou zijn. Mijn lichaam zou echt heel goed een cadeautje kunnen gebruiken.'

Margrét kijkt haar aan, schudt het hoofd.

'Ik denk dat gif het laatste is dat je lichaam op dit moment nodig heeft.'

Margrét legt een hand op Hannahs gezonde arm. Een klein, heel gewoon gebaar dat toch gewaagd voelt. Margrét kijkt Hannah indringend aan.

'Kom even mee. Twee minuten?'

Margrét trek een wenkbrauw op. Hannah denkt dat ze het signaal begrijpt. Margrét gaat de kamer uit, Hannah rommelt wat bij de koekjes, maakt een snelle ronde, zegt een paar algemeenheden tegen willekeurige begrafenisgasten en gaat dan achter Margrét aan, treft haar aan in de keuken, alleen. Hannah doet de deur achter hen dicht. Ze kijken elkaar aan. Alsof het voldoende is om daar maar te zijn, alleen met z'n tweeën, zonder anderen. Dan stapt Margrét naar voren, kust Hannah. De resoluutheid van de handeling overrompelt Hannah. Margrét kijkt haar aan. Laat haar handen de gipsvrije hand van Hannah omsluiten.

'Ik meen het. Ik heb me echt ongerust gemaakt over je. Toen Viktor het telefoontje kreeg dat Gísli je uit het raam had geduwd... Ik dacht dat je dood was.'

Weer verwarmt Margréts zorg Hannah op een manier die haar dieper raakt dan ze zelf helemaal begrijpt. Voor het eerst in vele, vele jaren voelt ze de tranen in haar ogen komen. Ze kan niet uitleggen waarom. Misschien komt het doordat ze nu pas beseft hoe dicht ze bij de dood is geweest. Was het Gísli's bedoeling om haar te vermoorden toen hij haar uit het raam duwde? Hannah onderdrukt haar intuïtieve drang tot zelfbeheersing, om haar gevoelens weg te duwen. Ze laat haar schouders wat zakken, laat een traan over haar wang rollen. Laat hem helemaal naar haar kin lopen voordat ze hem wegveegt. Schudt het hoofd om zichzelf.

'Kijk mij nou... Ik sta hier op een begrafenis en huil om mezelf.'

'Is dat niet wat je vaak doet op een begrafenis? De sfeer geeft als het ware een excuus om het te doen.'

Hannah kijkt naar Margrét. Stel je eens voor als je iemand zoals zij elke dag naast je zou hebben, iemand die je steunt als je dat zelf niet kunt. Ze steekt haar hand naar haar uit, heeft zin om haar dichtbij te voelen, ook al is het veel te riskant en ongepast hier, tijdens de begrafenis van Thor, maar het kan Hannah niet schelen, ze wil gewoon, heel basaal en zelfzuchtig worden vastgehouden. Margrét aait haar over haar wang, voorzichtig, maar op hetzelfde moment horen ze een zwak geroep om hulp. Ze stoppen, kijken elkaar aan.

'Wat was dat?'

'Het klinkt als Ella.'

Ze stormen allebei naar het tussengangetje, oriënteren zich kort op het geluid, horen een mannenstem een kort bevel geven, resoluut opent Margrét de deur van een kamertje en ze bevriezen tegelijk: midden in wat een kleine strijkkamer lijkt, staat Ægir over Ella heen gebogen, hij heeft zijn grote handen om haar hals. Ze ligt half over een strijkplank heen, die vol ligt met verkreukelde overhemden, en aan haar wanhopige blik te zien klemt Ægir zo hard hij kan.

43

Moordenaars willen nog weleens bij begrafenissen opduiken. Die irritante woorden galmen in Hannahs hoofd, maar dit bedoelde hij waarschijnlijk niet: dat de vader van de overledene bij de begrafenis nog een moord zou plegen. Hannah voelt zich volstrekt hulpeloos, als ze Margrét eropaf ziet rennen en zich boven op Ægir ziet storten met een waterval aan IJslandse woorden die ongetwijfeld gaan over stoppen, loslaten, ophouden. Maar het is een volkomen ongelijke strijd, het is alsof Ægir daadwerkelijk van plan is alle leven uit Ella te knijpen, met getuigen erbij. Hij blijft staalhard volharden in zijn wandaad, haast alsof hij bezeten is. Hannah wordt bijna omvergeduwd, als Viktor en een paar andere mannen uit het dorp de deur binnen komen snellen en Margrét te hulp schieten. Gemeenschappelijk lukt het hun om de ijzeren greep rond Ella's hals weg te trekken en zijn handen achter zijn rug te krijgen in wat eruitziet als een onbeholpen arrestatie. Hannah ziet Ella in elkaar zakken op een bank, razendsnel is ze erbij om met haar gezonde arm haar hand te pakken, zoekend naar een polsslag en een kloppend hart. Het kost haar een stuntelig moment om in Ella's hals te voelen, die helemaal rood is van Ægirs greep. Toe-doem. Toe-doem. Toe-doem. Hannah stelt opgelucht vast dat er leven is, ook al is Ella buiten bewustzijn. Achter Hannah staat een aantal begrafenisgasten met geschokte, bezorgde gezichtsuitdrukkingen, ze kijken naar Ella en vervolgens naar Hannah, alsof zij arts is en hen kan informeren over Ella's situatie. Maar Hannah heeft geen medische kennis, alleen een klein beetje gezond verstand.

'Ze is flauwgevallen. Pak haar benen en leg ze omhoog. Kan er iets kouds komen voor op haar voorhoofd?'

Alsof ze een aan elkaar gesmede militaire eenheid zijn lukt het de omstanders om Ella in een paar minuten bij bewustzijn te krijgen. Ze is groggy en angstig tegelijk. Ze fluistert iets in het IJslands, haar ogen zijn opengesperd. Het is alsof ze naar iedereen en niemand kijkt. Voorzichtig brengt ze haar handen naar haar keel, kreunt. Hannah neemt haar hand in de hare.

'Rustig maar. Het is voorbij.'

Pas nu lijkt het of Ella Hannah ziet, die geruststellend probeert te glimlachen. Ella's blik glijdt langs de omstanders, die haar aankijken alsof zij uit de dood is opgestaan. Wat in zeker opzicht ook zo is. Hannah heeft het tumult achter zich vernomen, maar pas op het moment dat ze zich omdraait, ziet ze dat Ægir, Viktor, Margrét en de slagvaardige redders uit de kamer zijn verdwenen. Ze wendt zich weer tot Ella.

'Hoe gaat het met je?'

Ella knikt. Alsof het goed gaat. Iemand komt met een glas water, ze drinkt. Voorzichtig, alsof haar slokdarm samengeklemd is geweest. Nu iedereen heeft vastgesteld dat er geen levensgevaar bestaat, begint een evaluatie van het gebeurde op overdreven luide toon, sommigen huilen, anderen zijn verstard in geschokte gezichtsuitdrukkingen. In de deur ziet Hannah een gestalte die meer een spook dan een mens lijkt. Vigdis.

De aanval op Ella beëindigt de begrafenisreceptie, langzaam verdwijnen de gasten na een korte toespraak van Viktor dat Ægir en Vigdis rust nodig hebben. Maar een kleine kern blijft achter. Ware het niet dat Ella aandrong om te helpen met het opruimen in het huis van haar overvaller, anders was Hannah allang vertrokken.

Behalve Hannah en Ella zijn ook Viktor, Margrét en het leren vest uit de kroeg blijven hangen. Daarnaast natuurlijk Ægir en Vigdis, die zich hebben teruggetrokken in hun slaapkamer, terwijl het huis leegliep. Als Viktor zich ervan heeft verzekerd dat de laatste gast is vertrokken, wendt hij zich tot Hannah en Margrét, die elk aan een kant van een tafel staan en koffiekopjes verzamelen.

'Mag ik Ella even alleen spreken?'

Viktor kijkt hen vragend aan. Ze knikken allebei en Hannah voelt zich wonderlijk te moede als ze op weg naar de keuken de blik van Viktor in haar rug voelt. Margrét doet de deur achter hen dicht, maar het is alsof er een halve eeuw is verstreken en niet een halfuur sinds ze hier voor de laatste keer stonden.

'Wat is er in hemelsnaam aan de hand?'

Hannah kijkt naar Margrét, die het raam open heeft gezet om te roken. Ze steekt een sigaret op, inhaleert, blaast uit.

'Ella en Ægir hebben elkaar nooit kunnen verdragen. Maar dat hij haar zó haatte... Dat wist ik ook niet.'

'Misschien heeft hij een rouwpsychose gekregen?'

'Kan dat...?'

Hannah haalt haar schouders op.

'Mensen doen de gekste dingen als ze in de rouw zijn.'

Hannah bestudeert Margrét, die uit het raam kijkt. Alsof ze zin heeft om naar buiten te klimmen en ervandoor te gaan. Ze heeft zin om naar haar toe te gaan, maar op een of andere manier voelt het helemaal verkeerd. Misschien is het iets met Margréts vibe, de manier waarop ze weggedraaid staat, met haar armen over elkaar. Hannah verlegt haar aandacht.

'De wijze waarop hij haar keel dichtkneep... Het was alsof hij volledig bereid was haar om het leven te brengen. Alsof iemand om het leven brengen voor hem niks voorstelt.'

Margrét draait zich om naar Hannah met een analyserende blik die haar nerveus maakt.

'Wat bedoel je daarmee?'

'Ik bedoel alleen maar dat het misschien... Misschien dat het niet de eerste keer is geweest dat Ægir geprobeerd heeft iemand te vermoorden. Als hij hiertoe in staat was, dan is hij misschien ook in staat geweest zijn eigen zoon te vermoorden.'

Margrét neemt een lange trek van haar sigaret. Houdt de rook vast, voor ze die aan de frisse lucht laat ontsnappen.

'Of hij denkt dat Ella iets met de dood van Thor te maken heeft.'

Hannah kijkt Margrét verbijsterd aan.

'Verdenk jij Ella van de moord op Thor?'

Margrét haalt haar schouders op.

'Hoe goed ken je haar eigenlijk?'

Hannah krijgt een warm gevoel in haar hele lijf. Een kokende woede. Het is de tweede keer op een dag dat iemand tegen haar zegt dat ze Ella en de familie niet bijster goed kent.

'Ella zou niemand iets kunnen aandoen, en Thor al helemaal niet. Ze verafgoodde hem!'

'Ik zeg ook niet dat ze haar neef met voorbedachten rade heeft vermoord. Maar ongelukken gebeuren en soms hou je die verborgen. Het zou wat Ella betreft niet de eerste keer zijn.'

Margrét neemt een laatste trek van haar sigaret, gooit de peuk uit het raam zonder het dicht te doen en zonder verdere verklaring aan Hannah verlaat ze de keuken. Hannah blijft met een onbestemd, onprettig gevoel staan. De wind van buiten dringt rechtstreeks door haar kleren, huid en hele lichaam heen.

Het verhoor heeft niet lang geduurd. Volgens Viktor wil Ella noch Ægir verklaren wat er aan de gewelddadige overval ten grondslag lag en Ella heeft bovendien geweigerd Ægir aan te geven, dus Viktor heeft ervoor gekozen de zaak te laten rusten. Wat kan hij doen? Met een zekere onrust in haar lijf ziet Hannah hoe Ella haar Jeep naar huis stuurt met een concentratie die, zo moet Hannah toegeven, indrukwekkend is voor iemand die zojuist een moordpoging heeft meegemaakt. Bij elke kleine hobbel in de weg steekt het in haar gipsarm, en binnen in Hannah gloeit de spijt dat Ella het aanbod van het leren vest niet heeft aangenomen om hun een lift naar huis te geven. Zelf kan Hannah natuurlijk niet rijden, maar ze denkt bijna dat ze, ondanks haar gebroken arm, de auto rustiger zou kunnen besturen dan Ella. Buiten ligt nog steeds een dikke laag sneeuw en de auto schudt voortdurend heen en weer. Hannah verbijt haar pijn.

'Waarom wilde je Viktor niet vertellen wat er is gebeurd?'

Hannah kijkt naar Ella, die slechts haar schouders ophaalt. Hannah probeert het nog een keer.

'Zoiets doe je toch gewoon niet? Het zag er echt gewelddadig uit. Als wij niet binnen waren gekomen, had hij je gewurgd.'

Ella zegt nog steeds niets. Haar blik is op de weg gericht. Hannah geeft het op. Denkt aan wat Margrét zei: wat heeft Ella eerder verborgen gehouden? Verdenkt Margrét werkelijk Ella ervan dat zij de moordenaar van Thor is? Het is al te absurd voor Hannah om met die gedachte ook maar iets aan te kunnen, dus schudt ze die van zich af. Maar Margrét weet iets over Ella wat ze niet wil vertellen. Dat vergroot Hannahs ongerustheid. Ze zijn thuis aangekomen en Ella moet de auto aan de straat zetten, omdat de kniehoge sneeuw een te grote uitdaging is, zelfs voor een Jeep. Hannah volgt Ella naar de woning, probeert in haar diepe sporen te lopen. Elke stap voelt vanwege die rottige gipsarm als een evenwichtsoefening. Bij de deur draait Ella zich naar Hannah om. Alsof ze iets wil zeggen, maar zich bedenkt. Ze laat hen binnen. Als ze hun besneeuwde schoenen in de hal hebben gezet, verdwijnt Ella in de keuken. Ze keert terug met een blocnote. Schrijft iets op.

STOP MET RONDNEUZEN, HET IS GEVAARLIJK. ONTSPAN. SCHRIJF JE BOEK.

'Je hoeft je over mij geen zorgen te maken. Ik red me wel. Ik heb dit toch ook gered?'

Hannah tilt haar arm op. Maar Ella glimlacht niet. Ze kijkt Hannah alleen maar aan, schrijft dan nog iets.

STOP MET VRAGEN STELLEN OVER THORS DOOD, ANDERS MOET JE MIJN HUIS VERLATEN.

Hannahs glimlach verbleekt. Wat is hier eigenlijk aan de hand? Ella zegt verder niets meer, gaat naar haar slaapkamer. Hannah blijft een ogenblik staan, voelt zich als een kind dat een standje heeft gekregen zonder precies te weten waarvoor. Ze haalt haar telefoon uit haar zak, belt Margrét. Ze laat hem twee keer helemaal uit rinkelen, voordat de stem van Margrét eindelijk aan de andere kant van de lijn klinkt.

'Je moet me niet bellen.'

'Het spijt me, het gaat alleen om wat je zei over Ella, ik wil heel graag weten wat je bedoelde en...'

'Luister eens.'

Margrét interrumpeert haar. Houdt een lange pauze. Hannah denkt een kort ogenblik dat de verbinding is verbroken, maar dan hoort ze Margréts stem opnieuw. Ze klinkt vermoeid.

'Viktor en ik hebben net een lang gesprek gevoerd. Over jou en mij.'

'Oké...'

Hannahs hart bonkt. En breekt een beetje. Ze wist immers best dat dit zou komen.

'We moeten elkaar voorlopig even niet zien en je moet me niet bellen.'

'Ik dacht dat jullie een bepaalde afspraak hadden, een overeenstemming?'

'Niet over jou. Het spijt me, maar... Wil je me alsjeblieft niet meer bellen? Het maakt mijn leven nogal lastig op dit moment.'

'Ja... Natuurlijk.'

'Dank je. Dank voor je begrip.'

Margrét legt neer en Hannah begrijpt er helemaal niets van. Hoe ze in slechts enkele minuten haar beide vertrouwelingen in het dorp is kwijtgeraakt. Ze voelt zich volstrekt en totaal alleen en dat is een gevoel dat haar voor de eerste keer in haar leven angst inboezemt. Ze is het niet gewoon dat ze iemand nodig heeft, is nooit de persoon geweest die familie of vrienden opbelt met problemen of lastigvalt met gevoelens van eenzaamheid. Integendeel, zij hecht er altijd waarde aan van niemand afhankelijk te zijn, en ze geeft altijd de voorkeur aan haar eigen gezelschap als ze dat van anderen uit de weg kan gaan. Nu lopen de koude rillingen langs haar lijf, als ze inziet dat ze een overweldigend grote behoefte heeft om met iemand anders samen te zijn. Ook als de enige andere persoon die ze kan bedenken Jørn is.

'Hoi.'

Zijn stem klinkt als altijd irritant blij en opgewekt, alsof hij gewoon zat te wachten op een gezellig telefoontje. Het kost Hannah moeite om het tegenover zichzelf toe te geven, maar het is exact deze soort jubelende idiotie die ze nodig heeft. Ze doet haar best om niet te agressief of pathetisch te klinken.

'Ik heb een borrel nodig. Ik kan niet rijden met mijn arm en er ligt te veel sneeuw om het risico aan te durven de andere ook te breken. Dus... Kun jij me misschien ophalen en naar Bragginn rijden en ja... Dus alleen als je wilt. Maar jij kunt natuurlijk ook een drankje nemen.'

Hannah heeft het idee dat ze Jørn aan de andere kant van de lijn hoort glimlachen.

'Nodig jij mij uit voor een drankje?'

Hannah zucht diep.

'Zeg maar gewoon of je kunt of niet.'

'Natuurlijk. Ik spring meteen in de auto.'

Hannah verbreekt de verbinding, ergert zich vreselijk aan zichzelf over haar zwakheid. Maar is ook een klein beetje opgelucht.

44

'Ik zei het toch.'

Hannah en Jørn zitten nog maar luttele seconden in Bragginn of Hannah voelt een enorme drang om Jørn te slaan. Hij maakt het werkelijk niet makkelijk voor haar als hij zo door en door irritant is. Tegelijkertijd is ze echt dankbaar voor de snelheid waarmee hij haar uit Ella's huis heeft gehaald. Het was Hannah niet eens gelukt om haar jas nog uit te doen, voor zijn grote fourwheeldrive al aan de weg stond te toeteren.

'Ja, ja. Moordenaars willen nog weleens bij begrafenissen opduiken. Maar we weten toch niet of het Ægir is.'

Hannah laat achterwege hem over haar verdenking van Ella te vertellen. Voorlopig is het voldoende om Jørn deelgenoot te maken van de gebeurtenissen rondom de wurgpoging. Margrét houdt ze ook voor zichzelf. Ze slobbert een half glas rode wijn naar binnen, onelegant, maar hoognodig. Werkt tegelijkertijd een paar pijnstillers mee naar binnen.

'Hoe gaat het met die daar?'

Jørn knikt naar de arm. Hannah schudt haar hoofd, alsof het helemaal niet gaat. Wat in zekere zin ook zo is, het is lastig om met haar linkerhand te drinken.

'Je zit vast.'

Hannah kijkt Jørn vragend aan.

'Wat bedoel je?'

'Je hebt geen idee wat er om je heen gebeurt of wie je kunt vertrouwen. Je twijfelt of je ooit achter de waarheid komt over de moord op Thor. Dus weet je ook niet hoe je je misdaadroman moet afsluiten.'

Hannahs provocatiebarometer is ver boven de honderd en ze heeft zin om nu meteen te vertrekken, de sneeuw in en voor altijd verdwijnen om nooit meer een woord van Jørn te hoeven horen. Maar helaas heeft hij gelijk. Ze zoekt naar een manier om het niet te onthullen. Geeft het vervolgens op. Geeft zich helemaal over aan Jørn.

'Jij ziet er net zo irritant uit wanneer je gelijk hebt als wanneer je ongelijk hebt.'

'Het spijt me, dat is gewoon mijn look. Hoe kan ik je helpen?'

Hannah bestudeert Jørn. Er valt geen spoortje leedvermaak te bespeuren in zijn stem, alleen oprechte interesse.

'Om heel eerlijk te zijn heb ik geen idee wat ik moet geloven of denken. Ik heb het idee dat ik mensen in het dorp aan het praten heb gekregen en ik had een duidelijk gevoel dat de opheldering dichtbij was. Maar nu is het alsof ik niets weet. Ik heb gewoon zin om... om het op te geven.'

Hannah heeft altijd gedacht dat ze liever dood zou gaan dan deze woorden uit te spreken. En al helemaal tegen Jørn. Maar nu voelt het als een wonderlijke opluchting. Alsof het toegeven van haar nederlaag de grootste vrijheid is die ze ooit heeft ervaren. Ze merkt plotseling de zwaarte van de gebeurtenissen van de laatste paar dagen in haar lijf: de overval op Viktor, de confrontatie met Gísli, haar val uit het raam, de begrafenis, de gebroken arm, Viktors onthulling dat hij van haar en Margrét weet. De afwijzing door Margrét, Ella's dreigement.

'Ik ben immers geen rechercheur. En ik ben waarschijnlijk ook geen misdaadauteur.'

Hannah kijkt in het laatste slokje rode wijn, maar heeft niet eens zin om dat op te drinken. Ze voelt Jørns blik op haar rusten.

'Jij bent een indrukwekkend mens.'

Hannah kijkt hem aan. Voelt dat hij best een of twee minuten had kunnen wachten om tegen haar zelfvertrouwen aan te trappen. Maar er valt niets sarcastisch-triomfantelijks aan zijn gezicht te zien. Alleen iets wat daadwerkelijk bewondering lijkt.

'Ik meen het. Ik heb altijd groot respect voor je gehad. De manier waarop je schrijft. Je geloof dat literatuur meer kan dan onderhouden. De manier waarop je er altijd aan hecht het hoogste niveau na te streven. Het is indrukwekkend.'

Hannah is met stomheid geslagen. Zit Jørn haar te prijzen?

'Heb jij mijn boeken gelezen?'

Jørn knikt.

'Allemaal.'

Een wonderlijke trots vermengt zich in haar binnenste met een vleugje schaamte. Heeft ze Jørn zó onderschat? Ze had in haar wildste fantasie niet kunnen dromen dat hij bij ook maar een van haar hoofdstukken wakker zou kunnen blijven, en dat hij dan haar volledige schrijverschap heeft gelezen... Een glimlach zoekt zijn weg naar haar gezicht, maar verdwijnt weer snel als ze eraan denkt dat het met grote waarschijnlijkheid iets is wat hij gewoon zegt. Om bij haar in het gevlij te komen en zich op haar zwakke punten te storten.

'Ik moet zeggen dat ik verrast ben. Dat jij al mijn boeken hebt gelezen... Ik dacht niet dat...'

'Dat ik las...?'

'Dat je het soort boeken leest dat ik schrijf.'

Hannah kijkt hem onderzoekend aan. Hij weet zijn gezicht goed in de plooi te houden.

'Wat vond je van *Verloren zomernachten*?'

Jørn glimlacht naar haar, hij heeft door dat zij hem test. Maar hij ziet eruit als iemand die bereid is te vechten om te slagen.

'Als ik eerlijk ben was ik enigszins teleurgesteld over het slot.

Ik vond dat de hond niet dood had hoeven gaan, en ik miste dat je meer te weten kwam over wat er zou gebeuren als ze uiteindelijk bij de Noordzee aankwamen. Maar ik hield van je beschrijving van de vrouwen in de breiclub. Alle lagen die zich onder hun gesprekken verbergen... dat vond ik goed geschreven.'

Hannah is onder de indruk. Alles wat hij noemt, zijn dingen waar ze zelf over heeft nagedacht, maar die recensenten noch andere lezers naar voren hebben gebracht. Het moeten gedachten zijn die hij zelf heeft gehad.

'Dat is scherp gelezen.'

'Mijn analytisch vermogen is zo onbenullig nog niet.'

'Maar waarom...?'

Hannah houdt zichzelf tegen. Maar Jørn weet heel goed waar ze naartoe wil.

'Waarom schrijf ik dan niet anders, iets wat in jouw ogen beter is?'

Hannah aarzelt, zou willen dat ze Jørns schrijverschap dezelfde lof zou kunnen toesteken, maar behalve dat ze erkent dat hij een groot publiek heeft, heeft ze niet echt iets te zeggen dat een oprecht compliment is. Het is alsof Jørn dat begrijpt.

'Ik schrijf zoals ik dat kan. Als ik hetzelfde kon als jij, zouden mijn boeken er natuurlijk anders uitzien. Het is niet dat ik mijn best niet doe, maar ik moet ook niet proberen iets te zijn wat ik niet ben. Ik wil liever een goede Jørn Jensen zijn dan een slechte Shakespeare.'

Hannah moet wel glimlachen. Het klinkt zo onnozel en verstandig tegelijk. Ze is verrast over zijn zelfinzicht en de waarheid in zijn uitspraken. Waarom heeft zij nooit gedacht dat hij precies dat soort boeken schrijft, namelijk omdat hij daar goed in is? En waarom is daar eigenlijk iets mis mee? Veel mensen lezen ze met veel plezier, en het is ondanks alles beter dan al die andere rotzooi waar je je mee kunt vermaken. Slechte films en tv-series. Misschien traint Jørn lezers wel om andere genres te proberen dan hij zelf schrijft, misschien kiezen ze er af en toe voor een ander boek te lezen, terwijl ze op zijn volgende publicatie wachten – misschien zelfs wel een van haar boeken? Hannah wordt een tikkeltje enthousiast van de gedachte, maar voelt zich dan ook wat beschaamd dat ze het schrijverschap van Jørn alleen waarde weet toe te kennen als dat leidt tot het hare. Misschien is het gewoon uitgesproken goed als lezers blij en tevreden zijn met Jørn Jensen.

'Ik wil je graag mijn excuses aanbieden.'

Het is verbazingwekkend makkelijk voor Hannah om die woorden uit te spreken.

'Ik geef toe dat ik nooit een heel hoge dunk van je schrijverschap heb gehad en hoewel ik graag dezelfde mooie woorden terug zou willen zeggen die je tegen mij hebt gezegd... Ja, de waarheid is waarschijnlijk dat ik nooit zal kunnen waarderen wat jij schrijft. Maar ik heb wel – en dat meen ik – groot respect voor het feit dat je zoveel mensen weet te bereiken. Dat jij ze in de rij kunt laten staan. Dat jij steeds weer iets kunt leveren dat mensen plezier brengt en dat je je lezers nooit teleurstelt. Dat, denk ik, vraagt een enorme zorgvuldigheid in je werk en ik ben blind geweest voor het feit dat jij die hebt. En...'

Hannah aarzelt even, dat laatste is wat moeilijker om uit te spreken.

'Misschien misgun ik het je een klein beetje dat je zo goed bent in mensen zo breed aanspreken.'

Ze dwingt zichzelf vrouw genoeg te zijn om hem in de ogen te kijken als ze het zegt, zodat hij begrijpt dat ze het meent. Jørn glimlacht niet, hij lijkt haast verdrietig. Maar dan begrijpt Hannah dat hij ontroerd is. Hij legt zijn hand op zijn hart op een enigszins irritante nieuw-boeddhistische manier, maar desalniettemin is het een gebaar dat Hannah vertelt dat hij haar woorden echt tot zich heeft laten doordringen. En ze vermoedelijk lange tijd kan uitbuiten.

'Dank je.'

Deze twee woorden hangen even in de lucht en verzegelen het moment. Jørn wil juist nog wat zeggen als de deur van het café plotseling opengegooid wordt. De vrouw met de hond staat met paniek in haar blik te gillen. Sneeuw waait om haar heen, ze heeft haar armen in de lucht gestoken.

'Gísli er dáinn. Hann liggur við fótboltavöllinn!'

Het duurt een poosje, alsof mensen eerst de boodschap moeten begrijpen, maar dan wordt er geschoven met stoelen, die omvallen, terwijl jassen om lichamen schieten en bier met een enkele slok wordt opgedronken. Hannah en Jørn worden gevangen in een tumult dat in de eerste plaats onverstaanbaar is, vervolgens afschuwelijk, als iemand de boodschap van de vrouw in het Engels vertaalt, en het tumult trekt hen mee naar buiten, de ijskoude winternacht in, om te kijken of het echt waar is – dat Gísli dood is.

45

Hij heeft zichzelf met het mes om het leven gebracht. Daar is al snel overeenstemming over wanneer de kleine groep mensen uit het café naast het bevroren lichaam van Gísli staat. Piepkleine bevroren beekjes bloed komen uit zijn linkerpols. In tegenstelling tot Thor is er niets vredigs aan zijn dode lichaam, integendeel, zijn angstaanjagende doodsblik en open ogen getuigen ervan dat hij op een gruwelijke manier en met veel pijn zijn laatste adem heeft uitgeblazen. Hannah wendt haar blik af. Stel je voor dat je achter een lelijk voetbaldoel gaat liggen en je eigen aderen doorsnijdt. Ze rilt en voelt zich kwetsbaar onder de hoge stadionlamp die een kleine plek verlicht terrein vormt te midden van het omsluitende donker.

'Það var Hrafn sem fann hann.'

De vrouw wijst naar de hond, die ze hard aan zijn lijn moet trekken zodat hij er niet heen loopt en aan Gísli's dode lichaam likt. Het leren vest toont zich opnieuw een soort leider van het dorp en richt zich met zijn armen omhooggeheven tot het groepje, alsof hij het lichaam van Gísli achter zich beschermt. Hij verheft zijn stem en zegt met veel autoriteit iets onverstaanbaars. Hannah interpreteert dat men uit de buurt van het dode lichaam moet blijven. Dat men respect moet tonen. In elk geval trekt iedereen zich langzaam terug, een paar man draait zich zelfs om en vertrekt helemaal. Nu ze het zelf hebben gezien, is er tenminste iets om tijdens het volgende biertje over te praten. Hannahs voeten voelen als ijspegels in de maar half gevoerde leren laarsjes, en haar jas kan niet fatsoenlijk dicht vanwege de gipsarm, die te groot is om in de mouw te kunnen steken. Ze doet een paar stappen op haar plaats, de sneeuw kraakt onder haar. Het leren vest wendt zich tot Jørn en haar.

'Rij naar Viktor en zorg dat hij onmiddellijk hierheen komt!'

'Waarom wij?'

Het laatste waar Hannah op dit moment zin in heeft is naar Viktor rijden om hem dit slechte nieuws te brengen.

'Omdat jullie het meest nuchter zijn.'

Jørn knikt, neemt de verantwoordelijke taak op zich.

'We doen het zo snel we kunnen.'

Jørn is al op weg naar de auto. Hannah overweegt een fractie van een seconde de mogelijkheden, maar besluit dan dat het beter is mee terug te gaan naar de warme auto van Jørn dan hier in het donker te blijven staan bibberen of in haar eentje met een lauwe rode wijn en veel te veel gedachten in Bragginn te zitten. In nog geen vijf minuten zijn ze bij het huis van Viktor en Margrét. Jørn slaat op de deur, alsof ze zelf in levensgevaar waren.

'Er is nog een sterfgeval. Een oudere meneer heeft blijkbaar op een veld zelfmoord gepleegd.'

Hannah ergert zich eraan dat Jørn het woord neemt op het moment dat Viktor de deur opent, en waarom doet hij zo vreselijk hoogdravend? Hij is bovendien degene van hen beiden die het minste weet. Hannah corrigeert hem.

'Het is Gísli. Hij ligt achter het voetbalveld.'

'Spring maar in mijn auto, ik heb een fourwheeldrive en stoelverwarming.'

Jørn houdt blijkbaar van de mogelijkheid om de held uit te hangen, maar Hannah wil zich er niet eens aan ergeren. Ze kijkt naar Viktor, die met een ernstig, maar zwijgend gezicht snel een paar laarzen aantrekt en een jas grijpt. Hij roept iets naar binnen en

Hannah ziet nog net een glimp van Margrét, voordat de deur dichtgaat en de drie zonderlinge musketiers naar het voorverwarmde bakbeest van een auto snellen. Maar op het moment dat Hannah in de auto gaat zitten, voelt ze dat ze niet meer kan. De gedachte dat ze naar Gísli's bevroren lichaam moet staan gluren of nog erger, met Jørn in Bragginn moet debriefen, roept een acute hoofdpijn op en ze voelt dat haar lichaam begint te trillen.

'Is alles goed met je?'

Jørn kijkt heel bezorgd naar haar terwijl hij de auto terugrijdt naar de plaats delict, snel, maar met een rustig overzicht. Waar haalt hij al zijn energie vandaan?

'Je ziet helemaal bleek.'

Hannah capituleert. Fragmenten van gedachten over het onhandige om aan Jørn de rol van burgerlijke medérechercheur over te laten flitsen voorbij, maar weten zich niet echt te nestelen en ze voelt een onverschilligheid tegenover de zaak, haar boek – en tegenover Jørn. Het enige wat ze wil is naar huis, in bed kruipen en alleen maar slapen. Haar stem klinkt merkwaardig zwak wanneer ze zich met een bijna smekende blik tot Jørn richt.

'Als je Viktor hebt afgezet, wil je mij dan alsjeblieft naar huis rijden?'

Het is stil in het huis als Hannah naar binnen sluipt en ze laat achterwege het licht aan te doen, wil Ella's aandacht niet trekken en het risico lopen om een lang gesprek over het leven en de dood te beginnen. Ze huivert als ze haar kleine zolderkamer binnenkomt, die ze niet meer heeft gezien sinds Gísli haar uit het raam duwde. Er is geen enkele aanwijzing van hun gevecht, alles is netjes en de vloer is gestofzuigd, het raam gesloten en er is zelfs een sprei over het bed gelegd. Iets wat Hannah tijdens haar verblijf geen enkele keer heeft gedaan, dus Ella moet bezig zijn geweest. Het vervult Hannah met een warme dankbaarheid en de opgeruimde kamer geeft haar bijna een gevoel van geborgenheid. Voor de zekerheid draait ze toch de sleutel om in het slot. Met veel bezwaar weet ze met haar linkerhand haar tanden te poetsen en met nog grotere moeite weet ze haar kleren van haar lichaam te stropen. Als ze zich na een paar pijnstillers te hebben genomen eindelijk in bed laat vallen, voelt ze zich als een duizendjarige. Waarom ging alles plotseling zo mis? Pas nu voelt Hannah verdriet over het feit dat Gísli dood is – ondanks zijn aanval op haar, Viktor en vermoedelijk Thor. Ze wordt overmand door een droefgeestigheid die haar zwaar in het matras duwt en zeldzaam vochtige ogen teweegbrengt. Wat een treurig levenslot. Een begaafd persoon met een gezin en een carrière en dan alles kwijtraken en je laatste jaren als thuisloze alcoholist doorbrengen – om ertoe te komen een jonge man om het leven te brengen, leidend tot daaropvolgende aanvallen op mensen en uiteindelijk zelfmoord plegen. Ertoe te komen. Het zijn juist de toevalligheden van de gebeurtenissen die Hannah verbazen. Hoe alles tragische omstandigheden lijken die zich met elkaar vervlochten hebben tot een spiraal van rampspoed die een heel dorp met zich mee heeft getrokken, maar die vermeden had kunnen worden als Thor die nacht Gísli niet bij het water was tegengekomen. Hannah valt in slaap met een laatste verlossende gedachte dat de hoofdverdachte dood is en dat de zaak nu is afgelopen. Toch zitten haar dromen die nacht vol met Thor, Gísli, Margrét, Ella, Viktor en alle anderen uit het dorp die om elkaar heen cirkelen in combinaties van onrustige vragen.

Midden in de nacht wordt Hannah wakker met een kloppende pijn in haar gipsarm. Hoewel ze op haar rug heeft gelegen met haar arm op een kussen, zoals voorgeschreven, voelt het alsof ze in een drukpers heeft gezeten en is vermorzeld. Ze doet het bedlampje aan en kijkt naar de arm, hij is er nog steeds. Het zoemt in haar schouder en met moeite weet ze zich uit bed te worstelen om iets pijnstillends te zoeken. Ze bedenkt dat ze de pillen in de badkamer heeft liggen. Slaapdronken begeeft ze zich naar de gang, maar na een enkele stap blijft ze staan. Er schijnt licht uit Ella's werkkamer. Was dat ook het geval toen ze vanavond thuiskwam? Hannah weet zeker dat de deur dicht was. Nu hoort ze zachtjes een stem praten. Of beter: fluisteren, met een lichte toon van ingehouden woede. Hannah staat muisstil, luistert. Kan maar één stem onderscheiden, die van Ella. Af en toe stopt de stem, dat duidt erop dat Ella tijdens het telefoongesprek luistert. Hannah staat een lang, besluiteloos moment stil. Als ze verder loopt, zal ze gegarandeerd Ella's aandacht trekken en zal een gesprek in een of andere vorm onvermijdelijk zijn. Aan de andere kant kan Hannah de gedachte niet overzien om zonder haar pillen terug te moeten. Ze herpakt zich, beent snel langs de halfopen werkkamerdeur, naar de badkamer, grijpt haar pillen die nog steeds op de wasbak liggen, haast zich terug naar haar kamer met een triomfantelijk gevoel haar missie zonder een confrontatie met Ella te hebben volbracht. Maar voor ze de deur achter zich dicht wil doen en achteromkijkt, stapt Ella de donkere gang in. In het tegenlicht uit de werkkamer is het moeilijk haar gezicht te onderscheiden, dat in de schaduw zit. Heeft Ella haar gezien? Een ogenblik staan ze daar als twee geesten die hetzelfde huis teisteren.

'Hoi. Ik werd wakker, ik moest alleen deze even halen.'

Het nachtgesprek is een realiteit geworden. Hannah houdt het witte pillendoosje omhoog.

'Voor mijn arm, de pijn is compleet ondraaglijk.'

Ella blijft staan zonder iets te zeggen, het maakt Hannah ongerust. Met haar gezonde arm zoekt ze op de muur naar de schakelaar om het licht aan te doen, maar ze slaat haar hand blindelings in het rond, en voor het haar lukt is Ella al vlak bij haar. Hannah doet automatisch een stap achteruit, maar Ella doet slechts het licht aan. De schakelaar zit achter Hannah. Ze knippert wat met haar ogen, het voelt als wanneer je in een discotheek staat waar opeens het licht aangaat en met grote ontzetting ontdekt hoe iedereen er in het echt uitziet. En je je realiseert dat hetzelfde werkelijkheidsschijnsel ook op jezelf valt. Ella ziet er oud en vermoeid uit. Het is zelfs bijna alsof ze wat kleiner is geworden, of misschien komt dat alleen maar door haar pyjama, die veel te groot is? Hoe dan ook, ze lijkt een breekbare vrouw, grijs en kwetsbaar. Een spontane, zeer ongewone drang om Ella een knuffel te geven komt in Hannah naar boven. Hannah slaat haar gezonde arm om Ella heen en trekt haar naar zich toe, en het is alsof dit de omhelzing is waarop Ella heeft zitten wachten. Hannah voelt Ella's lichaam ontspannen, alsof ze een kind is dat eindelijk geborgenheid voelt. Zo staan ze een minuut, die zo lang duurt dat het er ook vijf kunnen zijn geweest, en Hannahs gevoel wisselt tussen tederheid voor Ella en een toenemende ongerustheid omdat ze niet weet wat ze aan haar gastvrouw heeft. Ze heeft in elk geval het overduidelijke gevoel dat ze Ella niet moet vragen tegen wie ze midden in de nacht aan de telefoon zat te fluisteren.

46

Verdoofd door een zelf gedoseerde mix aan pijnstillers lukt het Hannah weg te zakken in een diepe, droomloze slaap die al haar pijn en zorgen op pauze zet. Als ze eindelijk – in langzame etappes – haar ogen weet open te wippen, bevindt ze zich nog steeds in een groggy toestand, op het randje van bewusteloosheid. Ze staat zichzelf toe een aantal minuten met open ogen te blijven liggen, voor ze haar mobieltje van het nachtkastje vist en constateert dat ze de hele ochtend heeft weggeslapen. Halfeen. Kan dat wel kloppen? Hannah heeft de indruk dat het licht van buiten nog steeds nachtelijke tonen bevat, misschien komt het doordat het donker zich weldra op alle uren van de dag heeft weten in te vreten. Ze worstelt zich uit bed, terwijl ze haar klompachtige gipsarm vervloekt en het gordijn opzijtrekt. Buiten is er sneeuw, sneeuw en nog eens sneeuw. De sneeuw heeft zich om de wereld gesloten, alsof de wolken zich vlak boven het dak van het huis bevinden en voortdurend zware, witte vlokken uitstoten. Het geeft Hannah een claustrofobisch gevoel. Ze herinnert zich de dramatische gebeurtenissen van gisteren: de begrafenis, Gísli's zelfmoord, Ella's dreigement gevolgd door haar behoefte aan troost. De afwijzing door Margrét. Hannah gaat op de rand van het bed zitten, prutst zich met haar linkerhand naar het telefoonboek in de telefoon en drukt op de naam van de enige persoon bij wie ze zich enigszins veilig voelt: Bastian. Hij neemt meteen op.

‘Hé, ik dacht bijna dat je me was vergeten.’

‘Dat is grappig, ik wilde net hetzelfde over jou zeggen. Ik ben eigenlijk verbaasd dat je überhaupt zin hebt om op te nemen.’

Het is eigenlijk niet Hannahs bedoeling zo verontwaardigd te klinken, maar plotseling merkt ze hoe alleen ze zich voelt, heel concreet, maar ook met haar gevoelens en dat ellendige boek. Het was toch zeker Bastian die haar op deze missie heeft gestuurd, dus waarom heeft hij niet meer contact met haar gezocht? Ze voelt een woede opborrelen vanaf een heel kwetsbare, verongelijkte plek, het frustreert haar, de bedoeling van haar telefoontje was immers om zonder negativiteit of verborgen agenda’s te spreken met een verstandige, liefdevolle persoon. Fuck ook. Ze doet haar best haar drang om Bastian uit te schelden te onderdrukken.

‘Het spijt me, ik bel niet om te bitchen.’

‘Hé, dat is nieuw.’

Hannah glimlacht vermoeid voor zich uit. Ze heeft Bastian gemist. Hij schraapt zijn keel ergens in Denemarken. Zijn stem krijgt een zachtere klank. Zorgzamer.

‘Ik heb eigenlijk ook wel een schuldgevoel dat ik niet meer contact heb gezocht. Maar ik heb veel aan je gedacht. Hoe gaat het met je?’

Hannah probeert niet al te dramatisch te klinken.

‘Om eerlijk te zijn gaat het behoorlijk slecht.’

‘Writer’s block, heimwee?’

‘Plus een moordpoging op mij van een vermoedelijke dader die nu zelfmoord heeft gepleegd, en verder dat iedereen die ik hier heb ontmoet net zijn vertrouwen in mij is kwijtgeraakt en o ja, Jørn, die hier rondsluipt en met God mag weten welke strategie probeert ervoor te zorgen dat mijn misdaadproject mislukt. Maar hij is wel het minste probleem. Hij is zelfs een… zekere hulp geweest.’

Het is stil aan de andere kant. Hannah hoort zelfs geen ademhaling.

‘Hallo, ben je er nog?’

Stilte. Een kuchje. Een stem vol ongeloof.

'Ja, het is gewoon... Moordpoging? Bedoel je dat als in...?'

'Moordpoging, ja.'

'Maar hoe...?'

'Ik ben uit een raam op de eerste verdieping geduwd, buiten bewustzijn geraakt en heb nu een arm in het gips. Ik ben er genadig afgekomen, maar toch. Rechterarm. Het is niet echt grappig.'

'Wie heeft je geduwd?'

'Dezelfde persoon die vermoedelijk Ella's tantezegger heeft vermoord. Maar hij heeft bij het voetbalveld zijn pols doorgesneden, dus hij is geen bedreiging meer.'

Hannah merkt een zekere energie bij het vertellen over de gebeurtenissen, het voelt alsof er een afstand ontstaat die van alles haast een goed verhaal maakt. Een vertelling die het makkelijker maakt om de consequenties die alles voor haarzelf heeft gehad te boven te komen. Ze realiseert zich dat straks, als ze weer thuis is, alles als een tragische, maar evengoed ongelooflijke anekdote is waarmee ze mensen kan onderhouden en – nu wordt ze helemaal aangewakkerd door de gedachte – die ze nog steeds voor haar boek kan gebruiken. Ja, thuis kan ze gekwalificeerde hulp krijgen om het boek af te schrijven, misschien kan Bastian haar zelfs assisteren met intypen, en anders is er vast wel een ambitieuze literatuurstudent die er alles voor overheeft om dit klusje aan te nemen. Misschien kan die vervloekte misdaadroman toch nog binnen de afgekondigde maand worden afgemaakt. Hannah moet denken aan de eigenlijke reden dat ze Bastian heeft gebeld: hij moet haar zo snel mogelijk thuis zien te krijgen.

'Je kunt de details krijgen als ik weer thuis ben, maar op dit moment wil ik je graag vragen om wat hulp bij het bestellen van een vliegticket. Ik zou het graag zelf doen, maar met slechts een bruikbare arm en alles wat je moet intypen en tegelijkertijd een creditcard vasthouden en een paspoortnummer opzoeken... Nee, het zou echt mooi zijn als je me vanavond al in een vliegtuig kunt krijgen.'

'Ik zou je heel graag willen helpen, maar het is dus...'

'Het is dus wát?'

Hannah bespeurt onrust aan de lijn.

'Alle luchtverkeer van en naar IJsland is geannuleerd. Er is een koufront op weg boven heel Noord-Europa, heb je het nieuws niet gelezen? Het staat overal. Ze noemen het een kleine ijswinter.'

Hannah hapt naar adem.

'Maar wat... Waarom?'

'Ze omschrijven het als de ergste sneeuwstorm in IJsland in jaren. Dat moet jij toch ook hebben gemerkt?'

Hannah stort in. Ze realiseert zich dat ze sinds ze is aangekomen helemaal geen nieuws heeft gelezen.

'Maar... hoelang?'

'Voor onbepaalde tijd.'

Hannah verbreekt zonder nog iets te zeggen de verbinding. Ze kijkt naar de sneeuw buiten die, ontdekt ze, helemaal niet valt. Hij waait tegen het raam en er is maar een piepklein gaatje te zien in een grijswitte wereld, waarvan Hannah niet weet wanneer ze eruit kan ontsnappen.

De woonkamer is warm en fonkelend oranje met een brandende open haard en de geur van vers gezette koffie. Ella glimlacht als Hannah binnenkomt. Vanaf haar met een deken ingepakte plek op de bank knikt ze Hannah toe om verder te komen, het voelt bijna net zo gezellig en onschuldig als een van de eerste avonden dat Hannah hier was. Ze kan niets anders dan zich aan de situatie overgeven: ze gaat zitten, schenkt koffie in. Die is warm en sterk.

'Heb je het gehoord van Gísli?'

Hannah kijkt Ella vragend aan. Ondanks hun stuntelige omhelzing vannacht had Hannah geen zin om Ella in dit nieuwe, tragische sterfgeval in te wijden toen ze beiden wakker waren. Ella knikt. Schrijft in een blocnote.

BERICHT VAN VIGDIS. VIKTOR HEEFT HEN VANNACHT GEBELD EN HET VERTELD.

Hannah knikt. Drinkt van haar koffie. Voelt geen enkele behoefte om te vertellen dat zij erbij was toen ze Gísli's lichaam vonden.

'Het is tragisch. Stel je eens voor dat je leven zo eindigt... Helemaal alleen.'

HIJ VERDIENDE HET. STRAF VOOR HET DODEN VAN THOR. EN WAT HIJ JOU HEEFT AANGEDAAN.

Ella tekent een boze smiley die Hannah bijna laat glimlachen. Ze kan het Ella niet kwalijk nemen dat ze geen sympathie heeft voor de moordenaar van haar neefje, hoewel beide sterfgevallen volstrekt zinloos en tragisch lijken. En dat Ella de dood van Gísli ziet als een soort gerechtigheid voor zijn wandaad jegens Hannah is een zorgzaamheid die ze gek genoeg op prijs stelt. Ze laat het onderwerp voor wat het is, begeeft zich naar een ander – misschien nog gevaarlijker – territorium.

'Wat je gisteren zei over dat ik de zaak met rust moest laten of moest vertrekken... Ik begrijp je best. Alles wat het oprakelt... Het spijt me als mijn focus op die zaak voor jou een provocatie is geweest. Mocht het je gekwetst hebben.'

Ella knikt, verwelkomt de verontschuldiging met een afwerende hand.

Hoewel het nu allemaal niet meer uitmaakt, als Hannah uit Ella's huis en haar leven is vertrokken zodra het vliegverkeer wordt hervat, voelt de verzoening toch goed. Hannah knikt naar de met sneeuw bedekte ramen.

'Dat weer buiten. Hoelang houdt dat aan?'

Ella steekt een vinger omhoog, zegt iets in het IJslands.

'Een dag?'

Ella schudt haar hoofd. Hannahs schouders zakken naar beneden in een ondraaglijk besef.

'Een week?'

Ella knikt.

'Maar...'

Hannah houdt zichzelf tegen. Het is bijna niet te verkroppen. Zo gezellig als het op dit moment in de kamer ook is, zo ondraaglijk is het zich voor te stellen dat ze nog een week langer bij Ella moet blijven. Op die manier wordt het boek in elk geval niet afgeschreven. Er ontstaat een nieuw plan. Ze moet zo snel mogelijk naar Reykjavik! Haar intrek nemen in een hotel, een Deense assistent zoeken die haar kan helpen de laatste hoofdstukken te schrijven. Ja, dat is wat er moet gebeuren. Maar Hannah kan zichzelf er niet toe zetten Ella om hulp te vragen haar plan ten uitvoer te brengen, daarom excuseert ze zich en gaat snel naar de keuken, zoekt Jørns nummer op, belt. Hij neemt niet op, shit! Ze denkt even na, overweegt haar mogelijkheden. Ze aarzelt, belt dan het nummer van Viktor. Na een paar keer overgaan neemt hij op. Vermoeid.

'Wat wil je nu weer?'

'Een lift naar Reykjavik.'

Een diepe zucht.

'Denk je dat ik een taxidienst ben?'

'Nee, maar jij kent vast iemand die me kan helpen. Ik wil Ella niet vragen om te rijden – niet in dit weer en niet met alles wat er is gebeurd.'

'Dat is heel attent van je, maar ik kan je helaas niet helpen.'

Hannah geeft niet op.

'Denk je eens in hoe heerlijk rustig het allemaal wordt als ik weg ben.'

'Geloof me, als ik kon, zou ik je heel ver uit de buurt van het dorp brengen, maar heb je uit het raam gekeken? Alle wegen zijn afgesloten. We raden alle verkeer af.'

Shit! Hoe dom kun je zijn? Hannah had zich voorgesteld dat een zekere vorm van sneeuwruimen in combinatie met een goede fourwheeldrive haar in no time veilig naar Reykjavik zou kunnen brengen. Ze loopt naar de voordeur, doet hem open. De sneeuw waait in haar gezicht, ze voelt zich totaal uit het veld geslagen.

'Hallo?'

Viktor hangt nog steeds aan de lijn. Hannah sluit de deur, draait zich om, laat zich naar beneden glijden tot ze niet verder kan komen. Ze zit daar maar op de grond en kijkt naar haar eigen schoeisel en jas, die hun praktisch nut voorlopig even niet zullen bewijzen. Haar handschoenen zijn naar beneden gevallen, leren handschoenen die trouwens op de ladekast waren gelegd. Met een onhandige kruipbeweging met de telefoon vastgeklemd tussen haar oor en haar schouder weet ze zich erheen te manoeuvreren en raapt ze de handschoenen op. Ze legt ze apathisch op haar gipsarm, terwijl ze probeert zich neer te leggen bij de ontstane situatie.

'Hoelang denk jij dat het duurt voordat de wegen weer open zijn? Een week, net als dit sneeuwweer?'

'Dat is moeilijk te zeggen, zolang duurt het waarschijnlijk niet. Maar we hebben nog niet eerder in deze tijd van het jaar zoveel sneeuw gehad.'

Hannah knikt, alsof Viktor dat kan horen. Ze weet niet waarom ze de verbinding niet verbreekt. Of waarom hij dat niet doet. Na alles met Margrét, met de moordzaak.

'Neem me niet kwalijk als ik me te veel opdring, maar... Ik hoop dat jullie Gísli veilig hebben kunnen wegbrengen. En dat jij... Dat jij nu wat kunt ontspannen, nu dit allemaal voorbij is.'

Hannah hoopt dat hij begrijpt dat het ook een soort belofte is dat 'dit allemaal' evenzeer geldt voor Margrét en haar. Viktor antwoordt nuchter, maar niet onvriendelijk.

'Hij is in het mortuarium en ik wil niet zeggen dat ik kan ontspannen... Er valt nog steeds een heleboel te doen. Papierwerk, de afsluiting van de zaak.'

'Ik ga ervan uit dat je daar geen hulp uit Reykjavik voor krijgt?'

'Ze hebben de assistentie ook afgezegd vanwege het weer.'

'O ja, natuurlijk.'

Hannah realiseert zich hoe ongelooflijk eenzaam Viktor zich moet voelen. Met alles. Misschien is dat de reden dat ze allebei het gesprek gaande houden. Hannah weet echter niets anders dat ze kan vragen, dus stelt ze zich erop in het gesprek te beëindigen, maar dan moet ze opeens aan iets denken. Ze kijkt naar haar leren handschoenen, pakt de ene op, de linker. Plotseling geeft de onrust die ze voelt sinds ze Gísli's dode lichaam heeft gezien een zekere, ijzingwekkende zin. Haar stem trilt een beetje wanneer ze in de telefoon fluistert.

'Viktor, het spijt me dit te moeten zeggen, maar ik denk niet dat Gísli zelfmoord heeft gepleegd.'

'Wat bedoel je?'

'De linkerpols was doorgesneden, toch?'

'Ja...'

'Maar ik heb Gísli bier zien openen en ramen zien sluiten met zijn linkerhand. Iets wat je niet doet als je rechtshandig bent, geloof mij.'

'Jij zegt dat hij linkshandig was?'

'Ja. Het is absoluut niet logisch dat hij opeens zijn rechterhand zou gebruiken om zo'n daad te verrichten.'

'Maar je hebt het toch zelf gezien: het mes zat in zijn rechterhand.'

'Dat moet erin zijn gestopt.'

Een moment stilte.

'Dat zou mijn eigen verdenking bevestigen.'

'En die is?'

Hannah weet heel goed wat het antwoord is. Maar Viktor het te horen zeggen, bezorgt haar toch kippenvel.

'Dat Gísli is vermoord.'

47

De vlammen springen en dansen, Hannah staart gehypnotiseerd naar het vuur. Wat kan ze anders doen? Het gesprek met Viktor heeft haar met een gevoel van onmacht achtergelaten. De prognose voor een open weg naar Reykjavik luidt een paar dagen en er loopt ogenschijnlijk nog steeds een moordenaar op vrije voeten in het dorp. Een die koelbloedig genoeg is om Gísli's zelfmoord in scène te zetten om zijn eerste moord op Thor te verdoezelen. Hannah schuift ongemakkelijk op de bank. Haar arm bonkt, en onder het gips jeukt het. Gelukkig laat Ella haar in haar eigen gedachten zitten, maar het kan slechts een kwestie van tijd zijn voor Hannah zal worden uitgenodigd mee te doen aan een vorm van gezamenlijke activiteit als iets bakken of een gesprek. Ella heeft de ingrediënten voor een traditioneel IJslands gebak al tevoorschijn gehaald. Ze zou natuurlijk ook kunnen kijken of het mogelijk is een paar regels van het boek met haar linkerhand te tikken, iets nuttigs te doen nu ze zijn ingesneeuwd. Er springen een paar vonkjes uit de haard en Hannah geeft de gedachte om te werken op, ze heeft nog het allermeest zin om zich op de bank neer te vlijen, te slapen en zich gezond en succesvol naar huis te fantaseren. Ze zwaait haar benen omhoog, laat haar hoofd op de armleuning vallen, sluit haar ogen en bereidt zich voor op een sluimer, als ze plotseling wordt overvallen door een nieuwe onrust: als de moordenaar bereid is Gísli te vermoorden om zijn sporen uit te wissen, en als zij dit heeft doorzien, zou de moordenaar dan op het idee kunnen komen haar ook om het leven te brengen? Hannah komt resoluut weer overeind. Ze kan hier niet gewoon zitten wachten om het volgende slachtoffer te worden. En wat een gemakkelijk slachtoffer zou ze zijn. Gewond en geïsoleerd in een afgelegen huis met een oudere dame. Nee, ze moet zelf in actie komen, moet een laatste poging doen om te helpen de zaak op te lossen. Op dit moment heeft zij een voordeel: als de moordenaar er zeker van is dat hij vrijuit gaat door Gísli te framen, is hij niet op zijn hoede. Dus is het nu het beste moment om weer wat rond te snuffelen. Hannah weet precies waar ze moet beginnen: er is een spoor dat ze moet proberen opnieuw tot leven te wekken. Iemand die ze moet ontmoeten, die te makkelijk is weggekomen, de laatste keer dat ze met elkaar spraken.

Ingepakt als een breekbaar stuk porselein in een reiskoffer begeeft Hannah zich in de sneeuwstorm, half vrouw, half samoerai. Ella protesteerde natuurlijk met alles wat ze kon bedenken, maar het lukte Hannah er voldoende hardnekkig op aan te dringen dat de situatie vraagt om een pakje sigaretten van het tankstation, waar Hannah makkelijk naartoe kan lopen. Ook al is dat met het risico in de jachtige sneeuw het leven te laten. De weg naar het tankstation neemt Hannah ook met doelgerichte stappen, maar de sigaretten kunnen haar niets schelen – ze hoopt daarentegen vurig dat Iðunn aan het werk is. Ze stapt door de sneeuw, kan het licht van het tankstation in de verte zien, tot haar grote opluchting is de weg niet helemaal onherkenbaar geworden door de sneeuw, hij is zichtbaar als een subtiele leidraad naar het dorp. De weg moet een of twee keer zijn schoongemaakt, voor de sneeuwschuiver het heeft opgegeven, en het lukt Hannah om de hele weg door de twintig à dertig centimeter dikke sneeuw te stappen naar de groene neonverlichting die aangeeft dat het tankstation open is. Het is een grote opluchting om Iðunn achter de balie te zien. Het jonge meisje maakt een sprongetje van schrik als Hannah als een waardige concurrent van de verschrikkelijke sneeuwman binnenstapt. Ze schudt de sneeuw van zich af, doet haar capuchon af en glimlacht naar Iðunn.

'Wat ben ik blij dat jij aan het werk bent.'

'Ik heb zelfs een luchtbed en een slaapzak in de winkelruimte. Ik ga ervan uit dat ik hier blijf slapen tot morgen, als ze de wegen weer wat kunnen schoonvegen.'

Hannah knikt, lichtelijk onder de indruk van Iðunns onverzettelijkheid. Ze stapt naar de balie.

'Zijn er überhaupt klanten geweest vandaag?'

'Vanmorgen een paar, maar na de lunch, toen ze zijn opgehouden met sneeuwruimen, slechts eentje, op ski's. Maar mijn chef staat erop dat we open zijn voor het geval er iemand mocht langskomen.'

'Dan is het maar goed dat ik dat heb gedaan.'

Hannah glimlacht en ontdoet zich van haar jas, dat gaat moeizaam en onelegant met haar gipsarm. Iðunn bekijkt haar onderzoekend.

'Niet om mezelf te vleien, maar je zou bijna denken dat jij hier speciaal naartoe bent gekomen om met mij te praten.'

Het lukt Hannah eindelijk om Ella's onmogelijke sneeuwbroek uit te trekken. Ze kijkt Iðunn aan.

'Niet helemaal verkeerd gedacht. Ik heb je hulp nodig en het zou me heel goed uitkomen als er het komende uur niemand opduikt.'

Het kost Hannah maar een paar minuten om Iðunn haar missie uit te leggen, die al volop bezig is haar verzoek om hulp in te willigen. Hannah ziet haar werken met een gespannen concentratie achter de grote stationaire computer in de winkelruimte, ongetwijfeld gelukkig dat ze even van de saaiheid van het tankstation is bevrijd. En dan ook nog met zo'n spannende opdracht.

'Hoever wil je dat ik terugga?'

Iðunn draait zich om en kijkt naar Hannah.

‘Misschien een paar dagen voor tot en met een paar dagen nadat Thor werd gevonden.’

‘Ja, natuurlijk...’

Iðunn richt zich weer op het scherm, klikt. Hannah heeft zin om zichzelf voor het hoofd te slaan, waarom heeft ze hier niet al dagen eerder aan gedacht? De jongeman, Stefan Haraldsson, die ze in de rij voor het toilet op het feestje van de jongeren ontmoette, is uiteraard hun allerbeste getuige, en als ze hem zich kunnen laten herinneren in welke auto hij Thor heeft zien stappen op de avond dat hij werd vermoord, dan hebben ze de moordenaar. Iedereen heeft benzine nodig. Dus als de dader bij het tankstation is geweest, is niet alleen de auto maar ook hijzelf gefilmd, en dan is het gewoon een kwestie van voldoende beelden van fourwheeldrives doorbladeren en die aan Stefan te laten zien, zodat hij de auto en daarmee de moordenaar kan aanwijzen. Hannah kijkt ongeduldig toe hoe Iðunn de bewakingsbanden opvraagt, naar de gewenste dagen doorspoelt, stopt en een screenshot maakt van alle auto’s die bij de pomp stoppen.

‘Moet ik alle auto’s nemen of alleen de fourwheeldrives?’

‘Doe maar allemaal, voor de zekerheid.’

‘Oké, maar dat kost wel wat tijd.’

Hannah knikt, probeert begripvol te zijn, maar ze is ongeduldig. Krijgt plotseling zin in de sigaretten die haar slechte excuus waren.

‘Ik ga naar buiten om te roken. Roep me maar als je iets tegenkomt wat ik moet zien.’

‘Ja, doe ik.’

Iðunn kijkt haar niet eens aan, zo in beslag genomen is ze door het werk, en Hannah loopt naar de winkel, grijpt een pakje sigaretten met de minst afschrikwekkende afbeelding erop, bedenkt dat ze moet onthouden ervoor te betalen en tegelijkertijd dat ze voor een gezondere levensstijl moet kiezen als ze in Denemarken terug is. Buiten onder het afdak steekt ze een sigaret op, keert zich af van het bordje met VERBODEN TE ROKEN en denkt dat al die sneeuw een brand wel zal kunnen voorkomen, mocht er een vonkje wegspringen. Ze geniet van de stilte en de sneeuw die onder het afdak stuift en grote sneeuwduinen vormt. Plotseling hoort ze een motorgeluid dichterbij komen, maar het klinkt niet als een auto, eerder als een motor. Welke idioot verzint het om in dit weer motor te rijden? Ongeveer op het moment dat ze het voertuig in de gaten krijgt, realiseert Hannah zich dat het natuurlijk geen motor is, maar een sneeuwscooter. Hij rijdt met volle snelheid op haar af; neemt een sprong over een sneeuwhoop, landt zachtjes, mindert snelheid en stopt een paar meter bij Hannah vandaan. Hannah kijkt geschrokken naar de bestuurder, die zijn gezicht achter een grote motorhelm verbergt. Is het de moordenaar die is gekomen om met haar af te rekenen? Maar op dat moment wordt de helm afgezet en komt het blije, jongensachtige gezicht van Jørn tevoorschijn.

'Hoi. Is dit geen gaaf stukje speelgoed? Ik had zo gehoopt dat er voldoende sneeuw zou vallen om mijn nieuwe vriendje te gebruiken.'

Jørn klopt op de scooter alsof het een paard is.

'Hoe weet jij voortdurend waar ik ben? Het is alsof je mij met een gps-tracker volgt.'

Jørn glimlacht. Geslepen.

'Wie weet... Misschien is dat wel zo. Nee, ik maak maar een grapje. Om eerlijk te zijn had ik gewoon zin om even buiten rond te scheuren op dit beestje.'

De scooter krijgt opnieuw klopjes. Hannah rolt met haar ogen. Jørn ziet het niet.

'Dus eigenlijk heb ik geen goede reden om hier te zijn. En jij?'

'Ook geen goede reden. Ik moest er gewoon even uit.'

Jørn knikt. Hannah wil voor geen goud Jørn inwijden in haar nieuwe onderzoek en ze hoopt dat hij snel weer verdergaat.

'We kunnen wel even een kop koffie drinken nu we hier toch zijn. Even debriefen over de vondst van Gísli gisteren.'

Er is niets wat Hannah minder graag wil dan dat, maar met hun pas ontdekte vorm van vriendschap – of in elk geval verdraagzaamheid tegenover elkaar – zou het veel te verdacht zijn om Jørn af te wimpelen. Ze loopt daarom achter hem aan de winkel in en neemt zelfs het voortouw als er twee koppen koffie uit de koffieautomaat moeten worden gehaald. Iðunn moet te geconcentreerd bezig zijn met het automysterie, ze komt in elk geval niet naar voren. Jørn kijkt om zich heen.

'Is hier helemaal niemand aan het werk?'

'Geloof het of niet, maar ik let eigenlijk op de winkel, terwijl het jonge meisje achter de kassa buiten is om haar vriendje te bellen. Iets met een ruzie die moet worden uitgepraat...'

Jørn lijkt niet aan haar leugentje om bestwil te twijfelen, hoewel het onaannemelijk moet overkomen dat Hannah zomaar tankstation-oppasser is geworden. Desalniettemin gaan ze op de hoge stoelen bij het raam zitten, wat het in veel opzichten het meest ongebruikelijke cafébezoek maakt dat Hannah ooit heeft beleefd.

'Heb je Viktor geholpen toen je mij had afgezet?'

Hannah drinkt van haar koffie en probeert oprecht geïnteresseerd te klinken. Jørn knikt heroïsch.

'Ik heb geholpen met het afzetten van het terrein, het was lastig om mensen weg te krijgen. In zekere zin is het goed dat het zelfmoord was, anders zou het moeilijk worden om sporen te verzamelen, zoals mensen daar hadden rondgebanjerd.'

Hannah knikt, denkt dat er nu nog meer druk staat op de foto van de auto, want als er van de plaats delict met Gísli niets is om mee verder te gaan, kan het de enige leidraad zijn.

'Hij is een goeie vent, die Viktor. Na afloop nodigde hij me uit om een biertje te komen drinken bij hem thuis.'

Hannah voelt een steek van jaloezie. Zijn Viktor en Jørn nu vrienden geworden? En Margrét dan, heeft Jørn ook geprobeerd bij haar in het gevlij te komen? Met veel moeite weet ze de meeste bitterheid uit haar stem te krijgen.

'Was het gezellig?'

'Nou, ik heb vriendelijk bedankt. Ik was veel, veel te moe. Maar dat biertje hou ik tegoed. Misschien kunnen we dat samen doen als het wat minder is gaan sneeuwen? Jullie zijn heel goede vrienden geworden, toch?'

Hannah vraagt zich af hoeveel Jørn eigenlijk te weten is gekomen over haar relatie met Viktor en Margrét. Zou Viktor zelf iets gezegd kunnen hebben? Het lijkt haar onwaarschijnlijk, maar ze heeft het gevoel dat Jørn meer weet dan hij doet voorkomen. Over alles.

'Ik denk helaas dat dat zonder mij zal zijn. Zodra de weg naar Reykjavik weer open is, ben ik vertrokken. Ik ben klaar om het eerste het beste vliegtuig naar Denemarken te nemen.'

Jørn knikt, het kan ook niet als een verrassing komen dat Hannah graag naar huis wil.

'En je boek? Ik ga ervan uit dat je dat hebt opgegeven?'

Bespeurt ze daar een glimp van hoopvol leedvermaak in Jørns blik? Of misschien is het gewoon sympathie? Hannah weet het niet zeker.

'Voor de deadline is overschreden, kan ik helaas geen enkele vorm van capitulatieverklaring geven.'

Jørn glimlacht. Houdt zijn skinny cafè latte omhoog om te proosten.

'Goed zo. Ik had ook niet anders van je verwacht.'

'Proost.'

Hannah duwt haar kartonnen bekertje tegen dat van Jørn, knoeit een beetje zwarte koffie op het tafeltje.

'Ik gok erop dat ik in Kopenhagen wel enige hulp bij het intypen kan organiseren, zodat ik het boek kan afmaken.'

'Weet je dan al wat er zal gebeuren?'

'Ja. Ik heb het allemaal in mijn hoofd. Ik moet het alleen nog opschrijven.' Hannah drinkt een slok koffie om de leugen te verhullen.

'Als je wilt, kan ik...'

'Nee, dank je.'

Ze valt hem in de rede. Ze wil geen hulp van Jørn bij het typen. Op hetzelfde moment komt Iðunn triomfantelijk uit de winkelruimte stappen en houdt een USB-stick omhoog.

'Ik heb alle afbeeldingen hier! Nu hoeven we ze alleen nog aan Stefan te laten zien.'

Hannah heeft zin om de hete koffie over zichzelf uit te storten, uit ergernis over Jørns verbaasde gezicht als hij die boodschap hoort. Nu moet ze hem wel inwijden in haar plan. Fuck, fuck, fuck.

48

'Hou me steviger vast!'

Hannah sluit haar ogen, onderdrukt al haar instincten en drukt haar lichaam tegen de rug van Jørn aan, die vol gas geeft op de sneeuwscooter. Het voelt als een absurde metafoor dat ze hier moet zitten, hulpeloos tegen hem aan gedrukt, achterop, terwijl hij er als de eerste de beste held vandoor schiet. En dan kan ze zich ook nog alleen maar met haar ene arm vasthouden. Hannah voelt zich op alle mogelijke manieren geamputeerd. Desalniettemin moet ze toegeven dat Jørns aanbod om haar naar Stefan te brengen, zodat hij naar de foto's kan kijken en daarmee hopelijk de moordenaar aanwijzen, een welkome hulp is die zwaarder woog dan haar trots. Ze hadden hem natuurlijk gewoon de foto's kunnen sturen, maar Hannah wil graag met eigen ogen Stefans reactie aanschouwen als hij ze ziet. De mogelijkheid hebben om zijn geheugen een zetje te geven. Hannah heeft haar wang helemaal begraven in Jørns dure outdoorjack, waarschijnlijk met precies de goede gore-tex en hightechvoering. De ijskoude sneeuwwind die door haar eigen jas waait, maakt dat ze wilde dat ze wat kledingkeuze betreft net zo praktisch was aangelegd als Jørn. Het lijkt erop dat hij voor elke gelegenheid een passende outfit heeft. Maar hij heeft er natuurlijk ook geld voor. Hannah herpakt zich: nee, ze kan beter dan jaloers te zijn op Jørns vermogen. Op dit moment is ze alleen maar dankbaar dat zijn rijkdom haar nogmaals uit een impasse lijkt te helpen.

'Ik geef graag nog wat meer gas!'

Voor Hannah kan zeggen dat ze snel genoeg gaan trekt Jørn op, en ze moet vechten om in het zadel te blijven. Een kort, geschrokken gilletje ontsnapt aan haar zelfbeheersing en ze kan niets anders doen dan zich concentreren om te overleven. Na een dodenrit van circa tien minuten remt Jørn uiteindelijk voor het huis van Stefan. Hannahs hart bonkt als een bezetene, de adrenaline laat haar lichaam trillen.

'Was dat niet vermakelijk?'

Jørn glimlacht breeduit, Hannah kijkt hem boos aan.

'Ja hoor. Ongeveer net zo vermakelijk als achter een auto te zijn vastgebonden die met tweehonderd kilometer per uur over de snelweg scheurt.'

Stefans moeder doet de deur open en het kost haar meerdere minuten om te begrijpen wie Hannah en Jørn zijn en waarom ze haar zoon willen spreken. Maar als ze uiteindelijk mee het huis in worden genomen, zoeft de moeder – een kleine, behendige vrouw met een dubbele naam die Hannah alweer is vergeten – naar de keuken om koffie te zetten en voorbereidingen te treffen alsof ze koninklijk bezoek heeft gekregen. Hannah voelt zich door en door ongemakkelijk te moeten wachten in de warme woonkamer, waar een klein meisje voor een grote tv zit te kijken naar een tekenfilm die op Hannah gewelddadig en dom overkomt. Maar misschien is hij voor kinderen grappig, het meisje grinnikt in elk geval en slaat geen acht op de aanwezigheid van de onbekenden. Misschien is ze gewend aan volwassen buitenlanders die midden in een sneeuwstorm binnen komen vallen, misschien kan het haar ook gewoon niets schelen. Het duurt een eeuwigheid voordat Stefan binnenkomt, en Hannah ziet met grote ergernis hoe Jørn helemaal verdwijnt in de tekenfilm en meelacht als iemand op zijn gat valt. Het meisje grinnikt en glimlacht breeduit naar hem, ze lijkt blij te zijn dat ze iemand heeft om haar tekenfilmbeleving mee te delen. Eindelijk komt de behendige vrouw binnen met koffie en een gigantische plastic emmer met karamelchocolaatjes van het soort dat je op vliegvelden koopt en nooit op krijgt. Onderweg roept ze gelukkig Stefan nog een keer en korte tijd later komt de crossfit-reus de woonkamer in, enigszins verward zoals tieners kunnen zijn en ogenschijnlijk zonder Hannah te herkennen. Hoe kan het een zeventienjarige jongen tien minuten kosten om uit zijn verrekte kamer te komen? Hannah trekt haar gezicht samen tot een glimlach.

'Dag Stefan, ik weet niet of je je mij kunt herinneren, maar wij hebben elkaar op het feest ontmoet...'

Stefans gezicht klaart opeens op.

'Natuurlijk! Jij was die oude vrouw die Iðunn mee had genomen.'

Hannah: gespannen glimlach en meteen ter zake.

'Kun jij je herinneren dat je mij hebt verteld dat jij, tijdens de nacht dat Thor is verdwenen, hem in een auto hebt zien stappen?'

De moeder van Stefan krijgt een bezorgde tic.

'Waar gaat dit over?'

Hannah draait zich met al haar vriendelijkheid om naar Stefans moeder, zich er opeens van bewust dat Stefan nog minderjarig is.

'We hebben een aantal foto's bij ons van auto's die we Stefan graag willen laten bekijken. We denken dat een ervan mogelijkerwijs de auto is waar Thor is ingestapt tijdens de nacht dat hij overleed, en als Stefan hem kan aanwijzen, ja, dan...'

'Dan kunnen we de moordenaar vinden.'

Jørn kijkt met een vaderlijke, ernstige blik om zich heen en Hannah heeft zin om een harde elleboog in zijn gezicht te planten voor zijn stupide input. Stefans moeder kijkt hen verward aan.

'Ik dacht dat het de alcoholist was die... Die Thor om het leven had gebracht... Betekent dit dat er buiten nog steeds een moordenaar vrij rondloopt?'

Nu heeft ook het kleine meisje haar interesse voor de tekenfilm verloren. Of dat is omdat ze het woord *killer* begrijpt of slechts de ernstige, volwassen stemming in het vertrek voelt, is niet duidelijk. Hoe dan ook is het al onnodig moeilijk geworden om Stefan naar die rottige foto's te laten kijken. Hannah probeert er rustig en ongevaarlijk uit te zien.

'We willen alleen graag alle omstandigheden rond die avond in kaart hebben gebracht. Ik woon zoals gezegd bij Thors tante, Ella, en zij is natuurlijk zeer aangedaan door de zaak. Toen ik vertelde wat Stefan tegen mij had gezegd, ja, toen kon ik dat niet meer loslaten... Daarom heb ik haar beloofd om het detail van de auto tot de bodem uit te zoeken, zodat ze 's nachts weer rustig kan slapen. Er is ongetwijfeld niets uit te halen, alleen een soort zielenrust, als je begrijpt wat ik bedoel.'

Stefans moeder kijkt hen sceptisch aan, het is muisstil in het vertrek. Jørn steekt zijn grote hand in de emmer met karamelchocolaatjes en haalt er een kleurrijke karamel uit, die hij langzaam en krakend opent en in zijn mond stopt.

'Dus jullie zijn niet van de politie?'

Hannah glimlacht geruststellend, gluurt zijdelings naar Jørn die zit te smakken en probeert met zijn pink wat karamel tussen zijn tanden weg te krijgen.

'Nee. Wij zijn gewoon vrienden van de familie die proberen een oude vrouw zich veilig te laten voelen.'

Het lukt hun om mee te gaan naar Stefans kamer zonder moeder en zusje, met het oog op laatstgenoemde die al ruimschoots voldoende heeft gehoord. Stefan gaat op een onopgemaakt bed zitten en nodigt hen uit ook plaats te nemen. Jørn laat zich vrolijk neerploffen, maar Hannah wordt liever levend verbrand dan zich met Jørn op hetzelfde bed te bevinden. Ook al zullen ze alleen maar foto's zitten kijken. Ze geeft Stefan een plastic map vol uitgeprinte foto's van de bewakingscamera.

'Neem rustig de tijd.'

Stefan knikt, neemt de aanwijzing serieus en bestudeert de eerste foto aandachtig en heel, heel lang. Hannah kijkt ongeduldig op haar horloge, als hij elke foto zo lang moet begluren, zijn ze voor kerst nog niet klaar. Het is muffig op de kamer, alsof er al een eeuwigheid niet is gelucht of schoongemaakt. Hannah kijkt naar Jørn en krijgt plotsklaps het gevoel dat ze stikt. Ze legt een hand op de rugleuning van een stoel die vol kleren ligt.

'Ik moet even... het toilet. Ben zo terug.'

Hannah stormt de kamer uit, wordt de weg gewezen naar het toilet, stapt naar binnen en opent het raam naar de sneeuwstorm, laat zich bijna naar buiten zuigen. Zo staat ze een moment, hervindt een zeker evenwicht in haar lichaam. Neemt een laatste, diepe ademteug en sluit dan met veel moeite het raampje weer met haar gipsvrije arm. Ze kijkt in de spiegel. Ze ziet er grijs en versleten uit. Haar haar is helemaal verfomfaaid, dat moet van de tocht met de sneeuwscooter zijn, ze heeft zwarte kringen onder haar ogen. Begrijpt opeens niet precies dat Stefans moeder hen heeft binnengelaten. Misschien was het de charme van Jørn.

Bonk!

Hannah schrikt. Weer hoort ze de harde bonk op de deur en doet hem open. Buiten staat Jørn, hij is helemaal wit in zijn gezicht.

'Stefan heeft de auto herkend. En je zult niet geloven van wie die is!'

Hannah staart vol ongeloof naar de foto van de auto die Stefan voor haar omhooghoudt. Hij beweert hardnekkig dat het de auto is waarin Thor de avond dat hij is vermoord is ingestapt. Maar dat kan niet waar zijn.

'Weet je het heel zeker? Veel mensen hebben zo'n auto.'

Stefan schudt zijn hoofd.

'Niet zoals deze. Hij is oud en daarom herken ik hem. Ik herinner me dat ik hem wel eerder in het dorp heb gezien, maar pas toen ik de foto zag, herinnerde ik het me... Dat achterlicht. Dat doet het niet.'

'Er zijn vast veel mensen die een auto hebben met een kapot achterlicht. Als dat het enige is waar je het op baseert, is dat een beetje vaag...'

'Maar het is niet alleen dat! Dat is hem, ik zweer het!'

Stefan heeft nu bijna vochtige ogen, zoals een kind dat kan hebben uit frustratie en onmacht omdat het een standje krijgt voor iets dat het niet heeft gedaan. En wanneer de volwassenen de waarheid niet willen geloven.

'Hij komt echt heel overtuigd over, moet ik zeggen. Ik geloof hem.'

Jørn kijkt Hannah aan, ernstig, en voor Hannah begint zo langzaamaan duidelijk te worden dat zij ook op Stefan moet vertrouwen. Of in elk geval de consequentie van zijn woorden moet aanvaarden. Ze staart opnieuw naar het bewakingsbeeld van de auto, waarvan hij hardnekkig beweert dat het de auto is waarin hij Thor die nacht zag instappen. Er bestaat geen enkele twijfel over dat het de auto van Ella is.

'En wat nu?'

Hannah en Jørn staan onder het afdakje voor het huis van Stefan, een soort noodoverleg dat ze volgens hen niet in het huis van toevallige onbekenden konden houden, maar ook niet op de scooter in een jagende sneeuwstorm. Hannahs hersenen zijn vastgevroren aan het beeld van Ella's auto, ze kan niet verder komen tot een plan of een handeling, zelfs niet tot een zinnige analyse van de situatie. Daarom kijkt ze slechts radeloos naar Jørn, die er met zijn vraag op aanstuurt dat zij weet wat ze moeten doen. Hannah probeert een gedachte te volgen.

'Ik kan niet teruggaan naar Ella.'

'Dat lijkt me duidelijk. We moeten deze informatie aan Viktor doorgeven, zodat hij haar kan arresteren. Maar gezien zijn verbonden arm... Misschien is het beter dat ik een burgeraanhouding verricht.'

Hannah kijkt Jørn vol ongeloof aan.

'En dan? Wil je Ella's handen vastbinden, haar over je scooter gooien en haar naar de cel brengen?'

Jørn peinst, wrijft over zijn baardstoppels.

'Het is waarschijnlijk wat te gevaarlijk om haar handen vast te binden, maar verder wel zo ongeveer, ja.'

Hannah schudt haar hoofd.

'Je hebt te veel van je eigen boeken gelezen. Dat Thor blijkbaar die avond bij Ella in de auto is gestapt betekent niet automatisch dat zij hem heeft vermoord. Ze kan hem ergens naartoe hebben gereden, waar hij vervolgens zijn moordenaar heeft ontmoet.'

'Maar waarom heeft Ella hier dan niet eerder iets over gezegd? Als zij niet de moordenaar is, waarom heeft ze dan niet verteld dat zij die avond met Thor samen is geweest?'

Dat is een irritant goede vraag en Hannah piekert, probeert een verklaring te vinden die de onschuld van haar gastvrouw in stand houdt. Dan realiseert ze zich dat Ella niet heeft gelogen, alleen heeft gezwegen.

'Ze is er nooit naar gevraagd!'

'Wat?'

'Ella heeft niet gelogen, want niemand heeft eraan gedacht haar te vragen wat ze die avond heeft gedaan en of ze Thor heeft gezien. Ella had uiteraard zelf met die informatie moeten komen en het is natuurlijk een mysterie waarom ze dat niet heeft gedaan. Maar dat wil ik uitzoeken. Kom!'

Opeens is voor Hannah kristalhelder wat het plan is. Ze holt op een drafje naar de scooter toe, die al met een laagje sneeuw is bedekt, met haar gipsvrije arm veegt ze die weg. Jørn staat nog steeds onder het afdakje, knippert met zijn ogen naar haar.

'Wat gaan we doen?'

'Naar Ella! Ik moet haar persoonlijk vragen waarom ze Thor die avond heeft opgepikt.'

49

Hannah is een tikkeltje nerveus als ze Ella's huis binnenstapt. Jørn stond erop om op de loer te liggen bij een van de ramen, om haar te hulp te kunnen schieten als de situatie uit de hand zou lopen. Dat kan Hannah zich echter moeilijk voorstellen. Hoe zou Ella met haar achtenveertig kilo wat voor soort oncontroleerbare kracht ook tegen Hannah kunnen gebruiken? Aan de andere kant is Hannah met haar rechterarm in het gips relatief slecht uitgerust voor de strijd, en als Ella Thor echt heeft omgebracht, dan... Hannah siddert even, laat de gedachte los die ze toch al niet kan rijmen. Ze verheft haar stem, maakt hem zo helder en vriendelijk mogelijk bij haar roep in de woonkamer.

'Ella? Het is buiten een gigantische sneeuwstorm. Ik dacht bijna dat ik de weg terug niet zou kunnen vinden!'

Hannah worstelt met haar jas, die plotseling afglijdt, bijna vanzelf. Ze draait zich om en ziet Ella achter zich staan, met de jas in de hand. Hannah had de voetstappen van haar gastvrouw in de hal niet gehoord, had ook haar greep aan de jas niet gevoeld. Ella glimlacht hartelijk. Zegt iets in het IJslands dat vriendelijk klinkt, maar Hannah beangstigt.

Weer zitten ze tegenover elkaar in een ondertussen ritueel koffiedrinken voor het haardvuur. Hannah drinkt voorzichtig van de gloeiend hete drank.

'Dank je. Fijn om weer een beetje warm te worden. Ik was helemaal verkleumd.'

Ella reikt Hannah nog een deken aan, waarvoor Hannah bedankt, ze heeft er al een over haar benen en hoeft niet nog verder ingepakt te worden bij het gesprek dat ze moet voeren. Ze haalt diep adem. Liegt zich half via een snellere route naar haar pointe.

'Er is iets wat ik je graag wil vragen... Bij het tankstation kwam ik een jongen tegen die Stefan heet. Ik weet niet of je hem kent?'

Ella schudt haar hoofd. Het maakt ook niet uit. Hannah wil zich er alleen van verzekeren dat ze Ella's aandacht heeft.

'Het gesprek kwam erop dat ik bij jou logeer en toen zei Stefan... Ja, ik weet wel dat het merkwaardig klinkt, maar hij zei dus dat hij Thor bij jou in de auto zag stappen op de avond dat hij werd vermoord.'

Hannah wrijft met haar linkerhand over de rechter, heeft zin om zich onder het gips te krabben. Ze heeft snel gesproken, wilde er zeker van zijn dat ze halverwege geen spijt zou krijgen, maar nu kijkt ze enigszins onzeker naar Ella. Heeft ze begrepen welke aanklacht er achter deze ogenschijnlijk onschuldige anekdote schuilgaat? Ella kijkt Hannah onderzoekend aan, ze moet het hebben begrepen. Ze schrijft iets op een stukje papier. Draait het om naar Hannah, haar hartslag schiet omhoog op het moment dat ze het papiertje naar zich toe trekt.

DENK JIJ DAT IK THOR HEB VERMOORD?

De zin slaat bijna alle lucht uit Hannah. Om de aanklacht die ze in haar eigen hoofd niet goed heeft kunnen formuleren nu voor zich te zien, zwart-op-wit, maakt het opeens een reële mogelijkheid. Ze krabbelt terug.

'Natuurlijk denk ik dat niet. Maar als je zoiets hoort... Ik krijg dan de behoefte om jouw kant van de zaak te horen. Vergist hij zich, of is Thor die avond echt in jouw auto gestapt? En in dat geval: waarom, en waarom heb je daarover niks gezegd? Jij bent misschien de laatste persoon die hem in levenden lijve heeft gezien. Jij kunt een beslissende getuige zijn. Dat soort dingen moet je wel zeggen!'

Hannah heeft zichzelf opgewonden tot een niveau dat haar angst openbaart dat Ella schuldig is, en haar angst stroomt het vertrek binnen als een gifgas dat hen allebei dreigt te verstikken. Ella bekijkt haar met een blik die Hannah niet kan ontcijferen. Dan leunt ze naar voren en trekt demonstratief het papiertje naar zich toe. Schrijft. Overhandigt het aan Hannah.

NATUURLIJK HEB IK NIET MET THOR RONDGEREDEN IN MIJN AUTO TIJDENS DE NACHT DAT HIJ OVERLEED. DAN HAD IK WEL IETS GEZEGD. HET KWETST ME DAT JIJ DAT KUNT DENKEN.

Voor Hannah kan antwoorden is Ella gaan staan. In tegenstelling tot de gebruikelijke gang van zaken verzamelt ze niet de koffie en de koekjes op een dienblad en blaast ze ook de kaarsen niet uit. Maar ze mompelt een IJslands 'welterusten' en laat Hannah achter vol schaamte dat ze de goede stemming tussen hen beiden heeft geruïneerd. Misschien wel voor altijd.

'De manier waarop ze het zo categorisch ontkende, maakt me ongerust. Misschien overinterpreteer ik de situatie, maar ik vind dat het gebeurde met de verontwaardiging van een schuldige. Ik bedoel: als het werkelijk een totaal absurde gedachte is, had ze er toch gewoon om kunnen lachen en het als een slechte grap kunnen wegwuiven.'

'Ga met mij mee naar huis om te slapen.'

'Wat?'

Hannah kijkt naar Jørn, die door weer en wind geteisterd achter het houtschuurtje staat waar Hannah hem naartoe heeft geroepen voor een rendez-vous na haar gesprek met Ella.

'Je kunt hier niet blijven slapen, dat is te riskant. Wat als ze je vermoordt terwijl je ligt te slapen?'

Hannah heeft zin om te lachen om Jørns dramatische manier van doen, maar het korreltje waarschijnlijkheid in zijn woorden houdt haar toch tegen. Het laatste waar ze zin in heeft is met Jørn mee naar huis te gaan en daar de nacht doorbrengen.

'Dat zou er te merkwaardig uitzien. Als ik ervandoor ga, weet ze immers heel goed hoe laat het is en wie weet wat ze dan kan bedenken? Ongeacht schuld of onschuld wil ik niet het risico lopen dat Ella een zenuwinzinking krijgt en iets stoms doet. Ze moet in de veronderstelling blijven dat ik haar geloof.'

'Maar geloof je haar ook?'

Hannah zwijgt een ogenblik, antwoordt niet.

'Het enige juiste is om te blijven. Ik slaap met een oog open en dan kom jij morgen met Viktor, als het noodweer een beetje voorbij is. Dan zoeken we uit wat er waar is en wat niet.'

'Je hebt zelf gezien hoe stellig die Stefan was. Er is iets wat jouw vriendin ons niet vertelt.'

Hannah negeert het irritante in Jørns opmerking dat hij Ella bestempelt als haar vriendin, alsof ze schoolmeisjes zijn en Hannah medeplichtig aan gekke streken.

'Er is geen enkele reden om de stemming op te kloppen. Ik blijf vannacht hier en dan weet ik zeker dat we er morgen achter komen hoe het allemaal precies zit.'

Ze stuurt hem op de scooter terug de donkere sneeuwstorm in, met de verzekering dat ze haar deur op slot zal doen en met een keukenmes aan haar zijde zal slapen. Moe en half bang gaat Hannah een halfuur later eindelijk in bed liggen en hoewel ze weet dat ze zich niet zou moeten blootstellen aan een bewusteloze slaap, glijdt ze er toch snel en weerstandloos in weg.

Hannah wordt midden in de nacht wakker van het geluid van een gesprek op de gang. Instinctief grijpt ze het keukenmes en houdt ze haar adem in om aandachtiger te kunnen luisteren, maar ze hoort alleen Ella's gefluister. Slaapwandelt ze en praat ze met zichzelf? Hannah kruipt met moeite naar de deur, legt haar oor ertegen. Het is nog steeds alleen Ella's stem, maar ze klinkt onthutst op een manier die gecontroleerder is dan wanneer ze zou slaapwandelen. Zit ze aan de telefoon? Maar dan hoort Hannah dat een andere persoon antwoord geeft – onduidelijk, het is onmogelijk te horen of het een man of een vrouw is. Hoewel haar gezonde verstand het tegenovergestelde schreeuwt, moet Hannah haar veilige kamer uit om te zien wie Ella een nachtelijk bezoek aflegt. Ze wacht een moment, tot de stemmen met hun bijbehorende lichamen zich verder weg hebben begeven, dan draait ze voorzichtig de sleutel rond, opent met bonkend hart de deur op een kier, vervloekt de krakende scharnieren die haar laten stoppen in de beweging. Een moment luistert ze. De stemmen klinken vaag vanaf de benedenverdieping, Hannah haalt diep adem en opent de deur voldoende om zich naar de gang te wurmen. Het licht is uit en ze heeft een paar seconden nodig om aan het donker te wennen. Dan sluipt ze naar de trap toe, bereikt die, grijpt naar de bovenkant van de trapleuning en blijft in een ademloze beweging staan: de stemmen zijn verdwenen. Zijn ze weggegaan? Hannah heeft geen deur horen dichtslaan, ook geen licht gezien of buiten het geluid van een auto gehoord. Ze verscherpt haar zintuigen. Is het opgehouden met sneeuwen? Ze overweegt haar mogelijkheden. Of ze blijft staan, of ze gaat naar de woonkamer. Terug naar bed kan ze niet. Ze telt tot tien, luistert, hoort kort haar eigen bonzende hart, neemt dan de eerste langzame stap de trap af, nog steeds met een nerveuze hand op de trapleuning en het blok van een gipsarm tegen haar lichaam. Halverwege ziet ze licht in de woonkamer en de silhouetten van twee mensen die druk in gesprek zijn. Ze fluisteren, Ella staat over de ander heen, iemand van wie Hannah het gezicht niet kan zien. Ze observeert. Heeft Ella's houding niet iets dreigends? Hannah moet dichterbij zien te komen, moet uitzoeken wie daar op de bank zit, verscholen achter Ella's fragiele, trillende lichaam. Ze voelt zich als een ongehoorzaam kind dat ver na bedtijd naar de volwassenen toe sluipt in de hoop een glimp op te vangen van de spannende, onbekende wereld van de nacht. Maar hoewel Hannah een zekere spanning voelt, is het de angst die haar op dit moment voortstuwt. De angst die zo graag de persoon wil ontmaskeren die Ella kan bevrijden van elke verdenking door als de onmiskenbare moordenaar tevoorschijn te treden. Hannah hoeft maar een klein stukje dichterbij te komen. Maar dan! Plotseling schreeuwt Ella iets, de persoon op de bank gaat staan, geeft Ella een duw en stormt naar de voordeur, voordat Hannah in een voldoende schuil- en uitkijkpositie kan komen om het gezicht te zien. Fuck! Ze moet een glimp van de persoon in kwestie zien op te vangen voor het te laat is. Met een onverstandige, zichzelf openbarende sprint naar de hal bereikt Hannah de klapperende deur, waaruit de nachtelijke gast zojuist is verdwenen. Met haar hart in haar keel, gekleed in haar nachtgoed en met een grote portie wantrouwen, staat Hannah de nacht in te speuren, ziet duidelijk de vluchtende persoon voor zich. Sneeuwvlokken raken Hannahs voorhoofd, haar zintuigen hebben haar voor de gek gehouden. Het is niet opgehouden met sneeuwen. De wegvluchtende persoon is Margrét.

'*Ég hélt að þú værir sofandi.*'

Hannah draait zich met een ruk om en ziet hoe Ella met een beangstigende vijandigheid naar haar staat te kijken. Ze werpt een blik uit de openstaande voordeur, op het donker en de sneeuw, overweegt kort naar buiten te rennen, maar ze is op blote voeten en in pyjama, ze zou de tocht naar het dorp niet overleven. Hannah kijkt naar de schaal op het ladekastje, waarin de sleutels van Ella's auto liggen, maar de Jeep is ingepakt in sneeuw en zelfs met haar werkende arm zou het veel tijd kosten om de wielen vrij te graven, en Hannah betwijfelt of ze met alleen haar linkerarm wel een schep zou kunnen optillen. Zelfs als het haar zou lukken om de auto enigszins vrij te krijgen zijn de wegen nog steeds dichtgesneeuwd, ze zou niet verder dan een paar meter van het huis kunnen komen. Er valt niets anders te doen dan te blijven.

'Wat moest Margrét hier?'

Hannah kijkt recht in Ella's glasgroene ogen, wat houdt haar gastvrouw verborgen? Ella stapt naar haar toe, Hannah wijkt automatisch een stukje achteruit, maar Ella stapt alleen langs haar heen, doet de deur dicht en sluit het donker en de sneeuw buiten. Dan kijkt ze Hannah lang aan. Het is alsof ze overweegt wat ze moet doen. Na die eeuwigheidsblik pakt Ella een blocnote die op het ladekastje ligt. Schrijft met veel zorgvuldigheid.

JE MOET MORGEN TERUGGAAN NAAR HUIS.

Ella houdt het papiertje voor Hannah omhoog, alsof ze zich ervan wil vergewissen dat Hannah het begrijpt. De wenkbrauwen worden opgetrokken in een zoektocht naar een bevestigende hoofdknik. Maar die krijgt ze niet, in plaats daarvan verzamelt Hannah al haar kracht en legt een zorgzame hand op Ella's schouder.

'Er is iets gaande wat ik niet begrijp, maar het is iets waarin jij bent verwikkeld en duidelijk door wordt geplaagd. Wat het ook is, ik kan te midden van dit alles niet weggaan. Dat zeg ik niet om me op te dringen, maar omdat ik in de loop van de laatste paar weken van je ben gaan houden en omdat ik er getuige van ben geweest wat jij hebt doorgemaakt. Ik kan je er niet zomaar middenin achterlaten, in die onzekerheid en zorg. Je hoeft me niet te vertellen wat er aan de hand is, maar je mag me niet wegsturen voordat het voorbij is. Ik wil blijven en je helpen, wat het ook is.'

Hannah is bijna helemaal buiten adem van haar betoog, maar tot haar eigen milde verrassing meent ze het allemaal. Ze maakt zich oprecht zorgen over hoe het met Ella gaat, en wat er van haar moet worden. Het oplossen van de moord op Thor interesseert Hannah geen biet, het maakt haar niets uit of Ella het heeft gedaan. Ze wil alleen zeker weten dat het zó afloopt dat niemand nog iets overkomt. Ella's blik schiet wat heen en weer, zijn haar ogen vochtig geworden? Het is alsof ze op Hannahs woorden zweeft, tussen de zin om zich te laten vallen en te laten grijpen en de drang om de controle te bewaren. Hannah, nog steeds met haar hand op Ella's schouder, geeft een uitnodigende kneep: geef je nu over. Maar Ella duwt de hand weg, pakt het papiertje weer op, wijst ernaar.

JE MOET MORGEN TERUGGAAN NAAR HUIS.

Ze duwt het papiertje tegen Hannahs borst en loopt dan doelgericht de trap op om te slapen, te piekeren, wie weet wat. Hannah blijft staan met het papiertje in haar hand en voelt zich radeloos. Het plan om Viktor achter Ella aan te sturen lijkt onzeker nu Margrét blijkbaar een bepaalde rol in het geheel speelt, en misschien is het beter zich er niet mee te bemoeien en terug te gaan naar huis. Maar hoe meer ze erover nadenkt, hoe moeilijker het is om deze onbevredigende afloop te accepteren. Hannah sluipt daarom de trap op, trekt geruisloos een extra warme trui aan, en een ski-onderbroek. Voor Ella's slaapkamerdeur blijft ze een ogenblik staan luisteren, maar er valt nog geen kraak van het bed of een zware ademhaling te bespeuren. Als Hannah de deur achter zich dichttrekt en de nachtelijke IJslandse sneeuw in stapt, is dat met een bonkend hart en met de hoop dat ze een logica kan ontdekken voordat het te laat is.

50

Eigenlijk is het volkomen van de gekke, dat weet ze best. Om drie uur 's nachts bij andere mensen verschijnen en een verstandig gesprek voeren. Maar Hannah heeft geen andere keus. Of ze confronteert Margrét met het geheimzinnige nachtelijke bezoek bij Ella, voordat het dag wordt en Viktor wakker wordt, of ze wacht en laat anderen de zaak leiden – met God mag weten welk resultaat. Maar Hannah staat nóg een verrassing te wachten wanneer ze bij het huis van Viktor en Margrét, na een keer voorzichtig aankloppen en roepen, opeens in de open ogen van Viktor staart. Maar er is ook een teleurstelling in zijn blik te zien.

'Waar is Margrét?'

Hannah begrijpt dat Viktor op heeft gezeten om op zijn echtgenote te wachten, en dat Hannah daarmee niet alleen van haar eigen plan om discreet te zijn een fiasco heeft gemaakt, maar ook tevergeefs hierheen gekomen is. Margrét is hier niet.

'Ik dacht dat ze thuis was. Daarom ben ik gekomen.'

'Midden in de nacht?'

Viktor kijkt Hannah onderzoekend aan, die niet eens zin heeft om met een slecht excuus te komen.

'Margrét was even geleden bij Ella op bezoek, ze leken ruzie te hebben. Het was allemaal nogal... Geheimzinnig. Margrét is naar buiten gestormd en Ella wilde niet zeggen waar het over ging, dus daarom...'

Hannah aarzelt. Ze weet best dat ze van hieraf niets zinnigs te zeggen heeft.

'Daarom dacht je dat je de sneeuwstorm maar in moest om het Margrét hier thuis te vragen?'

Hannah knikt. Rilt een beetje. De intensiteit van de sneeuwval is afgenomen, maar het is nog steeds bijtend koud om vertwijfeld op iemands drempel te staan.

'Mag ik misschien binnenkomen?'

Viktor loopt heen en weer, verwerkt Hannahs verklaring over de gebeurtenis van die nacht. Hij heeft Hannah het meerdere malen laten vertellen; wilde alle details meekrijgen, hoewel er niet veel te geven zijn. Begreep Hannah helemaal niets van wat er werd gezegd? Hoelang dacht Hannah dat Margrét bij Ella is geweest? Kwam ze boos over of eerder bezorgd? In welke richting is ze gelopen en in welk tempo? Zijn vele vragen ergeren Hannah, maar tegelijkertijd bevestigen ze haar dat hij geen idee heeft wat er gaande is. Viktor kijkt op zijn horloge.

'Jij zegt dat je bent weggegaan kort nadat Margrét het huis van Ella had verlaten?'

Hannah knikt. Opnieuw.

'Zoals gezegd ga ik graag mee om haar te zoeken.'

'De kinderen slapen, ik kan ze hier niet zomaar achterlaten.'

Viktor kijkt Hannah aan, een kort ogenblik denkt ze met afgrijzen dat hij haar wil laten babysitten.

'Sorry, ik kan niet... Als ze wakker worden. Ik weet helemaal niet wat ik moet doen.'

'Het laatste waar ik mijn kinderen aan wil blootstellen is het trauma om midden in de nacht wakker te worden en dat jij dan de enige persoon bent die hen kan helpen.'

Hannah knikt. Opgelucht en beledigd tegelijk.

'Maar het kan natuurlijk noodzakelijk worden. We geven haar nog tien minuten. Als ze dan niet terug is, ga ik naar buiten om te zoeken.'

Hannah heeft zin om te protesteren, maar hoewel ze allebei gewonde mensen zijn met hun arm in het verband, is het ondanks alles het verstandigst dat Viktor de tocht door de sneeuw maakt. Het is zijn vrouw die is verdwenen en hij kent het dorp het best. Tien minuten duren lang als je ongerust bent en zit te wachten samen met een persoon die je hebt besodemieterd.

'Dat van Margrét en mij. Het was gewoon... Ja, kort. En onbeduidend. En bovenal nu voorbij.'

Hannah voelt dat een zekere vorm van verontschuldiging op zijn plaats is, ook al meent ze helemaal niet wat ze zegt. In elk geval niet het gedeelte dat het onbeduidend was. Ze zit wat heen en weer te schuiven, probeert niet te laten merken hoe oprecht bezorgd ze voor Margrét is. Hoe bang ze is dat haar iets is overkomen en dat ze haar nooit meer zal zien. Maar het is niet Hannahs plaats om bang te zijn; het is tenslotte Viktors echtgenote, de moeder van zijn kinderen, die is verdwenen. Viktor kijkt haar onderzoekend aan.

'Toen we elkaar de eerste keer in Bragginn ontmoetten... Er was iets aan je wat ik echt mocht. Ook al heb je je sindsdien op heel veel manieren irritant gedragen.'

Hannah kijkt hem enigszins onzeker aan, waar wil hij naartoe?

'Maar onder al dat irritante houdt mijn eerste indruk stand; er is iets aan je wat ik sympathiek vind. In zekere zin ben ik blij dat jij het dit keer was. En niet alleen omdat je snel weer naar huis gaat.'

Touché. Hannah moet de elegantie erkennen in de manier waarop Viktor haar een soort compliment geeft, dat haar tegelijkertijd tot een onbeduidende hobbel op de weg in Margréts bestaan reduceert. 'Dit keer'. Een in een reeks, zonder betekenis. Waarschijnlijk alweer vergeten. Het maakt Hannah echter niet minder ongerust over Margrét. Ze kijkt op de klok. Vijf minuten.

'Zullen we in actie komen?'

Viktor schudt zijn hoofd.

'Nog vijf minuten.'

Een man van principes. Hannah staat op van de harde eettafelstoel, wil de vijf minuten wegwandelen. Doelloos stapt ze naar de muur. Een foto van Margrét, Viktor en de kinderen. Ze zien er gelukkig uit. Hannah kan het plotsklaps helemaal niet verdragen wanneer Margrét iets zou zijn overkomen. Ze stapt verder, probeert haar nervositeit te bedwingen. Het is wonderlijk dat Margrét niet thuis is gekomen, er zijn op dit tijdstip geen andere plekken om naartoe te gaan. Tenzij ze natuurlijk ergens een tweede geliefde heeft. Is dat misschien de reden dat Viktor het zo relatief rustig opvat?

Hannah weet niet welk scenario het meest ondraaglijk is. Ze komt bij een ladekast, waar haar oog op een voorwerp valt. Niet een dat haar op zich zou laten stilstaan, maar het is de manier waarop het ligt. In een plastic bewijszakje. Hannah pakt het zakje, houdt het omhoog en kijkt naar Viktor.

'Bewijsmateriaal?'

Viktor komt pijlsnel van zijn stoel.

'Leg neer!'

Hannah is verrast door zijn heftigheid, legt snel het zakje weer neer... Kijkt ernaar en ziet de inhoud. Begrijpt dan opeens wat het is.

'Dat is het moordwapen?'

Ze wijst naar het zakje, waar een hamer in zit. Met een beetje bloed aan de punt. Viktor knikt, ietwat verontschuldigend.

'Die moet daar natuurlijk niet liggen, maar ik wacht erop om hem voor verder onderzoek naar Reykjavik te kunnen sturen. Hij is gisteren gevonden. Het lijkt erop dat iemand heeft geprobeerd hem in het water te gooien, maar hem niet ver genoeg heeft kunnen werpen. Hij was in elk geval vastgevroren in het ijs en ja... toen is hij dus gevonden.'

'Door wie?'

'Een man die een wandeling met zijn hond aan het maken was. Of beter gezegd was het de hond die hem heeft gevonden.'

Hannah knikt, maar is met haar gedachten heel ergens anders.

Ze staart naar de hamer, een vaag gevoel is uitgegroeid tot een volle overtuiging.

'Die hamer... Die is van Ella.'

Hannah vertelt over Ella's wat vreemdsoortige verzameling gereedschap die aan de muur in de woonkamer hangt, en hoe precies de hamer steeds ontbrak. Viktor kijkt haar sceptisch aan.

'Als de hamer steeds heeft ontbroken, hoe weet jij dan hoe hij eruitziet?'

'Hij is van dezelfde antieke soort als de rest van haar gereedschap.'

Viktor lijkt nog steeds niet overtuigd.

'Jij kunt de hamer dus herkennen door te hebben gekeken naar het andere gereedschap?'

Hannah pakt het plastic bewijszakje, draait het, zoekt naar iets door het plastic heen. Kijkt Viktor dan triomfantelijk aan.

'Hier! T.J. Dat staat ook in al het andere gereedschap gegraveerd dat Ella heeft hangen.'

'T.J. is de naam van een timmerman die de helft van het dorp heeft gebouwd. Hij leeft allang niet meer, maar de winkel bestaat nog. En zij merken nog steeds al hun gereedschap met T.J. Het hele dorp heeft dit gereedschap.'

'Ook het antieke?'

'Ik denk dat de meeste mensen van de oudere generatie nog oud gereedschap hebben, ja. Het zijn immers bruikbare spullen.'

Hannah kijkt teleurgesteld naar de hamer. Aarzelt dan kort, heeft geen zin om degene te zijn die Ella voor de bus gooit. Maar ze heeft het gevoel dat ze geen keus meer heeft.

'Ik heb met Stefan gesproken, die Thor in een auto zag stappen op de avond dat hij werd vermoord. En ja... Hij bevestigde dat het Ella's auto was. Ik heb hem een aantal foto's laten zien...'

Viktor springt op alsof de stoel hem een elektrische schok geeft.

'Waarom heb je dat niet eerder verteld? Wanneer heb je hem gesproken?'

'Eerder vandaag. Of technisch gezien was het wel gisteren. Ik had het willen zeggen, maar ja... Hij kon zich ook vergissen. Maar nu, met die andere dingen erbij, de hamer, Margrét...'

Meer weet Hannah niet uit te brengen. Viktor is al half in de hal. Hannah kijkt kort achterom. Is het de bedoeling dat zij bij de kinderen blijft? Dan schudt ze het van zich af. Tot dusver hebben ze geslapen, en ze kunnen vast nog wel wat langer alleen zijn.

51

Onder normale omstandigheden is het vijftien minuten stevig doorstappen van Viktors politiebureauwoning naar het huis van Ella, maar door sneeuwduinen duurt de tocht iets meer dan het dubbele. Zon, regen of sneeuw, Hannah begint de route een beetje beu te worden. Als ze het huis bereiken, wachten ze even voor de voordeur, een kleine aarzeling die de onuitgesproken angst aangeeft voor wat hun wellicht te wachten staat. Ze glippen naar binnen. Het huis is donker en stil. Hannah wijst woordeloos naar Ella's slaapkamer, legt haar gipsvrije hand tegen haar wang in een poging om aan te geven dat Ella waarschijnlijk slaapt. Geruisloos sluipen ze erheen, Viktor gaat klaarstaan om de deur in te trappen.

Hannah fluistert hem sissend toe: 'Je riskeert dat ze een dodelijke hartaanval krijgt!'

'Misschien. Maar ik verminder het risico om met een stuk gereedschap op mijn hoofd te worden geslagen.'

Voor Hannah nog meer weet uit te brengen heeft Viktor de deur ingetrapt, en er klinkt een gilletje. Hannah realiseert zich dat het van haarzelf afkomstig is. De slaapkamer is volslagen donker, vanuit de gang ziet Hannah Viktors silhouet, dat koortsachtig naar een lichtknopje zoekt; ze schiet hem te hulp, steekt haar arm naar binnen doet het licht aan. Ze kijken verbaasd om zich heen: de kamer is leeg. Geen Ella in haar bed of ergens anders. Als in een slechte detectivefilm gaan ze beiden automatisch aan de slag met het onderzoeken van het vertrek door kastdeuren te openen, achter de deur te kijken, onder het bed. Maar geen spoor van Ella.

'Is jou in de woonkamer iets opgevallen?'

Viktor kijkt Hannah vragend aan, die haar hoofd schudt. Ze doorzoeken de rest van het huis, maar Ella is nergens te bespeuren. In de hal ontdekt Hannah dat Ella's jas weg is, maar haar auto staat nog steeds buiten.

'Waar kan ze in hemelsnaam naartoe zijn gegaan?'

Viktor stelt de vraag die Hannah denkt. Hoewel het sneeuwen ondertussen helemaal is opgehouden, is het koud en lastig om je te voet in het donker te begeven, en wie zou ze midden in de nacht een bezoek kunnen brengen? Hannah kan slechts één persoon bedenken. Ze kijkt Viktor aan.

'Ik gok dat ze naar Vigdis toe is gegaan. Als ze overstuur is en misschien zelfs bang is of in de problemen zit, is haar zus ongetwijfeld degene die er voor haar zal zijn.'

Viktor knikt, heeft zijn telefoon al gepakt, zoekt het nummer van Vigdis. Hij belt. Hannah kijkt nieuwsgierig naar hem, maar de seconden verstrijken en ze hoort dat hij een voicemail aan de lijn heeft. Viktor kijkt Hannah moedeloos aan.

'Ik kan alleen een vast nummer van ze vinden, weet jij of Vigdis een mobieltje heeft?'

Hannah denkt na, knikt dan. Vervloekt zichzelf. Ze heeft het nummer eerder al gekregen, maar dat was voor ze haar telefoon kapot had gegooid. Dan herinnert ze zich iets. Ella's telefoonboek. Ze begint het meteen te zoeken. Vraagt Viktor om hulp.

'Een klein, zwart boekje... Ze heeft al haar informatie erin staan.'

Tien minuten zoeken ze in de hal, woonkamer, keuken en Ella's slaapkamer, zonder succes. In de tussentijd weet Viktor Margrét nog een keer te bellen, en nogmaals wordt hij teleurgesteld over het feit dat ze niet opneemt.

'Dit is tijdverspilling, we gaan naar Vigdis om het te vragen.'

Viktor is al bijna de deur uit, als Hannah staat op een laatste poging: Ella's afgesloten werkkamer.

'Vigdis en Ægir wonen bijna op de berg, het zal ons minstens een halfuur kosten om daar onder deze omstandigheden naartoe te lopen, en als Ella daar dan helemaal niet is, ja, dan is het tijdverspilling van meer dan een uur waarin we naar Margrét hadden kunnen zoeken. En een uur is lang als ze...'

Hannah houdt zichzelf tegen. Er is geen reden om hardop te zeggen wat ze beiden denken: dat Margrét ergens in de sneeuwmassa's ligt, bezig dood te vriezen. Het kost Viktor een paar seconden om de deur van Ella's werkkamer open te breken en Hannah bijna net zo weinig tijd om Ella's notitieboekje uit het laatje te vissen. Ze wil de lade weer dichtschuiven als Viktor haar tegenhoudt.

'Wat is dit hier?'

Viktor vist er voorzichtig een halskettinkje uit, dat met de krijgshamer van Thor, dat Hannah al eerder had gevonden en in het suikerschaaltje had teruggelegd. Nu ligt het boven in de la. Ze ziet hoe Viktor het kettinkje bestudeert, alsof het het kostbaarste kleinood is dat hij ooit heeft gezien.

'Is er iets speciaals aan?'

Viktor kijkt naar haar. Serieus. Houdt dan het kettinkje voor haar omhoog.

'Het is een kettinkje van Thor – hij had het om zijn hals tijdens de nacht dat hij werd vermoord.'

Hannah kijkt hem sceptisch aan.

'Hoe kun jij weten dat het precies dat kettinkje is en dat hij het droeg?'

Viktor draait de krijgshamer om.

'De inscriptie hier, de kleine t. Die heeft Jonni laten graveren toen hij hem aan Thor gaf. Hij was ook degene die zei dat Thor die avond de halsketting omhad.'

Hannahs hoofd explodeert: waarom ligt het kettinkje in Ella's la als ze niet schuldig is? Alles lijkt plotseling logisch: Ella's heftige reactie op Hannahs inbraak in haar werkkamer; haar afkeer van Hannahs inmenging in de zaak, de aanval op Ella... Iemand moet van haar wandaad hebben geweten en hebben geprobeerd wraak te nemen. Kan het iemand anders zijn dan Ægir? Maar waarom heeft hij haar dan niet helemaal uit de weg geruimd? Hannah realiseert zich dat als Ella daadwerkelijk naar Vigdis is gegaan om getroost te worden, dat misschien geen veilige plek is. En als Ægir Ella eenmaal te grazen heeft genomen, komen ze er nooit meer achter waarover het gesprek met Margrét is gegaan, of waar zij naartoe kan zijn gegaan. Of waarom Ella Thor heeft vermoord... Hannah heeft het nummer van Vigdis gevonden en ingetoetst, als Viktor haar tegenhoudt.

'Shit... Moet je dit eens zien.'

Viktor overhandigt Hannah een vel papier uit de la, erop staat een korte tekst, met de hand geschreven. Hannah laat haar blik over de tekst glijden, hij is in het IJslands.

'Ella's handschrift?'

Viktor kijkt Hannah vragend aan, ze knikt, na die vele papiertjes twijfelt ze geen moment. Maar de tekst is niet ondertekend en hij ziet er onaf uit. Er is in gestreept en gecorrigeerd, het is een kladje. Hannah kijkt naar Viktor.

'Wat staat er?'

'Het lijkt een bekentenisbrief: *Ik betreur alle ellende en wil het nu graag weer goedmaken. Als ik Thor zijn leven kon teruggeven door mijn eigen op te offeren, zou ik het doen.*'

Ze kijken elkaar aan. Dan klinkt er een stem, die van Vigdis, uit Hannahs telefoon, die ze had laten bellen met de luidspreker aan.

'Hæ þetta er Vigdís. Ég kemst ekki í símann svo skildu eftir skilaboð og ég hringi í þig eins fljótt og ég get.'

Viktor kijkt haar aan.

'Voicemail. Kom, we hebben geen tijd te verliezen!'

Viktor staat al met een voet op de gang als Hannah hem vastpakt. Ze schudt haar hoofd.

'We hebben een back-up nodig en ik weet wie we moeten bellen.'

Alsof het niet vernederender kon worden dan achter op Jørns scooter te zitten. Hannah worstelt nu om zich enigszins aan het leven en haar laatste restje waardigheid vast te klampen, terwijl ze op en neer hobbelt in de bij de scooter behorende slee, die er vanwege de twee passagiers aan is vastgebonden. Met sneeuw in haar ogen van de kleine delen van de rupsbanden, die de witte onderlaag de lucht in slingeren, kan ze nog net zien hoe Viktor zich aan de met leer beklede rug van Jørn vastklemt. Hannah voelt zich als een kind in een wandelwagen, ze sluit haar ogen en haat Jørn en is tegelijkertijd op hem gesteld. Je zou bijna denken dat hij in een baan om Ella's huis had gecirkeld, zo snel als hij er met zijn sneeuwscooter en zijn glimlachende hulpgezicht was. Hannah schat dat de tocht naar Vigdis en Ægir nu minder dan tien minuten kost. Het zijn belangrijke minuten die ze daarmee uitsparen en daarbij hebben ze met Jørn een grote man zonder gebroken armen of armen met steekwonden. Hij kan hopelijk meehelpen Ella op te pakken. Het huis ziet er verontrustend donker uit als ze aankomen en Jørn zet de motor van de scooter uit. De drie zonderlinge musketiers aarzelen een beetje in de nachtelijke stilte, het is helemaal opgehouden met sneeuwen en Hannah ziet dat de maan tussen de wijkende wolken tevoorschijn is gekomen en een vredig licht op hen werpt. Ze weet niet wat ze had verwacht. Geschreeuw, een vechtpartij, bloed op de drempel? Misschien op zijn minst een klein lampje binnen dat brandt. Maar het huis ligt donker en stil in het maanlicht. Viktor klopt met een gebiedende hand aan en roept met veel autoriteit de bewoners. Hannah en Jørn kijken elkaar aan.

'Ze slapen waarschijnlijk.'

Hannah rolt met haar ogen over Jørns onmiskenbaar banale analyse, maar kan de consequenties als hij gelijk heeft bijna niet bevatten. Want dan hebben ze nul en generlei spoor van Ella en Margrét. Viktor geeft de bewoners van het huis een kleine minuut om uit een eventuele diepe slaap wakker te worden, dan pakt hij een zware bloempot en slaat die onder luid glasgerinkel door het ruitje in de voordeur. Hannah en Jørn schrikken allebei.

'Ik dacht dat de politie gereedschap had om gesloten deuren mee te openen?'

Hannah kijkt naar Viktor, die zijn hoofd schudt.

'Niets is zo effectief als dit.'

Hij steekt zijn arm door het ruitje, grijpt naar het slot en opent de deur. Stapt voorzichtig naar binnen met de bloempot voor zich omhooggestoken. Vast en zeker heel handig, maar op dit moment komt het volslagen idioot over dat de arm der wet met een bloempot gewapend is. Hannah en Jørn sluipen in een enigszins asymmetrische ruggensteun achter hem aan. Ze zijn nog maar een paar meter het huis in gekomen of het licht gaat aan, en Hannah voelt iets hards en kouds tegen haar slaap. Voorzichtig draait ze haar hoofd, kijkt recht in de loop van een geweer.

'Hvað í andskotanum eruð þið að gera?'

'Slappaðu af. Niður með byssuna.'

Hannah kijkt doodsbang van Ægir, die het geweer op haar gericht houdt, naar Viktor die de steenman met de bloempot dreigt. Dit kan helemaal, helemaal fout gaan. Viktor zegt nog iets in het IJslands, een soort waarschuwing die niet lijkt te werken. In elk geval houdt Ægir met onverminderde woede het wapen op haar gericht en Hannah vangt een glimp op van zijn vinger die op de trekker rust. Fuck, fuck, fuck!

Baf! Hannahs ogen zijn gesloten. Is ze dood? Nee. Ze opent ze, ziet Ægir op de grond liggen, bewusteloos, naast hem staat Jørn met een politieknuppel in zijn hand. Hij glimlacht heldhaftig naar Viktor.

'Ik heb ook pepperspray, maar ik dacht dat de knuppel in dit geval de beste optie was.'

Hannah noch Viktor reageert op Jørns ongetwijfeld half-illegale bezit van gevechtsuitrusting, maar gemeenschappelijk weten ze Ægir naar de keuken te krijgen en op een stoel te zetten. Jørn gooit water in het gezicht van de steenman, die alweer is bijgekomen als

Vigdis in haar nachtjapon en met een geschrokken gezichtsuitdrukking in de deuropening staat. De hele scène heeft zich in een paar minuten afgespeeld. Viktor knikt naar Vigdis, die er als versteend bij staat.

'Eru aðrir í húsinu?'

Ze schudt zachtjes haar hoofd. Loopt op haar man toe en gaat naast hem zitten, hij bloedt lichtjes uit zijn voorhoofd en lijkt een beetje groggy.

'Blijf hier terwijl ik het huis doorzoek.'

Viktor verdwijnt uit de keuken. Hannah buigt naar Vigdis toe. Vriendelijk.

'Is Ella langs geweest?'

'Wat, nee... Wanneer?'

'Nu. Vannacht.'

'Nee... Waarom zou ze dat doen? Waarom komen jullie hierheen om ons in ons eigen huis tegen de grond te slaan? Wat heeft Ægir gedaan?'

Hannah wrijft zich in het gezicht, het ontbreekt haar aan verhoortechniek. Kijkt vertwijfeld om zich heen.

'Jullie kunnen gerust zijn. Het spijt me zeer dat ik je een klap met de knuppel heb gegeven, maar het was een gespannen situatie en dan is het een oude militaire gewoonte ervoor te zorgen het gevaar te elimineren. *Safety first* is mijn motto.'

Hannah kijkt hem geïrriteerd aan, hoe moet dit helpen? Ze moeten erachter zien te komen waar Ella en Margrét zijn. Ze richt zich opnieuw tot Vigdis.

'Heeft Ella je de afgelopen uren gebeld? Weten jullie zeker dat ze niet langs is geweest, kan ze hier zijn geweest zonder dat jullie het wisten?'

'Nú er komið nóg!'

Hannah schrikt van Ægirs uitbarsting. Ze ziet dat al zijn spieren aangespannen zijn en zijn vuisten zijn gebald tot twee massieve stenen die je voor geen goud tegen je slaap wilt krijgen. Vigdis begint te huilen.

'Alsjeblieft... Wij weten van niets. Wij lagen gewoon te slapen. Is Ella iets overkomen?'

Hannah beseft dat ze op een doodlopende weg zijn beland, en dat wordt bevestigd door Viktor die terugkeert en zijn hoofd schudt.

'Ze is hier niet.'

Hannah overweegt hoeveel ze moet vertellen aan Thors ouders, die al zoveel hebben doorgemaakt. Is dit het juiste moment om hun mee te delen dat ze denken dat Ella hem heeft vermoord? Zou dat hen helpen om haar te vinden? Waarschijnlijk niet. Hannah laat het rusten.

'Het is namelijk zo dat veel erop wijst dat Ella Thor om het leven heeft gebracht en dat ze nu misschien zelfmoord kan hebben gepleegd.'

AARGH! Hannah heeft nog nooit zo'n drang gehad om Jørn te wurgen als op dit moment. Maar hij kijkt naar Vigdis en Ægir alsof hij hun slechts een weerbericht of het recept voor een kipgerecht heeft gegeven. Vigdis lijkt haar zelfbeheersing te verliezen.

'Wat zeg jij?'

'Het spijt me van mijn collega Jørn, dat is omdat hij slecht in Engels is. Wat hij bedoelt is dat Ella met grote waarschijnlijkheid belangrijke informatie heeft wat er die nacht met Thor is gebeurd en dat het van belang is dat we haar vinden voordat... Ja, voordat er nog meer ongelukken gebeuren.'

Viktor knikt naar Hannah: een goede de-escalatie van de situatie. Hannah weet echter niet of het haar is gelukt Vigdis en Ægir zodanig te verwarren dat ze niet in wanhoop uitbarsten. Om verdere vragen te voorkomen stelt ze snel zelf een vraag.

'Kennen jullie bepaalde plekken waar Ella mogelijkerwijs naartoe kan zijn gegaan? Een plek in het dorp of in de natuur waar ze misschien vaker heen gaat?'

'Vaker heen gaat, met dit weer? Midden in de nacht?'

Ægir de steenman, die tot nu toe gespannen heeft gezwegen, kijkt Hannah aan alsof ze de meest achterlijke persoon is die hij ooit heeft gezien. De minachting straalt van hem af, iets wat haar provoceert.

'Wij proberen juist te helpen en misschien Ella's leven te redden, dus je hoeft me niet aan te kijken of ik achterlijk ben. Op dit moment ben jij dat.'

'Eruit!'

Ægir gaat staan en pakt Hannah vast, hij trekt haar jas samen zodat deze in haar hals knelt, zijn gezicht is nu heel dicht bij het hare. Ze ziet haat en woede en schuim om zijn mond en ze wilde dat ze een klein beetje meer zelfbeheersing had. De kracht en de heftigheid waarmee hij haar vasthoudt brengen een angst voort die voor haar vreemd is, maar voor het vrouwelijke geslacht universeel: de wijze waarop een man de wil van een vrouw en haar als persoon kan wegvagen, met een enkele, krachtige spiergreep, moet hetzelfde voelen, ongeacht waar de aanval in tijd en ruimte plaatsvindt. Hannah voelt zich een ogenblik machteloos, maar dan wordt ze gered door een rustige hand op Ægirs schouder: de verstandige mannenhand van Jørn, die tot bezinning en wederzijds respect maant. Niet tussen Hannah en Ægir natuurlijk, maar tussen Ægir en hemzelf.

'Ik begrijp je woede, maar je moet haar loslaten. Laten we erover praten.'

Tot Hannahs grote verbazing werkt Jørns manoeuvre. Langzaam laat Ægir zijn greep op haar los, en zij doet een stap achteruit, naar Viktor toe. Jørn knikt naar hen.

'Kunnen jullie buiten wachten? Dan praat ik even met Ægir. Van man tot man.'

Hannah kookt van woede en schopt uit frustratie tegen een berg sneeuw, die slechts ronddwarrelt en zich in haar kleren nestelt, waardoor ze er net zo lachwekkend uitziet als ze zich voelt. Viktor en zij zijn naar buiten gegaan, ze staan te rillen onder het afdakje.

'Wat verbeeldt hij zich in hemelsnaam? Te denken dat hij de

situatie kan redden door "van man tot man" met Ægir te praten! Waarom laat Ægir hem dat doen? We moeten eigenlijk teruggaan en erop staan dat wij het fucking recht hebben om vragen te stellen en dat Ægir gewoon alle informatie moet ophoesten waarover hij beschikt.'

Viktor schudt zijn hoofd.

'Mannen als Ægir respecteren alleen andere mannen, mannen die eruitzien als hijzelf. Hij heeft het gevoel dat zij hem begrijpen en zijn respect hebben verdiend.'

'Jørn heeft helemaal niets verdiend.'

'Nee, maar als hij iets uit hen los kan krijgen...'

Hannah pakt de deurkruk beet.

'Ik zou ondertussen met Vigdis moeten praten.'

'En dan? Haar "van vrouw tot vrouw" troosten?'

Hannah blijft staan. Viktor heeft gelijk. Ze heeft geen idee hoe ze voldoende zusterlijke solidariteit moet mobiliseren om tot Vigdis door te dringen en iets bruikbaars uit haar los te krijgen. In elk geval niet zolang ze zelf zo gefrustreerd is dat ze zin heeft om hun huis in de fik te steken. Het is tijdverspilling, maar Hannah pakt toch de sigaret aan die Viktor haar aanbiedt. Hij geeft haar vuur, ze zuigt de rook naar binnen, sluit haar ogen. Waar is Margrét, waar is Ella? Hannah heeft het gevoel dat als ze hen niet vinden voor de nacht om is, ze hen niet in levenden lijve zullen terugzien.

'Tadaa!'

Jørn stapt zelfingenomen de voordeur uit.

'Ik weet waar ze zijn!'

Hannah kijkt hem sceptisch aan. Jørn past de verwachtingen een beetje naar beneden aan.

'Of ik weet in elk geval waar ze met grote waarschijnlijkheid zijn. Ella heeft blijkbaar even buiten het dorp een hut waar ze vaak naartoe gaat om alleen te zijn.'

Dit klinkt voor Hannah absoluut niet logisch, Ella is immers voortdurend alleen in haar grote huis. Ze kijkt naar Viktor.

‘Wist jij van die plek af?’
‘Nee, maar we hebben geen tijd te verliezen. Waar is het?’

52

Opnieuw is Hannah gereduceerd tot derderangs passagier in de aanhanger van de sneeuwscooter, maar deze keer heeft ze geen energie om geïrriteerd te zijn over Jørns dodenrit, er is maar één gedachte die in haar hoofd rondtolt: wat staat hun in Ella's geheime hut te wachten? Het kost een kwartier om erheen te rijden met de sneeuwscooter, de maan volgt hen de gehele rit. Hannah is onder de indruk van Viktors richtingsgevoel dat hen over weilanden, voorbij bevroren meren en verre bergen in het niets brengt. Plotseling verschijnt de hut alsof hij op hen heeft staan wachten. Jørn zet de motor af, ze kijken alle drie naar elkaar. Het lijdt geen twijfel dat er iemand binnen is. Buiten staat een auto en binnen brandt een zwak licht.

'Hoe pakken we dit aan?'

Het is Jørn die een plan wil bedenken en het lijkt er niet op dat hij zelf ideeën heeft. Misschien voelt hij ook eindelijk de ernst van de zaak. Hannah en Jørn kijken afwachtend naar Viktor die, ondanks zijn politiebevoegdheid, in dit soort situaties net zo ongetraind moet zijn als zij. Hij knikt hun ernstig toe, spreekt met zachte stem.

'We moeten voorzichtig te werk gaan, we hebben geen idee wat ons daarbinnen te wachten staat. Er zijn al veel te veel ongelukken gebeurd in deze zaak om er nog een te veroorzaken. Jørn, jij gaat met mij mee naar binnen, Hannah, jij wacht hier buiten. Als we over vijf minuten niet terug zijn, bel jij dit nummer. Het is de wachthebbende agent in het naburige dorp.'

Viktor geeft Hannah zijn telefoon, waarop hij het noodnummer al tevoorschijn heeft gehaald. Ze hoeft alleen nog maar op 'bel' te drukken.

'Waarom bellen we niet gewoon nu?'

Jørn kijkt Viktor vragend aan.

'Omdat het ze meer dan een uur kost om hierheen te komen in dit weer.'

'Dan helpt het toch ook niet als Hannah pas na vijf of tien minuten belt.'

'Jawel, het helpt haar.'

'Hoezo?'

'Om in leven te blijven en de aanblik wat er met ons is gebeurd als wij over vijf minuten niet weer buiten staan te kunnen vermijden.'

Jørn is lijkbleek geworden.

'Wat denk je dat er kan gebeuren?'

Hannah legt haar beweeglijke arm op Jørns schouder.

'Jij blijft hier, dan ga ik mee naar binnen.'

'Nee!'

Viktor schudt zijn hoofd.

'Ik heb iemand met twee bruikbare armen nodig om met mij mee naar binnen te gaan. Jij blijft hier.'

Hannah weet dat hij gelijk heeft; als Viktor in een gevaarlijke situatie belandt, kan ze niet veel doen om hem te helpen. Jørn daarentegen heeft al bewezen dat hij van nut kan zijn. Ze knikt. Ze ziet hoe Jørn zich vermant en zijn rug recht, een handeling die zijn angst bijna volledig verbergt. Maar niet helemaal. Hannah voelt sympathie voor hem om zijn moedige opstelling.

'En onthoud! Als wij niet naar buiten komen, bel je om hulp. Je gaat niet zelf naar binnen!'

Haar hart bonkt in een klokkenspel van angst en Hannah zou

niet gespannener kunnen zijn wanneer zijzelf, in plaats van Viktor en Jørn, op het punt zou staan naar binnen te gaan. Ze kijkt op de klok, die ze van vijf minuten laat aftellen.

Na veertig seconden hoort ze een hard geluid, dan heerst er stilte. Na anderhalve minuut zijn er stemmen die dertig seconden duren. Dan stilte. Na drie minuten wil ze bijna op de telefoon drukken en om hulp vragen, maar wacht toch nog anderhalve minuut extra. In stilte. Dan hoort ze twee schoten, die haar een aantal seconden verlammen. Als ze eindelijk het geluid van haar eigen ademhaling weer hoort, is dat het enige dat de stilte doorbreekt. Ze wacht een ogenblik om te kijken of er iemand de deur uit komt, tevergeefs. Tegen alle gezonde verstand in, maar gedreven door een drang om te handelen, duwt Hannah voorzichtig de deurkruk van de met houtsnijwerk versierde houten deur naar beneden en stapt naar binnen, haar hart bekneld van angst. Het lijkt alsof ze direct in een keuken terechtkomt, maar het vertrek is volslagen donker, dus het kan ook een woonkamer zijn. Van buitenaf zag het huis er relatief groot uit voor een hut, in elk geval schat Hannah in dat er meerdere ruimtes op de benedenverdieping moeten zijn, en misschien een enkele kamer boven? Maar ze ziet geen trap, wil eigenlijk het licht aandoen, kan niet direct andere mensen in het vertrek gewaarworden, maar taxeert toch dat het te riskant is: ze wil zichzelf niet als schietschijf in het licht plaatsen. Langzaam zoekt ze met trillende handen langs de koude meubels, haar gedachten tollen rond in haar hoofd: wie heeft de schoten afgevuurd, wie is er geraakt? Wie waren hier, toen Jørn en Viktor binnenkwamen, wie zijn hier nog steeds? Heeft iemand in de gaten dat zij er is, en wat zijn ze in dat geval van plan te doen? Hannah weet dat ze zich aan het plan had moeten houden en hulp had moeten inroepen in plaats van naar binnen te gaan. Ze heeft spijt dat ze niet ten minste hulp heeft ingeschakeld voordat ze naar binnen ging. Hoe stom kun je zijn! Maar dat is nu te laat, ze kan hier niet gaan staan bellen en ze kan ook niet weer naar buiten.

Opeens ziet ze een trap, die alleen naar beneden leidt en niet naar boven. Hannah aarzelt even, loopt er dan heen en haalt een keer diep adem. Naar een fucking kelder, wat een cliché! De trap is steil en Hannah worstelt met haar evenwicht, er is geen leuning en haar gebroken arm helpt ook niet. Op de laatste twee treden verliest ze haar grip en glijdt ze naar beneden, ze slaakt een gil. Hannah tast zoekend rond op een koude stenen vloer, weet met moeite overeind te komen, is gedesoriënteerd maar gevechtsklaar, ze negeert de pijn in haar ene enkel. Bonk, bonk.

'Help!'

Hannah kijkt om zich heen naar de bron van de klopgeluiden en noodkreten en ziet dan een klein elektrisch lampje, doet het aan, een geel schijnsel verlicht de kelder. Die fungeert duidelijk als een voorraadruimte, waar oude kratten met allerhande ingemaakte en gepekelde etenswaren sierlijk op planken staan opgesteld. Opnieuw geklop en geroep. Hannah ziet nu een deurtje, dat van dwerghoogte lijkt te zijn, haast zich erheen. Er zit een hangslot op.

'Jørn?'

'Ja, ik ben het! Doe snel open, ik ben gewond en Viktor...'

'Wat is er met Viktor?'

'Doe nou maar open.'

Met een angst die haar hele lijf laat sidderen kijkt Hannah om zich heen naar iets waar ze het hangslot mee kan verbrijzelen, ziet niets bruikbaars, maar ontdekt dan een lange schroevendraaier. Ze steekt hem achter het hangslot, gebruikt al haar kracht om het hengsel los te krijgen.

'Schiet op!'

De wanhoop in Jørns stem maakt Hannah gestrest, ze veegt een druppel zweet van haar voorhoofd. Vloekt dat ze alleen haar linkerarm heeft om te gebruiken, ze kan niet goed vat krijgen.

'Het hengsel zit veel te vast!'

'Blijf doorgaan! Je moet het open zien te krijgen voor ze terugkomen!'

Hannah wil net vragen wie 'ze' zijn, als er een spijkertje uit valt en het hengsel voldoende losraakt zodat ze met een krachtige laatste ruk met de schroevendraaier tussen hengsel en deur geklemd het slot er helemaal af weet te krijgen. Het deurtje breekt open en raakt zowat haar voorhoofd. Jørn stort zich naar buiten.

'Aargh! Ik krijg geen lucht!'

Hannah stapt achteruit, kijkt geschrokken naar Jørn die naar adem snakt, terwijl hij zijn dij vasthoudt die helemaal is doorweekt. Van het bloed.

'Shit! Ben je geraakt?'

Hannah knikt naar de wond, waar Jørn een strak stuk stof omheen heeft gebonden. Hij klinkt buiten adem en uitgeput.

'Ja, maar ik denk dat de kogel erdoorheen is gegaan... En ik heb er een drukverband omheen gedaan, dus ik denk dat het bloeden is gestopt. Viktor is er erger aan toe...'

'Waar is hij?'

Hannah kijkt vol ontzetting naar Jørn die naar het kleine zwarte gat wijst waar hij zelf uit is gerold.

'Daarbinnen.'

Hannah neemt de diepste ademteug van haar leven, dan bukt ze zich met een brandende mobiele zaklantaarn in de hand en kruipt achter de deur.

53

IJskoud en levenloos. Tranen dringen zich op terwijl Hannah Viktors arm vastpakt, die op de koude betonnen vloer bungelt. Ze laat het scherpe licht van haar mobieltje over zijn bebloede lichaam glijden dat iemand – Jørn vermoedelijk – naar zijn beste vermogen heeft geprobeerd te verbinden. Het doorweekte overhemd, dat om de ene schouder is samengedrukt, waar Viktor is geraakt, lijkt de bloeding enigszins te hebben gestopt en Hannah krijgt nieuwe hoop dat er nog een restje leven in Viktors koude lichaam aanwezig is. Ze slaat hem hard op zijn wang.

'Viktor! Hallo! Word wakker.'

Ze legt haar oor op zijn mond, houdt twee vingers tegen zijn hals in een wanhopige poging om een hartslag te voelen, haar eigen hart pompt onder hoogspanning, net als haar hersenen die naar bruikbare kennis over reanimatie graven.

'Kom op, kom op nou!'

Waarom heeft ze nooit ook maar een enkele EHBO-cursus gevolgd? Waarom komt al haar kennis over hartmassage en mond-op-mondbeademing uit slechte Amerikaans doktersseries? En dan al dat bloed! Hannah sluit haar ogen. De aanblik van de rode vloeistof brengt het zweet op haar voorhoofd en zorgt voor een automatische neiging om flauw te vallen. Van alle mensen door wie een zwaargewonde graag gevonden zou willen worden, is Hannah waarschijnlijk wel de laatste. Ze kijkt over haar schouder, door de kleine ingang. Zou Jørn kunnen helpen? Met zijn militaire achtergrond moet hij een meester zijn in EHBO. Haar stem breekt als ze wanhopig via het luikje roept.

'Jørn! Kom, we moeten mond-op-mondbeademing toepassen! Of hartmassage.'

Er komt geen antwoord. Waar is hij? Ze wil hem net opnieuw roepen, als ze plotseling iets voelt. Een heel zwakke hartslag. In een geluksroes klemt Hannah Viktors arm vast, rukt aan hem, slaat hem op zijn wangen.

'Viktor! Wakker worden! Je leeft!'

Op hetzelfde moment wordt er een hand door de opening gestoken, de hand van Jørn, met daarin een glas water.

'Hier. Geef hem dit, hij is helemaal uitgedroogd.'

Hannah kijkt naar het water. Hoe zou dat een slachtoffer van een schotwond moeten helpen? Toch tilt ze voorzichtig het hoofd van Viktor op, brengt het glas naar zijn lippen.

'Hier, drink wat.'

Zijn ogen zijn nog steeds gesloten, maar de mond opent zich lichtjes en verwelkomt de druppels die Hannah voorzichtig tussen de lippen giet. Hannah krijgt een warm gevoel – Viktor is niet dood. Gemeenschappelijk lukt het Hannah en Jørn om Viktor uit het gat te trekken en hem de steile keldertrap op te worstelen. Met Hannahs gebroken arm en Jørns gewonde been is dat een hele toer, en Hannah kan zich niet herinneren ooit in haar leven op deze manier met een andere persoon te hebben samengewerkt. Met z'n tweeën weten ze hem op een bank te leggen en daarna een deken om hem heen te slaan. Het kost Hannah al haar kracht om naar de wond te kijken, maar het ziet er eigenlijk minder akelig en levensbedreigend uit dan eerst gedacht. Hannah vindt wat desinfecterende alcohol, reinigt voorzichtig de wond begeleid door het gegil van Viktor. Ze vindt iets wat op een schone theedoek lijkt en kijkt vol bewondering toe terwijl Jørn hem verbindt. Plotseling wordt Hannah zich bewust van haar eigen ademhaling, het is alsof ze haar adem heeft ingehouden sinds ze de hut is binnengetreden. De adrenaline heeft haar hypergefocust gehouden op Viktor, maar nu lopen de koude rillingen langs haar ruggengraat. Ze pakt Jørn vast.

'Zijn we er zeker van dat er geen anderen in het huis zijn?'

'Ze zijn vertrokken, nadat ze ons hadden opgesloten.'

'Vertrokken, waarheen? Ik heb de hele tijd voor de hut gestaan.'

'Via de achterdeur, ze zijn op ski's verdwenen.'

Hannah kijkt hem aan, verwonderd.

'Hoe weet je dat als jij was opgesloten?'

'De ski's stonden achter toen wij kwamen, en ze zijn nu weg. Het huis is bovendien niet groter dan wat je hier ziet, en hier zijn ze niet.'

'En boven?'

Jørn kijkt haar geruststellend aan.

'Heb ik gecheckt, er is niemand. Ik heb ook de politie gebeld toen ik water ging halen. Nu moeten we gewoon wachten op hulp.'

Hannah schudt haar hoofd. Hier zitten wachten is het laatste wat ze kan.

'Je zei dat "ze" jullie beschoten. Wie zijn ze?'

'Ella en een andere vrouw.'

'Margrét?'

Jørn schudt het hoofd.

'Een andere vrouw. Ik weet niet wie het was.'

Hannah voelt zich duizelig worden, moet gaan zitten. Een andere vrouw die Jørn nooit heeft gezien? In dat geval kan het Vigdis niet zijn. Ze kijkt Jørn aan.

'Jong? Oud?'

Jørn haalt zijn schouders op.

'Medium.'

Hannah gaat staan, dit helpt allemaal niks. Viktor, die er tot nu als in een roes bij heeft gelegen en naar hun gesprek heeft geluisterd, onderbreekt hen.

'Ik heb haar wel herkend.'

Hannah kijkt hem aan, verrast.

'Ik weet niet hoe ze heet, volgens mij is ze onlangs in het dorp komen wonen. Maar het is de vrouw die altijd in Bragginn zit en zo nors kijkt. De vrouw met de hond.'

Shit! Het heeft kostbare minuten gekost om Jørn zover te krijgen op de scooter achter de twee vluchtende vrouwen aan te gaan, en helaas kan Hannah hem met haar ene arm niet zelf besturen, dus moet ze zich weer aan de gore-tex-rug van Jørn vastklampen. Het is niet de achtervolging op zich waar Jørn bezwaar tegen maakte, maar eerder dat ze een zwaargewonde op een bank in een afgelegen hut moesten achterlaten. Gelukkig pleitte Viktor er zelf voor dat ze een achtervolging moesten inzetten; vermoedelijk sterk gemotiveerd door de gedachte dat het leven van Margrét nog steeds in gevaar is. Hannah had misschien eigenlijk moeten aanbieden om als ziekenhulp te blijven, maar het leek nutteloos om Jørn in zijn eentje op pad te sturen, met zijn hinkende been en zijn geringe kennis over Ella en de vrouw met de hond. De vrouw met de hond – wie is zij? En wat is haar relatie met Ella? Heeft zij iets met de moorden op Thor en Gísli te maken? Hannah ziet bloedsporen uit het been van Jørn druppen; druppels vliegen weg in wat als een eeuwige nacht aanvoelt en maken stippen in de sneeuw als een morbide versie van Hans en Grietje. Ze rilt. De kou snijdt door haar lijf en de vermoeidheid ligt ergens achter haar bonkende hart op de loer. Gelukkig is het eenvoudig om de twee langlaufsporen te volgen die naar het dorp terugleiden. Een kwartier later bereiken ze het einde van de sporen, dat ook het einde van het dorp is. De haven breidt zich voor hen uit, koud en verlicht met haar vissersboten en gesloten restaurants. Jørn stopt de scooter. Het haventerrein zelf is sneeuwvrij gemaakt, en de langlaufsporen lossen op door de ontbrekende onderlaag. Hannah kijkt om zich heen. Waar kunnen ze naartoe zijn gegaan? Ze draait zich om naar Jørn.

'Wat moeten ze in hemelsnaam midden in de nacht in de haven?'

'Misschien is het alleen om ons de verkeerde kant op te lokken. Van hieruit kunnen ze waar dan ook naartoe zijn gegaan.'

Jørn spreidt zijn armen om de talloze, spoorloze vluchtmogelijkheden te benadrukken, alsof ze ter land, ter zee of in de lucht kunnen zijn ontsnapt. Ondanks dat het kleine vliegveld een paar kilometer verderop tamelijk onwaarschijnlijk is, en dat ze in dit weer de hoofdweg zouden hebben genomen lijkt ook onnodig onbezonnen. Aan de andere kant zitten ze achter twee personen aan die zowel op Jørn als op Viktor hebben geschoten en waarschijnlijk een paar moorden op hun geweten hebben. Toch lijken er voor Hannah slechts twee reële mogelijkheden over: of ze verstoppen zich ergens in het dorp, of ze zijn over het water gevlucht. Ze springt van de scooter af.

'Fuck zeg, dat we geen adres van de vrouw met de hond hebben.'

'Ik denk helaas dat het ons niet veel zou helpen. Ik bedoel, als jij twee mensen hebt neergeschoten, waarvan de een de plaatselijke politieagent is, zou jij dan lekker naar huis gaan, je benen op de salontafel leggen en op de politie zitten wachten? Nee, thuis is wel de laatste plek waar we hen kunnen verwachten. Dat hebben al mijn jaren research me toch wel geleerd.'

Hannah moet zichzelf eraan herinneren dat ze nu bondgenoten zijn en dat ze daarom de drang moet zien te beteugelen om een vinger in de grote wond aan Jørns been te duwen, die hem zoals ze ziet pijn doet. Maar ze neemt haar hoed af voor zijn consistente manier van handelen. Zelfs in crisissituaties is hij in staat om irritant te zijn. Helaas heeft hij waarschijnlijk gelijk. Hannah voelt de drang om in elkaar te storten vanwege de hopeloosheid van hun doodlopende weg.

'Dus wat heb jij nog aan geniale ideeën over die we kunnen proberen?'

'We kunnen hier in de haven rondkijken. Ik bedoel, er is ongetwijfeld een reden dat ze hierheen zijn gegaan. Er zijn per slot van rekening veel schuren waarin ze zich kunnen verschuilen.'

'Ja, of op boten.'

Hannah kijkt mismoedig om zich heen. De haven ligt tjokvol grote en kleine vissersboten die vanwege het slechte weer bij elkaar gebracht lijken te zijn. Het zal uren kosten om het hele gebied te doorzoeken. Ze kijkt naar Jørn, die met grote moeite zijn gewonde been over de scooter zwaait, en corrigeert dan haar eigen gedachten: in hun erbarmelijke toestand zou het dagen kosten om op de spiegelgladde boten te zoeken, om nog maar te zwijgen van de onmogelijke opgave om in laadruimtes te kruipen of in stuurhutten te klimmen. Het gaat niet.

'Als we nou maar met wat meer mensen waren.'

Jørn zegt het bijna tegen zichzelf, maar Hannah grijpt meteen zijn wens aan. Dat is het! Als ze voldoende mensen uit het dorp weten te verzamelen, kunnen ze het hele gebied in korte tijd doorzoeken. En dan heeft ze het nog niet over het inschakelen van een alarmsysteem, mocht iemand twee vrouwen het dorp uit zien rijden.

'Geniaal idee!'

Hannah slaat Jørn op zijn schouder.

'Jij moet de man met het leren vest inschakelen. Hij kan een flinke groep bewoners bij elkaar roepen en dan is het een kwestie van aan de ene kant beginnen. Het hoeft niet zo heel veel tijd te kosten als we met een man of vijftien, twintig zijn.'

Jørn kijkt haar sceptisch aan.

'Ten eerste: wie is de man met het leren vest? En ten tweede: ben jij compleet gestoord? We kunnen gewone burgers er niet op uit sturen om verstoppertje te spelen met twee bewapende moordenaars.'

'Zeg tegen de mensen dat ze geweren en vleesmessen mee moeten nemen. En de man met het leren vest is de eigenaar van Bragginn, hij woont boven het café. Doe hem de groeten van me.'

Jørn schudt zijn hoofd.

'En wat ga jij dan intussen doen?'

'Ik begin beetje bij beetje met het zoeken op de boten. We hebben geen tijd te verliezen.'

Slechts een kort ogenblik staat Hannah zichzelf toe Jørn na te kijken die op zijn sneeuwscooter het dorp in verdwijnt, dan wendt ze haar blik naar de vissersboten. Ze moet systematisch te werk gaan en kiest daarom een kotter uit die ongeveer midden in de haven ligt. Van daaraf wil ze naar rechts werken. Ze stapt niet zonder angst aan boord, de boot schommelt en het is moeilijk om zich met maar één bruikbare arm vast te houden. Het dek is glad door de sneeuw en Hannah moet zich aan de reling vastklampen om niet weg te glijden. Ze strompelt in de richting van de stuurhut en probeert tegelijkertijd voetsporen te ontdekken. Er is niet direct iemand te zien, maar voor de zekerheid kijkt ze door het raam van de stuurhut en steekt ook haar hoofd in een niet-afgesloten laadruimte. Niets. Met moeite weet ze weer aan de wal te komen, maar dit gaat te langzaam: als ze op deze manier bij alle boten langs moet, vindt ze nooit iets. Ze kijkt naar de boten, probeert tekenen van menselijke activiteit te ontdekken of in elk geval een goede reden te spotten dat iemand zich juist aan boord van die boot zou kunnen verstoppen. Het is een vage gok, dat weet ze, en misschien is dit hele plan wel een non-plan. Misschien kan ze beter wachten tot Jørn terugkomt met versterking. Wat zou ze ook kunnen doen wanneer ze Ella en de vrouw met de hond vindt? Hen bewegen om zich over te geven? Ze beseft beetje bij beetje dat haar missie hopeloos is, maar dan hoort ze een geluid. Een vrouwenstem. Ze draait zich om in de richting van de stem en heeft het idee dat ze een gestalte op een boot ziet die in het slechter verlichte deel van de haven ligt. Ze haalt diep adem en begeeft zich erheen.

54

Hannah blijft staan voor de viskotter waarop ze een gestalte dacht te zien rondsluipen. Was dat echt hier? Wat als ze nu daadwerkelijk vindt wat ze zoekt? Ze schudt de angst van zich af, kruipt aan boord. De wind duwt haar weg, ze moet de reling vasthouden om haar evenwicht te bewaren en zichzelf een moment de tijd geven om zich te oriënteren. Viskotter is misschien een understatement. Het lijkt meer een moderne trawler, waarschijnlijk van het kleinere soort, maar desalniettemin groot genoeg om enorme hoeveelheden vis uit het water te hijsen. En groot genoeg om je op te verbergen. Ze kijkt naar de stuurhut die niets verraadt, maar dan ziet ze voetsporen in de sneeuw. Of beter: sleepsporen. Alsof iemand een zak achter zich aan heeft getrokken – of een persoon. Het spoor is licht bedekt door pas gevallen sneeuw, dat is de reden dat Hannah het op het eerste gezicht niet zag. Het geeft aan dat het spoor minstens een paar uur oud is, van voordat de sneeuwval is gestopt. Een moment twijfelt ze of ze daadwerkelijk op deze boot beweging waarnam, maar dan ziet ze een paar verse voetsporen, voorzichtig aan de rand van de boot gezet. Langzaam volgt Hannah de sporen die – net als het sleepspoor – naar de stuurhut leiden. Ze klampt zich aan de reling vast en aan de hoop dat dit allemaal snel voorbij is.

Hannah is nu zover gekomen dat er geen tijd meer is om te aarzelen of om diep adem te halen, daarom slaat ze de deur van de stuurhut met een woeste oerkracht open. Ze verwacht het ergste, maar stapt toch met moed en een vooruitgestoken borst naar binnen. Als ze nu doodgaat, kan ze dat net zo goed met open ogen doen. Maar poef, niets. Ze kijkt om zich heen, het is hier leeg en koud. Behalve een heleboel instrumenten, die de kleine commandoruimte op een uit de kluiten gewassen cockpit doen lijken, plus twee beklede stoelen die stevig aan de vloer zijn vastgeklonken, is het hier leeg. Hannah is verbaasd over hoe hightech en comfortabel het allemaal overkomt, het botst met haar licht romantische voorstelling van een vissersboot met een klein, houten roer. Ze wil zich weer omdraaien als ze een geluid hoort. Het geluid van een persoon. Ze spitst haar oren en kijkt naar de ene van de twee stoelen die met zijn hoge rugleuning naar haar toe gedraaid is. Kwam het daarvandaan? Ze loopt er voorzichtig heen, het geluid herhaalt zich, nu is er geen twijfel meer mogelijk; het is een persoon die kermt. Op veilige afstand van de stoel stapt Hannah eromheen en ziet tot haar verrassing én opluchting Margrét in de stoel zitten – vastgebonden, maar in leven. Ze lijkt te ontwaken uit een bewusteloosheid. Hannah buigt zich over haar heen.

'Margrét! Wat is er gebeurd?'

Hannah schudt zachtjes aan haar, probeert eventuele lichamelijke verwondingen te spotten, maar behalve een blauwe plek op haar slaap lijkt er niets te zijn. Met een wanhopige ijver begint ze de touwen los te maken die Margréts armen aan de stoelleuning vastbinden. Het begint allemaal aan te voelen als een onwerkelijke warboel van Hannahs gehate clichés. Alsof ze meespeelt in een heel slechte James Bond-film of nog erger: een van Jørn Jensens boeken. Het is moeilijker dan gedacht om Margrét te bevrijden, maar al het getrek en gesjor van Hannah geeft de gevangene haar bewustzijn terug. Hannah kijkt haar aan, terwijl ze met de laatste knoop worstelt.

'Wie heeft dit gedaan? Was het de vrouw met de hond? Of Ella?'

'Het was Sigrun.'

Hannah kijkt Margrét vol verwarring aan, hoe hard is de klap die ze tegen haar hoofd heeft gehad?

'Sigrun?'

'Zo heet ze. De vrouw die jij de vrouw met de hond noemt.'

Hannah knikt alsof alles haar opeens duidelijk wordt, maar dat is niet het geval. Behalve dat ze nu de vermoedelijke moordenaar heeft geïdentificeerd en daarmee enigszins een overzicht heeft gekregen van alle personen, zijn er nog steeds meer vragen dan antwoorden. Wie is Sigrun eigenlijk? Wat is haar motief om deze kettingreactie van ongelukken in gang te zetten, waarom heeft ze Margrét vastgebonden op een stoel op een boot en het belangrijkste van alles: waar is Ella en wat is haar rol in het geheel?

'Waar is Ella?'

Margrét kijkt Hannah vragend aan, alsof zij dat zou moeten weten, maar het was juist de vraag die ze zelf had willen stellen.

'Ik dacht dat ze bij jou was. Dat is de reden dat we het hele dorp hebben afgestruind, en Viktor is neergeschoten en...'

Hannah houdt zichzelf tegen. Ze ziet dat Margrét lijkbleek is geworden en ze heeft zin om zichzelf voor haar kop te slaan om haar onbehouwen informatievoorziening.

'Het gaat goed met Viktor – of, hij leeft in elk geval. Hij herstelt vast goed.'

'Waar is hij?'

'In Ella's hut even buiten het dorp, ik dacht dat je dat wist...'

Stop. Nogmaals. Margrét ziet er heel groggy uit. Hannah realiseert zich dat Margrét natuurlijk helemaal niets weet.

'Hoelang heb jij hier vastgebonden gezeten?'

'Ik weet het niet... Een paar uur misschien... Maar als Viktor gewond in een hut ligt, wie is er dan bij de kinderen?'

Hannah kijkt Margrét schuldbewust aan, ze is de kinderen helemaal vergeten.

'Die slapen rustig thuis.'

'Alleen?'

Hannah hoeft niet meer te zeggen. Margrét is al bij de deur, ze trekt er wanhopig aan, maar kijkt Hannah vervolgens met ontzetting aan.

'Hij is op slot. Heb jij hem op slot gedaan?'

Hannah schudt haar hoofd, loopt naar de deur en trekt eraan. Hij is inderdaad op slot, kan hij zijn dichtgevallen? Maar op dat moment ziet ze iemand aan de andere kant van het ruitje: de vrouw met de hond glimlacht vreselijk kil naar haar. Hannah schrikt zo heftig dat ze een gilletje slaakt.

'Sigrun! Laat ons eruit!'

Hannah bonkt op de ruit, maar Sigrun bekijkt haar slechts alsof ze een onverwachte prooi is, die overmoedig in een val is beland die voor iets totaal anders was opgezet. De onverschilligheid in haar blik boezemt Hannah angst in, die nog een keer op de deur bonkt en een beroep op haar doet om hen eruit te laten. Plotseling ziet Hannah iets dat haar adem laat stokken en haar laat zwijgen: in haar hand heeft Sigrun een pistool. Hannahs gebalde vuist stopt midden in de lucht, glijdt met slappe vingers langs de ruit. Sigrun lijkt Hannahs angst niet te hebben gezien, of het kan haar gewoon niet schelen. Ze zoekt de blik van Margrét, zegt iets in het IJslands. Hannah draait zich om naar Margrét.

'Wat zegt ze?'

'Dat je je mobieltje moet stukmaken...'

Hannah aarzelt. Fuck. Dan kijkt ze naar Sigrun, die uitnodigend met haar pistool zwaait. Hannah haalt haar mobieltje tevoorschijn. Legt het op tafel. Kijkt naar Sigrun, die haar hoofd schudt. Hannah aarzelt – als ze haar telefoon vernielt, vernielt ze hun levenslijn. Sigrun tikt met de monding van het pistool op de ruit. Margrét kijkt Hannah mismoedig aan.

'Ik ben bang dat je wel móét...'

Hannah aarzelt. Dan slaat ze haar mobiel hard tegen de rand van de stalen tafel, totdat scherm en onderdelen als kleine, onbruikbare stukjes in het frame hangen. Ze kijkt naar Sigrun.

'Tevreden?'

Sigrun zegt weer iets in het IJslands door de ruit. Margrét kijkt zoekend om zich heen.

'Ze heeft het over een paar strips en wil dat we die om onze polsen doen.'

Ze zien tegelijk het pakje met eenvoudige tiewraps, kijken elkaar dan vertwijfeld aan. Margrét pakt de strips, loopt naar het raampje, zo dicht bij Sigrun als ze kan komen. Houdt de strips omhoog, stelt in het IJslands een vraag. Sigrun knikt, zegt iets. Margrét wendt zich tot Hannah.

'Kom hier, draai je om.'

Hannah aarzelt, wat is dit?

'We moeten het doen, anders doet ze de deur niet open.'

'Sorry, maar heb je deze dikke gipsarm niet gezien? Die kan ik niet op mijn rug krijgen.'

Hannah houdt demonstratief haar arm omhoog. Margrét zucht, ze heeft die uitdaging duidelijk niet in overweging genomen. Ze pakt Hannahs handen beet, doet ze voor haar lichaam bij elkaar. Hannah heeft zich nooit zo machteloos gevoeld, als Margrét de tiewraps om haar bijeengebrachte polsen doet.

'Au, verdorie!' Hannah kronkelt van de pijn. 'Moet je ze zó strak doen?'

'Het spijt me, ik kan het helaas niet opnieuw doen.'

Hannahs gipsarm is in een onnatuurlijke houding gedraaid; ze voelt zich als een verdraaide barbiepop, haar polsen bonken, ze twijfelt of er überhaupt wel bloed naar haar handen kan stromen.

'Nu jij bij mij.'

Margrét draait zich om, ze heeft haar handen achter zich al bij elkaar gebracht, zodat het voor Hannah eenvoudiger is om het klusje te klaren. In een absurde gedachte ziet Hannah een ongepast tafereel van een andere situatie waarbij dit vastbinden van handen tussen hen zou kunnen plaatsvinden. De ernst verbant deze gedachte op het moment dat Sigrun met de pistoolmond tegen het ruitje tikt.

'Stap achteruit.'

Een moment later heeft Sigrun de deur geopend en leidt ze hen de stuurhut uit. Aan haar zijde heeft ze de kwijlende hond, die er nu woester uitziet dan ze zich kan herinneren. Is het wel dezelfde? Met het pistool in hun rug worden ze over het dek geleid, en Hannah huivert van angst als ze het klotsende ijswater ziet dat de boot omgeeft. Zal Sigrun hen dwingen overboord te springen? Hannah doorloopt een gruwelijke montage van haar eigen wanhopige gespartel om te overleven in het ijskoude water, ze is zelfs zonder de handicap te zijn vastgebonden al een slechte zwemmer. Als ze daarin belandt, is ze onmiddellijk dood. Maar Sigrun leidt hen niet naar de rand van die donkere, ijzige diepte, maar jaagt hen naar het luik dat naar de laadruimte voert. Hannah blijft staan, dit is bijna nog erger: opgesloten te worden in een donkere, ijskoude visopslagruimte staat gewoon gelijk aan een langzamere, veel erger stinkende vriesdood. Ze probeert weerstand te bieden door demonstratief te blijven staan, maar een pistoolmond tegen haar slaap activeert haar overlevingsinstinct.

'*Niður.*'

Hannah begrijpt het bevel. Ze hebben geen keuze, ze kijkt in de donkere ruimte. De stank van vis maakt haar misselijk. Hoe diep is het? Twee meter, zeven? Hoe dan ook, het lijkt erop dat wanneer je naar beneden springt, het risico om een been te breken of zelfs dood te vallen vrij groot is.

'Nee, dat doe ik niet, het is veel te... Aargh!'

Het lukt Hannah niet haar bezwaar af te maken, voor Sigrun Hannah met een resolute stoot in haar rug over de rand duwt. Het voelt alsof er een eeuwigheid verstrijkt, als Hannah in een soort rollende val hard neerkomt. Gelukkig weet ze haar hoofd te beschermen door haar handen voor zich te houden, maar het kost een pijnlijke klap tegen de zwaar op de proef gestelde gipsarm. Maar Hannah kan niet heel lang jammeren, voor ze in het vage licht kijkt en nog een gestalte naar beneden ziet vallen: Hannah werpt zich van de plek waar ze is neergekomen opzij en ziet Margrét nog net landen, perfect staand op beide benen. Hoe lukt haar dat met beide armen op haar rug vastgebonden? Vlak voordat het luik wordt dichtgeschoven en het vage licht verdwijnt, weet Hannah de afstand van de staande Margrét tot het plafond te schatten; te oordelen naar haar lichaamslengte en de ruimte boven haar hoofd is de ruimte ongeveer twee meter hoog. Het luik gaat dicht en het wordt volslagen donker om hen heen.

55

Licht. Van een zaklantaarn. Hannah schermt haar gezicht af voor de onverwachte, heftige lichtbron die recht op haar hoofd schijnt.

'Ella!'

Margrét is degene die het eerst ontdekt dat het Ella is die met een kleine zaklantaarn zit te trillen in de hoek van het laadruim dat, zoals Hannah nu ziet, met een dunne, vochtige slijmlaag is bedekt, maar gelukkig geen enkele vis lijkt te herbergen. Ze stormen beiden op Ella af, ze lijkt koud en enigszins versuft.

'Hoelang heb jij hier al gezeten?'

Hannah voelt zich een beetje dom, ze kent het antwoord heel goed: Ella is met Sigrun uit de hut gevlucht, dus ze kan hier niet langer hebben gezeten dan de twintig, dertig minuten dat Hannah zelf in de haven heeft rondgesnuffeld. Toch lijkt ze erg onderkoeld. Ze kijkt hen aan.

'Ég reyndi að stoppa hana en gat það ekki.'

Hannah kijkt Margrét vertwijfeld aan.

'Wat zegt ze?'

'Ella is niet de schurk in dit alles.'

Hannah ziet de zorg in de blik van Margrét op Ella. Ella ziet eruit als iemand die het na het gevecht van haar leven lijkt op te geven. Wat weet Margrét blijkbaar wel dat Hannah niet weet? Voor ze de vraag kan stellen heeft Margrét iets gezegd in het IJslands en heeft ze haar vastgebonden handen naar Ella gekeerd. Ze wil duidelijk Ella laten helpen om ze weer vrij te krijgen. Weer wordt Hannah zich bewust van de pijn in haar armen en handen, die ze bijna niet meer voelt omdat de strips zo strak zitten. Ella kijkt hen verontschuldigend aan, ze heeft blijkbaar geen gereedschap dat ze kan gebruiken om hen van de strips te ontdoen. Margrét zegt iets tegen Ella, Hannah leidt daaruit af dat ze rond moet schijnen, want dat is wat Ella doet. De lichtkegel doorzoekt de laadruimte, terwijl Margrét alert haar blik mee laat volgen.

'Daar!'

Hannah kan niet zien wat Margrét heeft gezien, maar ze loopt toch achter haar en de lichtbron aan naar een hoek, waar ze nu ook een schroef gewaarwordt die uit de wand steekt.

'We kunnen ze hieraan doormidden vijlen. Jij eerst.'

Hannah heeft geen zin om haar aderen boven de scherpe schroef heen en weer te schuren, maar ze begrijpt dat het de enige mogelijkheid is. Voorzichtig probeert ze de schroef in een slijpbeweging boven de strips te vangen, en ze is zich ervan bewust dat een verkeerde beweging de ader in haar pols kan doorsnijden. Het zweet parelt op haar voorhoofd terwijl ze tot een of andere hoge macht bidt dat dit haar niet het leven zal kosten. Floep! De strip knapt en Hannahs handen zijn eindelijk vrij. Ze heeft geen tijd om te kreunen, want Margrét heeft haar de rug toegekeerd om Hannah te vragen het ook bij haar te doen. Het is erger te weten dat je het leven van iemand anders riskeert dan je eigen, en daarom doet Hannah met haar hart in haar keel haar best om Margréts handen los te maken zonder haar te doden. Gelukkig is het makkelijker met twee operationele handen en na ongeveer een halve minuut nerveus slijpen is Margrét ook bevrijd van de knellende plastic tiewraps. Tot zover alles in orde. Ze draaien zich om naar Ella, die ondertussen behulpzaam de zaklantaarn voor hen omhoog heeft gehouden. Nu moet ze met een uitleg komen. Maar op hetzelfde moment merken ze een hard geluid van de motor in de aangrenzende ruimte onder water, hij wordt gestart, kraakt en beweegt de boot in een schommelende beweging van land in de richting van de open zee.

'Nee! We moeten eruit!'

Hannah springt wanhopig omhoog naar het luik. Ze heeft voortdurend in haar achterhoofd gehad dat Jørn met versterking uit het dorp onderweg was, maar als ze naar zee varen is er niemand die hen kan helpen. Hannah gilt, springt en bonkt op het luik, maar dat is van bovenaf op slot gedaan, het is onmogelijk om eruit te komen. De hopeloosheid van de situatie treft haar als een loden kogel tegen haar slaap. Ze weet nog net te gaan zitten, voor ze flauwvalt. Ze is duizelig, vervuld van machteloosheid en overgave. Moet haar leven op deze manier eindigen? Is dit het geworden? Een paar redelijk goede boeken, een mislukt misdaadproject en een eenzame dood in een visopslagruimte ergens in de noordelijke Atlantische Oceaan? Hannah zwelgt in zelfmedelijden als ze de twee bezorgde gezichten ziet die in het zwakke schijnsel van de zaklantaarn naar haar kijken.

'Geen paniek. Het is goed.'

Een hand strijkt over haar voorhoofd.

'Hier, neem deze.'

Er wordt een jas over haar heen gelegd.

'Diep ademhalen.'

Er wordt diep ademgehaald om haar aan te moedigen hetzelfde te doen. Hannah zuigt langzaam de koude vislucht in haar longen, sluit haar ogen, haalt in hetzelfde tempo adem als de twee vrouwen voor haar. Er ontstaat rust, ze voelt kalmerende handen op haar beide schouders. Hannah opent haar ogen, verdwijnt in Margréts zorgzame blik. Aan de andere kant Ella, net zo bezorgd. Langzaam vormt zich bij Hannah een nieuwe gedachte. Ze is niet alleen. Ze is niet eenzaam. Haar leven is voor andere mensen niet onbelangrijk. Ze is iets, ze is iemand. Niet vanwege haar boeken, maar vanwege de persoon die ze de laatste tijd in IJsland is geweest. Ze was een vriend en een mogelijke geliefde. Ze is boven zichzelf uitgestegen om iemand te helpen. Ze is oprecht bezorgd voor hen geweest en nu is ze hier. Met gevaar voor eigen leven heeft ze geprobeerd andere mensen te helpen. Vlak voordat het doorslaat in een gevoel van zelfgenoegzaamheid weet Hannah zichzelf te herpakken. Ze heeft voldoende van die vreselijke boeken van Jørn gelezen om te weten dat je het juist in een situatie als deze niet kunt opgeven. Het gaat erom een plan te bedenken. Ze kijkt naar Ella en Margrét, beslist. Recht haar rug.

'Op een bepaald moment opent ze het luik en dan moeten we klaarstaan.'

Het verrast Hannah zelf dat ze een voldoende strategische kant in zich heeft om een tegenzet te bedenken tegen Sigrun, maar desalniettemin is het haar volstrekt duidelijk wat ze moeten doen als hun kidnapper het luik opent. Ze maakt Margrét en Ella deelgenoot van het plan, ze knikken en steunen het zonder bezwaar. Opgetogen dat ze daadwerkelijk iets kunnen doen, en aangespoord door het vooruitzicht om de tegenzet uit te voeren zodra het luik wordt geopend, gaan de drie vrouwen op hun kans zitten wachten. Maar die komt niet meteen. Ook niet een tijdje later. De minuten verstrijken en het worden er zoveel dat ze niet langer telbaar zijn. Ze kunnen alleen maar zitten schommelen en nog erger zeeziek worden. Margrét kijkt Hannah aan.

'Wat als ze het luik nou helemaal niet opent? Als ze slechts van plan is naar ergens in de middle of nowhere te varen, zichzelf dood te schieten en ons laten ronddrijven tot we doodgaan?'

'Dan worden we in elk geval gevonden door de kustwacht.'

'Maar dat kan echt heel lang duren. Het is niet zeker dat iemand voor morgen tot de ontdekking komt dat er een boot mist. Tegen die tijd kunnen we weet ik veel waarheen zijn afgedreven... Of tegen een tanker aan of een walvis... Of dood door zuurstofgebrek.'

'Of doodgevroren.'

Margrét kijkt naar Hannah.

'We kunnen hier niet eeuwig zitten zonder van de kou om te komen. Misschien moeten we wat dichter bij elkaar gaan zitten?'

Hannah knikt en Margrét wurmt zich tussen Ella en Hannah in. Hannah voelt onmiddellijk de warmte van Margréts lichaam en dat verzacht op meer dan een manier. Als ze dan toch samen met Margrét in deze visopslagruimte moet doodgaan, is dat misschien niet het ergste lot dat ze zich kan voorstellen. Maar één ding is zeker: ze kan niet doodgaan zonder te weten waarom Sigrun doet wat ze doet en op welke manier Ella erbij is betrokken. Als het hier eindigt móét ze dat vragen. Hannah is zich ervan bewust dat ze een potentieel gevaarlijke situatie aansnijdt, maar ze moet helderheid hebben.

'Waarom heeft Sigrun Thor om het leven gebracht en wat is jouw rol hierin?'

Hannah leunt naar Ella toe, over Margrét heen, wil er zeker van zijn dat Ella de vraag heeft gehoord en begrepen. Ella kijkt haar recht in de ogen, maar zegt niets. Hannah probeert het nog een keer.

'Wie is Sigrun?'

Een paar seconden verlengen de situatie. Niets. Hannah is ongeduldig, ze verheft haar stem.

'Ik weet dat je begrijpt wat ik zeg en eerlijk gezegd vind ik dat je me een verklaring schuldig bent. Ik heb te maken gehad met een schietpartij vanuit een rijdende auto, een overval en een moordpoging, omdat ik bij jou logeer en bij dit alles betrokken ben geraakt, en ik weiger dood te gaan zonder te weten hoe deze chaos is ontstaan.'

Hannah heeft het door haar eigen opwinding warm gekregen, ze ziet een traan op Ella's wang, maar hoort geen woord. Een hand duwt Hannah terug. De hand van Margrét.

'Sigrun is Ella's dochter. En... Ægir is haar vader.'

Hannah kijkt naar Ella. Wat?

'Wat? Maar hoe...?'

Margrét kijkt naar Ella om te vragen haar verhaal te mogen vertellen. Ella zwijgt nog steeds. Margrét interpreteert zo te zien deze zwijgzaamheid als een goedkeuring. Ze wendt zich tot Hannah.

'Dit alles gaat terug naar de tijd dat...'

Kraaaaak! Margrét zwijgt. Het is het luik dat geopend wordt. De drie vrouwen kijken elkaar aan: dit is het moment! Geruisloos kruipen ze naar hun eigen hoek van de ruimte. In de hoek verstopt wacht Hannah met het ruisen van haar hartslag in haar oren of Sigrun doet wat zij hopen: dat ze naar beneden springt, zodat ze haar kunnen overmeesteren. Maar ze komt niet naar beneden, het luik staat gewoon open. Hannah had gedacht dat als ze zich gewoon in de hoeken zouden verstoppen, Sigrun – met het voordeel van een pistool en in de veronderstelling dat hun handen nog vastgebonden zijn – naar beneden zou durven gaan om te kijken waarom ze niet tevoorschijn kwamen. Maar de minuten verstrijken en het luik staat gewoon open, er gebeurt niets. Hannah voelt opeens een hand die haar arm beetpakt, ze schokt onthutst, maar het is Margrét. Ze fluistert, bijna zonder geluid.

'Zullen we naar boven klimmen?'

Hannah schudt haar hoofd. Het moet een valstrik zijn. Ze wachten nog een paar minuten, hun ogen stijf gericht op het licht van de vrijheid uit het open luik, als Sigrun plotsklaps haar hoofd naar binnen steekt en iets in het IJslands zegt. Hannah voelt hoe Margrét uit angst haar gezonde arm stevig vastpakt. Hannah draait zich fluisterend naar haar toe.

'Wat zei ze?'

Margrét pakt haar nog steviger vast. Hannah heeft zin om te gillen, maar doet het niet.

'Dat we naar boven moeten komen, anders gaan we hier dood. Ze is van plan de boot te laten zinken en doet het aanbod om op het dek te sterven in plaats van hier beneden.'

Voordat Hannah de informatie weet te verwerken is Ella bij het luik, ze geeft een teken dat ze een helpende hand nodig heeft om haar op te tillen. Aangezien Hannah met haar onbruikbare gipsarm niemand kan optillen springt Margrét bij, en voordat Hannah kan protesteren heeft Margrét Ella naar een gewisse dood op het dek omhooggetild.

'Wat doe je? Het is toch gewoon een valstrik!'

'Dat weten we niet. Wat er ook gebeurt, ik wil liever de kans aangrijpen dan in een ijskoude, donkere opslagruimte te verdrinken. Moet ik je omhoog helpen?'

Hannah aarzelt kort, maar reëel gezien heeft ze geen keus. Als Margrét als eerste aan dek verdwijnt, kan ze niets doen. Ze gaat onder het luik staan.

'Dit is krankzinnig.'

Margrét zegt niets, maar tilt Hannah zover van de grond dat ze zich uit het gat kan worstelen. Hannah wil haar gezonde arm uitsteken om Margrét te helpen, maar onverwachts gooit Sigrun het luik voor haar neus dicht.

'Laat haar beneden blijven. Ik heb jou nodig.'

56

Nog nooit heeft Hannah zo'n bijtend koude wind gevoeld. Ze staat aan dek van de vistrawler, die door de zwarte golven in een ijskoud niets heen en weer geslingerd wordt; als ze niet oog in oog stond met de dood zou ze door zeeziekte zijn flauwgevallen. Het pistool, dat recht op haar gericht is, activeert haar overlevingsinstinct zó, dat het alle andere lichamelijke en emotionele gevoelens overschreeuwt. Hannah kijkt om zich heen. Waar is Ella, heeft Sigrun haar overboord gegooid?

'Ella?'

Sigrun kijkt haar slechts direct aan.

'Jij vertelt mijn verhaal. Dan overleven jullie het misschien.'

'Ik vertel jouw verhaal?'

'De wereld moet weten wat men mij heeft aangedaan. Wat er gebeurt als je iemand pijn doet. Toen ik jou zag, wist ik dat het moment daar was. Jij bent de stem van buiten die kan vertellen over de gruwelijkheden die zijn begaan. Daarom was de tijd gekomen om Thor te doden.'

Hannah verstijft. Koud zweet bedekt haar hele lichaam. Thor te doden? Is het vanwege haar dat hij dood is? Weer kijkt ze om zich heen naar Ella. Waar is ze? Alleen, met een gebroken arm en zonder wapen, kan Hannah niets anders dan Sigrun haar zin geven. Maar nu is het niet langer nieuwsgierigheid die haar vragen aanvoert, want Hannah wil het liefst helemaal niets meer horen. Ze wil slechts overleven en naar huis. Ze zoekt haar vriendelijkste, meest tegemoetkomende toon.

'Kun je mij niet alles vanaf het begin vertellen? Welk verhaal moet ik vertellen?'

Sigrun lijkt opgelucht over Hannahs welwillendheid, ze zwaait met het pistool, wijst naar de stuurhut. Hannah stapt er voorzichtig en met een knagende twijfel naartoe. Is het wel goed van haar zich te laten meelokken naar een klein compartiment, door een moordenaar die een pistool in haar hand heeft? Desalniettemin doet ze precies dat, en tot haar grote ongerustheid stelt Hannah vast dat Ella ook niet in de stuurhut is. Is ze echt de dodelijke golven in geduwd?

'Ga zitten.'

Sigrun zwaait naar de ene stoel, neemt zelf plaats in de andere.

'Wil je iets opschrijven?'

Hannah wil bijna zenuwachtig glimlachen over de absurditeit van de vraag. Alsof Hannah journalist is en Sigrun zal interviewen voor een damesblad. Maar om tijd en vertrouwen te winnen pakt Hannah het schrijfblok en de balpen die op tafel liggen – vermoedelijk door Sigrun neergelegd voor datzelfde doel; ze heeft dit dus voorbereid. Hannah speelt mee.

'Vertel.'

Het is alsof Sigruns schouders een stukje naar beneden zakken, alsof 'vertel' een magisch woord is dat op zichzelf een last van haar wegneemt.

'Het begon allemaal toen Ella dertien was en Ægir haar verkrachtte, waardoor ze zwanger werd van mij.'

Hannah slikt, kijkt naar de vrouw voor zich.

'Sorry, wat?'

Met een ongetrainde linkerhand worstelt Hannah met kinderlijke letters een soort tekst op papier, maar het zijn vooral proformanotities. Ze hoeft dit niet op te schrijven om het te kunnen onthouden.

'Dus Ella is je moeder, en Ægir je vader?'

Sigrun knikt.

'En Thor was mijn broer. Ægir en Vigdis verloofden zich vele jaren later, maar Vigdis wist van niets, ze dacht dat Ella als tiener gewoon een jaar weg was geweest om iets nieuws te leren en dat Ella Ægir zo slecht behandelde omdat ze jaloers was.'

Duizend vragen vormen zich in Hannahs hoofd, een broedermoord was het laatste waar ze aan had gedacht, en waarom?

'Waarom heb je Thor gedood?'

Sigrun schudt haar hoofd.

'Nee, vanaf het begin, zoals je zei.'

Hannah knikt. Zolang Sigrun spreekt, doodt ze niemand.

'Ella werd weggestuurd naar verwanten in een klein dorpje in het noorden. Het was voor haar ongelukkig in Húsafjörður, maar het was daar nog veel ongelukkiger: behalve dat ze moest leven met het trauma dat ze was verkracht en een gevaarlijke zwangerschap moest doormaken waarvoor haar lichaam helemaal nog niet klaar was, om nog maar te zwijgen van de bevalling die haar bijna het leven kostte, werd ze door iedereen vernederd en gekleineerd – door zowel de volwassenen als de andere kinderen op school. Het is voor haar ondraaglijk geweest.'

'Hoe weet je dit allemaal, jij was toch nog niet geboren?'

'De manier waarop er mijn hele leven over haar werd gepraat. Als een klein, wellustig kind en een meisje met een slecht karakter. Ongetwijfeld om ervoor te zorgen dat ik haar niet zou willen opzoeken. Maar als volwassene is me duidelijk geworden dat het op geen enkele wijze Ella's schuld was.'

'Maar je bent er zeker van dat het een verkrachting was. Dat Ella niet...?'

'Zelf wilde...?'

Een gevaarlijke woede verduistert Sigruns gezicht. Hannahs milde scepsis is duidelijk brandstof voor een al vlammende houtstapel.

'Het was een gewelddadige verkrachting, ik kan je er best in detail over vertellen, maar ik doe dat liever niet. Het was eigenlijk tegen mijn eigen zin in dat Ella me heeft ingewijd in de precieze omstandigheden, toen ik haar opzocht. Maar het bleek dat ze behoefte had om erover te praten, toen iemand er eindelijk naar vroeg. En ik was de eerste.'

Sigrun zwijgt even. Roept zich misschien Ella's bekentenis in herinnering. Hannah huivert. Sigrun kijkt haar aan.

'Vele jaren heb ik geloofd in het verhaal dat over haar werd verteld. Dat het haar eigen schuld was, dat ze mij met schuld en schaamte op de wereld had gezet en dat het om die reden oké was om mij te behandelen zoals ik werd behandeld. Ik heb haar vele jaren gehaat.'

'Bij wie ben je opgegroeid?'

'Mijn pleegouders waren verre verwanten, die al vijf kinderen hadden. Ik was iemand die je mocht slaan en schoppen, want ik was een hoerenjong. Toen ik een tiener werd dachten alle jonge mannen in het dorp dat ik vast net zo was als mijn moeder...'

Sigrun kijkt uit over de donkere zee met golven, Hannah realiseert zich dat er niemand is die de boot bestuurt. Liggen ze misschien voor anker? Ze voelt het verschil niet. Hannah zou misschien achter het spoor aan moeten gaan dat Sigrun volgt, maar om een of andere reden weet ze waar dat eindigt. Ze hunkert er daarentegen naar om meer over Ella te weten te komen.

'Als je zo bezorgd bent over Ella, waarom heb je dan de persoon vermoord van wie ze het meest hield op deze wereld? En dan ook nog met haar eigen hamer?'

Sigrun kijkt haar verbitterd aan.

'Ik was degene die de liefde had moeten krijgen die ze Thor schonk. De hamer was symbolisch.'

'Dus je hebt hem uit jaloezie vermoord?'

Sigrun schudt haar hoofd.

'Ik heb het niet gedaan om Ella te raken, maar om me op Ægir te wreken. Hij is schuldig aan mijn en aan Ella's ongeluk, en hij is de enige die er nooit een prijs voor heeft hoeven betalen. Integendeel, hij heeft een goed leven gekregen; heeft zich de visquota weten toe te eigenen, heeft het grootste huis van het dorp gebouwd en heeft zich weten te positioneren als de man tegen wie iedereen opkijkt. Zo iemand als hij straft de wereld niet. De wereld straft de slachtoffers.'

Hannah probeert op een spoor van gezond verstand te blijven, want hoewel er in Sigruns verhaal een zekere ratio zit, rechtvaardigt die haar handelingen natuurlijk niet.

'Maar als je graag de waarheid aan het licht wilt brengen, had je het toch alleen maar hoeven zeggen – of ervoor te zorgen dat Ella ermee naar buiten kwam. Dat had geen levens hoeven kosten.'

'Dat laatste heb ik jaren geprobeerd. Het eerste is moeilijker, want zonder Ella's wil om mij te steunen ben ik slechts een gestoorde vrouw die de goede sfeer verpest. Niemand wint er iets mee door naar mij te luisteren. Daarom was ik zo blij toen jij in beeld verscheen. Daarmee zag ik mijn kans om eindelijk mijn verhaal te vertellen.'

Hannah kijkt haar aan.

'Via mij?'

Sigrun knikt.

'Jij was degene die door het huis schoot om mijn aandacht te trekken?'

Sigrun glimlacht, maar alleen met haar mond. Haar ogen zien er doods uit.

'Jij bent slim.'

'Maar waarom heb je je niet gewoon tot mij gericht en je verhaal met mij gedeeld?'

'Dat heb ik mijn hele leven geprobeerd en deze keer wilde ik het vertellen met een nadruk die niet kon worden genegeerd.'

'Met een moord?'

'Met één moord?'

Sigrun glimlacht op een manier die Hannah koude rillingen geeft.

'Niemand wil luisteren naar een slachtoffer, maar moordenaars krijgen heel veel spreektijd. Tegenwoordig moet je echt heel veel kabaal maken om tot mensen door te dringen. Dit is mijn manier om mijn stem te laten horen. Niet alleen in IJsland of Denemarken, maar in de hele wereld.'

'Maar...'

Hannah kijkt haar verwonderd aan.

'Als jij graag de aandacht op je wilt vestigen als tweevoudig moordenaar, waarom heb je dan geprobeerd de dood van Gísli op zelfmoord te laten lijken...'

Sigrun glimlacht kil.

'Plottwist. Hij was trouwens door de manier waarop hij zich gedroeg te veel verwarring aan het creëren. Dat overschaduwde mijn handelingen te veel.'

'Jij was het ook die Gísli neersloeg met de fles, op de avond dat je Thor vermoordde?'

Sigrun haalt haar schouders op.

'Hij kwam naar het weiland, helemaal weg in zijn alcoholroes, en ik was bang dat hij het plan zou ruïneren.'

'Dus jij hebt hem bewusteloos geslagen en hij werd op tijd wakker om Ægir Thor uit het water te zien trekken?'

Sigrun glimlacht.

'Jij bent scherp.'

Hannah kijkt haar aan, vol angst. Mocht ze eerder al hebben getwijfeld, het wordt haar nu volslagen helder dat Sigrun bereid is alles te doen om haar boodschap te verkondigen. Dat vraagt meer dan de dood van Thor en Gísli; het vereist een grotere tragedie. Een waarbij het om veel meer doden gaat – bijvoorbeeld drie vrouwen op een boot. Ze klampt zich vast aan een scherpzinnige gedachte.

'Als ik doodga, wordt jouw verhaal nooit verteld.'

Sigrun glimlacht opnieuw.

'Dat is ook de reden dat jij de enige van ons bent op de boot die deze nacht zal overleven.'

57

Nog nooit in haar leven heeft Hannah voor zo'n groot dilemma gestaan: moet ze Sigrun haar zin geven en haar eigen leven redden, maar met de dood van Ella en Margrét tot gevolg, of moet ze haar leven op het spel zetten om Sigrun tegen te houden? Ze kijkt naar het pistool dat op Sigruns dij rust, de schiethand ligt er griezelig rustig bovenop. Haar kansen zijn gering: nul wapens, een gebroken arm, een aangeboren angst om een ander dodelijk te verwonden. Sigrun daarentegen heeft al bewezen dat ze niet aarzelt om mensen te doden, en hoewel ze Hannah nodig heeft om haar verhaal te vertellen is Hannah er niet van overtuigd dat zij Hannahs leven zal sparen als er een kritieke situatie ontstaat. Dat is het punt. Hannah moet een kritieke situatie zien af te wenden. Zolang ze de controle weet te behouden is er niemand die sterft. En misschien krijgen ze in de tussentijd hulp, misschien is er al een helikopter onderweg naar hen toe?

'Ik wil je graag helpen.'

Hannah buigt licht naar Sigrun toe, niet bedreigend, maar om vertrouwen te kweken.

Ze weet niet of het werkt, maar Sigrun kijkt haar in elk geval met een zekere interesse aan.

'Dus jij wilt mijn verhaal vertellen?'

Hannah knikt.

'Wat Ægir heeft gedaan is onvergeeflijk. De verkrachting, de zwangerschap, de ontkenning is één ding... Alles wat tot jouw en Ella's kwellingen heeft geleid. Het tweede is alles wat hij niet heeft gedaan. Hij heeft jou noch Ella geholpen. Hij had zijn daad kunnen erkennen, de meeste schaamte en jullie kwellingen verzachten. Ik ben het met je eens; hij moet de consequenties voelen van wat hij jullie heeft aangedaan. Maar als je erover nadenkt, heb jij je wraak al gehad. Thor is dood en ik zal de wereld jouw verhaal vertellen. Het hoeft niet méér tragische consequenties te hebben, er is geen reden nog twee onschuldige mensen om het leven te brengen, en jij hoeft jezelf niet van het leven te beroven.'

Er verschijnt een lichte glimlach om Sigruns lippen die opnieuw als een wolk tijdens een wandeling verdwijnt.

'Om mij zal niemand huilen.'

'Ella zal huilen. En nu ik jouw levensverhaal ken, ik ook.'

'Het leven van Ella houdt hier ook op. Ik weet dat ik haar pijn heb gedaan en daarom is het beter dat ik een einde maak aan haar kwellingen.'

'Dat is toch geen keuze die jij voor haar kunt maken? Wie zegt dat ze niet nog vele goede jaren heeft om te leven?'

Sigrun zit daar maar, staart naar het pistool. Het lijkt alsof ze een besluit heeft genomen. Hannah voelt een zweetdruppel langs haar voorhoofd en haar ene oor lopen. Hoeveel tijd heeft ze eigenlijk nog voor het laatste bloedbad begint? Ze wilde dat ze meer misdaadseries had gezien of misschien wat meer van de boeken van Jørn had gelezen, zodat ze wist hoe je een moordenaar kunt overreden om niet te doden. Ze is gewend om mensen te observeren en zich voor te stellen wat voor geheimen en wensen ze met zich meedragen, maar ze is minder ervaren in er daadwerkelijk met hen over te praten. Ze kent Sigruns wensen en geheimen immers ook. De weg van het gezond verstand lijkt onmogelijk, maar Hannah doet een laatste poging.

'Margrét. Er is geen enkele reden om haar mee de dood in te nemen, zij heeft niets gedaan.'

'Nee, daarom juist.'

Sigruns blik wordt donker.

'Margrét kent Ella's verhaal al jaren, maar zij heeft het net als iedereen verborgen gehouden.'

'Misschien wilde Ella niet dat het naar buiten kwam. Als je het mij vraagt, lijkt het er ondanks alles op dat het Ella is gelukt een goed leven op te bouwen, ondanks alle onrecht dat haar is aangedaan. Misschien was het haar manier om te overleven?'

Hannah denkt aan de levendige, positieve Ella die haar in haar pruttelende Jeep kwam ophalen, nieuwsgierig om een onbekende in haar leven uit te nodigen, en ze voelt een brandend gevoel van schuld dat ze vanaf het begin niet wat vriendelijker tegenover haar gastvrouw is geweest. Ella had besloten een goed leven te leiden ondanks al het kwaad dat er had plaatsgevonden, en als zij zich destijds aan dat alles heeft kunnen ontworstelen, kan zij zichzelf ook oprichten na dit alles. Het leven van Ella, Margrét en ook haar eigen leven mag hier niet eindigen. Hannah luistert weer naar het ruisen van de wind, maar er is geen helikopter onderweg en er is ook geen licht van andere schepen. De kans dat Jørn en de rest van het dorp nu een idee hebben dat ze zich in een boot ver op zee bevinden is gelijk aan nul – als de vier vrouwen willen overleven, is het nu aan haar.

'Ik begrijp dat jij je leven als zinloos ziet. Jij denkt vast dat je niets hebt om voor te leven, dat de gebeurtenissen van de laatste weken je nog dieper in het zwarte gat hebben getrokken waarin je bent geboren en waaruit je nooit omhoog hebt kunnen kruipen. Maar dat is niet zo. Je kunt altijd veranderen, altijd nieuwe hoop krijgen in je leven. Dat weet ik van mezelf.'

Sigrun kijkt haar aan.

'Heb jij je dan ooit ontworsteld aan een ellendig leven als verstotene en ben je verdergegaan na een moord te hebben gepleegd en iemand dodelijk te hebben verwond?'

Touché. Het voelt gênant om slechte boekverkoop, allesverslindende afgunst en zelfgekozen bitterheid met de ellendige situatie van Sigrun te vergelijken. Toch is er iets in haar eigen erkenning dat haar een reëel geloof geeft dat ook het leven van Sigrun de moeite waard is om voor te vechten.

'Ik geef toe dat je niet aan een gevangenisstraf ontkomt. Het leven van Thor en van Gísli zul je op je geweten hebben zolang je zelf ademt. Maar dat betekent niet dat het hier allemaal afgelopen moet zijn. Stel je eens voor: als je leeft, kun je zelf je verhaal vertellen. Ik help je daar graag bij, maar is het niet veel bevredigender om zelf te kunnen bepalen wat er over jou wordt gezegd? Denk aan al die moordenaars die in de loop van de tijd wereldsterren zijn geworden. Je zit je straf uit, schrijft misschien een boek in de gevangenis, dat verkoopt goed, je verkoopt de filmrechten van je verhaal, je komt na een paar jaar vrij wegens goed gedrag, een enkelband om in je eigen huis, je krijgt fanbrieven van mensen uit de hele wereld die met je verhaal meevoelen, politici veranderen de wetgeving rond verkrachting, een knappe, lieve man schrijft jou terwijl je in de gevangenis zit...'

'Je fabuleert.'

Sigrun onderbreekt haar en Hannah realiseert zich dat ze gelijk heeft. Ze is al bezig Sigruns komende leven als veroordeelde moordenares te romantiseren, waar is ze eigenlijk mee bezig?

'Oké, ik liet me een beetje meeslepen, maar stel je eens voor: is de dood echt de beste uitweg?'

Sigrun kijkt uit over de donkere golven, lijkt oprecht de woorden van Hannah te overwegen. Maar dan richt ze zich tot haar, met geheven pistool, moedeloosheid in haar blik.

'De wraak komt op een bepaald moment. Misschien niet in de vorm die je je had voorgesteld. Misschien niet van de zijde die je had voorzien. Maar als je anderen onrecht aandoet, hun levens verwoest, heeft dat zijn prijs. Voor Ægir was dat zijn zoon verliezen, net als ik mijn moeder heb verloren. Ik weet best wat je probeert te doen, maar ik heb mijn beslissing genomen. Nu moet ik het karwei afmaken.'

Sigrun ontgrendelt het pistool, gaat staan en loopt naar de deur van de stuurhut om die te openen, op weg om de levens van Ella en Margrét en dat van haarzelf te beëindigen.

'Stop! Doe het niet, ik smeek je.'

Sigrun kijkt haar recht in haar ogen aan, met een heel, heel donkere blik.

'Beloof me dat je mijn verhaal vertelt, anders dood ik jou ook.'

'Als jij iemand doodt, inclusief jezelf, vertel ik niemand ook maar een woord over jou en je leven! Dan sterven alle geheimen met jou, Ella en Margrét.'

Sigrun aarzelt een moment. Hannah voelt een steek van opluchting; hier is de sleutel om haar tegen te houden. Maar dan glimlacht Sigrun haar met een doodse blik toe.

'Het politieonderzoek zal echt de grote lijnen wel onthullen. Ik geloof ook niet dat jij het kunt laten om de rest te vertellen wanneer Ægir zich begint te verdedigen. Dan zorg jij er echt wel voor dat de waarheid van zijn misdaad en de consequenties daarvan naar buiten komen.'

'Jij denkt dat ik het niet voor mezelf kan houden?'

Sigrun schudt haar hoofd.

'Nee. Want dan zal je collega, die traag van begrip zijnde Jørn, patent nemen op het verhaal en ik denk niet dat jij hem dat gunt.'

Hannah voelt zich keihard getroffen. Misschien omdat Jørns naam wordt genoemd, misschien alleen door de angst om te sterven, misschien is het de optelsom van alles. Hoe dan ook verzamelt zich een ongekende kracht in Hannah; ze voelt haar bloed pompen en merkt hoe de adrenaline haar tot nieuwe dapperheidshoogten brengt, met een brul werpt ze zich op Sigrun en het ontgrendelde pistool, dit moet nu worden gestopt! Pang. Hannah valt achterover, voelt haar rug, haar gezonde arm en ten slotte haar hoofd tegen de vloer slaan. Er stroomt iets warms uit haar slaap, ze voelt eraan, kijkt naar haar vingers; bloed. De wond door de kolf van het pistool waarmee Sigrun haar heeft geslagen lijkt echter oppervlakkig.

Hannah is groggy, maar komt snel overeind. Sigrun is verdwenen, heeft een zwaaiende deur achtergelaten. Shit, dat moet betekenen dat ze in executiemodus is! Hannah stormt zo snel achter haar aan als haar gehavende lichaam en haar slechte evenwicht toelaten. Het dek is donker, glad en wordt geteisterd door de regen. Hannah ziet niks – zou Sigrun eerst Margrét of Ella willen liquideren? Omdat Hannah niet precies weet waar op de boot Ella zich bevindt (als ze überhaupt nog op de boot is!) snelt Hannah naar het luik, opent het en springt naar beneden.

Margrét beschijnt haar.

'Hannah!'

Hannah kijkt vertwijfeld om zich heen.

'Ze is niet hier?'

'Nee, maar ik hoorde een paar seconden geleden iemand naar het achterschip rennen.'

'Snel! Ze wil Ella doodschieten en daarna jou.'

Hannah weet niet hoe het Margrét lukt om hen allebei aan dek te krijgen, maar desalniettemin staan ze allebei even later in de regen. Half rennend, half glijdend begeven ze zich naar het achterschip, waar visnetten en takels zorgen voor slecht uitzicht en plekken om je te verschuilen. Hannah en Margrét kijken elkaar aan, spiegelen elkaars wanhoop. Hannah durft niet te schreeuwen uit angst hen te verraden, ze wenkt Margrét naar zich toe: dit is iets wat ze samen moeten doen. Langzaam zoeken ze het schommelende achtereinde van het schip af met hun ogen – zich heel goed realiserend dat ze levende schietschijven zijn, bewegen ze naar voren zonder zich te verschuilen; rechtop en met hun borst vooruit. Plotseling horen ze een schot en een gil. Zonder naar elkaar te kijken, stormen ze in de richting van het geluid. Hannah ziet nu Ella met haar rug naar de reling staan, terwijl Sigrun op haar richt. Het lijkt erop dat het eerste schot mis was. Waarschijnlijk vanwege de bewegende ondergrond. Of omdat het toch moeilijker is om je eigen moeder dood te schieten dan gedacht. Ella krijgt hen in het oog en slaakt nog een gilletje, waardoor Sigrun zich omdraait en het pistool nu rechtstreeks op hen richt. Hannah wil naar haar toe stappen, maar wordt verlamd door een tot nu toe ongekende paniekangst die haar benen aan het natte, schommelende dek vastklinkt. Ze sluit haar ogen. Nu is het afgelopen. Op dit beslissende moment zou ze niet eens voor een dodelijke kogel aan de kant kunnen gaan. Maar dan! Hannah bespeurt tumult, opent haar ogen, ziet dat Margrét zich op Sigrun heeft geworpen; ze liggen allebei op het dek in een beslissende strijd om het pistool, nu stort Ella zich ook in de confrontatie en eindelijk laat de lijm aan Hannahs schoenzolen los, ze hervindt het contact met haar lichaam en werpt zich met een brul en een harde gipsarm in de strijd. Het is niet de bedoeling dat het gips als slaghout moet fungeren, maar op merkwaardige wijze weet Hannah Sigrun in haar val knock-out te slaan, en tijdens het ongracieuze, rommelige handgemeen op het vochtige visdek lukt het Margrét het pistool uit de moorddadige handen te trekken, terwijl Ella Sigruns benen vasthoudt. Met een krachtige worp over de reling en de schreeuw van een kogelstoter slingert Margrét het pistool in de gulzige zee, die het gevaar opslokt en daarmee het bewijs dat deze nacht hun bijna alle vier het leven had gekost. Hannah kijkt naar Margrét, daarna naar Ella en ten slotte naar Sigrun, die groggy en hulpeloos op het dek ligt. Dan ontglipt een traan van opluchting Hannahs oog. Ze hebben het overleefd en nu is het eindelijk voorbij.

58

Hannah kijkt bedeesd toe hoe Ella de viskotter richting de kust stuurt. Reed ze maar net zo goed auto als ze een schip bestuurt. In een kist hebben ze een paar oude dekens gevonden die ze als beschutting tegen het klapperen van hun natte, koude lichamen om zich heen hebben geslagen. Ella kijkt naar Margrét, die naast haar zit, een stukje achter Ella, dan werpt ze een blik naar de hoek van de kleine stuurhut, waar Sigrun onder een deken is samengekropen, met haar handen op haar rug gebonden, wat eigenlijk zinloos lijkt, want ze zit apathisch voor zich uit te kijken, verre van opstandig. Hannah richt haar blik op Ella.

'Er is een laatste ding dat ik niet helemaal kan plaatsen.'

Ella kijkt haar aan, maar niet met een blik die uitnodigt tot het stellen van vragen. Hannah vraagt het toch.

'Die avond... Thor stapte in jouw auto, en jij had zijn halsketting in jouw laatje liggen. Waarom?'

Ella kijkt slechts uit over het water, naar het licht van de haven die dichterbij komt. Ze lijkt niet van plan antwoord te geven. Na een paar zwijgende ogenblikken probeert Hannah het opnieuw – ze kijkt van Ella naar Sigrun. Zoekt naar een gelijkenis tussen de twee vrouwen, maar ziet die niet. Zijn ze echt moeder en dochter?

'Je kwam hem toevallig tegen, je wilde hem naar huis brengen?'

Ella antwoordt nog steeds niet. Hannah weet dat ze de vraag zou moeten laten rusten, de instanties de laatste draden moet laten ontwarren, de schuldvraag moet laten beantwoorden, als Sigrun al niet alle schuld draagt. Maar ze kan de gedachte niet verkroppen nooit te weten komen wat er die avond is gebeurd – en helemaal niet als blijkt dat Ella er op enige manier bij betrokken is geweest.

'Ik moet weten of jij iets met de dood van Thor te maken hebt.'

Ella richt nu haar blik op Hannah, doorboort haar met haar ijzige ogen. Zegt iets in het IJslands, maar niet tegen haar, tegen Margrét. Margrét knikt ernstig. Wendt zich dan tot Hannah.

'Ella wist wat Sigrun van plan was. Of ze koesterde in elk geval een verdenking. Kort voordat jij hierheen kwam, had Sigrun Ella bezocht, ze had gezegd dat het uur van de wraak was gekomen. Dat die ergens zou plaatsvinden waar je haar het minst verwachtte, maar waar het het meest pijn deed. Ella had het gevoel dat Thor misschien degene was die gevaar liep. Daarom hield ze hem extra in de gaten. Het was niet geheel toevallig dat ze hem die nacht oppikte. Hij had haar gebeld, was helemaal overstuur. Hij wilde niet zeggen waarom, maar Ella haastte zich erheen om hem een lift naar huis te geven. De halsketting was stukgegaan tijdens de ruzie met Jonni, Thor was hem vergeten in Ella's auto, en toen hij stierf... Ja, toen verborg ze die voor zichzelf.'

Sommige dingen klinken logisch, maar Hannah ziet nog steeds niet hoe alles in elkaar zit.

'Als Ella Thor die avond naar huis heeft gebracht, hoe kan het dan dat hij bij de graslanden aan het strand opdook?'

Ella en Margrét wisselen een blik, alsof Margrét toestemming moet hebben het hele verhaal door te vertellen. Er wordt geknikt, Margrét gaat verder.

'Dat is wat Ella zo kwelt. Als ze hem die nacht gewoon naar huis had gebracht, had hij misschien nog geleefd. Maar hij stond erop halverwege te worden afgezet, hij wilde het laatste stukje naar huis toe lopen. Hij was verdrietig en wilde tijd voor zichzelf. Met grote tegenzin deed Ella wat hij wilde. Ze belde Vigdis en Ægir en vertelde hun erover, dat was de reden dat Ægir hem ging zoeken. Maar toch heeft zij het gevoel dat ze Thor heeft achtergelaten voor...'

Margrét kijkt naar Sigrun, die geen enkele vorm van berouw toont. Hannah maakt de zin van Margrét af.

'Voor zijn moordenaar.'

Margrét knikt.

'Sigrun stal de hamer bij Ella, zodat het moordwapen een symbolische betekenis zou krijgen.'

Hannah ziet nu dat er tranen over Ella's wangen stromen. Ze besluit niet verder te boren, begrijpt plotseling heel goed Ella's schuldgevoel. Maar waarom heeft ze Sigrun niet gewoon aangegeven, als ze wist dat zij de moordenaar was? Ella stelt de vraag aan Margrét, die ogenschijnlijk alle details kent.

'Dat wist ze ook niet zeker, tot een paar dagen geleden. Ze probeerde Viktor thuis op te zoeken om het te zeggen, maar nadat ze mij alles had verteld, werd ze bang. Ik probeerde haar over te halen het te vertellen en op die manier raakte ik erbij betrokken.'

Hannah kijkt naar Margrét, die ook onder schuld gebukt lijkt te gaan, maar in wezen is zij noch Ella verantwoordelijk voor wat er is gebeurd. Dat is alleen Sigrun, en misschien veel indirecter een vierde persoon, die vermoedelijk nooit ergens voor zal worden veroordeeld: Ægir. Hannah kijkt naar de haven die naderbij komt, en als ze door de invaart glijden, hoort ze geschreeuw en ziet ze de mensen uit het dorp hun armen in de lucht steken. Er zijn ook zwaailichten en twee uniformen aanwezig; dat moet de assistentie uit de naburige gemeente zijn. Hannah legt een hand op die van Margrét, die er nog bedrukter uitziet dan de moordenares achter hen. Ze heeft haar blik op de geüniformeerde agenten gericht.

'Viktor redt het wel, dat weet ik zeker.'

Margrét knikt, trekt de hand naar zich toe. Een dreun geeft aan dat ze aan land zijn gekomen, en Hannah ziet een aantal geoefende vissers aan boord springen om het schip goed af te meren. Ze helpt Sigrun overeind, wisselt een laatste blik met Ella.

'Goed gedaan.'

Ella knikt en vervolgens gaan ze alle vier het dek op, in het licht van de haven en onder de nieuwsgierige blikken van het dorp. Plotseling begint iemand te klappen. Hannah ziet dat het Jørn is die helemaal vooraan staat, ze wil zich net aan hem ergeren, maar dan klapt de rest van de vele mensen die zich in de haven heeft verzameld ook. De vier vrouwen blijven aan dek staan, kijken uit over de klappende mensen die in de sneeuw staan en blij en opgelucht lijken dat ze allemaal nog leven. Hannah moet een keer slikken, wil niet opnieuw huilen, maar de haartjes op haar armen komen overeind. De twee geüniformeerde agenten springen aan boord, wisselen een paar woorden met Margrét, die naar Sigrun wijst. De agenten grijpen de zojuist ontmaskerde daderes, maar zij heeft allang alle weerstand opgegeven. Ella en Margrét worden ook van de boot geholpen, Hannah wacht op haar beurt, ziet dan in de menigte Ægir en Vigdis. Ze schudt haar hoofd tegen een goedbedoelende man die haar wil helpen naar beneden te komen, in plaats daarvan doet ze een stap naar voren, zodat iedereen haar kan zien. Ze kijkt naar Sigrun, die met honende blikken in haar nek naar de politieauto wordt gebracht.

'Vannacht hebben we de moordenaar gestopt die jullie dorp onveilig heeft gemaakt en de laatste tijd zoveel verdriet heeft veroorzaakt. Maar als jullie naar haar kijken en veroordelen, moeten jullie bedenken dat dit allemaal niet met de moord op Thor is begonnen. Het begon veel eerder. Met een tragedie die jullie allemaal hebben genegeerd en die jullie niet belangrijk vonden om destijds te bestraffen. Misschien niet iedereen die hier vannacht staat, maar dan zijn het wellicht jullie ouders of andere verwanten die een oogje hebben dichtgeknepen voor een man die een dertienjarig meisje heeft verkracht zonder dat het voor hem consequenties heeft gehad, integendeel. Jullie hebben hem al jullie visquota laten afpakken en hem daarmee een rijkdom laten creëren om te kunnen pakken wat hij wilde hebben zonder er ooit de consequenties van onder ogen te hoeven zien. Maar nu is het afgelopen.'

Hannah wijst naar Ægir.

'Ægir, als jij destijds jouw deel van de verantwoordelijkheid had genomen toen je Ella had verkracht, die toen nog maar een kind was, dan hadden we hier vandaag misschien niet gestaan. We kunnen het verleden niet veranderen, maar we kunnen er wel voor zorgen dat de waarheid aan het licht komt.'

Hannah kijkt naar de politieauto en naar Sigrun die in de auto wordt gezet. Hun blikken kruisen elkaar. Hannah knikt naar Sigrun, die even aarzelt. Dan knikt ze erkentelijk terug, laat haar schouders wat zakken en laat de agenten haar begeleiden naar de achterbank van de auto. Hannah kijkt een laatste keer over de groep mensen die fluisteren en naar Ægir kijken, die haar boos aankijkt. Hij roept iets in het IJslands, Hannah kan de betekenis wel raden, maar dat kan haar niet schelen. Ze stapt met helpende handen van het schip, wordt door de menigte geleid die haar zwijgend onderzoekend bekijkt; wat heeft ze zojuist eigenlijk precies gezegd? Plotseling verschijnt er een woedende man in haar blikveld, het is Ægir die op haar afstormt, terwijl hij in een mengeling van Engels en IJslands vloekt en scheldwoorden roept. Hannah denkt meerdere varianten van het woord 'rotwijf' te herkennen, maar ze heeft geen zin in de confrontatie, en daarom ziet ze met grote dankbaarheid hoe Jørn beschermend tussen haar en de schuimbekkende machtsman stapt. Het is alsof de geluiden om haar heen samensmelten en Hannah registreert niet eens wat Jørn tegen Ægir zegt, maar samen met een paar andere sterke figuren uit het dorp lukt het hem Ægir zo ver weg te duwen dat Hannah ongestoord verder kan lopen. Ze ziet dat Margrét naar een doktersauto wordt gebracht die een stukje verderop staat.

'Ze brengen haar direct naar het ziekenhuis, Viktor is daar al, en het bericht is gekomen dat hij stabiel is.'

Hannah kijkt naar Jørn, die naast haar staat. De menigte begint zich te verspreiden, Hannah wil gewoon weg. Het is alsof Jørn dat voelt, hij wijst naar zijn gehuurde bakbeest van een auto.

'Er is meer politie onderweg, maar het duurt even voor ze hier zijn. Ik heb aangeboden jullie naar huis te rijden, waar ze jullie willen verhoren. Het is snel voorbij.'

Hannah kijkt hem aan, voelt weer tranen in haar ogen.

'Thor is vanwege mij gestorven. Als ik hier niet naartoe was gekomen, zou Sigrun hem nooit hebben vermoord.'

Jørn schudt zijn hoofd, legt een ongebruikelijke arm om haar heen.

'Het is niet jouw schuld. Er is een andere politie-eenheid in het huis van Sigrun. Ze hebben aantekeningen en plannen gevonden die erop wijzen dat ze dit al maanden heeft gepland, ze heeft gewoon haar kans afgewacht. Thor zou hoe dan ook dood zijn geweest. Maar als jij er niet was geweest, zouden we het misschien nooit hebben opgehelderd. En haar hebben tegengehouden.'

'Haar hebben tegengehouden?'

'Thor was slechts de eerste die ze wilde vermoorden. Vervolgens Vigdis, dan Ella, dan Ægir... Omdat jij je ermee hebt bemoeid, overleven ze het allemaal. En natuurlijk Viktor en ik... Dank je.'

Hannah kijkt hem aan, de woorden verlichten haar schuldgevoel een beetje, maar ze voelt zich geen held. Verre van dat. Ze kijkt naar Jørn.

'Jij bedankt. Zonder jou zou ik het ook niet hebben gered.'

Jørn glimlacht.

'Wij zijn een goed team, jij en ik.'

Hannah geeft geen antwoord, maar ze knikt toch heel lichtjes, bevrijdt zich uit de arm van Jørn en kijkt naar Ella, die in een innige omhelzing met Vigdis staat. Is zij soms de enige in het dorp die nooit iets heeft geweten van het verleden van haar man en zus? Hannah laat hen even staan, loopt dan naar Ella toe en legt een arm om haar heen.

'Kom, we gaan naar huis.'

59

Een maand heeft het Hannah gekost om de eerste versie van haar misdaadroman te schrijven en daarmee heeft ze de waarheid van haar uitspraak bewezen. Bastian heeft ervoor gezorgd dat verhaal breeduit in de pers te verspreiden, maar dat bevalt Hannah helemaal niet: het betekent dat er een hype is rond de officiële lancering van haar boek dat, daarvan is ze overtuigd, de verwachtingen op geen enkele wijze kan waarmaken. Hoewel de ergste gaten in de plot en allerlei schoonheidsfoutjes eruit zijn gehaald, is het nog steeds een vrij belabberde misdaadroman en daarom hoort ze met een zekere nervositeit dat de ruimte ernaast zich vult met journalisten, fans en andere nieuwsgierige boekenmensen. Te oordelen naar het luide gezoem en het schuiven met stoelen zit het propvol, iets wat ze nooit heeft meegemaakt bij haar andere boeken, dat moet ze toegeven. En dan hebben ze ook nog de hele Nimb Bar geboekt, op zo'n mooie, grote plek heeft Hannah nog niet eerder een boekreceptie gehad. Ze drinkt wat water, ziet zichzelf in de spiegel. Ze heeft voor de gelegenheid haar karakteristieke, volledig zwarte kleding ingewisseld voor een groene blouse. De deur gaat open, een gespannen Bastian komt binnen.

'Gefeliciteerd!'

Hannah kijkt hem sceptisch aan.

'Waarmee?'

'Het is afgeladen vol; we hebben een heleboel mensen die op straat stonden te wachten moeten afwijzen. Jij bent populair geworden, zoals dat heet! Laat me daarbij in herinnering brengen dat dit ook wordt weerspiegeld door alle boeken die door boekhandels in het hele land zijn vooruitbesteld.'

Hannah is terughoudend in haar enthousiasme.

'Ja, dat zeg jij. Maar met die slechte recensies die er al zijn, is er niet veel om mij mee te feliciteren.'

'Drie sterren hier en daar is niet slecht.'

'Het is onder het gemiddelde.'

'Misschien kun je dat vanmiddag gewoon even vergeten. Mocht je ermee worden geconfronteerd en zin krijgen om al te denigrerend over je eigen boek te spreken, houd dan even al het geld in gedachten dat je zult verdienen.'

Hannah knikt, deze presentatie moet ze gewoon zien door te komen, zodat ze met haar volgende project aan de slag kan. Ze kijkt Bastian aan.

'Heb je iets uit IJsland gehoord?'

'Je krijgt de groeten van Ella, er is een kaartje van Viktor, en de man van café Bragginn heeft een fles IJslandse wodka gestuurd. Iðunn bedankt je voor alle boeken die je haar hebt gestuurd en Sigrun heeft vanuit de gevangenis een update gemaakt op de sociale media, waar zij de eer opstrijkt jou voor dit boek te hebben geïnspireerd. Zij kon binnenkort weleens een hoofdrol krijgen in een true-crimeserie, denk je niet?'

Hannah knikt.

'En Margrét...?'

Bastian aarzelt.

'Van haar heb ik helaas niets gehoord.'

Hannah knikt, uiteraard. De berichten die ze de afgelopen bijna vier maanden sporadisch heeft gestuurd sinds ze terug is, zijn allemaal in een leeg niemandsland terechtgekomen. Margrét heeft op geen enkele ervan geantwoord.

'Daar gaan we.'

Bastian houdt de deurkruk vast, Hannah haalt nog een keer diep adem en stapt het zoemende vertrek binnen vol mensen die haar coming-out als misdaadauteur willen meemaken.

Behalve het verplichte wijn drinken, boeken signeren en praatjes met journalisten heeft Bastian een sessie van twintig minuten geregeld waarin Hannah wordt geïnterviewd door Natasja Sommer, met geplande vragen die Hannah slim en cool moeten laten lijken. Hannah neemt plaats op een geïmproviseerd toneel, tegenover Natasja, die met haar grote glimlach heel goed oprecht enthousiasme weet uit te stralen.

Bastian grijpt een microfoon, heet iedereen welkom, zegt een paar woorden over de indrukwekkende prestatie dat Hannah in een maand een misdaadroman heeft geschreven, iets over de tragische gebeurtenissen uit de werkelijkheid en dan geeft hij de microfoon door aan Natasja Sommer, met een overhandiging die een groot applaus teweegbrengt. Op de eerste rij zit Jørn breeduit te glimlachen, hij doet een onbeholpen thumbs-up. Hannah heeft zin om met haar ogen te rollen, maar in plaats daarvan glimlacht ze.

'Gefeliciteerd met je boek en... mijn hemel, zeg!'

Natasja's korte, ingestudeerde pauze laat het publiek grinniken, met een opluchting die aangeeft dat iedereen bekend is met het verhaal over het experiment én over de werkelijke gebeurtenissen.

'Dat is me toch een ongelooflijke wending die jouw ambitieuze project heeft genomen, kun je niet een paar woorden zeggen over hoe het voelt nu je hier met dit boek zit?'

Natasja knikt naar een stapel boeken die op een tafeltje tussen hen in ligt. Hannah wil het liefst helemaal geen woorden over wat dan ook zeggen, maar ze herinnert zichzelf aan haar belofte tegenover Bastian. En tegenover zichzelf. Ze glimlacht naar Natasja Sommer.

'*Moordeiland* was geen gemakkelijk boek om te schrijven, eerlijk gezegd worstelde ik vreselijk met de plot, die ik veel moeilijker op gang kreeg dan ik had verwacht.'

Licht gegniffel in het publiek.

'Dus het was moeilijker om een misdaadroman te schrijven dan je dacht?'

'Ja, ik wil zelfs zover gaan om te zeggen dat ik wat meer respect heb gekregen voor de mensen die dit elke dag doen.'

Jørn glimlacht naar haar, zij glimlacht lichtjes terug.

'Behalve het lastige aan het genre, hoe heb je het ervaren dat je de eerste versie in een maand moest schrijven – om nog maar te zwijgen van alle tragische gebeurtenissen die in IJsland plaatsvonden terwijl je ermee bezig was?'

'Het spreekt voor zich dat het in zo'n korte tijd niet eenvoudig was, en zonder neerbuigend te spreken over mijn eigen boek is het resultaat er ook naar. Het is waarschijnlijk het slechtste boek dat ik ooit heb geschreven, maar ook het belangrijkste.'

'Het belangrijkste, hoe bedoel je dat?'

Hannah ziet aan Natasja dat het een beetje onveilig, maar tegelijkertijd interessant is dat ze van de afgesproken antwoorden afwijken. Ze aarzelt.

'Belangrijk, omdat het me heeft veranderd.'

'Het heeft je veranderd, op welke manier?'

'Het werken eraan en de omstandigheden waaronder het boek tot stand is gekomen hebben mij in staat gesteld mijn volgende boek te schrijven, of beter gezegd, terug te keren naar het boek dat ik aan het schrijven was toen dit allemaal begon. Dat boek was op weg enorme bagger te worden, maar nu heb ik ontdekt hoe ik het moet schrijven, zodat het minder... baggerig wordt.'

Er wordt gelachen in het publiek, een beleefde, vrolijke lach. Hannah kijkt naar het publiek, haar lezers, de mensen die ze nooit wilde ontmoeten, ze kijken haar aan met glanzende ogen, moet je nagaan dat ze hier zijn om naar haar te luisteren en haar te steunen, zelfs nadat ze zulke rotzooi heeft geschreven. Ze voelt een enorme dankbaarheid.

‘En waar gaat je nieuwe boek over?’

Natasja kijkt haar nieuwsgierig aan en Hannah wil antwoord geven, wanneer ze een persoon ziet binnenkomen die achter in het vertrek gaat staan. Ze knippert met haar ogen, is het echt waar? Ja, het is echt waar – Hannahs hart maakt een sprongetje. De persoon in kwestie is Margrét. Ze kijkt Hannah recht aan, die nerveus glimlacht, Margrét beantwoordt Hannahs glimlach. Hannah geeft Natasja antwoord zonder haar blik van Margrét af te wenden.

‘Het gaat over zoiets banaals als de liefde.’

Met dank aan

Grønningen 1 voor de motivatie en hun harde werk om mij en het boek een duwtje te geven; een speciale dank aan Marianne voor zinnig en eerlijk inhoudelijk sparren, plus ongelooflijke gevatheid. Dank aan Lars en Copenhagen Literary Agency voor steun aan en geloof in dit project. Dank aan Julie Lærke voor het onder de aandacht brengen van mijn boek in spe en voor haar inbreng, met een bijzonder gevoel voor tekstverbetering. Dank aan Julie Toft voor een scherpe, precieze lezing met een goed ontwikkelde plotmatige en taalkundige bullshit-detector, en dank aan Iðunn dat ze er vanaf het begin bij is geweest en zich met hart en ziel op de eindspurt heeft gestort, met haar onmisbare blik om de IJslandse details aan te scherpen. Ten slotte dank aan Trin, voor alles.